Caroline
O'Donoghue

ALL OUR HIDDEN GIFTS

Die Macht der Karten

Aus dem Englischen von Christel Kröning

Für meine Familie.
Danke, dass ihr so spannend seid.

Und für Harry Harris.
Danke, dass du die Mamsell
mit mir erweckt hast.

1. KAPITEL

Wie ich mir die Lochkarten-Tarotberatung aufgehalst habe, lässt sich in viermal Nachsitzen, drei Mitteilungen an meine Eltern, zwei miesen Zeugnissen und einem Dienstagnachmittag erzählen, der damit endete, dass ich in einem Wandschrank eingeschlossen war.

Ich beschränke mich hier auf die Kurzfassung.

Miss Harris verpasste mir Strafdienst, nachdem ich einen Schuh nach Mr Bernard geworfen hatte. Es fing damit an, dass er mich dumm nannte, weil ich meine Verben nicht draufhatte. Woraufhin ich sagte, Italienisch zu lernen sei ja wohl eh bescheuert, und wir sollten stattdessen lieber Spanisch lernen, weil das global gesehen viel mehr Leute sprechen. Woraufhin Mr Bernard wissen wollte, ob ich denn ernsthaft glaubte, dass ich mit Spanisch besser zurechtkäme, während ich mich bei Italienisch so schwertue? Dann drehte er sich zur Tafel.

Und ich warf den Schuh.

Der Schuh traf ihn nicht. Das möchte ich betonen. Er knallte lediglich neben Mr Bernard an die Tafel. Doch das schien für niemanden außer mir von Bedeutung zu sein. Wenn ich eine beste Freundin hätte – oder, na ja, überhaupt enge Freunde –, hätte sich vielleicht jemand für mich eingesetzt. Hätte gesagt, dass ich nur Spaß machen wollte und nie im Leben absichtlich einen Lehrer verletzen würde. Hätte erklären können, dass ich nun mal so bin. Weil Frust und Wut manchmal so heftig in mir hochkochen, dass ich nicht vorhersehen, geschweige denn kontrollieren kann, auf welche Art sie sich Luft machen.

Doch solche Freunde habe ich nicht, und ich bin auch nicht sicher, ob ich sie verdienen würde.

Für den Strafdienst bestellt Miss Harris mich am Dienstagmorgen in ihr Büro und geht dann mit mir in den Keller.

In den vier Jahren, die ich jetzt an der St. Bernadette's bin, sind die Abwasserrohre der Schule schon zweimal durchgefroren und geplatzt, von den alljährlichen Überschwemmungen ganz zu schweigen. Das erklärt den grasgrünen Schimmel und den penetranten Modergeruch in den zwei winzigen Klassenzimmern hier unten. Da die Lehrer es möglichst vermeiden, in dieser Gruft Unterricht abzuhalten, werden die Räume hauptsächlich fürs Nachsitzen und Klausurenschreiben benutzt, oder einfach als Abladeplatz für Kram und Gerümpel, auf dessen ordentliche Entsorgung niemand Lust hat.

Der Heilige Gral dieses Ensembles ist »Das Loch« – ein enger, tunnelartiger Wandschrank, der einen sofort an die Folterkammer aus dem Kinderbuch *Matilda* erinnert.

Mit ausladender Geste weist Miss Harris auf ebendiesen Schrank. »Ta-daa!«

»Ich soll das Loch aufräumen?« Entsetzt schnappe ich nach Luft. »Das ist unmenschlich.«

»Unmenschlicher, als jemanden mit Schuhen zu bewerfen, Maeve? Bitte achte darauf, dass du alles, was recyclebar ist, vom Restmüll trennst, ja?«

»Ich habe ihn doch gar nicht getroffen«, protestiere ich. »Sie können mich nicht ernsthaft da reinschicken, Miss, nicht ganz alleine. Da sind vielleicht tote Ratten drin.«

Miss Harris drückt mir eine Rolle Mülltüten in die Hand. »Die gehören dann wohl in den Restmüll.«

Und mit diesen Worten lässt sie mich zurück. Allein. In einem gruseligen Keller.

Ich habe keinen blassen Schimmer, wo ich anfangen soll. Während ich an den erstbesten Sachen herumzupfe, schimpfe ich auf die St. Bernadette's, die nun mal so ist. Nicht wie andere, normale Schulen. Lange Zeit war die viktorianische Stadtvilla einfach nur ein Privathaus, bis Sister Assumpta sie irgendwann in den 1960ern erbte. Also, wir nennen sie nur Schwester, eigentlich ist sie gar keine. Sie war Novizin, so wie Julie Andrews in *The Sound of Music*, und hat dann das Kloster sausen lassen, um hier eine Schule für »kultivierte junge Damen« zu eröffnen. Damals, als es vielleicht ein Dutzend »kultivierte« junge Damen in der Stadt gab, war das auch sicher eine schöne Idee. Aber mittlerweile platzen an die vierhundert von uns aus allen Ecken und Enden dieses bröckeligen Gemäuers. Der Unterricht findet in zugigen Fertiganbauten oder ehemaligen Dienstbotenschlafzimmern statt. Trotzdem kostet die Schule ein Schweinegeld. Ich muss also aufpassen, dass ich mich vor Mum und Dad nicht zu sehr darüber beschwere. Bei ihren anderen vier Kindern brauchten sie eine solche Einrichtung schließlich nicht zu finanzieren. Die waren alle schlau genug, um an der staatlichen Schule klarzukommen, ganz ohne Sonderbehandlung.

Jedes Trimester an der St. Bernadette's kostet so zweitausend Euro, und wo immer dieses Geld landet, Gesundheits- und Sicherheitsmaßnahmen werden damit jedenfalls nicht bezahlt. Bevor ich überhaupt richtig ins Loch hineinkomme, muss ich erst mal die ganzen kaputten Pulte und Stühle wegschaffen, die die Tür versperren. Jedes Mal, wenn sich ein Möbelstück aus dem Berg löst, weht mir von drinnen ein Hauch Fäulnis und Staub entgegen. Zuerst versuche ich noch, die Teile eins nach dem anderen in eine Ecke des Klassenzimmers zu tragen und dort ordentlich aufeinanderzustapeln, doch als dabei dann Stuhlbeine abfallen, mir gegen die Beine schlagen und meine Strumpfhose aufreißen, werde ich rabiater. Ich ziehe den Schulpullover aus und fange an, Gerümpel durchs Zimmer zu schleudern wie eine Speerwerferin bei Olympia. Nach einer Weile fühlt sich das glatt befreiend an.

Als alle Möbel draußen sind, merke ich erst, wie geräumig das Loch eigentlich ist. Ich war immer von einem simplen Wandschrank ausgegangen, doch jetzt wird mir klar, dass es früher eine Vorratskammer oder so gewesen sein muss. Hier würden locker drei oder vier Mädchen gleichzeitig reinpassen. Eine wertvolle Erkenntnis. Verstecke kann man nie genug haben. Nur fehlt hier drin eine Glühbirne. Die Tür ist so schwer, dass ich sie mit einem der alten Stühle offen halten muss, trotzdem arbeite ich fast im Dunkeln.

Die Möbel waren allerdings nur der Anfang. Im Loch gibt es stapelweise Papiere, Zeitschriften und Schulbücher. Ich stoße auf Klausuren aus dem Jahr 1991, *Bunty*-Comics aus den 1980ern und ein paar Ausgaben einer Zeitschrift namens *Jackie*, die ich ein bisschen durchblättere. Bei den Ratgeberseiten und den schräg bebilderten Seifenopern-Fotostorys bleibe ich hängen. Letztere sind lächerlich altmodisch und tragen Titel wie »Millies großer Fang!« oder »Ein Rendezvous mit Fortuna!«.

Ich lese »Ein Rendezvous mit Fortuna!«. Wie sich herausstellt, ist Fortuna ein Pferd.

Als ich in den hinteren Bereich der Kammer vordringe, wird es richtig interessant. Hier lehnt ein Stapel Kartons an der Wand, der von einer dicken, kreidigen Staubschicht bedeckt ist. Ich ziehe die oberste Box herunter, öffne sie und finde drei Sony-Walkmans, ein Päckchen Superkings-Zigaretten, eine halb leere Flasche eingetrockneten Pfirsichschnaps und eine Schachtel Spielkarten.

Heiße Ware. Alles, was sie den Schülerinnen irgendwann mal abgenommen haben, ist offensichtlich hier gelandet.

Auch eine einzelne Haarspange mit einem kleinen silbernen Engel liegt im Karton und sieht neben den Kippen und dem Alkohol ausgesprochen unschuldig aus. Kurz probiere ich sie an, doch dann kriege ich Bammel vor Läusen und werfe sie schnell in die Mülltüte. In einem der Walkmans steckt eine Kassette. Ich setze mir die Kopfhörer ein und drücke Play. Verblüffenderweise funktioniert das Gerät noch. Das Kassettenband setzt sich in Bewegung. *Heilige Scheiße!*

Eine verspielt dahindümpelnde Bassline dringt an mein Ohr, *dudum-di-dum-di-dum*, und eine kindliche Frauenstimme flüstert mir zu. Sie singt über einen Mann, den sie kennt, und der Zähne hat, die weiß wie Schnee sind, was mir irgendwie blöd vorkommt. Welche Farbe sollten sie sonst haben?

Trotzdem bleibe ich dran, klemme den Walkman an meinen Rock. Fast keiner der Songs kommt mir auch nur bekannt vor. Alle klingen sie nach Grunge und künstlerischem Anspruch. Lieder, denen man den fetten schwarzen Lidschatten anhört. Ich kann mich nicht erinnern, wann ich zum letzten Mal Musik gehört habe, von der ich nicht genau wusste, welche es war. Vielleicht will ich es hier gar nicht wissen. Ist irgendwie cool. Ich spiele die Kassette mehrmals hintereinander. Ausschließlich Männer mit sehr hohen und Frauen mit sehr tiefen Stimmen singen die insgesamt elf Titel. Als ich die Kassettenklappe öffne, sehe ich, dass es sich um ein selbst gemachtes Mixtape handelt. Der einzige Hinweis ist ein weißes Klebeschildchen, auf dem »*FRÜHJAHR 1990*« steht.

Ich mache die Klappe wieder zu und will den nächsten Karton herunterheben, doch sein feuchter Boden zerreißt und der Inhalt kracht mir ins Gesicht. Im Zurückweichen muss ich irgendeine Kettenreaktion ausgelöst haben, denn der Stuhl an der Tür fällt um und das Loch knallt zu.

Schlagartig versinke ich in stinkender Schwärze. Panisch taste ich nach einem Türgriff und stelle fest, dass da keiner ist. Vielleicht also doch keine Vorratskammer. Sondern schlicht ein Schrank.

Mit einem Mal klingt die Musik in meinen Ohren gar nicht mehr so fröhlich und beschwingt. Sondern vielmehr scheißgruselig. Gerade singt Morrissey über Friedhoftore, vor denen er sich mit jemandem trifft: »*So I meet you at the cemetery gates.*« Als ich gegen die Tür schlage, bleibt die Kassette bei »*gates*« hängen und verfällt in eine Art Schluckauf.

»Hallo?«, rufe ich. »HALLO, HALLO! ICH STECKE HIER FEST. ICH STECKE IM LOCH FEST!«

»*… cemetery GATES, cemetery GATES, cemetery GATES, cemetery GATES …*«

Nachdem der Schrank sich vor wenigen Minuten noch so geräumig angefühlt hat, komme ich mir jetzt vor wie in einer Streichholzschachtel, die jemand ins Feuer geworfen hat. Ich hätte mich nie für klaustrophobisch gehalten, doch die Wände rücken immer näher und immer deutlicher wird mir die staubige, abgestandene Luft hier drin bewusst. Schon in Kürze könnte ich erstickt sein.

Ich werde nicht weinen. Ich werde nicht weinen. Ich werde nicht weinen.

Ich weine nie. Auch jetzt nicht. Stattdessen passiert etwas noch Schlimmeres. Das Blut steigt mir zu Kopf und obwohl ich in pechschwarzer Dunkelheit stehe, beginnen lila Punkte vor meinen Augen zu tanzen. Womöglich bin ich einer Ohnmacht nahe. Erneut taste ich panisch umher, diesmal auf der Suche nach Halt, da landet meine Hand auf etwas Kühlem, Schwerem, Rechteckigem. Auf etwas, das sich nach Papier anfühlt.

Dem Walkman geht der Saft aus. »*... cemetery GATES, cemetery GATES, cemetery GAAAaaaaaaaaayyyyyy ...*«

Und dann nur noch Schweigen. Totenstille. Bis auf meine Stimme, die um Hilfe schreit, und meine Faust, die gegen die Tür hämmert.

Dann endlich Licht und Luft, Miss Harris hat die Tür aufgerissen und ich falle ihr mehr oder weniger entgegen.

»Maeve«, sagt sie und schaut mich erschrocken an.

Trotz meiner Panik bin ich sehr zufrieden über die Besorgnis in ihrem Gesicht. *Geschieht dir recht, blöde Kuh.*

»Was ist passiert? Geht es dir gut?«

»Auf einmal ist die Tür zugefallen«, sprudele ich los. »Die Tür ist zugefallen und ich konnte nicht mehr raus und –«

»Setz dich«, befiehlt sie, zieht eine Flasche Wasser aus ihrer Handtasche, schraubt sie auf und gibt sie mir. »Nimm kleine Schlucke. Nicht dass dir schlecht wird. Du hyperventilierst ja fast, Maeve.«

»Es geht mir gut«, sage ich schließlich. »Ich habe nur Panik gekriegt. Ist es schon Mittag?«

Jetzt guckt sie erst recht besorgt drein.

»Maeve, es ist vier Uhr nachmittags.«

»Was?«

»Hast du etwa gar nicht zu Mittag gegessen? Warst du ohne Pause hier unten?«

»Ja! Das wollten Sie doch so!«

Sie sieht mich kopfschüttelnd an, als wäre ich der Zaubertopf, der ohne Rücksicht auf Verluste immer weiter süßen Brei kocht und erst dann aufhört, wenn man den richtigen Spruch aufsagt.

»Weißt du, was?«, fragt sie und betritt den Schrank (worauf ich kurz versucht bin, die Tür hinter *ihr* zuzuschlagen). »Ich finde es ja erstaunlich, was du alles schaffen kannst, wenn du dir nur Mühe gibst. Ich hatte keine Ahnung, wie viel Platz hier drin ist. Du bist eine wahre Zauberin. Gut gemacht.«

»Danke«, erwidere ich tonlos. »Mich erwartet wohl eine glänzende Karriere als Putzfrau.«

»Jetzt erst mal ab mit dir zum Waschraum und dann geh nach Hause«, sagt sie und mir wird bewusst, wie übel ich aussehen muss. Ich bin von Kopf bis Fuß mit Staub bedeckt, meine Strumpfhose ist zerrissen und am Hemd meiner Schuluniform kleben Spinnweben. »Geht es dir denn auch sicher wieder gut?«, fügt sie dann noch hinzu.

»Japp«, gebe ich etwas bissig zurück.

»Wir sehen uns morgen früh wieder. Dann überlegen wir uns, wohin mit den alten Möbeln.« Sie hängt sich ihre Handtasche wieder über die Schulter, geht zur Tür und wirft mir einen letzten Blick zu. Sie legt den Kopf schief. »Hm«, macht sie. »Hätte nie gedacht, dass du dich für Tarot interessierst.«

Ich habe keinen Schimmer, wovon sie redet. Dann schaue ich nach unten. Und bemerke: Fest zwischen meinen beiden Händen halte ich ein Tarotkartenspiel.

2. KAPITEL

Auf der Busfahrt nach Hause sehe ich mir die Karten genauer an. Mir will nicht recht einleuchten, wie sie sortiert sind. Auf manchen steht etwas wie »Die Sonne«, »Der Eremit« oder »Der Narr«, auf anderen sind nur Nummern und Symbole zu sehen. Statt der gewohnten Herzen, Piks, Kreuze und Karos sind es hier allerdings: Schwerter, eine Art Stöcke, Kelche und Sterne auf Scheiben.

Die meisten der in kräftigem Violett, Gold und Rot gehaltenen Bilder zeigen Menschen, die ganz und gar in ihre Beschäftigung vertieft sind. Hier zum Beispiel graviert jemand eine Tafel, aber *mit Inbrunst.* Nie hat sich jemand mehr Mühe gegeben als dieser Typ mit seiner Tafel. Die Karte trägt die Zahl Acht und gehört zu den Sternscheiben. Ich frage mich, was sie bedeuten soll. *Du wirst heute eine Tafel gravieren?*

Selbstverständlich bekomme ich hier nicht zum ersten Mal ein Tarotspiel zu Gesicht. Kennt man ja aus Filmen. Eine Wahrsagerin zieht eine Karte, sagt etwas Schwammiges à la »Ich sehe, Sie sehnen sich nach Veränderung« und wird natürlich erst mal nur belächelt. Aber dann weiß sie auf einmal doch total Bescheid und alle sind baff. »Und wie fühlt Ihr Ehemann *Steve* sich dabei?« Etwas in der Art.

Als ich die Karten sortiere, stelle ich fest, dass sie eigentlich doch fast wie normal funktionieren. Jedes Symbol hat ein Ass, dann Zwei, Drei, Vier, Fünf und so weiter bis Zehn. Auch die Adligen sind am Start, nur sind es hier König, Königin, Ritter und Bube statt Bube, Dame, König. Lily wäre Feuer und Flamme. Wenn wir noch beste Freundinnen wären, würde ich ihr die Karten sofort zeigen. Eines unserer ersten selbst ausgedachten Spiele hieß »Ritterinnen«. Dabei durchstreiften wir auf imaginären Pferden ihren Garten, besiegten Drachen und retteten Prinzen. Vielleicht spielt sie das Spiel manchmal noch in Gedanken. Ich weiß es nicht. Wir reden nicht mehr miteinander.

Während ich an Lily denke, fällt mir eine der Karten ins Auge. Eine, die ganz anders aussieht als der Rest und von der ich ein Schiffschaukelgefühl im Magen bekomme. Auf einmal sieht alles so verschwommen aus, als wäre ich gerade erst aufgewacht. Ist das ein Frauengesicht? Als ich mir die Karte näher ansehen will, werde ich von lautem Gegröle abgelenkt. Eine Jungsmeute von der St. Anthony's. Warum sind Jungs immer dermaßen laut im Bus? Sie reichen etwas zwischen sich hin und her und brüllen vor Lachen. Kein nettes, fröhliches Lachen. Ein gemeines. Was da herumgezeigt wird, ist tatsächlich auch ein Kartenspiel, wie ich jetzt erkenne.

Hm, das ist seltsam. Just an dem Tag, an dem mir Tarotkarten in den Schoß fallen, finden auch die St.-Anthony's-Jungs Gefallen an so was?

Rory O'Callaghan ist aufgestanden und durchquert den Gang, obwohl es bis zu seiner Haltestelle – die auch meine ist – noch Ewigkeiten dauert. »Hi, Maeve«, sagt er und bleibt vor mir stehen. »Darf ich …?«

»Klar«, sage ich. Der Tag wird immer seltsamer. Kaum denke ich an Lily, schon kommt ihr großer Bruder angelaufen. Er und ich kennen uns, seit wir klein sind, waren aber nie befreundet. Wie ein Komet – Respekt einflößend und nur selten zu sehen – durchzieht Rory meine Kindheit.

Als er sich neben mich setzt, fällt mir auf, dass sein Gesicht ganz rot ist und seine Augen feucht glänzen. Ich frage nicht, was passiert ist. Rory hat irgendwie schon immer viel einstecken müssen. Mit seinen großen Augen, den weichen Gesichtszügen und seiner einzelgängerischen Art ist er an einer Schule wie der St. Anthony's, an der jeder, der weder Fußball noch Hurling spielt, auch genauso gut tot sein kann, ein hoffnungsloser Außenseiter.

Dass die O'Callaghans eine der wenigen protestantischen Familien in unserer überwiegend katholischen Stadt sind, hilft wahrscheinlich auch nicht gerade weiter. Dabei sind sie eigentlich gar nicht religiös. Wer ist das schon? Trotzdem verleiht es Rory eine gewisse englische Schwächlichkeit. Eine Aura aus Höflichkeit und Zurückhaltung, die für seine Schulkameraden wie eine Zielscheibe aussieht.

»Rory!«, schreit einer aus der Meute. »Hey! Rory! Roriana! Roriana Grande! Komm zurück!«

Rory blinzelt. Seine dunkelbraunen Rehaugen sehen tatsächlich ein bisschen wie die von Ariana Grande aus. »Und, wie gehts dir?«, fragt er mich.

»Gut«, sage ich und mische die Karten. Ich mag es, wie sie sich anfühlen. Tatsächlich habe ich am liebsten immer irgendwas in den Händen, weil ich nie weiß, was ich sonst mit ihnen machen soll.

Rory wird blass, als er die Karten sieht. »So ein Mist. Du hast sie auch?«

Ich bin verwirrt und zeige ihm die verschlungenen Zeichnungen. »Tarotkarten?«

In dem Moment kommt einer aus der Meute auf uns zu. »Hey, Roriana Grande, kennt deine Freundin die schon?«

Der Junge, dessen Namen ich nicht weiß, hält mir ein paar Karten unter die Nase, und da begreife ich, was so witzig sein soll. Das ist kein Tarot, das sind welche von diesen fiesen Pornospielkarten, die einem in ramschigen Souvenirläden unterkommen. Nackte Frauen mit riesigen Möpsen und Tangas, die so eng sind, dass man schon vom Hinsehen Scheidenpilz kriegt. Und alle tragen sie ein kopiertes Foto von Rorys Gesicht auf dem Hals. Rory guckt starr aus dem Fenster, weil er genau weiß, dass er dem Jungen nur einen Gefallen täte, wenn er nach den Karten schnappen oder sonst irgendwie reagieren würde.

Das hier ist schlichtweg der unangenehmste Augenblick, den ich je im Schulbus zurück nach Kilbeg erleben durfte.

»Warte mal«, sage ich schließlich in einem Tonfall, als würde ich mit dem Jungen über ein Schulprojekt fachsimpeln, und blicke ihm forschend ins Gesicht. »Dann hast du also sage und schreibe zweiundfünfzig Mal Rorys Foto kopiert, ausgeschnitten und es auf jede einzelne dieser Spielkarten geklebt?«

Er lacht und winkt seinen Kumpels auf eine Art zu, die wohl so etwas heißen soll wie: »Bin ich nicht der geilste Witzbold aller Zeiten?«

»Wow, du musst ja völlig *besessen* von Rory sein«, sage ich extra laut, woraufhin mir der Junge einen bitterbösen Blick zuwirft und sich verzieht. Rory und ich bleiben schweigend sitzen. Aus dem Augenwinkel fällt mir auf, dass er sich die Fingernägel rosa lackiert hat. Nicht knallpink, eher ballettschuhrosé. Seiner natürlichen Nagelfarbe so ähnlich, dass man es fast nicht bemerkt.

Als wir aussteigen, geht er mit einem kaum hörbaren »Tschüss« in seine Richtung davon.

Mein Zuhause liegt gute zwanzig Minuten von der Haltestelle entfernt, aber die Strecke ist schön, und an Tagen wie heute freue ich mich regelrecht drauf. Der Weg führt am Flussufer entlang. Links von mir das rauschende blaugraue Wasser des Beg, rechts von mir die Steinmauern der Altstadt. Vor einem groben Jahrhundert war Kilbeg noch das Stadtzentrum, weil hier der Hafen lag. Einer der wichtigsten Handelshäfen von ganz Irland, um genau zu sein, und einige der Marktplätze und Viehposten sind bis heute erhalten. Sogar der alte Trinkbrunnen, an dem die Leute früher ihre Pferde angebunden haben, steht noch an Ort und Stelle, obwohl er mittlerweile seit Jahrzehnten versiegt ist. In der Grundschule habe ich mal ein Geschichtsprojekt über die Aufstände erarbeitet, die hier während der Großen Hungersnot stattfanden, weil die englischen Grundbesitzer ihr Getreide ins Ausland verkauft haben, obwohl es für die Iren nichts zu essen gab. Dafür habe ich einen Preis bekommen. Meinen ersten und wahrscheinlich auch meinen letzten.

Von außen betrachtet wirkt unser Haus riesig. Das relativiert sich aber, wenn man bedenkt, dass mitunter sieben Leute gleichzeitig hier gewohnt haben. Ja, *sieben*. Mum, Dad, meine ältere große Schwester Abbie, meine großen Brüder Cillian und Patrick, meine jüngere große Schwester Joanne und ich. Die Leute fragen mich gern, wie es sich anfühlt, so viele Geschwister zu haben, vergessen dabei aber, dass zwischen Abbie und mir fünfzehn Jahre liegen, dreizehn zwischen Cillian und mir, zehn zwischen Patrick und mir, und auch Jo und ich liegen noch ganze sieben Jahre auseinander. Ich fühle mich eher, als hätte ich so viele Eltern.

»Hi«, ruft Jo aus der Küche. Sie backt mal wieder. Darauf steht sie momentan. Vor einer Weile hat sie mit ihrer Freundin Schluss gemacht, seitdem wohnt sie bei uns und schreibt an ihrer Masterarbeit. Wenn es nach mir ginge, kämen die beiden nicht wieder zusammen, Mum hält es aber für wahrscheinlich. Es ist so langweilig zu Hause nur mit Mum und Dad.

»Hi, du bist ja früh wieder da«, sage ich, lasse meine Schultasche im Flur auf den Boden fallen und gehe in die Küche. »Was backst du Schönes?«

»Vor der Bib hat so eine bescheuerte Christendemo stattgefunden. Die wollte ich mir nicht geben.« Sie leckt sich einen Klecks Teig vom Finger. »Das werden Mandel-Pistazien-Blondies.«

»Himmel! Wogegen wurde denn protestiert? Und warum musst du immer so salzige Sachen backen?«

»Die sind nicht salzig«, widerspricht sie und zerstampft die Nüsse mit dem Boden einer Weinflasche. Ständig beschwert sie sich, dass unser Haushalt über kein gescheites Küchengerät verfügt. Aber mit fünf Kindern plus Karriere fand Mum so was nie besonders wichtig. »Sie sind *herzhaft*. Und protestiert wurde gegen die Kate-O'Brien-Ausstellung. Die sagen, der Steuerzahler sollte nicht für Kunst von Nicht-Heteros berappen müssen. Als bliebe dann noch viel Kunst *über*.«

Mit hohlen Händen schöpft Jo die zerstampften Nüsse in eine Tasse. »Wie war der Strafdienst?«

»Der war … okay.«

»Hast du dich bei Mr Bernard entschuldigt, wie ich es dir gesagt habe?«

»Nein.«

»Maeve!«

»Ich habe ihn *nicht getroffen*!«

»Unerheblich. Entschuldige dich dafür, dass du ständig austickst und mit Absicht den Unterricht störst.«

Ich hasse das. »Austicken.« Verstehen die Leute keinen Spaß? Immer müssen sie einen direkt als Soziopathin abstempeln. Wenn ein Mädchen still ist, sagen sie doch auch nur: »Sie ist still. Das ist ihr Charakter.« Und eine absolute Streberin ist natürlich nur »ambitioniert«. So was hinterfragt keiner. Jo für ihren Teil war als Schülerin dermaßen überspannt, dass sie sich während der Abschlusstests stressbedingte Schuppenflechte eingehandelt hat, und niemand sagte etwas anderes dazu, als dass sie nun einmal sehr zielorientiert sei.

»Überhaupt«, fügt sie hinzu und streut die Nüsse in den Blondie-Teig, »begreife ich nicht, warum dir Sprachen so schwerfallen. Du kannst doch eigentlich gut mit Worten umgehen. Wenn du nur die wichtigsten Verben und Zeitformen auswendig lernst, ist der Rest ein Kinderspiel.«

Nur? Ich muss sie *nur* auswendig lernen?

Ist ihr nicht klar, was das für eine Unmöglichkeit ist?

Und doch, andere können es. Alle aus meinem Jahrgang, mit denen ich hin und wieder abhänge, haben im letzten Vokabeltest mindestens achtzehn oder neunzehn von zwanzig geschafft, und ich nur gerade so elf.

Kurz bevor ich an der St. Bernadette's angefangen habe, hat Mum mich bei einem Spezialisten auf Legasthenie testen lassen. Meine ganze Familie hat wohl gehofft, dass es für meine Unfähigkeit wenigstens einen guten Grund gibt.

»Ich weiß einfach, dass Maeve verborgene Talente in sich trägt«, hatte Mum dem Spezialisten gesagt und dabei offenbar sich selbst mindestens genauso sehr überzeugen wollen wie ihn. »Von all meinen Kindern hat sie am frühesten zu sprechen angefangen. Mit elf Monaten. Ganze Sätze.«

Ja, alle sehnten sich nach einer Erklärung für meinen Leistungsrückstand. Besonders Cill und Pat mit ihrem Wissenschaftsfimmel. Jeden Tag kamen sie mit einer neuen Theorie um die Ecke, warum ich so schlecht mitkam in der Schule. »Könnte es an ihrem Gehör liegen?«, fragte Cillian einmal, als er übers Wochenende nach Hause gekommen war. »Vielleicht kriegt sie einfach nicht richtig mit, was die Lehrer sagen.«

Eine traurige Ironie, wenn man bedenkt, dass ich von seiner Idee nur weiß, weil ich das Gespräch vom Nebenzimmer aus hören konnte.

Ich bin weder legasthenisch noch taub oder blind, sondern zur allgemeinen Enttäuschung schlicht und einfach dumm.

Mit angelecktem Finger fahre ich über die Arbeitsplatte, lese Pistazienkrümel auf und stecke sie mir in den Mund.

»Maeve. Bäh. Lass das. Ich will deine Spucke nicht in meinen Blondies.«

»Warum? Für wen sind die denn?«

»Für niemanden. Himmel, muss ich mich für den Wunsch nach spuckefreien Blondies rechtfertigen?«

»Sie sind für Sarra, hab ich reeeecht?«, ziehe ich sie auf. »Triffst du dich wieder mit ihr?«

»Halt die Klappe«, gibt sie zurück, wischt die Nusskrümel erst auf ihre Handfläche, dann in die Teigschüssel und rührt um.

»Wusst ich's doch!«, triumphiere ich. »Glaub ja nicht, dass sie die Blondies zu würdigen weiß. Bestimmt behauptet sie, dass sie sie liebt, nur um sie dann mit ein paar Brownies zu betrügen.«

Joanne hört auf zu rühren. Ihr Gesicht läuft rot an. Oh Gott, jetzt hab ich's geschafft. Manchmal denke ich einfach nicht dran. Obwohl wir schon so lange von Sarras Fremdgehen wissen, dass es sich längst anfühlt wie kalter Kaffee, ist Joanne für ihren Teil noch lange nicht darüber hinweg.

»Hey«, lenke ich ein. Wenn ich sie zum Lachen bringe, können wir den Gedanken an Sarra vielleicht über die Schulter werfen wie eine Prise Salz. Soll ja Glück bringen. »Brownies sind zum Kotzen. Sind vermutlich das am meisten überschätzte Gebäck auf der ganzen Welt. Und schmeißen sich an alle und jeden ran – total billig.«

Joanne kippt schweigend die Teig-Nuss-Mischung in die Backform.

»Wer auf Brownies steht, ist fast mit Sicherheit ein Arsch«, versuche ich es noch einmal und sehe zu, wie Jo die Form in den Ofen schiebt.

»Himmelherrgott, Maeve, lass es doch einfach!« Vor lauter Wut passt Jo nicht auf und verbrennt sich den Unterarm am Herd. Sie schreit, greift instinktiv nach der schmerzenden Stelle und lässt dabei die randvolle Backform fallen. Schnell schnappe ich mir die Küchenrolle und versuche, ein paar der klebrigen gelben Klumpen zu retten.

»Lass das!«, ruft sie und schubst mich weg. »Hau einfach ab. Hau ab, hau ab, hau ab! Geh auf dein Zimmer!«

»Ich will dir doch nur helfen, blöde Kuh«, sage ich und spüre schon, wie meine Augen anfangen zu brennen. *Oh Gott, nicht weinen. Nicht weinen.* Es gibt nichts Schlimmeres, als wenn man die Jüngste der Familie *und* eine Heulsuse ist. »Außerdem kannst du mich gar nicht auf mein Zimmer schicken. Du bist nicht Mum, also leck mich!«

Jetzt weine zwar nicht ich, aber Joanne laufen die Tränen übers Gesicht. Manchmal denke ich, dass eigentlich sie das Sensibelchen von uns ist, weil sie so lange Zeit die Jüngste war, bis dann ich geboren wurde. Ihr wurde der Status weggenommen, während ich ihn verzweifelt loszuwerden versuche.

Auf einmal steht Mum mit der aufgerollten Hundeleine im Zimmer und sieht so aus, als wäre sie schon gleich genervt von uns. K2 rast herein, stürzt sich auf den Teig und hat schon die Hälfte verschlungen, bevor Mum überhaupt Luft holen kann, um sich lauthals über seine anfällige Verdauung zu sorgen.

»HALTET K2 FEST!«, schreit sie. »Maeve, hol K2 DA

WEG! K2, AUS! BÖSER HUND! Joanne, ist da Butter drin? Ich werde keinen ranzigen Butterdünnpfiff wegputzen. Habt ihr auch nur eine Vorstellung, wie das stinkt?«

Nachdem wir K2 ausgesperrt haben, putzen wir die Bescherung weg und Joanne berichtet tränenreich, was für eine herzlose kleine Schwester ich bin.

»Das glaube ich einfach nicht«, fahre ich sie an. »Weit über zwanzig und immer noch 'ne Petze.«

Dann sage ich noch alles mögliche Schlimme über sie und Sarra, was ich sofort bereue, wofür ich mich aber ebenso wenig entschuldigen werde wie für den Brownie-Witz. Wie zwei Geächtete verziehen K2 und ich uns wenig später in mein Zimmer.

Ich habe fünfzig ungelesene WhatsApp-Nachrichten, aber alle bloß aus Gruppenchats. Niamh Walsh und Michelle Breen wollen wissen, was ich an meinem ersten Strafdiensttag für Miss Harris machen musste.

Das Loch aufräumen, antworte ich und ernte einen Haufen entsetzter Emojis.

Das melde ich Amnesty International, schreibt jemand.

Was ich nicht alles für Krempel gefunden habe, tippe ich und poste ein Foto von dem Walkman samt Grunge-Mixtape.

Alle verleihen kurz ihrem Staunen Ausdruck, doch dann geht es schnell wieder um etwas anderes. Mindestens vierzehn Leute schreiben in dieser Gruppe, deswegen ist es schwierig, immer mitzukommen. Nicht zum ersten Mal ertappe ich mich bei dem Wunsch nach einer besten Freundin zum Reden.

Ich hatte eine, früher. Aber die Sache mit Lily ist vorbei. Seit fast anderthalb Jahren mittlerweile.

Da fällt mir das Tarotspiel wieder ein. Die satten Violett-, Gold- und Rottöne, die konzentrierten Gesichter und die seltsamen Symbole. Ich ziehe die Karten aus meiner Schultasche und gehe sie eine nach der anderen durch. Lege sie der Reihe nach auf meinem Bett aus.

1. DER NARR.
   Ein Typ mit einem Hund und einer Flöte. Auf eine langhaarige Prinz-Eisenherz-Art sieht er irgendwie heiß aus.
2. DER MAGIER
   Ein Typ an einem Tisch, der einen Trank zusammenrührt.
3. DIE HOHEPRIESTERIN
   Eine Frau mit einem Mond auf dem Kopf. Mit ihrer strengen Schönheit erinnert sie mich an Miss Harris.

Ich starre jede Karte eingehend an in der Hoffnung, eine hellseherische Vision zu erhalten, wenn ich den abgebildeten Leuten nur tief genug in die Augen sehe. Nichts. Irgendwann klappe ich meines eigenen Unwissens müde den Laptop auf und suche: »Wie man sich Tarot beibringt.«

Und auf einmal scheinen die Stunden nur so dahinzufliegen.

3. Kapitel

»Hi, Leute, willkommen zu Silver Magic. *Ich bin Raya Silver, und heute lernen wir das einfache Legen mit drei Karten.«*

Die Frau in dem YouTube-Video sitzt mit untergeschlagenen Beinen auf einem Korbsessel in ihrem Esoterikladen in New Orleans und sieht einfach umwerfend aus. Dieser Laden ist gleichzeitig ihr Zuhause, in dem sie mit ihrer ganzen Familie wohnt. Raya hat zwei Kinder, einen Hund, eine Katze und ein drittes Auge.

Seit ich vor zwei Stunden das erste Raya-Silver-Video angeklickt habe, kann ich gar nicht genug von ihr kriegen.

Sie hat mir beigebracht, dass die »Trümpfe« – wie »Tod«, »Magier« oder »Hohepriesterin« – quasi die Hauptdarsteller des Tarots sind, und dass man sie die großen Arkana nennt. Die Restlichen, die kleinen Arkana, sind wie beim normalen Kartenspiel in Farben aufgeteilt. Schwerter stehen für Verstand, Kelche für Gefühl, Stäbe für Lust und die Sternscheiben – oder Münzen – für Geld.

»Schwerter, Kelche, Stäbe, Münzen«, so steht es in Rayas E-Book, das ich mir gleich heruntergeladen habe. »Kopf, Herz, Lenden, Füße.«

»Zum Aufwärmen gönnen wir uns eine ausgiebige Runde Mischen«, erklärt sie und die Karten gleiten wie ein Seidenschal von ihrer einen Hand in die andere. Als ich ihre Bewegung nachahme, purzelt mir alles auf die Bettdecke. Muss an der Technik noch feilen.

»Wenn wir die Karten allerdings für jemand anderen legen, mischt er oder sie bitte selber. Die Karten atmen, sie sind Lebewesen, sie müssen die Energie des Menschen aufnehmen, für den sie gelegt werden. Dann die Karten schön auffächern, damit sie sich frei entfalten können.«

Ich tue wie geheißen.

»Jetzt mit der linken Hand drei Karten ziehen. Die erste steht für die Vergangenheit, die zweite für die Gegenwart, die dritte für die Zukunft.«

Ich pausiere das Video und lasse mir Zeit. Ziehe eine nach der anderen und decke eine nach der anderen auf. Der Mond, der Wagen und der Turm. Der Mond ist einfach der Mond – eine perlmuttweiß leuchtende große Kugel. Der Wagen ist ein Mann in einem zweispännigen Streitwagen, dem die Pferde durchgehen. Allein der Turm macht mir etwas Angst. Die Karte sieht übel aus. Ein mittelalterlicher Turm ist entzweigeborsten und orangefarbene Flammen lecken an den Steinen empor. Zwei Menschen stürzen von ihm herunter, ihrem Tod entgegen. Brrr, Gänsehaut. Doch ich vertraue Raya. Sie sagt, dass es keine schlechten Karten gibt, dass alles eine gute Seite hat. Und ich glaube ihr.

In Rayas E-Book schlage ich die Bedeutungen von Mond, Wagen und Turm nach. Rayas Erklärungen sind wohlwollend, haben die Länge einer Textnachricht, und statt abgehoben zu schwurbeln, formuliert sie ganz normal, als würde man mit einer Freundin quatschen. Deswegen ist mir ihre Art so sympathisch.

DER MOND: Der Mond ist eng mit unserm Menstruationszyklus verknüpft. Manchmal kann er mir deswegen echt den Buckel runterrutschen. Diese Karte steht für tief verborgene, unbewusste Energie, vielleicht sogar für Unterdrücktes. Denk dran, dass alles früher oder später ans Licht kommt!

DER WAGEN: Heieiei! Runter vom Gas! Du drohst aus der Kurve zu fliegen – oder bist du so schnell unterwegs, dass es bloß danach aussieht? Überleg mal, ob du die Situation im Griff hast.

DER TURM: Okay, ich weiß, das sieht übel aus. Richtig übel. Aber manchmal muss Altes einstürzen, damit du etwas Neues aufbauen kannst.

Ich mache Rayas Video wieder an, und sie erklärt, wie es jetzt weitergeht. »*Vertrau auf deine Intuition*«, sagt sie mit rauchiger Stimme. »*Lass die Karten zu dir sprechen.*«

Ich starre also auf den Mond, den Wagen, den Turm und frage mich, was sie mir sagen wollen. Der verschlossene Mond für die Vergangenheit. Passt. Das ganze letzte Schuljahr hindurch bin ich mehr oder weniger für mich geblieben. Die *zwei* letzten Schuljahre, um ehrlich zu sein. Alle scheinen mit ihrer Clique dicker als je zuvor und ich hinke ohne beste Freundin und ohne Freundeskreis, aber mit schlechten Noten hinterher. Dann der Wagen, der Typ, der ruhig zu bleiben versucht, während ihm die Pferde durchgehen. Mh-hm, klingt nach mir.

»*Sprich die Wahrheit aus*«, sagt Raya. Ihre Stimme ist nichts als ein Hauch, doch sie hat ihre schokoladenbraunen Augen fest auf mich gerichtet. »*Sprich sie laut aus.*«

»Ich fühle mich schon seit einer Weile ziemlich elend«, sage ich laut, und völlig überraschend sammelt sich eine kleine heiße Träne in meinem Augenwinkel. Schnell blinzle ich sie weg. »Ich tue so, als würde es mir gut gehn, aber das stimmt nicht.«

»*Geh dorthin, wo die Angst sitzt*«, sagt Raya Silver, als könnte sie mich hören. »*Sprich aus, was dir Angst macht.*«

»Wenn ich das nicht bald irgendwie geregelt kriege, wird es ein richtig verdammt übles Ende nehmen«, sage ich. Doch bevor ich darüber traurig werden kann, ruft Dad mich zum Abendessen.

Als ich nach unten gehe, sitzt Dad allein am Tisch. Jo ist ausgegangen – vermutlich zu Sarra – und Mum hat sich das Essen mit in Abbies altes Zimmer genommen, um weiter Hausarbeiten zu korrigieren.

»Wie ich höre, machst du Joanne das Leben schwer«, sagt Dad vorwurfsvoll und schiebt mir einen Teller Lasagne hin.

»Das ist vielleicht *ihre* Version der Geschichte …«

»Du solltest netter zu deiner Schwester sein. Sie macht eine harte Zeit durch.«

»Ich bin nett«, sage ich. »Ich kann nett sein.«

»Du bist mehr als nur nett, Maeve. Du bist gütig. Da steckt so viel Güte in dir. Du musst sie nur zeigen.«

»Worin besteht der Unterschied?«

»Wenn nette Leute etwas Schlimmes erfahren«, sagt er und streichelt K2, der ihm bettelnd die Pfote auf den Schoß legt, »hören sie es sich an, nicken mitfühlend und sagen ›oh, wie schrecklich‹. Gütige Menschen tun etwas dagegen.«

Dad versteht mich besser als die anderen, weil auch er unter älteren Geschwistern aufwuchs. Andererseits ist er das Genie in einer Idiotenfamilie, nicht die Idiotin in einer Geniefamilie. Sein Verständnis hat also Grenzen.

Wir unterhalten uns ein bisschen. Er fragt mich, ob es in der Schule mittlerweile besser läuft, und ich lüge, dass ja.

»Wie geht es Lily?«, fragt er und schiebt das Essen auf seinem Teller hin und her. »Redet ihr noch miteinander?«

»Wir sind keine Freundinnen mehr, Dad«, sage ich, und um das Thema zu wechseln, ziehe ich die Tarotkarten aus der Hosentasche.

»Was ist *das* denn?«

»Tarot«, antworte ich. »Soll ich dir die Karten legen?«

»Ich weiß nicht recht. Sagst du mir dann irgendwelche Katastrophen voraus?«

»Die Tarotkarten sagen nichts voraus«, berichtige ich und imitiere Rayas ruhige, Guru-artige Stimme. »Sie lassen uns die Gegenwart begreifen.«

»Himmel! Bist du einer Sekte beigetreten? Kam ja im Radio, wie die sich heutzutage schon Teenies schnappen, aber dass *du* ihnen ins Netz gehst, hätte ich nicht gedacht.«

»Pff. Ich find nur die Karten spannend. Das Tarot hat eine lange Geschichte, weißt du? Geht bis ins fünfzehnte Jahrhundert in Italien zurück.«

»Dann interessierst du dich jetzt für Geschichte *und* für Italien? Diese Sekte gefällt mir.«

»Hier«, sage ich und drücke ihm die Karten in die Hand.

»Misch die bösen Jungs einmal gut durch. Lass deinen Saft in sie fließen.«

»Meinen *was*?«, fragt Dad entsetzt.

»Deine Energie! Lass deine Energie in sie fließen! Karten sind aus Papier, Dad. Und Papier ist aus Bäumen. Sie haben ein Bewusstsein.«

»Mh-hm«, macht er, sichtlich verwirrt. »Und seit wann beschäftigst du dich mit so was?«

»Seit heute«, antworte ich, lasse ihn mischen und fächere die Karten auf, wie Raya es vorgemacht hat. »Drei ziehen.«

Er zieht. Die Zehn der Stäbe, die Zwei der Kelche und den Narren. Ich begutachte sie.

»Wie es aussieht, arbeitest du momentan besonders hart«, sage ich und zeige auf den Mann, der sich an einem riesigen Stangenbündel abschleppt. »Und es könnte sein, dass du Mum darüber vernachlässigst. Die Karten empfehlen, dass ihr zusammen in Urlaub fahrt oder sonst was Schönes unternehmt, um euch wieder, du weißt schon, verliebt zu fühlen.«

Die Miene meines Dads verfinstert sich. »So ein Quatsch«, sagt er. »Das steht da nicht.«

»Wohl!«

»Hat deine Mutter dich dazu angestiftet?«

»Nein!«, rufe ich aus und freue mich diebisch. »Wieso? Habe ich recht?«

»In Gottes Namen!«, stöhnt er und fährt sich mit beiden Händen durch die dünnen, sandblonden Haare. »Dann fliegen Nora und ich eben nach Lissabon.«

»Lissabon?«

»Deine Mum redet seit Tagen von nichts anderem. Die Flüge sind gerade im Angebot. Und ich habe in letzter Zeit geackert wie ein Verrückter.«

»Na dann los!«, rufe ich und bin ganz aufgeregt, dass ich tatsächlich recht hatte. »Auf nach Lissabon!«

»Und wer schickt dich morgens zur Schule?«

»Ich bin sechzehn! Ich kann mir selbst den Wecker stellen. Und Joanne ist ja auch noch da.«

Dad räumt unsere Teller ab und kratzt die Essensreste in den Mülleimer. »Himmel«, murmelt er, noch immer ganz benommen. »Dann gehe ich wohl schnell mal auf Ryanair.«

Hellauf begeistert von meinem Erfolg stecke ich das Tarot wieder ein. »Schon interessant«, sagt Dad noch, »dass du dir all diese Karten an einem Nachmittag merken kannst, aber immer noch nicht das große Einmaleins draufhast.«

»Halt die Klappe! Hab ich so was von drauf! Ich bin doch keine acht mehr, Dad, ich bin sechzehn!«

»Was ist sechzehn mal acht?«

»Eine Million und drei.«

»Hundertachtundzwanzig.«

»Oh, guck mal«, sage ich und zücke erneut das Tarot. »Die Todeskarte. An deiner Stelle würde ich mich beeilen mit den Flugtickets.«

Er geht und lässt mich mit meinen Lochkarten allein. Dads blöder Mathetest kann mich mal, aber es ist tatsächlich seltsam, wie schnell ich mir die Karten einprägen konnte. Irgendwie war das kein normales Auswendiglernen. Nicht wie bei Vokabeln oder so, von denen ich die erste sofort wieder vergesse, sobald ich mir die zweite zu merken versuche. Nein, die Tarotkarten blieben mir gleich im Kopf. Wie ein Liedtext. Wie ein Gedicht. Wie etwas, das ich schon lange gefühlt habe und jetzt endlich ausdrücken kann.

4. Kapitel

Am nächsten Tag lässt mich Miss Harris nahezu die ganze Mittagspause hindurch das Loch zu Ende aufräumen. Fast macht es mir gar nichts aus. Dad hat mir neue Batterien für den Walkman gegeben, deswegen kann ich die Arbeit regelrecht genießen. Ja, ich freue mich direkt darauf, das Loch ordentlich und sauber erstrahlen zu sehen. Mit Schwung mache ich mich an die letzten Handgriffe und singe die 1990er-Grunge-Musik mit. Die Karten habe ich in meiner Schultasche verstaut und muss ständig der Versuchung widerstehen, mit ihnen herumzuspielen.

Fünf Minuten bevor es läutet, erklärt Miss Harris das Loch für aufgeräumt und schickt mich in den Aufenthaltsraum, damit ich noch etwas esse. Nach dem gestrigen Vorfall hat sie wohl Bammel, dass ich mir doch noch wehtue und es dann ihre Schuld ist.

Die meisten Mädchen sind über Mittag in die Stadt gegangen, aber ein paar lümmeln noch herum und drücken sich vor der Februarkälte. Lily O'Callaghan sitzt mit einem Buch etwas abseits und ihr langer dunkelblonder Pony fällt ihr ins Gesicht. An Stirn und Schläfen, dort, wo die fettigen Strähnen über die Haut streichen, wachsen ihre Pickel besonders zahlreich. Wie oft sie sich wohl derzeit die Haare wäscht? Lily ist nicht per se unreinlich. Sie fühlt sich nur einfach nicht wohl in ihrem Körper. Meist ignoriert sie ihn geflissentlich. Am liebsten wäre sie wohl ein lesendes, zeichnendes Hirn im Glas.

Als ich an ihr vorbeigehe, lächelt sie angespannt und fummelt an ihrem Hörgerät herum. Da entdecke ich eine Gruppe Mädchen, die ich kenne, und steuere hastig auf sie zu, ohne Lily auch nur ein Hallo zu schenken.

Was tue ich da? Warum bin ich trotz allem, was wir zusammen durchgemacht haben, so hässlich zu ihr?

Ich gehe weiter und setze mich zu der Clique. Michelle hat eine neue Make-up-Palette von dieser amerikanischen Marke, die offenbar auch die berühmten Dragqueens alle benutzen, und ist ganz aus dem Häuschen deswegen. Mir will ihre Aufregung nicht recht einleuchten. Für mich sehen die Farben genauso aus wie die in den Zwanzig-Tacken-Teilen bei Urban Decay, und als mir das rausrutscht, lachen alle und Michelle wirkt wenig begeistert.

»Tut mir leid«, sage ich beim Anblick ihrer roten Ohren. Michelle gehört zu diesen blassen Rotschöpfen, bei denen sich selbst kleine Verstimmungen immer sofort bemerkbar machen. Eine Weile höre ich schweigend dem weiteren Gespräch zu. Es wird schnell öde. Gelangweilt fummele ich an meinen Klamotten herum, schiebe eine Hand in die Tasche vom Blazer meiner Schuluniform und spüre die Tarotkarten unter meinen Fingern. *Was?* Ich hatte sie doch in die Schultasche gesteckt.

Ich muss wohl ziemlich verdattert aussehen, denn die Mädchen unterbrechen ihre Unterhaltung und gucken mich an.

»Was ist?«, fragt Michelle. »Du machst ein Gesicht, als hättest du grad 'nen fiesen Furz gerochen.«

»Ach, nichts«, sage ich und fasse mich wieder. »Hey, soll ich dir die Karten legen?«

»Mir was?«

Ich zeige Michelle das Tarot und auch die anderen rücken näher.

»Weißt du denn, wie das geht?«, fragt Michelle.

»Ungefähr«, antworte ich. »Habs gestern Nachmittag geübt.«

Michelle mischt und zieht. Die Königin der Stäbe, die Drei der Kelche und das Ass der Münzen.

Genau wie gestern Abend mit Dad scheint sich alles wie von selbst zu fügen. Mir leuchtet sofort ein, was die Karten zu sagen haben. Ich muss es nur noch für Michelle zu einer Geschichte spinnen. Zu einer Geschichte darüber, wie die kreative Leidenschaft für Make-up und Ähnliches auf der einen und die Liebe zu ihren Freunden auf der anderen Seite die beiden großen Kräfte in ihrem Leben sind, die sie zum Erfolg führen werden.

Michelle ist merklich beeindruckt. »Wow, Maeve, erst gestern habe ich meinen eigenen YouTube-Kanal für Make-up-Kunst ins Leben gerufen.«

Als die Mädchen hörbar nach Luft schnappen, ist mir klar, dass das mit dem Tarot noch eine ganz große Sache wird.

»Nicht dein Ernst!«

»Doch! Guck!«

Sie zückt ihr Handy und öffnet die YouTube-App. Und tatsächlich: Dort, mit null Abonnenten und einem noch grauen Kreis statt Foto, liegt ein frisch geborener YouTube-Kanal namens »SweetShellFaces«. Michelle läuft vor Verlegenheit feuerrot an, will aber offenbar deutlich machen, wie fast schon unheimlich treffend die Aussage der Karten ist.

»Der Kanal muss dir nicht peinlich sein. Die Karten halten ihn für eine gute Idee.«

»Bist du sicher?«

»Absolut. Eindeutiger gehts kaum!« Dann erkläre ich, dass die Königin der Stäbe für weibliche Kreativität steht, die Drei der Kelche für Freundschaft und das Ass der Münzen für finanziellen Erfolg.

Fortan bin ich jede Mittagspause mit Kartenlegen beschäftigt. Alle denken, dass Magie dahintersteckt. Dass ich hellsehen kann. Doch sosehr ich auch den Hype genieße, dem ist nicht so. Ich kenne nur einfach meine Kundinnen fast genauso gut wie meine Karten. Wenn ich die Drei der Schwerter für Becky Lynch ziehe, weiß ich, dass sich der schmerzhafte Aspekt der Karte auf die Scheidung ihrer Eltern bezieht. Wenn ich für Niamh die Todeskarte ziehe, kreischen alle erschrocken auf, aber ich weiß, dass es um Niamhs Pferd geht, das sie kürzlich weggeben musste, weil ihre Familie aus der ländlichen Umgebung mitten in die Stadt gezogen ist.

»Wildfang muss doch nicht sterben, oder?«, fragt sie und ist den Tränen nahe. Alle im Zimmer lehnen sich vor, genießen das Drama in vollen Zügen.

»Nein«, antworte ich. Aber erst, nachdem ich zweimal tief Luft geholt habe. Ja, auch ich genieße das Drama. »Doch du solltest akzeptieren, dass der Wildfang-Teil deines Lebens vorüber ist. Jetzt kann etwas Neues beginnen.«

Bald weiß mein ganzer Jahrgang von den Tarotkarten. Eines Morgens stehe ich gerade vor den Toiletten an, als Fiona Buttersfield schnurstracks auf mich zusteuert.

»Hi«, sagt sie. »Du bist doch …«

»Fiona«, sage ich nervös. Gegenüber Fiona Buttersfield bin ich immer etwas eingeschüchtert. Zwar haben wir nur ein Fach zusammen, aber sie ist eine Art Berühmtheit in unserem Jahrgang. Fiona ist eine der wenigen, die an der Kilbeg-Jugendbühne Theater spielen können, ohne deswegen ausgelacht zu werden. Tatsächlich hat sie so früh damit angefangen, dass einige ihrer ehemaligen Theaterkollegen schon an der Uni sind, und Fiona darf immer noch mit ihnen abhängen, ja sogar in ihren Stücken mitspielen.

»Du heißt auch Fiona?« Sie guckt verwirrt.

»Nein, du heißt Fiona. Ich heiße Maeve.«

»Wie *ich* heiße, weiß ich selber.«

»Kann ich etwas für dich tun, oder …?«

»Ich hab gehört, du kannst mir die Karten legen.«

»Ähm …«, schinde ich Zeit und frage mich, ob ich das bei jemandem riskieren will, den ich gar nicht kenne. »Willst du das denn?«

Sie nickt. »Karriereberatung.«

»Verstehe«, sage ich. »Also gut, dann komm in der Mittagspause zu mir.«

»Auf keinen Fall«, sagt sie und verschränkt die Arme, als hätte ich sie gerade aufgefordert, die Unterhose auszuziehen. »So was gehört nicht in die Öffentlichkeit. Weißt du das nicht? Man muss dabei ungestört sein.«

»Du kennst dich ja gut aus.«

»Früher in Manila hat meine Tita Leuten die Karten gelegt«, sagt sie und bemerkt dann meinen verständnislosen Blick. »Meine *Tante.*«

»Ah, alles klar. Warum fragst du dann nicht sie?«

»Weil sie mir zu irgendwas Langweiligem wie Jura oder Medizin raten wird.«

»Aha. Okay.« Es läutet schon zur nächsten Stunde und ich muss immer noch dringend pinkeln. Schnell gehe ich in eine der Kabinen. Fiona bleibt vor der Tür stehen.

»Dann machst du es also?«

»Ja!«, rufe ich in dem Wissen, dass sie mich pinkeln hören kann. »Beim Loch, in der Mittagspause!«

»Ein Silberstück wird den Besitzer wechseln.«

Kurz glaube ich, mich verhört zu haben. »Was?«

»Ich werde dich bezahlen!«

In der Mittagspause erwartet mich Fiona wie verabredet am Loch. Ich schließe es mit Miss Harris' Schlüssel auf, den zurückzuverlangen sie vergessen hat. Drinnen setzen wir uns im Schneidersitz auf den Boden und machen unsere Handylampen an, wodurch sich unsere Gesichter gespenstisch von der Dunkelheit abheben.

Während ich mische, kann ich nicht anders, als Fiona neugierig zu betrachten. Sie hier vor mir sitzen zu haben ist schlichtweg erstaunlich. Zwar ist sie nicht etwa eine von den Fiesen, aber distanziert allemal. Kann man ihr nicht übel nehmen. Ihre Mutter ist Filipina, und als eine der wenigen Nicht-Weißen hier an der Schule darf Fiona sich so manche Kommentare über ihr Aussehen anhören. Letztes Jahr, als alle aus den Sommerferien zurückkehrten, sollte sie den nackten Arm ausstrecken, damit die anderen daran vergleichen konnten, wie braun sie geworden waren. Für die glänzenden schwarzen Haare bekommt Fiona oft Komplimente, allerdings immer mit irgendeinem schrägen Nachsatz à la »Kommt bestimmt daher, dass ihr Leute so viel Fisch esst«.

Ich reiche Fiona das Tarot, sie mischt auch noch mal und ich fächere den Stapel auf. Dann zieht sie. Nachdem ich die Karten betrachtet habe, zögere ich.

»Geht es dir … momentan gut?«, frage ich vorsichtig.

»Was meinst du damit?«

»Deine Karten wirken etwas … traurig.«

»Ich wollte was über meine Karriere wissen.«

»Ja, aber …«

Ich lasse meine Hände über den Karten schweben. Fünf der Kelche: Trauer, Angst, Verlust. Drei der Schwerter: Herzschmerz. Neun der Schwerter: Sorge.

Fiona zieht eine Augenbraue hoch. Dieses Mädchen kam mir immer ziemlich eingebildet vor. Als wäre sie sich zu schade, um mit dem Pöbel abzuhängen.

»Du hast nur offenbar gerade anderes im Kopf als deine, ähm, Karriere.«

Während Fiona lange die Karten anstarrt, bin ich schon fast überzeugt, dass sie die Sache gleich abbricht.

»Ich bin da mit einem zusammen«, sagt sie schließlich, »der älter ist als ich.«

»Oh«, mache ich und versuche, ganz cool zu bleiben. Nach dem Motto: *Ach, klar, sicher, ich war auch schon mit haufenweise älteren Jungs zusammen.*

»Er ist zwanzig.«

»Wow.«

»Wir kennen uns vom Theater«, sagt sie und verleiht ihrer Stimme einen rauchigen Touch. Die Dramatik, mit der sie »Theater« ausspricht, nervt extrem.

»Er möchte, dass … dass …«

»Du mit ihm schläfst?«, rate ich kühn.

»Genau«, nickt sie dankbar.

»Und du …«

»Ich weiß es nicht!«, platzt es aus ihr heraus und sie rauft sich mit beiden Händen die Haare. »Ich meine, wir sind jetzt immerhin seit drei Monaten zusammen. Da ist das wohl kaum etwas Anstößiges.«

»Mh-hm«, mache ich und denke, dass das hier bei Weitem meine Gehaltsklasse übersteigt. Ich bin Amateur-Kartenlegerin, keine Therapeutin. Trotzdem gebe ich mein Bestes: »Also, die Karten wollen dir offensichtlich etwas mitteilen.«

»Und was?«

Ich hebe die Neun der Schwerter hoch. »Die Frau auf der Karte hier sitzt buchstäblich in ihrem Bett und weint bei dem Gedanken, einen Mann unter ihre Decke zu lassen.«

Da lacht Fiona los. Kein gekünsteltes Kichern, ein echtes lautes Lachen.

»Als ob. Das hast du dir doch gerade eben ausgedacht.«

»Sag ihm einfach, dass du noch nicht bereit bist.«

Sie kräuselt die Lippen und schaut noch einmal die Karte an. »Ehrlich gesagt werde ich wohl niemals dafür bereit sein. Ich weiß nicht mal, ob ich so richtig auf ihn stehe. Wir kennen uns aus dem Unitheater. Ich häng eben viel mit Leuten ab, die älter sind als ich …«

Ich denke kurz nach. »Na, du kannst immer noch sagen, dass so Liebesdinge dich nur von deiner … *Kunst* ablenken würden.«

Sie nickt nachdenklich. »Keine schlechte Idee.«

»Oder du machst mit ihm Schluss. Punktum.«

Sie lächelt und guckt zu Boden. »Das ist auch keine schlechte Idee.«

In dem Moment klopft es an der Schranktür. Draußen stehen zwei Mädchen aus der Siebten.

»Wir haben gehört, dass du wahrsagen kannst«, sagt die Mutigere.

Fiona zwängt sich an mir vorbei. »Kann sie«, bestätigt sie den beiden. »Zehn Minuten zwei Euro.«

Dann dreht sie sich schwungvoll wieder zu mir und lächelt mich diebisch an. »Ich kümmere mich um die Termine, wenn du mir gratis die Karten legst. Deal?«

»Deeaal«, willige ich zögernd ein.

»Jede berühmte Schauspielerin braucht ihre eigene Hellseherin.« Sie versucht, es lässig klingen zu lassen, doch hinter ihrer Prahlerei erahne ich etwas, das ich nur erkenne, weil ich es selbst an mir habe. Fiona ist einsam. Jede berühmte Schauspielerin braucht ihre eigene Hellseherin, und jedes Mädchen braucht jemanden zum Reden.

Jedenfalls wurde so die Lochkarten-Tarotberatung ins Leben gerufen.

Am Abend des gleichen Tages breite ich alle Karten in meinem Zimmer auf dem Boden aus. Ich will sichergehen, dass ich auch wirklich jede von ihnen auswendig kenne. Wenn ich jetzt anfange, Geld dafür zu verlangen, darf ich schließlich auf keinen Fall dumm dastehen. Ich zeige auf eine nach der anderen und spreche jede Bedeutung laut aus, als würde ich einen Zauberspruch aufsagen.

»Ass der Kelche: Mitleid! Zwei der Kelche: Romantik! Drei der Kelche: Freundschaft!«

Warum fällt mir das bloß so leicht?

Nachdem ich alle Karten dreimal durchgegangen bin, passiert etwas Seltsames. Hinter der Welt – so heißt die letzte Karte der großen Arkana – steckt eine weitere Karte. Im Gegensatz zu allen anderen der kleinen Arkana trägt sie weder eine Nummer noch eine Farbe. Sie zeigt eine weiß gewandete Frau mit langen schwarzen Haaren und einem Messer im Mund. Es kommt mir vor, als hätte ich sie schon einmal gesehen. Genau: Als ich mit dem frisch gefundenen Spiel im Bus saß, bevor das mit Rory passierte, hat mein Blick sie kurz gestreift, doch seitdem ist sie mir nicht mehr untergekommen.

In einer Art spielerischer Bosheit bleckt sie die Zähne. Ein verwahrloster, langgliedriger Hund, ein Windhund vielleicht, steht verloren neben ihr und lehnt wie haltsuchend den Kopf an sie. Unter dem Bild steht ein einziges Wort.

MAMSELL

Ich durchsuche mein E-Book nach dem Begriff und werde nicht fündig. Ich google nach »Mamsell, Tarotkarte« und bekomme keine brauchbaren Treffer.

Je länger ich sie betrachte, desto unwohler fühle ich mich. Nicht etwa, dass sie die finsterste Karte wäre – die Zehn der Schwerter etwa zeigt einen Toten, dem zehn Schwerter aus dem Rücken ragen –, aber sie ist irgendwie anders.

Mein Magen beginnt zu rumoren, ich verspüre ein heftiges, unbestimmbares Schuldgefühl. Als sei ich mir sicher, jemanden verärgert zu haben, wüsste aber nicht, wie. Das Blut in meinen Fingern scheint unter Strom zu stehen und ich bin mir mit einem Mal überdeutlich meiner eigenen Haut bewusst. Jeder abgestorbenen Schuppe und der Trockenheit in meinen Mundwinkeln. Ich stecke in einem regelrechten Wettstarren mit dieser Karte fest. In einem, das ich nur verlieren kann.

Sie ist eine Zeichnung. Das verschafft ihr den entscheidenden Vorteil.

»Maeve!«, ruft Joanne von unten.

»Was ist?«

»Kommst du nun zum Essen oder was?«

»Schon unterwegs!« Ich stehe auf und räume schnell die Karten zusammen.

Nur sie nicht. Die Mamsell muss irgendein komischer Joker oder so etwas sein. Mit ernsthaftem Kartenlegen kann sie nichts zu tun haben.

Ich nehme sie also aus dem Spiel, mache meine Schreibtischschublade auf und klemme die Karte sorgsam zwischen die Seiten von Abbies altem Französischtrainer, den sie mir bei ihrem Auszug überlassen hat.

Dann gehe ich nach unten, esse Pad Thai und bin den ganzen Abend lang nett zu Jo.

5. Kapitel

Nach ein paar Tagen bin ich so ausgelaugt vom ständigen Kartenlegen, dass ich mich noch an Ort und Stelle im Loch lang hinlege, während Fiona unsere Einkünfte zählt.

»Sechzehn Euro!«, verkündet sie mit einem breiten Grinsen. »Und das allein von heute und gestern.«

Normalerweise wäre ich begeistert darüber, mehr Geld zur Verfügung zu haben. Besonders da Mum und Dad bei ihrer Taschengeldberechnung seit Abbies Teenagerzeit die Inflation ignorieren. Allerdings bin ich zu müde zum Feiern. Ich mache nicht einmal die Augen auf.

»Cool«, sage ich nur.

»Das solltest du reinvestieren«, fachsimpelt Fiona. »In der Stadt gibt es einen Laden für so Hexenkram.«

»Hexenkram?«

»Allerdings. Meine Tita sagt, dass die Besitzerin jeden rauswirft, an dem sie eine schlechte Aura wahrnimmt.«

Der Laden heißt *Orakel*, und nach der Schule mache ich mich auf den Weg dorthin. Drinnen ist es eng und riecht gut. Intensiver Räucherstäbchenduft zieht zwischen den Regalen umher. Jede ebene Oberfläche wird von Kristallen, Traumfängern und Flaschen voll selbst gemachtem Parfum okkupiert. Während ich abwarte, dass die Verkäuferin dem Kunden vor mir seinen Deodorantstein einpackt, nehme ich ihr Sortiment so respektvoll wie möglich in Augenschein, halte das meiste aber für absoluten Quatsch.

»Hallo«, ruft sie schließlich fröhlich. Die Orakelfrau ist Mitte fünfzig, trägt eine rote Baumwollharemshose und hat einen Klumpen Bernstein um den Hals hängen. Ihre hellblonden Haare hat sie mit einem roten Satinhaargummi, durch den ihre ganze Frisur seltsam mädchenhaft wirkt, zu einem Pferdeschwanz gebunden. »Kann ich helfen?«

»Ich brauche Kristalle«, sage ich und hole die vierzehn Euro aus der Tasche, die ich heute verdient habe. »Wie viele bekomme ich dafür?«

»Kommt drauf an. Wofür brauchst du sie denn?«

»Wie meinen Sie das?«

»Unterschiedliche Ziele verlangen unterschiedliche Steine, Liebes.«

Ich nehme ein kartoffelgroßes, lilagrau glitzerndes Exemplar in die Hand. »Wie viel kostet der?«

»Fünfunddreißig Euro.«

»Wow«, mache ich und lasse ihn schnell wieder los. Mit einem dumpfen Knall landet er auf seinem Platz in der Vitrine.

»Der Amethyst ist ein starker Schutzstein. Außerdem sind fair gehandelte Produkte nun einmal nicht billig«, erklärt sie freundlich. Mein Unwissen scheint sie zum Glück nicht zu beleidigen.

»Tut mir leid«, sage ich. »Es ist nur so, dass ich vor Kurzem mit Tarot angefangen habe und es schön fände, ein paar Kristalle aufzustellen, damit meine … ähm … Kunden sich entspannen können.«

»Meinen Glückwunsch«, sagt sie lächelnd. »Tarot ist eine herrliche Sache. Aber man mutet sich dabei auch ganz schön was zu. Ich mache das nicht mehr. Je älter man ist, desto schlechter wird man die fremden Energien wieder los. Seit meinem Vierzigsten wache ich jedes Mal mit einem Krampf im Nacken auf, wenn ich am Vortag doch mal wieder jemandem die Karten gelegt habe. Kommt vom schlechten Juju der Leute, weißt du? Ist echt eher was für Jüngere.«

»Oh«, mache ich. Keine schöne Vorstellung, die Energie von anderen aufzusaugen. »Muss ich … auch mit so was rechnen?«

»Kommt drauf an.«

»Worauf?«

»Wie sensibel du bist, wie empathisch. Und darauf, wem du die Karten legst. Die Leute enthüllen dir ihr Herz, laden Ballast bei dir ab, den sie womöglich seit etlichen Jahren mit sich herumtragen. Und der bleibt dann gerne an einem haften. Deswegen räuchere ich mit wildem Salbei hier drin.« Sie lacht. »Die reinigende Wirkung ist weniger für die Kunden gedacht als dafür, *mich* vor ihnen zu schützen.«

»Ein bisschen verstehe ich, was Sie meinen«, sage ich grinsend und beschließe, dass ich die Orakelfrau mag. »Ich bin Maeve Chambers«, sage ich und strecke die Hand aus.

Sie schlägt ein, aber statt sich ihrerseits vorzustellen, schmunzelt sie und sagt: »Du hast drei ›e‹ im Namen.« Sie zieht die Augenbrauen hoch.

»Na und?«

»Namen besitzen Macht. Mit drei ›e‹ im Namen bist du besonders gestrickt. Wenn du dich zum Beispiel verliebst, dann ganz und gar, mit Haut und Haaren. Meine Schwester Heaven war genauso.«

Heaven. Wer einen Hexenladen führt, hat natürlich auch eine Schwester, die wie der Himmel heißt.

Als ich zwanzig Minuten später zum Bus muss, bin ich um drei Kristalle reicher: Rosenquarz, orangegespitzter Kalzit und Tigerauge. Die Orakelfrau gibt mir sogar noch ein paar Räucherstäbchen gratis dazu.

»Vergiss nicht, deinen Wirkbereich regelmäßig zu reinigen«, mahnt sie. »Und dich selbst auch! Diese fremden Energien kleben manchmal echt fies!«

»Alles klar … Danke für … den Tipp.«

»*Go raibh maith agat*«, erwidert sie auf Irisch.

Ich möge also Gutes haben. Klappt gar nicht mal schlecht, denn: Im Siebzehn-Uhr-fünfzehn-Bus ist zu meiner Freude nicht viel los. Zu spät für die Schulkinder, zu früh für die Pendler. Ich habe den Walkman an, der in meinem Schoß *Frühjahr 1990* spielt.

Die Musik hat eine erstaunlich beruhigende Wirkung auf mich. Ist wie weißes Rauschen, zu dem ich mein Hirn abschalten kann. Da entdecke ich Rory O'Callaghan, der auch allein unterwegs ist, und nach letztens käme es mir unhöflich vor, mich nicht neben ihn zu setzen. Wir sagen gleichzeitig »Hi« und verfallen dann in Schweigen. Das von neulich ist ihm bestimmt immer noch unangenehm, deswegen erwähne ich es nicht.

Stattdessen gucke ich auf seine Nägel. Er trägt noch immer das Ballettschuhrosa.

»Ach, cool«, sage ich und greife in die Papiertüte in meiner Manteltasche. »Ich habe einen Stein in genau der gleichen Farbe.«

Mit diesen Worten drücke ich ihm den Rosenquarz in die Hand. Aber statt das Kleinod gebührend zu würdigen, jongliert er damit herum, als wäre es eine heiße Kartoffel.

»Hey, pass auf! Die Dinger sind nicht billig!«

»Dafür hast du Geld bezahlt?«, fragt er sichtlich amüsiert. »Er hat ja nicht mal ein Loch oder eine Öse. Wie willst du den tragen?«

»Es ist ein Rosenquarz, der ist für ...« Gerade erinnere ich mich nicht mehr, wofür er ist. »Der ist für was Wichtiges.«

»Stehst du da neuerdings drauf? Kristalle, Räucherstäbchen und all das?«

Ich zücke eins der Räucherstäbchen und schwenke es wie einen Zauberstab. »Tja, so könnte man sagen.«

»Wow.« Er streicht sich den langen lockigen Pony aus dem Gesicht. »Maeve, du bist der letzte Mensch auf der Welt, von dem ich so New-Age-Zeug erwarten würde.«

Seine tiefbraunen Augen, die hinter dem Pony aufgetaucht sind, changieren mal ins Grüne, mal ins Goldene. Er ist echt hübsch. Früher fand ich das fast schon gruselig hübsch. Wie so ein viktorianisches Geisterkind. Aber mittlerweile wirkt der Anblick auf eine seltsame Art faszinierend.

»Ich? Wieso bin *ich* der letzte Mensch für New-Age-Zeug?«, frage ich skeptisch. »Und nicht ... Vladimir Putin?«

»Na, weil Putin diese Bosheit an sich hat, bei der man sich sofort vorstellen kann, dass er für den nächsten Wahlsieg eine Jungfrau opfert«, erklärt Rory grinsend. »Putin ist allemal mehr Hexe als du.«

»Meinetwegen«, gebe ich nach und überlege, welche noch unhexenmäßigeren Promis mir einfallen. »Was ist mit … Dwayne Johnson alias The Rock? Nein, schon gut, das nehm ich zurück. Dieser Fels ist definitiv mehr Hexe als ich.«

»Allerdings.« Rory lächelt. »Vom Felsen ists nur noch ein Steinwurf bis zur zauberkräftigen Erdgöttin.«

So setzen wir noch eine Weile unsere Suche nach den unhexenmäßigsten Promis fort. Als mir schließlich keine Namen mehr einfallen, und auch Rory die Gründe ausgehen, warum X oder Y magischer ist als ich, erzähle ich ihm von den Lochkarten.

»Ach ja, die habe ich doch letztens schon gesehen.«

»Mh-hm«, mache ich und hüte mich, die anderen Karten zu erwähnen, die es da zu sehen gab.

»Na, dann zeig mal, was du kannst.«

Er zieht drei Karten. Der Bube der Kelche, der Gehängte und das Ass der Stäbe.

»Also …«, fange ich an und vollführe eine kleine Fingerdehnübung. »Der Kelchbube hier steht für Träume und für Unterbewusstes, das schon bald an die Oberfläche kommen wird.«

Dabei zeige ich auf besagten Buben mit seinem Kelch, aus dem ein Fisch herausguckt. »Genau wie der Fisch hier.«

»Muss ich mir jetzt einen Fisch kaufen?«

»Du musst … unausgegorene Ideen weiterentwickeln. Dann der Gehängte. Er wurde am Fuß aufgehängt, siehst du?«

Ich halte die Karte hoch. Rory betrachtet nickend den über Kopf an einem Baum hängenden Mann.

»Er hängt zwischen zwei Seiten fest. Ist nicht in der Lage, sich auf das eine oder das andere einzulassen. Oder vielleicht steckt er auch nur in einer Klemme, aus der er keinen Ausweg sieht.«

Rorys Gesicht verändert sich plötzlich. Sein von Natur aus blasser Teint nimmt eine gräuliche Farbe an. »Was meinst du damit?«

»Ähm … keine Ahnung. Was hältst du davon?«

Rory schweigt.

»Kartenlegen ist keine Einbahnstraße. Du musst mit mir reden, so entschlüsseln wir die Bedeutung gemeinsam.«

»Was bedeutet die letzte Karte?«, fragt er mit ernster Stimme.

»Willst du nicht erst was zum Gehängten sagen?«

»Nein. Was bedeutet die letzte Karte?«

»Das Ass der Stäbe? Es steht für reines Potenzial, reines Feuer. Für den Schwung, den du brauchst, um zu tun, was du willst. Was immer der Bube und der Gehängte miteinander aushecken, das Ass der Stäbe wird dir dabei helfen, es zu erreichen.«

Stille. Rory setzt eine übertrieben gelangweilte Miene auf. »Ist doch blöde«, sagt er schließlich.

»Ist es nicht.«

»Doch. Wer sagt mir, dass du dir diesen Scheiß nicht bloß ausdenkst?«

»Ich sage dir das. Wieso bist du jetzt sauer? Die Karten waren doch freundlich. Der Gehängte ist nichts Schlechtes, Rory. Er ist bloß ein Symbol.«

»Ganz toll. Mir egal«, gibt er zurück. Sein Blick wandert zum Fenster. Als der Bus in Kilbeg hält, gehen wir wie beim letzten Mal mit einem genuschelten Tschüss unserer Wege. Ich bin schon halb zu Hause, als mir auffällt, dass Rory immer noch meinen Rosenquarz hat.

6. Kapitel

Kann ich mir vielleicht jetzt, nachdem das mit dem Tarot so gut geklappt hat, auch alles andere toll merken und damit im Unterricht glänzen? Offenbar nicht. Immerhin wird so ein Schultag gleich viel erträglicher, wenn er sich ums Kartenlegen herum arrangiert. Alle reißen sich um mich. Jeder Morgen und jede Mittagspause spielt sich im Loch ab, und unablässig wandern Zettel mit immer noch mehr Terminwünschen in Fionas Hände.

Die neuen Kristalle habe ich im Loch auf das Regal gestellt, und obwohl ich mir fast sicher bin, dass die Orakelfrau mit der ganzen Energiesache übertrieben hat, entzünde ich zur Sicherheit nach jeder Session ein Räucherstäbchen. Der Nachteil: Spätestens ab drei Uhr nachmittags fragen sich die Lehrerinnen, wo der penetrante Salbeigeruch herkommt. Doch niemand verpfeift die Lochkarten-Tarotberatung. Alle, selbst die paar standhaften Tarotungläubigen, freuen sich einen Ast darüber, dass wir ein Geheimnis haben. Etwas, das unseren Jahrgang an dieser Schule von anderen abhebt.

Fiona führt den Terminkalender mit eiserner Faust. Wer vordrängeln oder sich gegen Aufpreis einen besseren Termin erkaufen will, ist bei ihr an der falschen Adresse. Sich selbst hält sie immer die letzten zehn Minuten vor Feierabend frei. Dabei passiert tarotmäßig gar nicht mehr viel. Wir ziehen zwar Karten, aber hauptsächlich macht sie sich einfach nur lang und erzählt mir, dass sie am Trinity College Schauspiel studieren will. Dass dafür jedes Jahr nur siebzehn Plätze vergeben werden. Und dass sie es trotzdem irgendwie schaffen wird, ja, schaffen *muss.* Wieder und wieder darf ich mir diese eigentlich recht übersichtliche Geschichte in voller epischer Breite anhören.

Trotzdem mag ich Fiona. Obwohl sie endgeile Noten hat, macht sie keine Gewese darum, und es liegt ihr auch nichts ferner, als sich bei den Lehrerinnen einzuschleimen. Außerdem lästert sie nicht, steht nicht auf Klatsch. Damit unterscheidet sie sich von fast allen an der Schule. Die meisten Mädchen, denen ich die Karten lege, stellen immer die gleichen Fragen. Und jede will wissen, was ihre beste Freundin denkt. Moira Finch und Grace Adlett waren ganze drei Mal da, nur um richtigzustellen, warum genau jetzt die eine nicht mehr mit der anderen spricht.

Manchmal verlässt ein Mädchen das Loch in Tränen aufgelöst und am ganzen Leibe zitternd, obwohl ich ihr völlig harmlose Karten gelegt habe. Reine Show. Jede will diejenige sein, der die lebensverändernde Ihr-werdet-nicht-glauben-was-ich-gerade-erfahren-habe-Session zuteilwurde.

Gerade hat Fiona sich mal wieder langgemacht und erzählt vor sich hin, während sie mit dem orangegespitzten Kalzit herumspielt.

»Meine Mum findet, schauspielern ist nur was für Egomanen«, stöhnt sie. »Wenn es nach ihr geht, soll ich mir ein Beispiel an meinem großen Bruder nehmen. Er arbeitet als Arzt in Boston.«

»Meine beiden Brüder sind Ingenieure.« Ich fühle mit ihr. »Und meine Schwester Abbie arbeitet in Belgien für die EU. Keiner von ihnen kann fassen, dass ich in Italienisch durchfalle.«

»Pff, wer schert sich schon um Italienisch?«

»Ja, oder?«, sage ich, erleichtert, dass sie das auch so sieht. »Stattdessen sollten wir alle Spanisch lernen.«

»Sogar in großen Teilen von L. A. sprechen sie Spanisch, wusstest du das? Und auch im Tagalog, das man auf den Philippinen spricht, tauchen haufenweise spanische Wörter auf.«

»Na also!«

Wir sind wohl Freundinnen. Irgendwie. Schwer zu sagen.

Wenn die Tarotsache dann und wann in den Unterricht sickert, wird es kompliziert. Mädchen, die ich in meinen regulären Sessions nicht unterbringen kann, belagern mich regelrecht. Mr Bernard kommt zum Beispiel immer fünf oder zehn Minuten zu spät, und das nutzen sie voll aus. Scharen sich um mich und betteln um eine Session.

»Es funktioniert besser unter vier Augen«, versuche ich die loszuwerden, die zu geizig für einen richtigen Termin sind, oder zu ängstlich, um allein ins Loch zu gehen. »Ist ja schließlich Privatsache.«

»Ach, mir egal!«, kräht Rebecca Hynes verwegen. »Die anderen können's ruhig mitkriegen!«

»Aber ich muss doch aufpassen … Ihr wisst schon. Die Energien …«

Es stimmt nämlich tatsächlich. Langsam verstehe ich, was die Orakelfrau gemeint hat. Ich vermisse meine unbeschwerten Mittagspausen von früher, in denen ich einfach nur Michelles Fachsimpelei über Contouring zuzuhören hatte. Mittlerweile fühle ich mich abends regelrecht überladen. Wenn ich nach Hause komme, mag ich mir nicht einmal mehr meine Raya-Silver-Videos anschauen. Zwei Tage hintereinander falle ich in voller Schuluniform aufs Bett und schlafe, bis Mum mich zum Abendessen ruft.

Doch die Sessions gebe ich weiter. Manchmal auch außer der Reihe. Es ist schwer, Nein zu sagen. Ich will nicht, dass die Mädchen denken, ich würde die Nase auf einmal zu hoch tragen, nur weil ich jetzt ein Kartenspiel mein Eigen nenne. Stattdessen muss ich immer schön nett bleiben, immer liebenswert, immer lustig. Bei meinen Noten ist Lustig-Sein das Einzige, was an mir überhaupt interessant ist. Wenn ich wie jetzt für Rebecca vor Publikum die Karten lege, übertreibe ich daher auch immer ein bisschen.

»Die Liebenden!«, rufe ich, als wären die Worte frische Erdbeeren mit Sahne. »Na, *das* ist eine spannende Karte.«

»Steht sie für Liebe?«, fragt Rebecca ganz aufgeregt. Die um uns gedrängten Mädchen kichern und tauschen Rippenstupser aus. Einzig Lily hält sich weiterhin abseits. Ich schiele durch die vielen Köpfe zu ihr hinüber und sehe, dass sie sich ans Hörgerät fasst.

Schaltet sie es *aus*?

»Ja, sie steht für Liebe«, antworte ich Rebecca, obwohl das eigentlich nicht ganz stimmt. Die Liebenden stehen eher für das Harmonisieren zweier entgegengesetzter Kräfte. Aber wer will das schon hören?

»Du wirst deinen Seelenverwandten treffen!«, verkünde ich.

»Wann? Wo? Wie?«

Ich halte ihr das Tarotspiel hin. »Frag die Karten. Frag sie, wer dein Seelenverwandter ist.«

Tatsächlich lässt sich nicht nur Lily die Show entgehen, auch Fiona distanziert sich entschlossen von derlei Jahrmarktwahrsagerei. Am anderen Ende des Klassenzimmers rollt sie mit den Augen und greift zum Handy. Mein WhatsApp piept auf. Verstohlen werfe ich einen schnellen Blick aufs Display.

Gehts noch übertriebener?

Ich grinse und beschließe, dass ja. »Rebecca!« Ich breite die Arme aus. »Du musst den Karten dein Herz öffnen! Öffne dein Herz und frag sie, wer dein Seelenverwandter ist!«

»Wer ist mein Seelenverwandter?«, fragt die arme Hohlbirne die Karten.

»Lauter!«

»WER IST MEIN SEELENVERWANDTER?«

»Die magischen Mächte können dich nicht hören, Rebecca!«

»SCHEISSE NOCH EINS, WER IST MEIN SEELENVERWANDTER?!!«

Erst jetzt lasse ich sie eine zweite Karte ziehen: Der Teufel.

»Saaatan!«, rufe ich und gebe mir Mühe, entsetzt dreinzublicken. »Dein Seelenverwandter … ist Satan!!«

Gerade als die ganze Meute kopflos loskreischt, betritt Mr Bernard das Klassenzimmer.

»Was zum Kuckuck! Was ist hier los? Was machst du da, Maeve?«

Eilig lasse ich die Karten verschwinden. »Gar nichts, Sir«, antworte ich zuckersüß.

»*Andiamo! Andiamo!*«, befiehlt er und scheucht alle zurück auf ihre Plätze.

7. Kapitel

Am Donnerstag treffe ich Rory wieder im Bus und setze mich neben ihn.

»Hi«, sagt er. »Hier hast du dein Dingsbums zurück.«

Er greift sich in den Kragen und zieht eine lange braune Schnur hervor, an der er den Rosenquarz befestigt hat.

»Danke«, sage ich, als er die Kette in meine Hand fallen lässt, und werde etwas verlegen von der im Stein gespeicherten Körperwärme. »Du stehst auf Schmuck, hm?«

Eigentlich eine harmlose Frage, doch als ich sie ausspreche, fühlt sie sich aufgeladen und peinlich an.

»Stimmt«, antwortet er lässig. »Ich trage gern …«, er streckt die Hand aus und zeigt mir seine diesmal türkis lackierten Nägel, »… ein schmuckes Federkleid«, beendet er den Satz mit einem verhaltenen Grinsen.

»Wer nicht?«, frage ich und betrachte versonnen die gekonnte Lackierung. »Ich meine, ich für meinen Teil trag ja kaum Schmuck oder Make-up und so weiter. Aber vielleicht nur, weil … jeder das von mir erwartet, von mir als Mädchen, weißt du? Immer wenn ich mich schminke, muss ich daran denken, dass sich das so gehört. Da geht irgendwie der ganze Spaß an der Sache flöten.«

Er sieht mich an, als spräche ich eine Sprache, die er seit der Kindheit nicht mehr gehört hat.

»Tut mir leid«, sage ich schnell. »Ich erzähle hier bloß einen vom Pferd. Wahrscheinlich ergibt das nicht mal ansatzweise Sinn.«

»Doch«, widerspricht er mit felsenfester Stimme. »Das ergibt total Sinn.« Und fügt hinzu: »Dann wollen wir also beide nicht tun, was von uns erwartet wird, hm?«

Einen Moment lang schweigen wir. Sehen einander in ganz neuem Licht.

»Hey, weißt du, was?«, sage ich und rolle den warmen rosafarbenen Stein zwischen meinen Handflächen hin und her. »Warum behältst du den nicht einfach?«

»Was? Nein. Der gehört dir.«

»Doch, ehrlich. Ich trage ja wie gesagt keinen Schmuck.«

Als ich ihm die Kette um den Hals hänge, baumelt der Stein einen Augenblick lang auf seinem Pullover. Schnell schiebt er ihn wieder unter die Klamotten.

»Danke, Maeve.«

Der Rest der Fahrt: Schweigen. Nachdem wir aus dem Bus gestiegen sind, trödelt Rory auf der Stelle herum.

»Musst du direkt nach Hause?«, fragt er.

»Nein«, antworte ich. »Wieso?«

»Ach, ich … hab einfach keinen Bock, schon nach Hause zu gehen.«

»Oh, okay«, mache ich und bekomme ein Kribbeln im Bauch. »Wohin willst du stattdessen?«

Wir schlendern eine Weile am Beg entlang, treten nach Steinchen und Stöcken und reden nicht viel. Rory scheint kein bestimmtes Ziel im Sinn zu haben. Den gleichen Weg bin ich schon öfter gegangen, mit anderen Jungs. Keiner von ihnen war von Bedeutung. Immer halten sie nach stillen Ecken zum Fummeln Ausschau. Zweimal kam es auch schon dazu. Zum Sex noch nie. Aber es reicht, um das Gefühl zu haben, dass ich mit den anderen Mädchen mithalte.

Ich frage mich, ob Rory bereits Sex hatte. Er ist immerhin schon siebzehn, falls das was zu bedeuten hat. Bei dem Gedankengang werde ich rot und wickle mir schnell den Schal um Kinn und Nase.

Wir erreichen die Unterführung, wo immer leere Bierflaschen und Zigarettenschachteln herumliegen. Der Ort ist seit Ewigkeiten ein beliebtes Teenagerversteck. Die Graffitis an den Wänden beweinen das tragische Dahinscheiden der Helden mehrerer Generationen. Kurt Cobain, Amy Winehouse, Mac Miller.

Rory und ich setzen uns, betrachten die Schriftzüge und unterhalten uns darüber, dass Rockidole, Jazzgrößen und Rapstars auch nur Menschen sind. Menschen, die sterben.

»Himmel, wir sind ja so was von goth«, lacht Rory schließlich und schlingt die Arme um die Knie.

»Willst du wissen, was *noch gother* ist?«, frage ich, hole den Walkman aus meiner Schultasche und nehme die Kassette heraus. »Dieses Mixtape!«

»Heilige Scheiße«, ruft er, als hätte ich gerade einen abgetrennten menschlichen Fuß hervorgezogen. »Frühjahr 1990«, liest er. »Funktioniert das Teil?«

»Kannste drauf wetten.«

Ich lege die Kassette wieder ein und drücke auf Play. Dann stecken wir uns je einen Kopfhörer ins Ohr, und ich bin erstaunt, wie viele der Lieder Rory kennt.

»The Cure!«, ruft er, als »The Lovecats« losgeht. »Oh, wow! Und die Pixies!«

»Ich wusste gar nicht, dass du so viel Ahnung von Musik hast.«

»Boah, Maeve, ich spiele Gitarre. Ich bin in einer Band. Wusstest du das nicht?«

»Woher in aller Welt sollte ich das wissen?«

»Ich dachte, Lil hätte –«

Ich schneide ihm das Wort ab. Will nicht über seine Schwester reden. »Ich wusste es einfach nicht, okay? Jetzt sag mir noch die anderen Titel.«

Er tut wie geheißen und ich notiere sie mir in meinem Handy.

Allmählich kriecht mir die Bodenkälte immer weiter den Rücken hoch. Ich stehe auf.

»Muss langsam nach Hause«, sage ich.

»Ja, ich auch.«

Ein kurzes Schweigen entsteht. Dieser Nachmittag bringt mich ganz durcheinander. Obwohl ich seit meinem sechsten Lebensjahr viele Male im O'Callaghan-Haus übernachtet habe, haben Rory und ich noch nie zuvor so viel Zeit miteinander verbracht. Mich befällt eine seltsame Nervosität in seiner Nähe, und gleichzeitig, als Gegengewicht, eine Über-Vertrautheit. Als könnte ich egal was sagen, weil er jedes Mal lächeln und etwas Witziges entgegnen würde.

Stehe ich auf Rory?

Die Frage ist irgendwie zu groß für mich. Normalerweise merke ich es genau, wenn ich auf jemanden stehe. War sonst immer ein ganz klares Bauchgefühl. Nicht so ein wirres Knäuel aus Adrenalin und Freundschaft.

»Also dann bis bald«, sage ich schließlich und will Rory linkisch umarmen, was zu einem peinlichen Zusammenstoß spitzer Ellbogen gerät.

»Ja«, erwidert er. »Bis morgen oder so.«

Und dann geschieht etwas Unvorstellbares. Er legt den Kopf schief und schenkt mir ein sehr, sehr seltsames Lächeln. Ein Lächeln, das im Hoheitsgebiet der Freundschaft nichts zu suchen hat. Ein Lächeln, das mich schier in Brand setzt.

»Maeve«, raunt er. Diese tiefe Stimmlage kenne ich von ihm gar nicht. Er ist mir jetzt sehr nah. Ich kann seinen Wimpernansatz sehen. »Komm her«, fügt er hinzu.

Will er mich küssen?

Werde ich gleich von Rory O'Callaghan geküsst?

Na, mein Gott, warum nicht?

Ich schließe die Augen und warte ab.

Doch dann: nichts. Nichts zu spüren, nur etwas zu hören.

»Mein Name«, sagt er, »ist Roe.«

Blinzelnd öffne ich die Augen. »Hm?«

»Ich will, dass du weißt, wie ich heiße«, sagt er schlicht. All die Magie und Intimität von eben ist entweder spurlos verflogen oder, schlimmer, war reine Einbildung. »Damit du«, erläutert er, »mich beim Namen nennen kannst.«

»Roe«, spreche ich nach. »Du willst Roe genannt werden?«

Er nickt. »Das ist mein Name. Ich habe ihn gewählt.«

»Wow. Okay. Roe.« Langsam gewöhnt sich mein Mund an das Wort. »Gefällt mir«, sage ich aufrichtig. »Klingt irgendwie geheimnisvoll.«

Roe wendet sich zum Gehen und schenkt mir ein letztes, diesmal eher halbes Lächeln. »In den Geschichten nennen die Hexen doch immer alles beim wahren Namen. War das nicht so?«

Und so lässt er mich stehen, mit offenem Mund den Fluss anglotzend.

8. KAPITEL

»Dein Romeo klingt heiß«, sagt Fiona. »Ich bin neidisch.«

Sie liegt vor mir im Loch auf dem Rücken. Uns bleiben nur noch fünf Minuten bis zur ersten Stunde. Die Mädchen, mit denen ich Fiona sonst öfter rumhängen sah, habe ich fast noch nicht zu Gesicht bekommen, geschweige denn, dass sie sie mir vorstellen würde. Stattdessen spüre ich, dass Fiona, wie ich, zwar viele Leute kennt, aber keine besonders engen Freunde hat. In den ersten Wochen der Tarotphase taperten noch jeden Morgen fünf oder sechs Kundinnen hier herunter, doch jetzt, nachdem die meisten mindestens schon eine Session hatten, lässt der Andrang merklich nach. Fiona kommt trotzdem immer noch jeden Morgen her.

»Er ist nicht mein Romeo«, wehre ich ab. »Wir haben uns nicht mal geküsst.«

»Das mit dem Namen gefällt mir. Wollte er auch, dass du das Pronomen wechselst?«

»Nein.«

»Hat er dir seitdem geschrieben?«

»Er hat meine Nummer, glaube ich, gar nicht.«

»Hmmm. Sollen wir die Karten befragen? Geht das?«

»Klar«, sage ich und mische. Wenn ich nicht im Unterricht sitze, mische ich. Es ist beruhigend. Nachts hilft es dabei, die Stimmen meiner Schulkameradinnen zu verscheuchen, die sich mit ihren ganzen Problemen in meinen Kopf quetschen wie Clowns in einen Kleinwagen.

»Karten, oh, Karten, was soll Maeve wegen ihres Galans unternehmen?« Mit diesen Worten tastet Fiona, die noch immer auf dem Boden liegt, über ihrem Kopf herum und pflückt schließlich eine.

»Los gehts mit …«, sie schwenkt ihre Beute, »… dem Kopf-über-Typen.«

»Der Gehängte!«, rufe ich und schnappe sie ihr weg. »Die gleiche Karte hat Roe letztens im Bus gezogen!«

»Woah.«

»Er wurde superseltsam deswegen. Hat danach kaum mehr den Mund aufgekriegt. Dabei habe ich ihm nur erklärt, dass der Gehängte für ein Festhängen zwischen zwei Zuständen steht.«

»Oder zwischen zwei Geschlechtern«, überlegt Fiona. »Vielleicht ist er enby – nonbinary. Roe ist ein ziemlich geschlechtsneutraler Name.«

»Kann sein«, sage ich. »Nur bin ich mir nicht ganz sicher, was das eigentlich bedeutet.«

»Es kann für verschiedene Leute Verschiedenes bedeuten. Einer meiner Schauspielerfreunde ist auch enby.«

»Schon klar, Fiona, du hast Schauspielerfreunde.«

»Sei kein Arsch!« Sie schnappt sich ein altes Schulbuch und schlägt damit nach mir. Da läutet es zur ersten Stunde.

»Wir sollten los«, sagt sie, doch keine von uns bewegt sich.

»Was hast du jetzt?«, frage ich.

»Englisch. Du?«

»Bio.«

Es tritt ein kurzes, unsicheres Schweigen ein, in dem wir beide den gleichen Gedanken abwägen.

»Schwänzen?«, sagt Fiona schließlich. Es ist gleichzeitig eine Frage und eine Aussage.

»Jepp«, sage ich und lege mich mit meinem Pulli als Kissen neben sie. Das Loch ist eigentlich ganz gemütlich, wenn man sich erst einmal an den Geruch gewöhnt hat. »So was von Schwänzen.«

Nach der Mittagspause taucht niemand auf, um uns Geschichte zu lehren. Passiert an der St. Bernadette's ab und an. Manchmal lassen Lehrerinnen sich wegen einer Terminschwierigkeit oder eines Notfalls einfach nicht blicken. Für die unteren Jahrgänge schubsen sie meist immerhin noch eine Aushilfslehrerin ins Zimmer, aber bei uns Älteren lassen sie es oft schleifen. Zwanzig Minuten nach dem Klingeln sind wir immer noch ohne Aufsicht.

»Maeve«, sagt Michelle. »Leg mir die Karten.«

»Habe ich doch schon. Drei Mal.«

Um ehrlich zu sein, langweilt es mich allmählich. Mir gefällt es ja, für diese Sache berühmt zu sein, aber dass ich jetzt ständig einen auf dressiertes Äffchen machen soll, nervt tierisch. So läuft das jedes Mal. Wenn ich für etwas einen Lacher ernten kann, dann tue ich es. Auch deswegen kam es dazu, dass ich den Schuh nach Mr Bernard warf. Und die Tarotsache hat meinen Ruf nicht etwa verbessert, sondern erst recht in Stein gemeißelt.

»Dann mir«, sagt Niamh. »Mir hast du sie seit Mittwoch nicht gelegt.«

»Deine Karten werden sich in zwei Tagen nicht groß verändert haben. Außerdem habe ich sie eh im Loch gelassen.«

»Verarschen kannst du wen anders!«, ruft Michelle, greift in meinen über der Stuhllehne hängenden Schulblazer und fischt die Karten aus der Tasche. »Hier sind sie doch!«

Was?

»Hast du sie da reingetan?«, fauche ich Michelle an. »Bist du an meine Sachen gegangen?«

»Himmel, nein. Herrje, du bist so eine Schrulle«, schnaubt sie. »Uns ist doch bloß *langweilig.*«

»Ich kann nicht ständig den gleichen Leuten die Karten legen«, gebe ich gereizt zurück und betrachte die Sache als erledigt.

»Lily hatte noch keine Session«, sagt Michelle.

»Sie hat auch nicht danach gefragt«, versetze ich.

Lily sitzt an ihrem üblichen Platz ganz links in der ersten Reihe. Ihre Nase steckt mal wieder in einem dieser merkwürdigen Bücher, die ich ihr im ersten Jahr hier hatte abgewöhnen wollen. Die ganze Zeit über hat sie nicht das geringste Interesse an der Tarotsache gezeigt. Teils, da bin ich sicher, weil sie ihr Angst macht, und teils, weil sie eben nicht mehr mit mir redet.

»Lily will sich nicht die Karten legen lassen.«

»Natürlich will sie das«, sagt Niamh und ruft dann: »Hey! Lil! Soll Maeve dir die Karten legen?« Als Lily nicht reagiert, ruft Niamh noch einmal: »Lil!«

Schicksalsergeben steht die Angesprochene auf und kommt zu uns.

»Hi«, sagt sie knapp. »Was ist denn los?«

»Wir haben uns nur gefragt, ob du dir die Karten legen lassen willst.«

»Warum?«

»Na, du bist die Einzige im Jahrgang, die das noch nicht gemacht hat. Du musst doch neugierig sein, oder hast du Schiss?«

Niamh ist nicht immer eine fiese Kuh. Eigentlich ist sie sogar ziemlich nett. Aber wie so viele Mädchen hat sie großes Fiese-Kuh-Potenzial, das bei leichten Zielen wie Lily O'Callaghan zum Vorschein kommt.

Lily schiebt sich die Haare hinter ihr schlechtes Ohr. Das macht sie immer, wenn sie nervös ist. Als würde sie sich dann all ihrer Schwächen auf einmal bewusst und müsste sie zwanghaft offenbaren, so wie ein Hund seinen weichen rosa Bauch zeigt.

»Ich bin nicht neugierig«, sagt sie. Mich hat sie noch nicht angesehen, denn das vermeidet sie nach Kräften.

»Da hörst du's«, sage ich zu Niamh. »Sie will nicht. Also lass es gut sein.«

»Gib doch zu, dass du Schiss hast!«, tritt Niamh nach. Ein Klischee. Aber aus gutem Grund. Es funktioniert.

Lily runzelt die Stirn.

»Ich hab keinen Schiss«, sagt sie.

»Dann zieh drei Karten. Irgendwelche«, sagt Niamh und packt sich das Tarotspiel.

Mit spitzen Fingern pflückt Lily sich ihre Karten und legt sie, Bildseite nach unten, auf den Tisch.

»Kannst du sie umdrehen, ohne sie fallen zu lassen, Maeve?«, fragt sie mit jäher Schärfe und sieht mich jetzt doch an. »So wie du sonst Menschen fallen lässt?«

Die anderen schnappen hörbar nach Luft. Lily hat mich *herausgefordert.*

Spätestens jetzt scheinen sich alle Augenpaare im Zimmer auf uns zu richten. Sogar Fiona hat ihr Handy weggepackt und ihre Ich-habe-es-ja-so-was-von-satt-Miene abgelegt, die sie sonst immer im Unterricht trägt.

Ums Verrecken weiß ich nicht, was ich von Lily zu erwarten habe. Ich werde rot bei der Erinnerung daran, wie ich gestern die Augen zugemacht und darauf gewartet habe, dass ihr großer Bruder mich küsst. Hat er es ihr erzählt? Stehen sie sich jetzt nahe? Vor einem Jahr war dem noch nicht so, aber das kann sich ja geändert haben. Den gleichen Schrägheitsgrad haben sie auf jeden Fall schon mal.

Ich drehe Lilys erste Karte um. Die Fünf der Kelche, sprich eine weinende Frau, die vor umgekippten Kelchen steht.

Lily sieht mich immer noch an. »Und? Was soll das heißen?«

Plötzlich macht sie mir Angst. Wo ist die zartbesaitete kindliche Lily von früher? Die Lily, die mich um Geistergeschichten angebettelt hat, dann aber losweinen musste, wenn sie zu gruselig wurden?

»Trauer«, antworte ich und ziehe die Schultern hoch.

Lily und ich haben uns in dem Grundschulkurs für Kinder mit Leseschwäche angefreundet. Im Alter von sechs kämpften wir beide noch mit E-N-T-E und H-U-N-D. Als unseren Mums auffiel, dass sie fast Nachbarinnen waren, freundeten auch sie sich an. Für Lily und mich war es das Paradies. Wir durften bei der anderen übernachten, zusammen in Familienurlaub fahren und konnten bis in die Puppen durch den Park toben, weil unsere Mums sich mal wieder festgequatscht hatten. Den Lesekurs ließen wir irgendwann hinter uns, aber beste Freundinnen blieben wir.

Na ja, bis wir auf die weiterführende Schule kamen und es auf einmal viel, viel wichtiger wurde, mit wem man befreundet war.

Oder zumindest dachte ich das lange.

»Trauer«, wiederholt Lily skeptisch. »Das klingt aber *sehr allgemein.*«

»Wie meinst du das?«

»Die Leute sind ständig traurig. Aus Abertausenden von Gründen«, erklärt sie kühl. »Warum bin *ich* traurig?«

Weil ich dich verlassen habe.

Ich kann spüren, wie Niamh und Michelle sich allmählich langweilen, weil es so träge vorangeht. Wissen sie überhaupt noch, dass Lily und ich beste Freundinnen waren?

»Du bist traurig, weil …« Ich drehe die nächste Karte um. Die Drei der Schwerter. Gebrochenes Herz. »Weil jemand mit dir Schluss gemacht hat.«

Schrilles Gelächter ertönt. »Oh mein GOOOOOOTT«, kreischt Michelle. »DU hattest einen FREUND?«

»Das ist ziemlich beeindruckend, Lily. Hut ab«, fügt Niamh mit herablassendem Ernst hinzu.

Lilys Gesicht läuft rot an. Einen Moment lang befürchte ich, dass sie jetzt all die Sachen ausplaudert, die sie über mich weiß, und damit meine mühsam erarbeitete klägliche Beliebtheit zu Staub zertritt. Denn obwohl wir schon seit über einem Jahr keine echten Freundinnen mehr sind, reden unsere Mums doch immer noch viel miteinander.

Nie zuvor hat mich jemand so hasserfüllt angesehen wie jetzt Lily O'Callaghan. Wie Säure dringt ihr Blick durch meine Augenhöhlen.

»Dreh die letzte Karte um, Maeve«, presst sie hervor.

Ich gehorche. Im ersten Moment ergeben die Buchstaben keinen Sinn. Als wäre ich wieder sechs, muss ich sie in meinem Kopf mühsam zusammensetzen.

M-A-M-S-E-L-L

Sprachlos klappe ich den Mund auf und zu. Wie kann die Mamsellkarte hier sein, wenn ich doch mit Sicherheit weiß, dass ich sie in meinen Schreibtisch gelegt habe?

»Was bedeutet die?«, fragt Lily. Alle Schärfe ist aus ihrer Stimme verschwunden. Sie hat schon immer an Magie geglaubt. Feenhügel, Wechselbälger, Hexen und Banshees faszinieren sie – und versetzen sie gleichzeitig in Angst und Schrecken. Selbst wenn wir noch befreundet gewesen wären, hätte sie sich niemals freiwillig die Karten legen lassen. Ihr Respekt vor dem Übernatürlichen ist zu groß, um sich ernsthaft darauf einzulassen.

»Ich weiß nicht, was sie bedeutet«, antworte ich, und Lily merkt garantiert sofort, dass das Zittern in meiner Stimme echt ist. »Die Karte gehört nicht ins Spiel.«

»Sag es mir.« Lilys Blick ist starr auf das Bild gerichtet, auf die Frau mit dem Messer zwischen den Zähnen und dem räudigen Windhund an ihrer Seite. »Sie bedeutet etwas Schlechtes, stimmts? Sag es mir, Maeve.«

»Es gibt keine schlechten Karten!«, wirft Fiona ein, die an meine Seite getreten ist. »Sagst du doch immer, Maeve, oder? Schlechte Karten gibt es nicht?«

»Richtig«, bestätige ich heiser. »Schlechte Karten gibt es nicht.«

Lily sieht aus, als würde sie gleich in Tränen ausbrechen. »Jetzt sag schon, Maeve. Ich bin kein Baby, du kannst es mir sagen.«

»Ich weiß es wirklich nicht.«

Lily läuft tiefrot an und bläht die Nasenflügel. Sie hasst mich dafür, dass ich ihr das antue, sie in diese Situation bringe, ihr mit etwas Angst mache, von dem ich genau *weiß*, dass es ihr Angst macht. Reine, glühend heiße Wut wälzt sich an der Furcht in ihrer Stimme vorbei.

»Das sieht dir so ähnlich«, fährt sie mich an, und jetzt gucken auch die Mädchen wieder, die sich zwischenzeitlich anderem zugewandt hatten. »Das ist so *Maeve*!«

»Lil«, sage ich und dämpfe die Stimme, damit hoffentlich auch sie wieder leiser redet. Ich fühle mich schuldig, Lily in die Sache hineingezogen zu haben, und beim Anblick dieser Karte, die ich doch eigentlich aussortiert hatte, bekomme ich es außerdem echt mit der Angst zu tun. »Lass gut sein. Ich weiß ganz ehrlich nicht, was sie bedeutet, okay?«

Aber Lily will es nicht abhaken. Sie wird nicht schnell wütend, aber wenn, dann lässt sie sich nicht den Mund verbieten.

»Du machst einfach alles für ein bisschen Aufmerksamkeit, oder, Maeve? Aber wenn es drauf ankommt, steckt nichts dahinter.«

»Ohooo!«, machen die Mädchen, und eine ruft: »Treffer!«

»Ich kann nicht fassen, dass wir je befreundet waren«, sagt Lily und starrt auf die Mamsell. »Du bist eine schlechte Freundin, Maeve.«

Als diese Worte fallen, zuckt Fiona zusammen und sie wirft mir einen zutiefst mitleidigen Blick zu. Hinter ihr tauschen auch Michelle und Niamh einen Blick aus. Einen, der sagt: »Wow, wenn selbst *die* Versagerin Maeve nicht als Freundin will, warum hängen wir dann mit ihr ab?«

Ich kann das nicht so stehen lassen. *Irgendwie* muss ich zurückschlagen.

»Und ich wünschte, wir beide wären nie befreundet gewesen«, sage ich laut. »Ich wünschte mir, Lily, du würdest einfach verschwinden.«

Lily starrt mich an, als hätte ich ihre Finger in der Autotür eingeklemmt. Mit Tränen in den Augen weicht sie einen Schritt zurück und beißt sich auf die Lippe.

Da läutet es endlich. Die Mädchentraube zerstreut sich, als alle ihre Sachen nehmen und sich auf den Weg zur letzten Stunde dieser Woche machen. Ich muss zu Gesellschaftskunde, Lily zu Geografie. Nach dem Unterricht halte ich nägelkauend Ausschau nach ihr. Ich kann das zurücknehmen, oder etwa nicht?

Was habe ich da bloß gesagt? *Ich wünschte, wir beide wären nie befreundet gewesen.* Wie konnte ich so etwas sagen? Seit Lily und ich keine Freundinnen mehr sind, habe ich nicht mehr richtig gelacht – so richtig mit Bauch festhalten und lauthals heraus. Ich vermisse sie und das eigentlich schon seit der Zeit *vor* dem Ende unserer Freundschaft. Denn schon bevor ich sie mir letztes Jahr herausgeschnitten habe wie ein Geschwür, war ich immer mehr auf Distanz gegangen. Ich dachte, es wäre normal. Normal, sich auseinanderzuleben, normal, der alten Verbundenheit nachzutrauern. Das war doch schließlich etwas Gutes, so wie man auch Barbies und Plastikponys nachtrauert, weil man zu alt geworden ist, um unter Wahrung gesellschaftlicher Akzeptanz mit ihnen zu spielen. Aber Lily ist kein Spielzeug, das man aussortieren kann. Sie ist ein Mensch. Und zwar ein großartiger.

Meine Suche nach ihr bleibt vergebens und ich treffe auch Roe nicht im Bus nach Hause.

Das ganze Wochenende mache ich mir Sorgen um Lily. Frage Mum betont beiläufig, ob sie vielleicht von Mrs O'Callaghan was über sie gehört hat. Hat sie nicht. Sonntagabend fliegen Mum und Dad nach Lissabon. Joanne und ich bestellen uns Essen, das wir vor einer Folge von *The Masked Singer* verzehren.

Gegen zehn wird es plötzlich zappenduster im Zimmer. Ich springe vom Sofa und jaule auf wie ein Hund bei Gewitter.

»Himmel, Maeve, entspann dich. Da ist bloß eine Sicherung rausgeflogen.«

»Ich weiß. Tut mir leid. Hab mich erschreckt.«

Unser Haus ist alt und schlecht verkabelt, deswegen passiert so was ziemlich häufig. Jo klettert im Vorratsraum auf den Stuhl und legt einen Schalter im Sicherungskasten um. Augenblicklich geht das Licht wieder an, der Fernseher allerdings nicht. Jo fuhrwerkt kurz an ihm herum, merkt aber schnell, dass sie eigentlich keine Ahnung hat, und gibt es auf. Ratlos sitzen wir vor dem toten Gerät.

»Ist wohl kaputt«, sagt Jo lahm. »Dad wird uns das schön unter die Nase reiben. ›Da lässt man euch *ein Mal* alleine‹, blablabla.«

Ich betrachte unsere Spiegelbilder auf dem glänzenden schwarzen Bildschirm. Zwei Schwestern, die sich nicht ansatzweise ähneln. Joanne ist so schlank und stark wie eine Profitennisspielerin. Dazu hat sie markante Wangenknochen und einen leicht nordischen Touch. Die blond gesträhnten Haare bindet sie sich jeden

Tag zum Pferdeschwanz. Sie sieht so kerngesund aus, dass man immer nach dem Karottenschnitz in ihrer Hand Ausschau hält. Mein Äußeres hingegen umschreibt Mum gern mit »grad erst von Spanien hergesegelt«, was bedeutet, dass ich dichte schwarze Drahthaare und eine Monobraue habe, die ich jeden zweiten Tag zupfen muss, damit sie unsichtbar bleibt. Cillian hat den gleichen Look. »Maeve und Cill sind mehr so die mediterranen Typen«, sagt Mum immer, und das ist bemerkenswert, wenn man bedenkt, dass in unserer Familie sowohl mütter- als auch väterlicherseits ausnahmslos alle aus Irland kommen.

»Alles okay bei dir?«, fragt Jo in einem jähen Anfall von Gesprächigkeit nach Stunden einvernehmlichen Schweigens und pikst mich mit einem Essstäbchen. »Du hast das ganze Wochenende fast noch kein Wort gesagt.«

»Mh-hm, alles okay.«

»Willst du deine Wahrsagefähigkeiten an mir austesten?«

»Nein, danke. Damit bin ich eigentlich durch.«

»Ach so? Jetzt schon?«

Vielleicht überreagiere ich. Lily ist schließlich auch schon sechzehn, da müsste sie doch ebenfalls langsam erwachsen sein, so wie ich. Bestimmt hat sie ihre lebhafte Fantasie mittlerweile abgelegt und ist auch nicht mehr so furchtbar ängstlich wie früher.

Ich muss immer wieder daran denken, wie sie mir am Freitag die Stirn geboten hat. Ausgeteilt hat, statt nur einzustecken. Auf einmal war sie keine Ex-beste-Freundin aus dem Kindergarten mehr, sondern eine ebenbürtige Gegnerin. Es war, als hätte sich während unserer einjährigen Funkstille ein ganzer Kontinent in ihrem Innern verschoben. Ein Kontinent, durch den wir noch weiter auseinandergedriftet sind.

Seit unserem Showdown wird mir jedes Mal schlecht, wenn ich die Karten ansehe. Ich habe sie jetzt schon mehrere Male durchgeblättert, um die Mamsell wieder auszusortieren, doch sie ist verschwunden. Hat Lily sie? Hat sie sie in der ganzen Aufregung eingesteckt?

Ich werde Lily am Montag um Entschuldigung bitten. Die Lochkarten-Tarotberatung werde ich aufgeben und so nett zu Lily sein, dass wir vielleicht wieder Freundinnen werden können. Jetzt, da Roe und ich auch befreundet sind, könnten wir doch super zu dritt herumziehen.

Bloß kommt Lily am Montag nicht zur Schule. Auch am Dienstag nicht.

Mittwoch taucht die Polizei bei uns auf.

9. Kapitel

Niamh entdeckt sie als Erste. HEISSER COP, whatsappt sie in die Gruppe. DIES IST KEINE ÜBUNG. Es befindet sich ein HEISSER COP im Gebäude.

Wie es an einer katholischen Mädchenschule mit nur einem einzigen männlichen Lehrer – falls man Mr Bernard »männlich« nennen möchte, und »Lehrer« – nicht anders zu erwarten ist, drehen alle komplett durch. Gleich drei aus der Gruppe schreiben fast in derselben Sekunde: FOTO!

Folgsam liefert Niamh ein Bild von zwei Gardaí in neongelben Jacken. Die eine ist eine stämmige Blondine mit winzigem Pferdeschwanz, der andere offenbar der fragliche heiße Cop: ein großer schlaksiger Typ, Mitte dreißig, rötlich braune Haare.

Niamh, schreibt Michelle. DAS nennst du einen heißen Cop? Wir müssen mal ein ernstes Wort über deinen Geschmack reden.

Was wollen die Gardaí bei uns an der Schule?, schreibe ich, doch niemand reagiert darauf. Stattdessen drucksen Michelle und Niamh herum, was denn nun einen attraktiven Mann ausmacht.

Wirst du ihn ansprechen, Niamh?, fragt eine.

Ihr habt wohl den ARSCH OFFEN.

Diverse Lachsmileys.

Ich schreibe meine Frage an Fiona. Keine Antwort. Sie hängt diese Woche in jeder freien Minute mit ihren Unitheater-Buddies ab, die offenbar gerade Kostüme fürs nächste Stück zusammenstellen. Fionas Instagram war gestern voller Fotos von ihr in 1940er-Jahre-Klamotten.

Verzweifelt formuliere ich immer neue Nachrichten an die Gruppe, die ich dann nicht verschicke. Ich habe zu viel Angst davor, meine Befürchtung zu verraten: dass es um Lily und ihre Abwesenheit während der letzten Tage geht.

Die ersten Stunden ziehen sich wie Kaugummi. Mathe, dann Geografie. Es geht um Erdrutsche. »*Wenn Gestein und Erde hangabwärts in Bewegung kommen.*« So steht es im Buch. Ich versuche, der Lehrerin zuzuhören, doch mein Blick wandert immer wieder zu: »*Wenn Gestein und Erde hangabwärts in Bewegung kommen.*« Die Worte verbinden sich mit meinem Bauchgefühl und ich spüre förmlich, wie eine tonnenschwere Masse unaufhaltsam auf mich zu rollt.

Dann passiert es. Zehn Minuten vor dem Ende der Stunde klopft es an der Klassentür. Miss Harris, flankiert von Hot Cop und Blond Cop, kommt herein.

»Hallo, Mädchen«, sagt sie mit gezwungen heiterer Stimme. »Das hier sind Detective Garda Sarah Griffin und Inspector Matthew Ward. Ich weiß, dass ihr euch schon auf die große Pause freut, aber die beiden möchten erst noch ein paar Fragen loswerden. Es geht um Lily.«

Ich kann fühlen, wie sich einundzwanzig Augenpaare gleichzeitig auf mich richten. Bis jetzt ist Lilys Abwesenheit wohl niemandem richtig aufgefallen, und ich könnte mir denken, dass die meisten von ihnen die Sache mit der Mamsellkarte schon Freitagabend wieder vergessen hatten. Aber jetzt, da sie Lilys Namen hören, fügt sich für sie wohl eines zum andern.

»Guten Morgen, allerseits«, sagt Detective Griffin. »Es tut mir leid, euch mitteilen zu müssen, dass eure Schulkameradin Lily O'Callaghan seit Sonntagabend als vermisst gilt. Ihre Familie macht sich sehr große Sorgen um sie. Wir bitten jede von euch, die Lily gut kennt oder die letzte Woche mit ihr gesprochen hat, sich jetzt zu melden. Ich kann gar nicht genug betonen, wie hilfreich selbst die scheinbar belangloseste Information für uns sein kann.«

Hierauf folgt das Geräusch, das entsteht, wenn ein ganzes Klassenzimmer voll Mädchen in buchstäblich derselben Sekunde nach Luft schnappt: allgemeines Kieferklappen, zischendes Einatmen.

Detective Griffins Blick huscht durch die Reihen. Ich kann sehen, wie sie diesen Moment gedanklich aufzeichnet. Mädchen für Mädchen wird kurz in Augenschein genommen. Sie überlegt, wen sie befragen sollen, wenn sich gleich keine von uns meldet.

Der Garda, den Niamh toll findet, ergreift das Wort. »Bitte verfallt jetzt nicht in Panik«, sagt er mit freundlicher Stimme. »Bei Mädchen in Lilys Alter und mit ihrer Persönlichkeit ist es in den allermeisten Fällen etwas Harmloses. Vermutlich ist sie bloß von zu Hause ausgerissen und wird von selbst zurückkommen. Aber wir wollen natürlich sicherstellen, dass es ihr gut geht. Also: Weiß irgendjemand, mit wem sie zusammen ist, oder eng befreundet, oder ob sie bei … einer *Organisation* Mitglied ist?«

Detective Griffin wirft ihrem Untergebenen einen strengen Blick zu, so als wäre er mit »Organisation« von ihrem vereinbarten Skript abgewichen.

Immer mehr Mädchen stoßen sich gegenseitig an und gucken verstohlen zu mir. Mir bleibt nichts anderes übrig, als etwas zu sagen. Durch Triangulation all der Blicke wird Detective Griffin so oder so auf mich kommen. Ich hebe die Hand.

Miss Harris macht große Augen. Sie ist noch nicht lange an der Schule. Wahrscheinlich weiß sie gar nicht, dass Lily und ich mal beste Freundinnen waren.

»Maeve?«, ruft sie mich auf.

»Hi«, sage ich zögernd. »Ich glaube, ich weiß, was mit Lily ist.«

Die drei Erwachsenen zwinkern überrascht und tauschen Blicke aus nach dem Motto: »Hoppla, wer hätte gedacht, dass es so einfach wird?«

»Ich bin vielleicht sogar schuld an ihrem Verschwinden«, füge ich hinzu.

Als man mich aus dem Zimmer führt, spüre ich das Starren der anderen glutheiß im Rücken. Dankenswerterweise bin ich schon im Flur, als die Tränen kommen.

Ich werde zu Schwester Assumptas Büro geführt, jenem hellen, geräumigen Zimmer, in dem auch reiche Eltern und Alumni empfangen werden, wenn das marode Schuldach mal wieder nach Spenden ruft. Drin war ich bisher noch nie, konnte aber schon öfters im Vorbeigehen einen Blick auf die zitronengelben Wände und das dick gepolsterte Sofa erhaschen – zum Beispiel dann, wenn ich zu Miss Harris' wesentlich kleinerem Büro unterwegs war, um mir wieder mal einen Rüffel abzuholen.

Jetzt betrete ich die heilige Halle höchstselbst und weiß nicht, wohin mit mir. Es sagt mir auch keiner was. Soll ich stehen bleiben? Mich hinsetzen? Wenn ich bestraft werden soll, würde ich instinktiv eher stehen bleiben. Andererseits sirren so viel Besorgnis und gespannte Erwartung durchs Zimmer, dass ich mich ganz wacklig fühle. Statt Knochen scheinen mir halb leere Shampooflaschen im Leibe zu stecken, die nur darauf warten, dass jemand sie umstößt.

»Also, Maeve«, sagt Miss Harris, setzt sich aufs Sofa und legt mir die Hand auf den Arm. »Nimm doch Platz. Hier hast du ein Taschentuch. Atme erst mal kurz durch.«

Tränenüberströmt lasse ich mich neben sie aufs Sofa fallen. Himmelherrgott. Was muss sie von mir denken? Durch den Schleier vor meinen Augen sehe ich, wie sie die Stirn runzelt. Sie ist verwirrt. Wahrscheinlich hat sie eine Liste aller sensiblen Mädchen in ihrer Schreibtischschublade, und ich bezweifle stark, dass ich darin auftauche.

Nichtsdestotrotz reicht sie mir das Taschentuch, und ich schnäuze mich. Dann brauche ich ein zweites Taschentuch. Und ein drittes. Aus dem Augenwinkel sehe ich Schwester Assumpta in all ihrer hochbetagten Pracht ins Zimmer humpeln.

Es gibt diesen Running Gag über Schwester Assumpta, dass sie das Telefon in ihrem Büro ausgestöpselt haben und sie nur deswegen noch hierbehalten, weil das günstiger ist, als sie in ein Altersheim zu stecken. Zugegeben, ein fieser Running Gag, aber er wurde geboren, lange bevor ich an diese Schule kam, und er wird so lange weiterleben, bis Schwester Assumpta das Zeitliche segnet – was sie jedoch allem Anschein nach nicht vorhat. Doch so wie jede menschliche Zivilisation fest damit rechnet, Zeuge der nahenden

Apokalypse zu werden, so ist sich jeder neue Schwung Mädchen an der St. Bernadette's sicher, dass sie Schwester Assumptas Dahinscheiden bezeugen werden.

Das Alter der winzigen Frau bewegt sich zwischen fünfundsechzig und hundertdrei, je nach Wetter. Im Winter, wenn sie wie jetzt in mehrere Lagen aus Strick eingewickelt ist und mit ihren zu Handschuhen umfunktionierten Thermosocken herumläuft, sieht sie aus wie der älteste Mensch, der je auf Erden wandelte.

Während unserer ersten Woche an der St. Bernadette's hingen Lily und ich mal in einer Mittagspause in einem der leeren Klassenzimmer ab. Da schleuderte Schwester Assumpta die Tür mit einem Elan auf, den ich an der alten Frau nie zuvor gesehen hatte und auch nie mehr wieder sah. Mit krummem Finger zeigte sie auf Lily und mich.

»Ihr zwei«, sagte sie. »Mitkommen.«

Wir waren noch so neu an der Schule, dass wir nicht sicher waren, ob wir versehentlich eine Regel gebrochen hatten. Auch dachten wir damals noch, dass Schwester Assumpta etwas zu sagen hätte. Was nicht der Fall ist.

Wir folgten ihr zum Lehrerparkplatz, wo unter einem Baum ihr himmelblauer 1963er-VW-Käfer stand.

»Sie fährt noch *Auto*?«, flüsterte Lily mir zu.

Ich unterdrückte ein Kichern. »Wie kann das *legal* sein?«

Als sie aufschloss, erhaschten wir einen Blick ins Innere und merkten schnell, dass sich dieses Käferchen schon seit einer ganzen Weile nicht mehr bewegt hatte. Durch das halb offen stehende Fenster waren mehrere Schichten Laub hineingeweht, und die unteren sahen aus, als wollten sie jeden Augenblick zu Staub zerfallen. Offensichtlich hatte das Auto den Parkplatz seit Jahren nicht verlassen.

Schwester Assumpta klappte den Kofferraum auf, in dem drei vor sich hin rottende Pappkartons lagen. »Tragt die rein«, sagte sie knapp. »Immer schön aus den Beinen heben, ja? So machen brave starke Mädchen das.«

Wir folgten ihr mit den Kartons zurück ins Gebäude und stellten sie in dem Raum ab, der später Miss Harris' Büro werden sollte, damals aber noch als eine Art Abstellkammer diente. Sobald Schwester Assumpta uns allein gelassen hatte, machte ich den ersten Karton auf und entnahm ihm ein samtbezogenes Schmuckkistchen. Davon gab es in jedem Karton mindestens ein Dutzend, und aus allen quoll Lily und mir der Modeschmuck nur so entgegen. Ketten um Ketten aus Plastikperlen und Glasdiamanten. Zeug, das im Einzelnen nicht viel wert sein konnte, in dieser Masse aber bestimmt ein paar Hundert Euro zusammenbrachte.

Noch Monate später sprachen Lily und ich darüber. Über den laubgefüllten VW-Käfer, den billigen Schmuck, den krummen Nonnenfinger. Über das Gefühl, dass wir beide jetzt kleine Rädchen im großen geheimen Plan der Schulgründerin waren, der sich vielleicht seit Jahrzehnten in Umsetzung befand. Wir schrieben ganze Geschichten darüber. Lily fing mit zwei Sätzen an, knickte das Blatt um, und ich schrieb die nächsten zwei. Es dauerte nicht lange und wir waren stolze Autorinnen einer hochromantischen Fortsetzungssaga über eine ehemalige Nonne und ihren heißblütigen brasilianischen Grafen. Ab da mussten wir jedes Mal, wenn wir Schwester Assumpta über den Weg liefen, laut loskichern. Und wir verrieten niemandem, warum.

Genau daran muss ich jetzt denken beim Anblick der kleinen verwirrten Ex-Nonne mit ihren Sockenhänden und dem marineblauen knöchellangen Rock. Und dabei wird es mir erst richtig klar: Lily ist fort. Ein Jahrzehnt aus Erinnerungen, Insidern und Spitznamen ist in Rauch aufgegangen, und ich bin schuld daran. Hat die Tarotsession Lily am Ende doch so sehr zugesetzt, dass sie sich nicht mehr in die Schule getraut hat? Ist sie meinetwegen weggelaufen?

Ich heule wieder los. Wie sich herausstellt, ist es nicht einfach, mit dem Weinen aufzuhören, wenn man einmal damit angefangen hat. Schwester Assumpta blinzelt mich durch ihre riesige Eulenbrille hindurch an, perplex wie nur was.

»Das ist mein Privatbüro«, stellt sie pikiert klar. »Ich erinnere mich nicht, die Polizei eingeladen zu haben.«

»Ich weiß, Schwester«, sagt Miss Harris. »Aber da wir es ja mit ziemlich außergewöhnlichen Umständen zu tun haben, habe ich Ihr Einverständnis vorausgesetzt.«

»Da weint ein Mädchen«, sagt Schwester Assumpta. »Warum weint ein Mädchen in meinem Büro?«

»Wir hatten das Thema, Schwester. Lily O'Callaghan wird vermisst«, antwortet Miss Harris mit erzwungener Ruhe.

»*Wer?*«

»Also«, ergreift Detective Griffin schließlich das Wort. »Ohne die Anwesenheit einer Bezugsperson können wir Maeves Aussage sowieso nicht aufnehmen. Aufgewühlt wie sie ist, bringen wir sie am besten nach Hause und reden im Beisein der Eltern mit ihr.«

»Ist das nicht die kleine Evans? Die Jüngere von beiden?«, mischt Schwester Assumpta sich wieder ein.

»Nein«, antwortet Miss Harris gereizt. Dann wendet sie sich an Detective Griffin. »Ihr Vorschlag klingt sehr sinnvoll.«

Die große Pause ist noch nicht vorüber, und als die um die moosbewachsenen Bänke herumlungernden Mädchen aus meinem Jahrgang mich wie ein Hündchen zwischen den beiden Gardaí über den Schulhof laufen sehen, recken sie die Köpfe und stellen sich auf die Zehenspitzen.

Eine Käseglocke aus Stille legt sich über uns. Alles erscheint auf einmal wie in Zeitlupe und auf stumm geschaltet. Selbst das Springseil der jüngeren Mädchen schwingt unnatürlich langsam und erzeugt nicht den geringsten Laut.

Und dann höre ich es. Eine Stimme, die wie ein Gewehrschuss über den Hof hallt.

»Hexe!«

Detective Griffin hebt ruckartig den Kopf.

»HEXE!«

Sie späht umher, um die Quelle auszumachen, doch es ist schon zu spät. Es sind zu viele geworden.

»HEXE! HEXE! HEXE! HEXE! HEXE!«

Immer weiter geht es so, bis wir in den Streifenwagen steigen und losfahren.

10. Kapitel

Erst als wir fast da sind, fällt mir ein, dass Mum und Dad ja in Portugal weilen und ich keine Ahnung habe, ob Jo heute zu Hause ist. Nachdem ich aufgeschlossen habe, springt K2 uns erst mal alle an. Normalerweise macht mir sein schlechtes Benehmen nichts aus. Aber in der steifen Förmlichkeit, die entsteht, wenn man zwei Gardaí im Haus hat, scheint einfach alles meine Schuld zu beweisen. Der ungezogene Hund, die dreckigen Teller in der Spüle, das unansehnliche Stück Butter, das noch vom Frühstück auf dem Tisch steht. Alles um mich her scheint zu bezeugen, was für eine schlampige, armselige Göre ich bin. Eine schlechte Hausfrau, eine schlechte Freundin.

»Jo?«, rufe ich die Treppe hoch und hoffe inständig, dass sie da ist. Keine Antwort. Ich lächle Griffin und Ward entschuldigend zu.

»Joaaaaaaanne!«, rufe ich und renne nach oben.

»Was ist denn?« Ungehalten macht sie ihre Zimmertür auf und tritt in Jogginghose und mit Handtuch im Haar in den Flur. Gott sei Dank.

»Die, ähm, die Polizei ist hier.«

»Wie bitte?«

»Unten. Ich muss eine Aussage machen. Lily ist verschwunden.«

»Lily *O'Callaghan*?« Joanne schlägt sich die Hand vor den Mund und bekommt feuchte Augen. »Wie lange denn schon?«

»Seit Sonntagabend. Kannst du bitte einfach mit runterkommen, ja?«

Sie begleitet mich nach unten und mit zittriger Stimme stelle ich alle einander vor. Griffin wiederholt grob, was sie schon im Klassenzimmer gesagt hat. Allerdings liefert sie Jo mehr Details, ist ihr gegenüber entspannter, als sie es vor den zweiundzwanzig glotzenden Teenagern war.

»Sonntagabend haben Mr und Mrs O'Callaghan Lily zuletzt gesehen. Gegen zehn ist sie zu Bett gegangen, doch laut ihrem Bruder bleibt sie oft noch bis ein oder zwei Uhr nachts auf, um zu zeichnen oder zu lesen.«

Roe.

»Die O'Callaghans sagen, dass sich Lily am Wochenende ganz normal verhalten hätte. Rückblickend war sie höchstens etwas schweigsamer als sonst.«

»Lily ist immer schweigsam«, sagt Jo. »Das ist so ihre Art.«

»Den Eindruck bekomme ich auch. Jedenfalls hat ihre Mutter Lilys Abwesenheit erst gegen acht am Montagmorgen bemerkt, als Lily auch auf mehrmaliges Rufen nicht reagierte. Irgendwann ist Mrs O'Callaghan dann in Lilys Zimmer gegangen und Lily war nicht da. Sie hat nichts mitgenommen. Keinen Rucksack, nicht einmal ihr Handy. Wie es aussieht, hat sie sogar den Schlafanzug anbehalten.«

Augenblicklich habe ich Lily vor Augen, wie sie im Schlafanzug durch unser Wohngebiet stapft. Auch Jo scheint dieses Bild zu sehen, während wir beide schweigend vor uns hin starren. Ich erwische mich dabei, wie ich überlege, was für Schlafanzüge Lily heutzutage wohl trägt.

»Wir haben in der Schule gefragt, wer uns etwas über Lily erzählen kann«, sagt Griffin schließlich. »Und Maeve hat sich gemeldet.«

»Aber, Maeve«, sagt Jo zu mir, »Lily war doch seit Ewigkeiten nicht mehr hier. Habt ihr euch nicht letztes Jahr zerstritten?«

Soso, das ist ja interessant, sagt Griffins Blick.

»Schon, aber … Freitag haben wir geredet. Ich habe ihr die Karten gelegt. Das wollte ich eigentlich gar nicht und sie genauso wenig, aber die anderen Mädchen haben es irgendwie … herbeigeführt.«

»Tut mir leid, die Karten gelegt? So wie Tarot?«, fragt Ward.

»Ja«, antworte ich. »Ich habe schon allen in meinem Jahrgang die Karten gelegt. Das Tarotspiel ist mir vor einer Weile in der Schule in die Hände gefallen, da habe ich es mir beigebracht. Keine große Sache. Finde ich zumindest. Jedenfalls habe ich Lily die Karten gelegt und sie wurde wütend. Und danach ist sie nicht mehr zur Schule gekommen.«

»Was hast du ihr vorausgesagt? Vielleicht, dass sie sterben wird, oder so was in der Richtung?«, fragt Griffin.

»Nein, das würde ich nie tun. Die Karten sagen ja auch gar nicht die Zukunft voraus, sie zeigen einem die Gegenwart.« Keine Ahnung, warum ich meinen einstudierten kleinen Tarotvortrag einer Polizistin halte. Als ob sie das interessieren würde.

»Was haben Lilys Karten gezeigt?«

»Dass sie sehr einsam ist. Und ein gebrochenes Herz hat.«

»Einsam? Gebrochenes Herz? Wegen eines Jungen? Gibt es da etwa einen Ex-Freund?«

»Nein.« Ich schüttle entschieden den Kopf. »So war Lily nicht. Dabei ging es um mich. Denn ich …«

Und schon steigen mir wieder die Tränen in die Augen. Jo fragt, ob ich ein Glas Wasser möchte, doch ich schüttle noch mal den Kopf. Dann nehme ich erneut Anlauf.

»Ich … war früher Lilys beste Freundin. Aber dann haben wir – *ich* habe aufgehört befreundet zu sein.«

»Hattet ihr Streit?«

Ich vergrabe mein Gesicht in den Händen. Nein, wir hatten keinen Streit. Ich wünschte, dem wäre so. Ein Streit würde voraussetzen, dass beide Parteien schuld sind.

Die schlichte Wahrheit ist, ich habe Lily weggeekelt. Es fing damit an, dass ich Kontakt zu Michelle und Niamh gesucht habe, weil sie sich in der sozialen Hackordnung über Lily und mir befanden. Eine Weile dachte ich noch, Lily würde einfach mitziehen. Anfangs sah es auch danach aus, denn Michelle, Niamh, Lily und ich hingen in den Mittagspausen zu viert ab. Mir war klar, dass Michelle und Niamh nicht gerade Fans von Lily waren, dachte aber, dass sich das ändern würde, sobald sie sie besser kennenlernten. Dann würden sie sehen, wie witzig sie ist, wie unglaublich originell.

Doch so lief es nicht.

»Was gibts da zu glotzen?«, fuhr eines Mittags Niamh Lily an, die mit großen Augen zusah, wie sie und Michelle Selfies schossen. »Ständig glotzt du uns an.«

»Ich musste nur gerade denken, wie cool es wäre, wenn diese Selfies an eurer Stelle altern und hässlich werden würden, während ihr beide unverändert bleibt. Und jedes Mal, wenn ihr dann aufs Handy guckt, guckt ihr in diese knorrigen Baumrindengesichter. Wie in *Das Bildnis des Dorian Gray*, aber mit Handys.«

Ich lachte. Zwar habe ich *Das Bildnis des Dorian Gray* nie gelesen, aber Lily hatte mir die Geschichte erzählt. Und wir hatten sie nachgespielt. Wir standen noch immer auf »Sachen nachspielen«, obwohl wir dafür definitiv zu alt waren.

»Du bist schräg«, war Niamhs Reaktion auf Lilys Kommentar. In dem Moment sagte sie das noch freundlich, so als zweifelte sie Lily zuliebe an der Aussage. Doch im Laufe der Zeit wiederholte sie es immer wieder. Der Tropfen, der das Fass zum Überlaufen brachte, war ein Vorkommnis auf dem alten Tennisplatz, wo wir nach der Schule mit ein paar Jungs von der St. Anthony's rumhingen. Das Vorkommnis, bei dem Lily an Keith Delaney leckte.

Am Abend dieses Tages rief Niamh mich an. »Maeve«, sagte sie, »wir müssen uns mal über Lily unterhalten.«

»Wegen der Lecksache?«, gab ich zurück. Ich konnte es mir schon denken. »Sie hat nur ein Spiel gespielt, mit dem wir uns manchmal die Zeit vertreiben.«

Das Leckspiel hatten wir vor ein paar Jahren erfunden. Nachdem Roe uns gesagt hatte, dass es unmöglich ist, am eigenen Ellbogen zu lecken, versuchten wir ungefähr zwei Tage lang, es doch zu schaffen. Schließlich gaben wir es auf, erfanden aber das Leckspiel. Beim Leckspiel geht es darum, an schwer oder riskant zu Erreichendem zu lecken. Es langt schon, nur eine Sekunde die Zunge dranzuhaben. So gingen wir zum Beispiel samstags zu Waterstones, gaben vor, uns nach Lektüre umzuschauen, und ließen einander nicht aus den Augen, wenn wir langsam – ganz, ganz langsam – die Zunge an ein Buch legten. Anschließend fielen wir uns vor der Ladentür unter hysterischem Gelächter in die Arme.

Eine dieser Geschichten, bei denen man »dabei gewesen sein muss«, schätze ich.

Als Lily auf besagtem Tennisplatz also nach geduldigem stundenlangen Warten darauf, dass irgendetwas Unterhaltsames passierte, mit der Zunge an Keiths Nacken tippte, war das bloß ihre Art zu sagen: *Hey, hören wir jetzt endlich auf, uns zu langweilen?*

Niamh konnte das nicht nachvollziehen. Sie ließ mich bei unserem Telefonat zwar ausreden, schwieg dann aber eine ganze Weile in den Hörer. »Es sieht so aus, Maeve«, sagte sie schließlich. »*Wir*, also, *Michelle und ich*, wollten eigentlich nie mit Lily befreundet sein. Und *wir* wollen auch nicht länger mit ihr abhängen.«

Damit war es besiegelt. Ich fing an, Lily in der Schule zu schneiden. Sprach sie mich an, zeigte ich ihr die kalte Schulter. Ich blockierte ihre Nummer in meinem Handy und wenn sie auf Festnetz anrief, ließ ich mich von Joanne verleugnen. Weil Lily nicht blöd ist, verstand sie die Botschaft natürlich, auch wenn sie es trotzdem noch lange versuchte. Doch es blieb dabei: Das Lecken an Keith Delaney war Lilys letzte Tat als meine beste Freundin.

»Nein, wir hatten keinen Streit«, antworte ich auf Griffins Frage. »Wir haben uns nur auseinandergelebt.«

»Seit wann genau seid ihr keine Freundinnen mehr?«

»Seit … kurz vor den Weihnachtsferien. Letztes Weihnachten. Ist jetzt grob vierzehn Monate her.«

Ward wirkt irritiert. Er hat alles mitgeschrieben. »Du sagst also, dass du eigentlich seit über einem Jahr nichts mehr mit Lily zu tun hast. Ist sie denn vielleicht, während ihr noch befreundet wart, in … Chatrooms unterwegs gewesen? Hatte sie *spezielle Freunde*?«

Griffin zieht missbilligend eine Augenbraue hoch. »Ich glaube nicht, dass ›Chatrooms‹ heutzutage noch aktuell sind, Ward. Außerdem interessiert mich diese Tarotsache. Sag mir, Maeve, ist dabei sonst noch etwas passiert?«

Ich beiße mir auf die Lippe. »Ja. Eine Karte ist aufgetaucht. Eine, die eigentlich nicht dazugehört.«

»Kannst du sie mir zeigen? Hast du die Karten bei dir?«

Ich hole den Packen aus meiner Schultasche, fächere ihn auf und halte ihn Griffin vors Gesicht.

»Sehen Sie, diese Karten hier haben alle einen festen Platz im Spiel. Aber diese andere Karte ist nur für Lily erschienen. Diese gruselige Frau, die Mamsell. Sie gehört nicht dazu.«

»Die Mamsellkarte also. Was bedeutet sie?«

»Ich *weiß* es nicht. Deswegen ist Lily ja so ausgeflippt. Sie glaubt an diese Dinge, an Übernatürliches. Jedenfalls mehr als die meisten. Mehr als ich. Als ich ihr sagte, dass ich über die Karte nicht Bescheid weiß, hat sie Angst gekriegt. Ich auch, weil ich die Mamsell eigentlich aus dem Spiel genommen hatte.«

»Zeig sie mir mal.«

»Das ist es ja«, sage ich, beiße mir auf die Lippe und blicke mich um, als könnte die Mamsell jeden Moment leibhaftig zur Tür hereinkommen. »Ich weiß nicht, wo sie hin ist.«

»Also hattest du Angst und das hat Lily Angst gemacht«, schlussfolgert Griffin. »Lilys Bruder hat erwähnt, dass sie ziemlich anfällig für so was ist.«

Roe. Mein Herz macht einen Satz. Ich habe mir so große Sorgen um Lily gemacht, dass ich überhaupt nicht mehr an Roe gedacht habe, daran, wie er sich dabei fühlen muss.

»Als Lily und ich noch befreundet waren, war ich … irgendwie die Anführerin«, sage ich und merke selbst, wie überheblich das klingt. »Lily lässt sich leicht von mir beeinflussen.«

»Deswegen warst du also das ganze Wochenende so angespannt«, sagt Jo. »Du hast dir Sorgen um Lily gemacht.«

Ich nicke.

»Und deswegen haben die Mädchen auf dem Hof ›Hexe‹ gerufen«, fügt Griffin hinzu.

Ein weiteres Nicken.

»Da ist noch etwas«, sage ich, worauf die drei Erwachsenen sich so begierig vorlehnen, als wäre ich ein Spielautomat, dem gleich die Münzen aus der Lade fallen. Mein Blick huscht zu Jo. Hoffentlich wird sie mich in Schutz nehmen, wenn ich das letzte Teil des Puzzles preisgebe, offenlege, was für eine fiese, durch und durch schlechte Freundin ich bin.

»Lily und ich sind wegen dieser Mamsellsache irgendwie in Streit geraten. Sie hat Gemeinheiten zu mir gesagt und ich dann auch zu ihr.«

»Was für Gemeinheiten?«

»Sie hat mich eine schlechte Freundin genannt. Und ich habe ihr gesagt, dass ich lieber nie mit ihr befreundet gewesen wäre. Und dann …« Ich bekomme einen dicken schmerzhaften Klumpen im Hals. »Und dann sagte ich, ich würde mir wünschen, dass sie verschwindet.«

Griffin, Ward und Joanne machen große Augen und tauschen Blicke untereinander aus.

»Und jetzt *ist* sie verschwunden«, presse ich mit tränenerstickter Stimme hervor. »Lily ist verschwunden und ich bin schuld.«

Jo legt den Arm um mich.

»Mae«, sagt sie liebevoll. »Was erzählst du da für einen Unsinn? Beruhige dich. Es ist nicht deine Schuld.« An die Polizisten gewandt fügt sie hinzu: »Was immer da los war, Maeve hat das sicher nicht mit Absicht gemacht. Bestimmt hatte sie genauso viel Angst wie Lily. Ich weiß noch, das eine Mal, als Maeve über Nacht bei Lily war und die beiden Ouija gespielt haben. Sie wissen schon, Kontakt zu den Toten, dieses Hexenbrettding. Maeve hat so viel Angst gekriegt, dass unsere Mum sie abholen musste.«

Dazu lächelt Jo, als wollte sie sagen: *Waren wir nicht alle mal jung?*

»Deine Schwester hat recht, Maeve«, sagt Griffin. »Quäl dich nicht. Wenn du helfen willst, erzähl uns am besten alles, was du über deine beste Freundin weißt. Jedes Detail könnte hilfreich sein.«

Meine beste Freundin. Als wäre Lily das noch. Wer behandelt so seine beste Freundin?

Trotzdem setzen wir uns jetzt ins Wohnzimmer, ich erzähle und sie schreiben mit. Dann stellen sie mir zahllose Fragen, die allesamt klingen, als hätten sie sie aus *Das große Buch der Teenagerprobleme* abgeschrieben.

»Hatte Lily je Probleme mit Mobbing? Gab es Rivalitäten an der Schule?«, fragt Griffin. »War sie unzufrieden mit ihrem Körper? Hat sie getrunken? Hat sie Drogen genommen?«

Alk und Drogen: auf keinen Fall. Einmal wollten Lily und ich eine Flasche Wodka trinken. Pur. Während wir parallel auf Lilys Trampolin herumhüpften. Wir waren neugierig, was passieren würde. Nach etwa einem Drittel der Flasche reiherte Lily auf den Rasen und schwor ab da dem Alkohol auf ewig ab.

Komplexe wegen ihres Aussehens: möglich, aber unwahrscheinlich. Als wir so zwölf waren, ist Lily in nur einem Sommer dreizehn Zentimeter gewachsen, sodass aus dem vormaligen Kletteräffchen ein schlaksiger Teenager wurde. Bis heute ist sie mit locker fünf Zentimetern Abstand die Größte in unserem Jahrgang. Ihr ist dieser Alien-Look eigen, wie man ihn oft bei russischen Models sieht. Models, die nicht im herkömmlichen Sinne hübsch sind, deren hampelige Glieder aber irgendwie gut in sackigen Kleidern aussehen. Keine Ahnung, ob sich Lily über so was Gedanken macht. Nicht dass ich wüsste.

Mobbing: na ja. Die Mädchen an der St. Bernadette's können echt arschig sein, und sogar die Kinder an der Grundschule waren hin und wieder grausam. An guten Tagen bekam Lily nur blöde Fangfragen über ihr Hörgerät gestellt, an schlechten musste sie sich unverhohlene Beleidigungen anhören. Allerdings ist es mit Lily so: Dergleichen ist ihr herzlich egal. Behaupten ja viele von sich, aber in Lilys Fall trifft es zu. Jedes Mal, wenn jemand wegen unserer Leseschwäche gemein zu uns war, rollte sie nur mit den Augen. »Kümmer dich nicht drum, Maeve. Ist doch bloß Hintergrundrauschen.«

Und für sie war es tatsächlich nur ein Rauschen. Lily ist von Geburt an schwerhörig, was aber erst relativ spät bemerkt wurde, weil sie hervorragend von den Lippen lesen kann. Bis heute verfährt sie nach dem Motto: Wenn jemand etwas sagt, das sie nicht hören will, hört sie es auch einfach nicht.

Ich wünschte, ich könnte das auch. Ich wünschte, es könnte mir egal sein, was Leute wie Michelle oder Niamh über mich denken.

Nach gefühlten Stunden der Befragung schreitet Joanne ein: »Jetzt reicht es langsam«, sagt sie. »Maeve muss Hausaufgaben machen und zu Abend essen. Sie können mich ja anrufen, wenn noch etwas sein sollte.«

Die Gardaí schielen auf mein Handy, das ich auf den Couchtisch gelegt habe.

»*Mich* anrufen«, wiederholt Jo und legt beschützend den Arm um mich.

Ward klappt sein Notizbuch zu, und er und Griffin stehen auf.

»Du warst klasse, Maeve«, sagt Ward und lächelt mich an. Ich kann nachvollziehen, dass Niamh ihn attraktiv findet. »Dank dir können wir schon mal einiges ausschließen.«

Während Joanne die Polizisten zur Tür bringt, höre ich Griffin noch zu Ward sagen: »Genau genommen können wir jetzt so vieles ausschließen, dass kaum noch etwas übrig bleibt.«

11. KAPITEL

Am nächsten Morgen versuche ich Jo zu überzeugen, dass sie mich zu Hause bleiben lässt. Keine Chance.

»Wenn Mum hier wäre, würde sie's erlauben«, bettle ich. Mir scheppert noch immer das Wort »Hexe« durch den Kopf. Wie eine leere Dose, die jemand in einer Gasse umherkickt.

»Nein, Maeve«, wiederholt Jo bestimmt. »Ich bin den ganzen Tag unterwegs und will nicht, dass du hier mit den Kardashians oder was auf dem Sofa versackst und depressiv wirst. Dann machst du dir nur wieder Vorwürfe, und ich bin nicht da, um sie dir auszureden.« Sie klopft mir auf den Rücken. »Aber ich bringe dich heute mit dem Auto zur Schule. Klingt das nach Kompromiss?«

»Toll«, versetze ich griesgrämig, obwohl ich weiß, dass sie nicht unrecht hat. Außerdem hat sie von gestern noch was gut bei mir. Sie war die ideale große Schwester, hat mir bis spät in die Nacht zugehört, während ich über die Tarotkarten erzählt habe und davon, wie ich Lily damals für Michelle und Niamh über die Klinge springen ließ.

Joanne ist die Erste, mit der ich darüber gesprochen habe. Wenn Mum und Dad nach Lily fragten, habe ich einfach immer beleidigt getan, damit sie dachten, Lily und ich wären beide dran schuld. Lilys Mum hat das Thema auch ein paar Mal zur Sprache gebracht. »Es ist so schade, oder nicht?«, fragte sie meine Mum bei Gelegenheit.

»Ach, die kriegen sich wieder ein. Mädchen streiten nun mal.«

Mrs O'Callaghan ließ das immer unkommentiert. Sie war zu klug und zu nett, um zu sagen: »Meine Lil streitet sich nicht. Es kann nur an deiner garstigen Tochter liegen.« Aber ich merkte genau, dass sie das jedes Mal dachte, wenn sie auf dem Flur oder vorm Schultor an mir vorbeikam.

»Hör zu, Maeve«, sagte Jo, nachdem ich geendet hatte, und legte mir den Arm um die Schulter. »Du hättest Lily nicht wegekeln sollen. Aber offensichtlich fühlst du dich schlecht deswegen, und das schon seit Langem. Sobald Lily zurück ist, wirst du dich bei ihr entschuldigen und ganz vorsichtig fragen, ob ihr nicht wieder Freundinnen sein könnt. Dir bis dahin die Schuld an ihrem Verschwinden zu geben, hilft niemandem weiter.«

»Aber *ich* habe ihr diese Karten gelegt, Jo. *Ich* habe sie zur Weißglut gebracht. *Ich habe gesagt, dass sie verschwinden soll.*«

»Hast du nicht auch zwanzig anderen Mädchen die Karten gelegt? Und die waren auch nicht alle nur Ponyhof, oder? Da waren bestimmt auch ein paar harte Brocken bei.«

»Schätze schon«, sagte ich und schmiegte meinen Kopf an Jos Schulter.

»Es ist doch so, Mae, Lily ist schon immer ihren eigenen Weg gegangen. Schon als sie klein war. Sie war immer die Art Mädchen, die heraussticht, bei der man denkt: *Mh-hm, die wird mal etwas Außergewöhnliches tun.* Ob das nun weglaufen sein würde, einer Sekte beitreten oder mithilfe von drei Zahnstochern den Hunger auf der Welt besiegen, da war ich mir nie so ganz sicher.«

Daran denke ich jetzt, während Jo mich zur Schule fährt. Es stimmt. Irgendwie lag um Lily herum schon immer eine besondere Art Spannung in der Luft. Sie ist wie ein elektromagnetisches Feld auf zwei Beinen.

Und kaum kriege ich, ihre dickliche Freundin, in einer blöden Mädchenschule die niedrigste Beliebtheitsstufe zu fassen, lasse ich sie im Stich. Warum bin ich nicht einzigartig und seltsam? Warum kann ich nicht mit drei Zahnstochern den Hunger auf der Welt besiegen?

Eines steht fest: Statt sich von mir absägen zu lassen, hätte Lily wahrscheinlich längst besser mal mich abgesägt.

»Ich komme noch kurz mit rein«, verkündet Jo und parkt vor der Schule.

»*Was?*«

»Ich will mit Miss Harris reden. Sie darf nicht zulassen, dass die Polizei dich einfach aus dem Unterricht rausholt, um dir noch mehr Lily-Informationen abzuzapfen. Ich konnte sehen, dass diese Detective Griffin noch nicht mit dir durch war. Noch lange nicht.«

Wie jeden Morgen beaufsichtigt Miss Harris vor dem Schuleingang die Ankunft ihrer Schäfchen. Sie sieht uns schon von Weitem und kommt uns entgegen.

»Guten Morgen, Maeve. Und Sie müssen Joanne sein«, stellt sie fröhlich fest und streckt Jo die Hand entgegen.

»Stimmt«, sagt Jo nervös, und mir fällt kurz wieder ein, dass sie ja auch erst vierundzwanzig ist. Für mich eine Erwachsene, für jemanden wie Miss Harris fast noch so sehr Kind wie ich.

»Maeves Eltern – also, unsere Eltern – sind ja zurzeit im Urlaub«, sagt Jo. »Deswegen bin ich hier. Sozusagen als Vertretung. Ich würde gerne kurz über Lily O'Callaghan sprechen und welche Rolle Maeve in alldem spielt.«

»Sehr vernünftig«, nickt Miss Harris. »Mit dir, Maeve, wollte ich sowieso auch noch reden. Hier entlang, bitte.«

Ich bin völlig baff, was Jo in Miss Harris' Büro für eine Performance hinlegt. Mit knappen, entschlossenen Worten berichtet sie, dass ich nichts mit Lilys Verschwinden zu tun habe, und dass ein sechzehnjähriges Mädchen nicht in eine derart ernste Angelegenheit hineingezogen werden sollte. Dann sagt sie eine Menge Peinliches, von wegen, dass ich »nicht so taff bin, wie ich aussehe«. Wie soll man bitte schön auf so etwas reagieren? Ich kann nicht sagen: *Bin ich wohl!* Denn dann stünde ich da wie ein bockiges Kleinkind. Aber ich kann auch nicht sagen: *Exakt, ich bin aus Glas, bitte stellt mich in die Vitrine.*

»Ich bin ganz Ihrer Meinung«, sagt Miss Harris zu Jo. »Bestimmt ist es für alle Mädchen hier das Beste, wenn Maeve möglichst aus der Sache rausgehalten wird. Ich unterrichte schon sehr lange an Mädchenschulen. Wenn erst einmal etwas im Umlauf ist, gerät es fast unvermeidlich außer Kontrolle. Gerüchte sind wie Unkraut, wachsen sich gern zu einem regelrechten Wahn aus, der nur das Schlimmste im Menschen zum Vorschein bringt. Wenn ich das richtig mitbekommen habe, ist Maeve angeblich eine ... Hexe?«

Ich werde knallrot. »Ja«, sage ich. »Ich meine, nein. Ich bin keine. Aber das haben die andern mir gestern nachgerufen.«

»Und du hast also in den Mittagspausen Tarotkarten gelegt?«

»Ähm ... ja. Aber das war ganz harmlos. Da können Sie jeden fragen. War alles bloß Spaß.«

Für die anderen. *Für die anderen* war es bloß Spaß.

»Wie dem auch sei«, sagt Miss Harris. »Ich habe beschlossen, dass Tarot ab sofort auf dem Schulgelände verboten ist. Ebenso wie alles andere ... Okkulte. Ab sofort: keine Tarotkarten mehr, keine Zaubersprüche, Ouija-Bretter oder Salbeiräucherstäbchen.«

Mit diesen Worten stellt Miss Harris einen Schuhkarton auf den Tisch und macht den Deckel auf. Im Innern liegt mein ganzes schönes Tarot-Equipment. Alles, was ich im Orakel gekauft und liebevoll arrangiert hatte, um das Loch in mein eigenes kleines Zauberreich zu verwandeln, klappert jetzt als zusammengewürfelter Krimskrams in diesem Karton herum.

Noch nie bin ich mir so kindisch vorgekommen.

»Hast du deine Tarotkarten heute dabei, Maeve?«

»Ähm, ja. Sie sind in meiner Schultasche.«

»Holst du sie bitte heraus?«

Ich tue wie geheißen und wiege die Karten, deren kühles Gewicht sich trotz allem noch verlässlich und beruhigend anfühlt, in meiner Hand.

»Gib sie mir, Maeve.«

»Was? Warum?«

»Wie gesagt, sie sind an dieser Schule verboten. Und ich will auch nicht, dass du den Mädchen außerhalb der Schule die Karten legst.«

»Wenn sie fragen, kann ich doch einfach Nein sagen«, protestiere ich.

»Wirst du aber nicht«, sagt Miss Harris kühl. Als wüsste sie genau, wie leicht man mich mit der Aussicht auf Beliebtheit zu etwas überreden kann. »Deswegen gebe ich dir gar nicht erst die Möglichkeit dazu.«

Aus dem Augenwinkel sehe ich, wie Jo kurz zu einer Verteidigung ansetzt, Miss Harris dann jedoch schweigend zuzustimmen scheint.

Ich fühle mich verraten.

»Bitte, Miss«, bettele ich. »Die Karten gehören doch mir.«

»Das stimmt so nicht ganz. Du hast sie hier im Keller gefunden. Sie sind Schuleigentum und, ganz ehrlich, Maeve, eigentlich sollte ich dir eine Verwarnung schreiben, weil du den Wandschrank dort unten unerlaubt benutzt hast. Gib mir jetzt den Schlüssel zurück.«

Miss Harris und ich waren noch nie dicke Freunde, aber ich hatte immer gedacht, dass sie mich im Grunde gut leiden kann. Oder zumindest daran glaubt, dass ich eigentlich ein okayer Mensch bin. Ihr jetziger Tonfall allerdings klingt nicht nach liebevoller Strenge. Vielmehr hört es sich so an, als würde sie mich für eine Kriminelle halten.

Wortlos fische ich den Schlüssel aus meinem Stifteetui und reiche ihn ihr zusammen mit den Karten. Miss Harris zieht die oberste Schublade ihres Schreibtischs auf, legt die Karten hinein und schließt ab.

»So. In der Ersten hast du Geografie, richtig? Da wir hier so weit durch sind, schlage ich vor, dass du dich auf den Weg machst.«

Jo wirft mir ein kleines »Ich habe getan, was ich konnte«-Lächeln zu und steht auf. »Wenn du Schulschluss hast, bin ich wieder zu Hause. Schreib mir, falls du von der Bushalte abgeholt werden möchtest.«

Weil Miss Harris nicht merken soll, dass sie gewonnen hat, schlendere ich mit der Schultasche über der Schulter zur Tür, als ob mir nichts egaler sein könnte. Dabei spüre ich jetzt schon, wie sehr mir das Gewicht der Tarotkarten fehlt. Meine Verbindung zum Erdboden fühlt sich auf einmal gefährlich lose an. Als könnte ich jeden Augenblick wegfliegen. Und verschwinden. Wie Lily.

An der Schwelle drehe ich mich noch einmal um. »Miss«, setze ich kleinlaut an. »Haben Lilys Eltern nach mir gefragt? Ich sollte ... Vielleicht sollte ich auch mit ihnen wegen Lily reden, so wie mit der Polizei.«

»Stimmt ja«, macht Miss Harris. »Lilys Eltern hatten ... tatsächlich einiges über dich zu sagen. Aber keine Sorge. Die Gardaí haben alles Relevante aus deiner Aussage schon an sie weitergegeben. Es wird das Beste sein, wenn du die O'Callaghans erst mal in Ruhe lässt.«

Als Roes Gesicht vor meinem inneren Auge auftaucht, geht sofort mein Puls hoch. Ob er immer noch meinen Rosenquarz unter dem Pulli trägt? Bei der Vorstellung, wie der Stein auf seiner nackten Brust liegt, kriecht mir die Schamesröte ins Gesicht.

Armer Roe. Arme Mr und Mrs O'Callaghan. Ich kann nicht anders, als mir jene schrecklichen Minuten auszumalen, in denen Mrs O'Callaghan feststellt, dass Lilys Bett leer ist. In denen sie an die Badezimmertür hämmert, auch dort keine Lily findet, und wie sich ihre Verwirrung in Panik verwandelt. Minuten, in denen die harte, endgültige Erkenntnis sie überkommt, dass ihre einzige Tochter verschwunden ist.

Der Vormittag: ein Albtraum. Ich hatte befürchtet, dass die Mädchen mich meiden würden, um nicht ebenfalls mitten in der Nacht zu verschwinden. Doch im Gegenteil: Alle reißen sich um mich, wollen jedes Detail über Lily, die Hexerei und das Tarot erfahren. Und natürlich werden Gerüchte laut. Wilde Geschichten darüber, dass Miss Harris Lily-O'Callaghan-Voodoopuppen im Loch gefunden hätte. Oder dass Lily gar nicht verschwunden wäre, sondern tot. Dass sie sich nach meiner Schikane am Freitag das Leben genommen hätte.

In der Mittagspause scharen sie sich erst recht um mich. Jede giert danach, bei diesem schulweiten Skandal zu den Eingeweihten zu gehören. So wütend ich auch über die Konfiszierung der Tarotkarten bin, kann ich doch spätestens jetzt nachvollziehen, was Miss Harris mit dem Unkraut und dem Wahn gemeint hat.

»Oh Maeve, wie schrecklich, ich bin immer noch ganz außer mir!«, echauffiert sich Niamh und zieht mich am Ärmel. »Alle haben sie gesagt, du hättest Lil gemobbt, aber ich habe dich natürlich sofort verteidigt. Ihr wart schließlich Freundinnen, oder nicht? In der Grundschule jedenfalls.«

Als ob Niamh nichts damit zu tun hätte, dass Lily und ich keine Freundinnen mehr sind. Wie kann sie mich mit großen feuchten Glubschaugen ansehen, als wäre sie an alldem völlig unschuldig?

»Oh Maeve, wie schrecklich«, wiederholt sie. »Vor Sorge um Lily habe ich gestern Nacht kaum geschlafen.«

Mit einem Mal ertrage ich es nicht länger. Ich kann nicht länger hier sitzen und zusehen, wie Niamh Krokodilstränen verdrückt wegen eines Mädchens, das sie von Tag eins an verachtet hat.

»Niamh, bist du verdammt noch mal *high*?«, rufe ich mit überschnappender Stimme. »Lily hat dich einen Scheiß interessiert. Und nur wegen dir und Michelle habe ich so getan, als würde sie auch mich einen Scheiß interessieren, obwohl sie die beste Freundin war, die ich je hatte. Und jetzt willst du mir erzählen, dass du dir Sorgen um sie machst?«

Niamh blinzelt mich an und dicke Tränen kullern ihr in gleichmäßigen Abständen über das hübsche Gesicht. »Warum schreist du mich an? Ich bin auf *deiner Seite.*«

»Es gibt keine Seiten! Ich habe nichts getan!«

Stille. Buchstäblich jedes Augenpaar im Aufenthaltsraum ist auf mich gerichtet.

»Klar doch«, kontert Niamh kaltblütig. »Du hast *nichts getan*, Maeve.«

Am Ende des Schultags stelle ich fest, dass mir jemand mit Edding HEXE auf die Schultasche geschrieben hat. Ich lasse mir nicht anmerken, wie sehr mich das trifft. Die Genugtuung gönne ich der anonymen Schreiberin nicht.

Erst als ich im Bus sitze, sehe ich, dass HEXE zusätzlich noch mit einem »miese« versehen wurde.

12. Kapitel

Am nächsten Tag habe ich in der Ersten Mathe. Mathe ist schon immer mein schlechtestes Fach und wird nicht gerade besser dadurch, dass ich es mit Lily zusammen habe.

Oder hatte.

Ein statisch aufgeladenes Prickeln erfüllt die Luft, als ich den Klassenraum betrete. Jähe Stille setzt ein. Wenn sonst über jemanden gesprochen wird und der dann hereinkommt, wechselt man ja einfach schnell das Thema. Doch das hier ist etwas anderes. Das hier ist eine Stille, die bemerkt werden möchte. Eine tödliche Stille, die mich wissen lässt, dass über mich gesprochen wurde, und dass alle wollen, dass ich es weiß.

Während ich das Zimmer durchquere, blicke ich stur geradeaus. Ich verbiete mir, zu blinzeln, weil dabei eine verirrte Träne aus meinem Auge fallen und beweisen könnte, wie aufgewühlt ich bin. Wie schuldig.

Geh einfach zu deinem Platz, Maeve. Geh einfach zu deinem Platz.

Doch das kann ich nicht. Mein Stuhl in der letzten Reihe zwischen Michelle und Niamh ist nämlich von Aoife O'Connor besetzt. Keine von den dreien würdigt mich eines Blickes.

Ich werde nichts sagen. Werde sie nicht ansprechen. Ich werde nicht um Freundschaft betteln.

Mein Blick schießt auf der Suche nach einem anderen freien Platz durchs Zimmer. Und ich denke: *Okay, dann nehme ich einfach Aoifes freien Stuhl.* Doch dort sitzt auch schon jemand. Nackte Panik lässt meine Augen aus den Höhlen quellen. Verzweifelt scanne ich weiter die Reihen ab. Da ich noch stehe und Lily fehlt, müsste es mindestens zwei freie Stühle geben, doch ich entdecke nur einen. Vielleicht haben sie den anderen aus dem Zimmer gebracht. Als Botschaft an mich. Eine jener gehässigen, wortlosen Botschaften, die man nur in Mädchenschulen dieses Formats und Kalibers erhält. Ich steuere den einzigen leeren Platz an.

Den Platz, der letzte Woche noch Lily O'Callaghan gehört hat.

Weil mir nichts anderes übrig bleibt, schleppe ich mich zu Lilys Pult in der ersten Reihe, verfolgt von der Hitze der gebündelten Blicke aller Mädchen, einer Hitze, die sich anfühlt, als würden in meinem Nacken tausend Glühbirnen platzen.

Und dort, neben den Herzen, den Totenköpfen und dem kunstvollen Supermann-S voriger Schülerinnengenerationen ist ein neuer Beitrag ins uralte Holz geschnitzt:

TOLLE BESTE FREUNDIN

Dieser Teil der Geschichte, so erfahre ich in den nächsten Tagen, fasziniert und ekelt meine Mitschülerinnen am meisten. Nicht, dass Lily verschwunden ist. Nicht die Tarotkarten. Sondern der Umstand, dass Lily meine beste Freundin war. So lange, bis ich sie erst abgesägt habe, dann gemobbt und mir dann vor aller Ohren gewünscht habe, dass sie verschwindet. Eine Untat, nach der sie sich – soweit man weiß – entweder umgebracht hat oder so weit von zu Hause weggelaufen ist, dass sie ebenso gut tot sein könnte.

Niemand sagt mir all das ins Gesicht, aber im Vorbeigehen auf dem Flur schnappe ich die Gesprächsfetzen auf.

»... ihre beste Freundin!«

»... nein, ich habe sie nie zusammen gesehen, aber Becca war mit ihnen auf der Grundschule und ...«

»Ihre Mums! Ihre Mums sind immer noch befreundet!«

»Oh doch, genau das hat sie gesagt! ZU IHRER BESTEN FREUNDIN!«

»... ein bisschen zickig war sie ja schon immer, aber seitdem sie wegen ihrem Hexenscheiß Aufmerksamkeit kriegt, ist sie ein echtes Miststück.«

»Ihre BESTE Freundin!!!«

Als ich vor zwei, drei Tagen aus der Mittagspause zurückkam, erwischte ich eine Gruppe Siebtklässlerinnen an meiner Schultasche. Mit gebleckten Zähnen sprang ich dazwischen und riss die Tasche an mich.

»Was habt ihr damit gemacht?«, fauchte ich. Bestimmt wollten sie etwas Ekliges reinstopfen, verschimmeltes Obst oder so?

»G-gar nichts«, stotterte eine Zwölfjährige mit Bindehautentzündung. »D-das war nur eine M-M-Mutprobe.«

»Was für eine Mutprobe?«

»Wer sich t-t-traut deine Schultasche a-anzufassen.«

Hier wurde mir zum ersten Mal richtig bewusst, dass ich nicht nur das Gesprächsthema meines Jahrgangs war. Sondern das der ganzen verdammten Schule. Ich war zu einer Schauergestalt mutiert. Miss Harris musste mich bitten, besonders nett zu den jüngeren Mädchen zu sein. Eine von ihnen traute sich wegen mir offenbar kaum noch ins Gebäude.

Aber mit den Jüngeren komme ich klar. Probleme bereiten mir vor allem die Gleichaltrigen und Älteren. Seit Lilys Verschwinden haben sämtliche Eltern zu viel Schiss, ihre Töchter nach Schulschluss noch in die Stadt gehen zu lassen. Deswegen und weil Busfahrerei ja eigentlich auch viel zu gefährlich ist, entstehen mittlerweile regelrechte Staus vor dem Schultor.

Auf dem Weg zur Aula drückt mich ein Mädchen aus dem Jahr über mir gegen die Wand.

»Meine Mum hat mir das Handy weggenommen«, fährt sie mich an. »Vielen Dank, Chambers.«

Am Freitag kommen Mum und Dad aus dem Urlaub zurück. Jo hat ihnen bereits alles wegen Lily erzählt und offenbar auch alles darüber, was ich jetzt an der Schule durchmachen muss. Mums und Dads Koffer stecken voller Trostgeschenke: weiß-blaue Ohrringe, die wie verkleinerte portugiesische Schmuckkacheln aussehen, Lissabonner Puddingtörtchen, leicht zerdrückt von der Reise.

»Ich weiß ja, dass wir das mit den … New-Age-Sachen gerade

eher zurückfahren sollten«, sagt Dad verlegen. »Aber irgendwie habe ich mich dann doch in einen dieser … Kristallshops verlaufen und bin mit der hier im Gepäck wieder rausgekommen.«

Er zieht eine lange goldfarbene Kette hervor, an der ein Anhänger baumelt. Ein schwarzer Stein mit einer einzelnen roten Perle. »Die Verkäuferin sagte, das ist ein Schutzamulett«, erklärt er. »Der Stein heißt auf Spanisch *azabache*. Gagat. Aber *azabache* gefällt mir besser. In Südamerika schenkt man ihn Säuglingen direkt nach der Geburt. Er wehrt den bösen Blick ab.«

»Danke, Dad«, sage ich mit einem schwachen Lächeln. Die bloße Vorstellung, wie mein Dad sich ernsthaft von einer Kristallverkäuferin beraten lässt, erfüllt mein Herz mit leiser Hoffnung. Meine Eltern sind zurück. Jetzt muss einfach alles besser werden, oder?

Als Dad mir die Kette um den Hals legt, pendelt der Anhänger kurz hin und her und kommt dann auf meinem Brustbein zur Ruhe. Ich fahre mit dem Finger über den glatten schwarzen Stein, der etwa die Form und Größe eines Daumenabdrucks hat, und muss augenblicklich an Roe denken.

Natürlich kommen wir wenig später auf die O'Callaghans zu sprechen. Mum hat sich bereits von Portugal aus mit Lilys Mum geschrieben.

»Hast du auch mit ihr telefoniert?«, frage ich hoffnungsvoll.

»Aber nein.« Mum schüttelt weise den Kopf. »In so einer Zeit muss man die Menschen in Ruhe lassen. Erst recht, wenn man nicht zur Familie gehört. Ich habe nur geschrieben, dass ich da bin, wenn sie mich brauchen.«

»Gott sei mit ihnen«, raunt Dad traurig.

»Und Lasagne«, sagt Mum energisch, steht auf und holt unsere größte Pfanne aus dem Schrank, »Lasagne sei auch mit ihnen.«

Den ganzen Abend lang helfe ich Mum beim Kochen. Reibe Käse, schneide Knoblauch, laufe schnell noch zum Laden, um Lasagneplatten zu besorgen. Am nächsten Morgen fährt Mum mich mit dem Auto zur Schule und macht vorher einen Abstecher zum

Haus der O'Callaghans. Während der kurzen Strecke – bloß drei Straßen weiter und zweimal links abbiegen – wird mir regelrecht schlecht, weil ich daran denken muss, wie unendlich oft ich sie schon zurückgelegt habe. Mit Barbie-Rollerblades, mit Leuchtturnschuhen, mit dem sonnengelben Fahrrad, um das ich so lange gebettelt habe und das dann zwei Monate später geklaut wurde.

Mum parkt vor der Doppelhaushälfte, die sich durch nichts von allen anderen Häusern auf der Straße unterscheidet. Durch nichts, bis auf die Tatsache, dass ich meine halbe Kindheit darin verbracht habe. Auf meinem Schoß ruhen die zwei mit Alufolie abgedeckten Lasagnen – eine mit Fleisch, eine vegetarisch.

»Okay«, sagt Mum. »Gib mir mal Stift und Zettel.«

Ich reiße behutsam eine Seite aus meinem Collegeblock heraus und reiche sie ihr zusammen mit meinem besten Stift. Sie kritzelt etwas übers Aufwärmen bei hundertachtzig Grad und dass sie »auf Abruf steht«, falls einer der drei irgendetwas braucht.

Dann unterschreibt sie mit *In Liebe, Nora Chambers*, schaut mich lange an, wie ich geknickt neben ihr sitze, und fügt hinzu:

… und Maeve.

13. Kapitel

Auch heute Abend sind Suchtrupps unterwegs. Mit Taschenlampen und Hunden, denen man Lilys getragene Klamotten unter die Schnauze gehalten hat, durchstreifen sie Flussufer und Marschland. Mum lässt mich nicht mit ihnen gehen. Ich höre, wie sie und Dad im Schlafzimmer darüber streiten. Er denkt, dass ich mich besser fühlen würde, weil ich etwas tun könnte. Sie denkt, dass es mich traumatisieren würde. Was ich selbst denke, scheint keine Rolle zu spielen.

Dad hingegen sucht mit und kommt zurück, kurz nachdem ich ins Bett gegangen bin. Ich höre die alte Treppe unter seinen Schritten knarzen und seinen langen erschöpften Seufzer, als er ins Schlafzimmer geht.

Am Wochenende kommt Patrick für die Hochzeit zweier Schulfreunde nach Hause und lenkt Mum, Dad, Jo und mich vorübergehend mit seiner ausgelassenen Albernheit ab. Nachdem ich schon eine ganze Weile auf dem Sitzsack in seinem Zimmer verbracht habe, zeige ich ihm die Liste mit den Walkman-Liedern.

»Oh, wow, es geschieht wirklich«, sagt er und liest mit hochgezogenen Brauen die Titel. »Was lange währt, wird endlich gut.«

»Wovon redest du?«

»Du entwickelst *Geschmack.*«

Pat geht seine Plattensammlung durch und hält schließlich eine Hülle empor, auf der eine Frau mit roten Haaren und Ponyfrisur zu sehen ist.

»Maeve, ich möchte dir Jenny Lewis vorstellen«, sagt Pat.

Was folgt, ist ein geselliger Abend mit jeder Menge lauter Frauen an der Gitarre, über die Pat auf eine Weise plaudert, als hätte er mit allen schon mindestens eine heiße Affäre hinter sich. Jenny, Courtney, PJ, Carrie, Kim, Joni und – aus unerfindlichem Grund – Prince.

»Prince war keine Frau«, sage ich.

»Prince war weder noch. Prince war einfach Prince.«

Bei jedem Album, jedem Lied, mit dem Pat mich bekannt macht, muss ich an Roe denken. Am liebsten würde ich Pat von ihm erzählen, weiß aber nicht, wie ich das anstellen soll.

Also schweige ich und sauge stattdessen die Musik und Pats Vortrag auf. Versuche eifrig, mir seine Kommentare zu merken, damit ich sie gegenüber Roe wiederholen kann. An jenem fernen Tag, da Lily zurück ist und wir unsere Busgespräche wieder aufnehmen können. Pat führt meine Wissbegier natürlich auf sein erlesenes Stilempfinden zurück.

»Du darfst dir gern alles anhören, was du magst. Auch wenn ich wieder weg bin«, sagt er und zupft an den Saiten seiner alten Bassgitarre. »Lass aber alles *im Zimmer,* okay?«

Nach Pats Abreise bricht der trostlose Alltag wieder herein und die Stunden vergehen in schleppender Trauer.

Mein Tagesrhythmus ist exakt der gleiche geblieben: Ich nehme den Bus zur Schule, gehe in den Unterricht, nehme den Bus nach Hause. Allerdings hängt dabei ein Schatten über mir.

Sie haben Vermisstenplakate angebracht. Jedes Mal, wenn mich von einem Telefonmast oder einer Hauswand Lilys Augen anblicken, durchfährt es mich, als hätte ich auf Eis gebissen. Roe bekomme ich nicht ein Mal zu Gesicht.

Die mir schulweit entgegenschlagende Kälte will nicht ansatzweise nachlassen. Die sensationsgeilen Fragen haben aufgehört. Stattdessen unterbrechen sie jetzt ihr Gespräch, wenn sie mich kommen sehen. Nicht mal in der Schlange vorm Klo will man sich mit mir unterhalten. Alle ziehen nur die Brauen hoch und gucken dann geradewegs durch mich hindurch. Das Ganze wäre absolut unerträglich, wenn es Fiona nicht gäbe.

Ich habe angefangen, meine Mittagspause im Kunstraum zu verbringen. Er liegt im zugigen Dachstuhl und ist daher außerhalb des Unterrichts menschenleer. Am Mittwoch kommt Fiona schweigend herein, setzt sich und macht eine Tupperdose auf. Einige Minuten lang sagt keine von uns ein Wort.

Dann halte ich es nicht mehr aus. »Dein Essen riecht gut.«

»Danke«, sagt sie und wird ein bisschen rot. »Meine Mum hat die Woche frei, deswegen kocht sie mir was.«

»Wie nett von ihr.«

»Mh-hm …« Sie wiegt den Kopf. »Mein mitgebrachter Ziegenfleischeintopf gestern hätte allerdings genauso gut ein hingemetzeltes Pony oder so sein können. Alle haben einen Riesenaufstand gemacht.«

Sie klingt entnervt. Arme Fiona.

»Kann man Ziegenfleisch hier einfach so kaufen?«

»Klar. Meine Mum geht dafür in den jamaikanischen Laden in der Stadt.«

»Es gibt einen jamaikanischen Laden in der Stadt?«

Fiona lächelt mich schief an. »Es gibt in der Stadt *eine Menge* Läden, in die kein weißer Ire je einen Fuß setzt.«

Fionas Vorname ist irisch, ihr Nachname englisch, ihre Haut ist braun und ihre Geduld fürs Gelaber der Leute begrenzt. Ich habe schon immer bewundert, wie geschmeidig sie ignorante Aussagen einfach ummäht. Aus dem gleichen Grund fand ich sie aber auch immer schon höllisch einschüchternd.

»Es riecht jedenfalls köstlich«, sage ich. »Ich wünschte, meine Mum hätte mir auch was gekocht.«

Fiona gibt mir was ab. Es *ist* köstlich.

Obwohl sie und ich nicht den gleichen Stundenplan haben, beschließen wir, jede Mittagspause gemeinsam im Kunstraum zu verbringen.

Ein paar Tage später rolle ich versonnen Tonwürste zwischen den Händen, während Fiona ihren Schnürsenkeln mit Textmarkern ein Streifenmuster aus Pink, Gelb und Blau verpasst.

Ich bin dankbar, dass sie mich nicht verstößt wie alle anderen, wobei ich mir nicht sicher bin, was für sie dabei herausspringt. Fiona ist hübsch, talentiert und witzig. Und ich? Ich bin das Mädchen, das mithilfe von Tarotkarten ihre beste Freundin umgebracht hat.

»Hey«, sagt Fiona, während sie die frisch gestreiften Schnürsenkel zurück in ihre weißen Converse fädelt. »Morgen ist Lehrerfortbildung. Da haben wir schon um eins Schluss.«

»Stimmt ja. Cool.«

»Wollen wir da zusammen in die Stadt gehen?«, schlägt sie leichthin vor.

Die Frage dringt wie ein Sonnenstrahl durch dichten grauen Nebel. Fiona möchte, dass wir richtige Freundinnen sind. Nach-der-Schule-Freundinnen. *Stadt*-Freundinnen. Ungläubig blinzle ich sie an.

Ich bin keine Totalschwachmatin. Es ist nicht so, dass ich nie zu Partys oder Trips in die Stadt eingeladen werde. Aber fast immer nur als Teil einer größeren Gruppe. Meine Anwesenheit ist meist das Ergebnis einer Überlegung wie: »Oh, und lad die Bernadette's-Mädels ein.« Oder: »Frag doch Michelle und ihre Freundinnen auch noch.« Ich kann mich nicht erinnern, wann zum letzten Mal jemand nur mit mir abhängen wollte.

Doch, kannst du, Maeve. Und zwar Lily, vor über einem Jahr.

Dass ich eindeutig viel zu lange für eine Antwort brauche, bekommt Fiona in den falschen Hals und wiegelt schnell ab.

»Also, es ist nur so … In ein paar Wochen fängt das Vorsprechen fürs nächste Theaterstück an – *Othello* – und ich spekuliere stark auf die Rolle von Othellos Ehefrau Desdemona, nur brauche ich dringend wen, der zum Üben den Othello für mich spricht. Aber keine Sorge, wenn du schon was vorhast oder so. Ich werd einfach …«

Ich muss breit grinsen. »Kannst du mir bitte noch verschwurbelter sagen, dass du auf mich stehst?«

»Ach Gott, Banausin!«

»Ich find die Idee super, lass uns das machen. Warte, bringt Othello Desdemona nicht am Ende um?«

»Allerdings. Vielleicht sollte ich doch lieber wen anders fragen. Bei *deiner* Erfolgsbilanz ...« Noch während sie zu Ende spricht, schlägt Fiona sich die Hand vor den Mund.

Mit großen Augen starre ich sie an.

»Tut mir leid«, sagt sie. »Das ist nicht witzig. Mein Humor ist manchmal bescheuert unangebracht.« Sie wird knallrot und kneift sich in den Nasenrücken. »Ich bin unmöglich. Es tut mir leid, Maeve.«

Ich brauche einen Moment, um mich zu fangen. »Dann sagen sie das also immer noch?«

»Nein.«

»*Fiona.*«

»Okay, doch. Aber das sind doch alles nur dumme Kühe, die eine Story haben wollen. Ihnen ist eben langweilig. Himmel, sie *sind* langweilig.«

Ich kaue an der trockenen Haut unter meinem Daumennagel und weiß nicht, was ich sagen soll. Prompt macht die sichtlich betrübte Fiona mit ihren Entschuldigungen weiter. »Tut mir echt leid, ich quatsche manchmal einfach drauflos. Mum hat mich deswegen schon zahllose Male zusammengefaltet, aber ich kann's mir einfach nicht abgewöhnen. Himmel. Hör zu, ist schon gut. Vergessen wir das mit morgen.«

»Fiona, beruhig dich. Es ist okay«, sage ich lächelnd. Langsam bekomme ich doch eine Idee, warum sie vielleicht mit mir befreundet sein möchte. Bisher war ich zu sehr davon eingenommen, wie schön und selbstsicher sie ist, um die Ähnlichkeiten zwischen uns zu bemerken. Zum Beispiel, dass wir beide am Fettnäpfchen-Syndrom leiden. »Beschlossene Sache«, füge ich hinzu. »Morgen gehen wir in die Stadt.«

Tags darauf treffen wir uns um eins auf dem Parkplatz, und ich bin froh, *sehr* froh, dass auch ich an Klamotten zum Umziehen gedacht habe. Fiona hat ihre Schuluniform gegen eine graue Jeans und einen smaragdgrünen Body im Meerjungfrauen-Look ausgetauscht. Darüber trägt sie eine Oversize-Bikerjacke mit breiten Ärmeln und tiefen Reißverschlusstaschen. Spätestens jetzt ist mir klar, wie sie sich einen älteren Freund angeln konnte. Sie sieht aus wie zwanzig.

Ich für meinen Teil stecke in einem Streifenpulli von Next und in einer Leggins, von der ich eine Menge Hundehaare abzupfen muss. Es ist peinlich genug, in meinen Alltagsklamotten neben Fiona zu stehen. In meiner Schuluniform hätte ich längst schon die Flucht ergriffen.

Während wir in die Stadt hinunterspazieren, strömen Mädchen in Zweier- und Dreiergruppen in die gleiche Richtung. Zum ersten Mal seit meiner Tarotsession mit Lily fühle ich eine rosa Seifenblase aus Freude in mir aufsteigen.

»Lass uns was Idiotisches machen«, sage ich und kreisele aufgedreht um einen Laternenpfahl. »So was wie Brautkleider anprobieren.«

»Brautkleider?« Sie lacht. »Wer würde uns in ein Brautmodengeschäft lassen? Da kommt man doch nur mit Termin rein.«

»Es sei denn, wir gehen dahin, wo sie die richtig billigen verkaufen.«

Fionas Augen glitzern unternehmungslustig. »Sprich weiter.«

»Lass uns zur Schatzkiste gehen.«

Vielleicht hatte dieses Etablissement im Verlauf seiner langen Geschichte irgendwann mal echte Schätze im Angebot. Keine Ahnung. Mittlerweile beherbergt das dreistöckige Gebäude jedenfalls einige der fragwürdigsten Outfits, die man sich vorstellen kann. Abendkleider aus Polyester, transparente Zwanzig-Zentimeter-Stilettos, neonfarbene Raver-Klamotten und Halloweenkostüme, die Copyright-Verletzungen zu vermeiden versuchen, indem sie sich »Bat Gentleman« oder »Wonderful Woman« nennen. Keiner kann so recht begreifen, wie sich dieser Laden am Leben hält. Als ich bei meinem letzten Besuch einen Ständer mit Secondhand-

Militärmänteln durchgegangen bin, ist mir fast eine Deckenplatte auf den Kopf gefallen.

»Ich *liebe* diesen Laden«, ruft Fiona aufgeregt. »Ich konnte Mum ein Mal überreden, mit mir hinzugehen, aber als sie das Regal mit den Bongs entdeckte, hat sie mich quasi am Ohr wieder rausgezerrt.«

»Die haben da eine ganze Abteilung für abgefahrene Abendklamotten und urhässliche Brautkleider. Lass uns hin und sie anprobieren. Deinen Othello-Text können wir danach immer noch üben.«

Tatsächlich war auch ich erst ein Mal in der Schatzkiste – damals vor Abbies Hochzeit, als irgendjemand ihr erzählt hatte, dort auf ein echtes Vera-Wang-Kleid gestoßen zu sein. Ein Witz, wie sich sehr schnell herausstellte.

Bevor Fiona und ich hineingehen, bewundern wir erst noch das Schaufenster. Eine weibliche Schaufensterpuppe mit Gasmaske und im neongelben Tutu führt eine männliche Schaufensterpuppe in Bondage-Lederkombi an der Leine spazieren.

»Jesusmaria«, sagt Fiona und unterdrückt ein Lachen. »Ist das ein Sexshop?«

»Na ja, sie scheinen die Grenzen auszuloten.«

»Kannst du laut sagen«, sagt sie, hakt sich bei mir unter und zieht mich durch die Tür. »Die Grenze ist *überschritten.*«

Ein Typ mit grünen Haaren und riesigen Ohrlöchern nickt uns zu, als wir an ihm vorbei Richtung Brautabteilung spazieren. Dort finden wir eine alte Requisitentruhe voll vergilbter Spitze, die ihren Inhalt mit: *Zerbrochene Träume – 50 % Rabatt* anpreist. Ein in einer Ecke aufgehängter Duschvorhang dient als Umkleide.

Fiona landet in einer puffärmeligen 1980er-Satin-Monstrosität, die einen Seitenschlitz bis zum Hintern hat, und ich taumele in einem kleidgewordenen Sahnebaiser umher, von dessen unzähligen Tüllschichten mir die Beine jucken. Während wir hinter dem Vorhang posieren, löst jedes neu entdeckte hässliche Detail immer heftigere Kicheranfälle aus.

»Du solltest dir ein Ziegelsteinhandy besorgen«, sage ich. »Dann bist du eine Achtzigerjahre-Business-Powerbraut.«

»Und du brauchst«, sie legt den Kopf schief, »ein Hütchen. Eins von diesen bescheuerten Minidingern, die ganz vorn auf dem Kopf sitzen. Ich frag mal nach.«

Barfuß stürmt sie an mir vorbei zum Verkaufstresen. »Hi, entschuldigen Sie«, höre ich sie fröhlich und aufgekratzt rufen, »haben Sie zufällig –? Oh.«

Das »Oh« klingt merklich weniger fröhlich. Vielmehr beunruhigt, defensiv. Ich mache einen langen Hals, bin aber zu feige, um in meinem idiotischen Kleid zu ihr nach vorne zu gehen. Eine Gruppe Männer hat sich vor dem Grünhaarigen aufgebaut. Sie sind etwa so alt wie er, doch ihre Kleidung lässt sie um Jahrzehnte älter erscheinen. Wobei, vielleicht nicht älter, sondern wie einer früheren Zeit entsprungen. Alle stecken sie in dunkelblauen Anzügen und tragen eine derartige 1960er-Jahre-Männlichkeit vor sich her, dass ich sie fast schon Zeilen aus *Mad Men* zitieren höre, was ich zwar nie gesehen habe, aber vom Vibe her zu kennen glaube.

Zwei von ihnen geiern Fiona an. Ein anderer, jüngerer, mit kurzen blonden Haaren spricht zu dem Grünhaarigen.

»Wie Sie also sehen können, Sir, wird laut irischer Rechtsprechung jeder öffentliche Verstoß gegen Sittsamkeit oder Moral mit einem Bußgeld von bis zu sechshundert Euro geahndet. Oder, wenn der Richter entsprechend urteilt, mit bis zu sechs Monaten Haft. Nachzugeben wäre daher wirklich das Beste für Sie.«

Ich erkenne, dass der Typ Amerikaner ist, weiß aber zu wenig über amerikanische Dialekte, um zu sagen, aus welcher Ecke er kommt. Auf jeden Fall spricht er nicht das nuschelige Englisch aus den Filmen, sondern das klare, fast schon überartikulierte aus der Werbung. *Zu Risiken und Nebenwirkungen fragen Sie Ihren Arzt oder Apotheker.*

»Verpisst euch«, gibt Grüni kurz und bündig zurück.

»Sir, ich betone nochmals, dass es sich um einen *Rechtsverstoß* handelt, verstehen Sie? Und dass Ihr Laden – genauer gesagt Ihr

Schaufenster – dem moralischen Vermächtnis dieses Landes entgegenläuft.«

»Dem moralischen Vermächtnis dieses Landes?«, schnaubt Grüni. »Was wisst ihr schon darüber?«

»Bei allem gebührenden Respekt, Sir, dies ist ein katholisches Land.«

»Ist das hier versteckte Kamera? Halle-fucking-luja, Alter. Haste in der Höhle gelebt, oder was? Keine Ahnung, für welches Irland du hergereist bist, aber wir sind hier mehr oder weniger durch mit dem diskriminierenden Bibelscheiß. Gleichgeschlechtliche Ehe? Legalisierung von Abtreibungen? Schon mal von gehört?«

Grüni wird immer lauter, doch die Amerikaner bleiben höflich wie Eis. Jeden Moment rechne ich damit, dass Fiona zurückgelaufen kommt, doch dem ist nicht so. Stattdessen bleibt sie wachsam und neugierig vorne stehen. Plötzlich bekomme ich Angst um sie. Möglichst leise ziehe ich mir unter dem ausladenden Rockteil meine Jeans wieder an, wobei der Tüll natürlich verräterisch zu rascheln beginnt.

Einer aus der Männergruppe hört es, dreht sich um und sieht zu Fiona und mir. »Sir, halten Sie es allen Ernstes für angebracht, Schulkinder hier hereinzulassen?« Er wendet sich an Fiona. »Solltest du nicht im Unterricht sein?«

»Wir, ähm, haben heute Nachmittag frei.«

»Solltet ihr dann nicht etwas Produktiveres und … *Erbaulicheres* mit eurer Zeit anstellen?« Er mustert sie vom Scheitel bis zur Sohle. Das bis eben noch so schreiend komische Kleid fühlt sich jetzt wie der Beweis für ein schreckliches Verbrechen an. »Auf welche Schule geht ihr denn?«

»Auf die St. Bernadette's.«

»Und ist das eine katholische Einrichtung, Kindchen?«

»Äääähm, irgendwie ja.«

»Was meinst du mit irgendwie?«

»Na ja, unsere Gründerin war mal Nonne, aber ich glaube nicht an Gott und darf trotzdem da zur Schule gehen …« Bei dem Wort

»Gott« scheint Fiona neuen Mut zu schöpfen. »Und der Laden hier ist klasse. Mit dem ist alles tipptopp. In moralischer und jeder anderen Hinsicht.«

Grüni schenkt Fiona ein kleines Lächeln, das sie noch mehr anspornt.

»Und nennen Sie mich nicht ›Kindchen‹. Schon gar nicht, wenn er hier ein ›Sir‹ kriegt.«

Der Anzugmann verkneift die Mundwinkel zu etwas, das wohl ein Lächeln sein soll. »Bitte um Verzeihung«, sagt er und wendet seine Aufmerksamkeit wieder Grüni zu. »Wenn Sie nicht hören wollen, haben wir wohl keine andere Wahl.«

»*Keine andere Wahl?*«, äfft sein Gegenüber ihn nach. »Was wollen *Sie* schon machen?«

Während die beiden sich ein paar Sekunden lang wortlos anstarren, muss ich an Alphamännchen aus Naturdokus denken.

Schließlich senkt der Anzugmann den Blick. »Nun. Wir müssen dann auch weiter.« Und in unsere Richtung: »Einen schönen Tag noch, die Damen. Hier, nehmt unsere Broschüre mit.«

Mir wird ein blau glänzendes Heftchen in die Hand gedrückt und weg sind sie. *Kinder Brigids* steht in großen stolzen Buchstaben auf dem Cover. Darunter prangt ein Foto von Teenagern, die in einem malerischen See die Taufe empfangen.

»Kotz«, sage ich und breche damit das Schweigen zwischen Fiona und mir. Ich reiche ihr die Broschüre weiter.

»Igitt«, bestätigt sie mit etwas zittriger Stimme. »Aber der junge Blonde sah gut aus.«

»Für mich waren sie alle irgendwie gleich.«

»Lass uns jetzt Othello üben gehen«, sagt sie. »In diesem Kleid krieg ich langsam Ausschlag.«

»Ja, gut«, stimme ich zu. Die Lust am Verkleiden ist mir auf eine seltsame Art vergangen.

14. Kapitel

Wir landen im Bridey's, einem klebrigen alten Café, wo das Kännchen Tee nur einen Euro kostet und das Stück Apfelkuchen zwei. Das Bridey's hat zwei Sorten von Stammkunden: alte Leute und Künstlertypen auf Sozialhilfe. Fiona und ich setzen uns auf ein muffiges grünes Sofa und ich schiebe die Dosenapfelschnitze auf meiner Zunge herum. Wie vereinbart lese ich Othellos Part und Fiona übt Desdemona, deren Rolle ich ehrlich gesagt so lala finde, weil sie hauptsächlich wild herumgestikuliert und beteuert, niemals untreu gewesen zu sein. Doch es ist nicht zu leugnen: Fiona ist gut darin. Irgendwas macht sie mit ihrer Stimme, sodass die an manchen Stellen wankt und an anderen schneidet. Jetzt gerade ist das Wanken dran.

»*Und dennoch fürcht' ich dich, denn du bist schrecklich!*«, sagt sie und greift nach meiner Hand. »*Wenn so dein Auge rollt. Warum ich fürchten sollte, weiß ich nicht, da …*«

Sie kneift sich in den Nasenrücken. »Text bitte.«

»Da ich von Schuld …«

»*Da ich von Schuld nichts weiß, doch …*«

Noch ein Nasenkneifen.

»Doch fühl' ich …«, souffliere ich. »Komm schon, du kannst das.«

»*Doch fühl' ich* … Liebe?«

»Nein.«

»Lass mich nicht rumraten, sag mir die komplette Zeile.«

»Also schön.« Ich stehe auf, schwenke die Textblätter und verfalle in eine theatralische Stimme à la betrunkener Ian McKellen. »*Da ich von Schuld nichts weiß, doch fühl' ich, dass ich fürchte!*«

»Maeve«, ertönt hinter mir eine Stimme. Eine, die ich nur zu gut kenne. Ich drehe mich um.

»Roe.«

Wir starren uns wortlos an. Auch Roe hat die Schuluniform gegen Alltagsklamotten getauscht. Eine hellrote Fliegerjacke, die fast sportlich aussähe, wenn der Kragen kein Leopardenmuster hätte.

»Hi«, sage ich schließlich. »Wie gehts dir?«

Roe antwortet nicht. Er blinzelt mich bloß an. Erst als Fiona aufspringt, um ihm die Hand zu schütteln, macht er überhaupt eine Bewegung.

»Hi, du bist Roe, stimmts? Ich bin Fiona. Das mit deiner Schwester tut mir sehr leid. Du machst sicher eine schwere Zeit durch.«

Alles, was sie sagt, ist prinzipiell richtig und absolut höflich. Indem sie es aber dermaßen überstürzt und fieberhaft raushaut, trägt sie damit nur noch mehr zu der Spannung zwischen Roe und mir bei.

Trotzdem funktioniert es, reißt Roe aus seiner Schockstarre, die ihn offenbar bei meinem Anblick überkommen hat. Er schüttelt Fiona knapp die Hand, dann wendet er sich wieder mir zu.

»Selber hi. Und es geht mir nicht gut«, sagt er. »Ich schlafe zurzeit nicht gerade viel, wie du dir vorstellen kannst, und Mum weint jeden Tag so laut, dass ich dazu übergegangen bin, meine Hausaufgaben hier im Café zu erledigen. Aber das hast du mir jetzt wohl auch weggenommen. Hätte ich mir ja denken können.«

»Roe, es tut mir so unglaublich leid wegen Lil. Aber du musst mir glauben, dass ich ihr … Als ich ihr die Karten gelegt habe –«

»Himmel, Maeve«, er rauft sich die dunkelbraunen Locken, »denkst du echt, es würde um die beschissenen Tarotkarten gehen? Du hast sie verlassen. Du warst ihre einzige Freundin. Du wusstest genau, wie verletzlich sie ist, und hast sie knallhart ans Messer geliefert. Und jetzt hält wahrscheinlich irgendein Irrer …«

Ihm bricht die Stimme. Violette Linien liegen unter seinen Augen, ein Spinnennetz aus Sorge auf der blassen Haut.

»Jetzt hält wahrscheinlich irgendein Irrer meine Schwester in seinem Van gefangen und tut ihr weiß Gott was an. Hast du auch nur eine Ahnung, was für Zeug ich mir letzte Woche anhören musste? Hattest du je einen völlig Fremden im Haus, der deinen Eltern von Zwangsprostitution erzählt? Sie haben *ihre Sachen durchwühlt*, Maeve. Ihre Skizzenbücher. Ihre Fantasyromane. Haben versucht, *sie* als die Irre hinzustellen, nur weil sie gerne zeichnet. Weil sie sich gerne Dinge ausdenkt.«

Ich erinnere mich an Lilys Skizzenbücher. An die riesigen mechanischen Vögel, die Steampunk-Ferkel mit ihren Zahnradschnauzen. Schon vor einem Jahr, als ich diese Bücher das letzte Mal gesehen habe, fanden sich beeindruckende, abgefahrene Dinge darin. Kaum vorstellbar, was sie heute alles bereithalten.

»Es tut mir leid, Roe. Ich weiß nicht, was ich sagen soll, außer dass es mir leidtut.«

»Ich bin doch bloß ihr blöder großer Bruder. Was zur Hölle hätte ich tun sollen? Es ist nicht vorgesehen, dass man seiner kleinen Schwester nahesteht. Nicht mit siebzehn. Ich dachte immer, dass wir wieder zueinanderfinden würden, wenn wir älter sind. So soll das doch laufen. Aber jetzt werde ich sie nie wiedersehen. Weil du … Weil du *bessere* Freundinnen haben wolltest.«

»Du *wirst* sie wiedersehen, Roe. Ganz sicher«, wende ich ein und meine Augen füllen sich mit Tränen. Was zum Teufel habe ich mir bloß dabei gedacht, mit Fiona Buttersfield durch die Stadt zu bummeln, während Lily in Lebensgefahr schwebt?

»Und der Gipfel des Ganzen«, sagt Roe mit neuer Schärfe in der Stimme. »Ich dachte, *wir* wären Freunde, Maeve. Auch *ich* hätte in den letzten Tagen wirklich eine Freundin brauchen können. Stattdessen habe ich keinen Pieps von dir gehört.«

»In der Schule haben sie mir *explizit gesagt*, dass ich dich in Ruhe lassen soll«, wehre ich mich. »Und Mum war der gleichen Meinung. Sie sagte, ich soll keinen Kontakt suchen. Weil du schon genug durchmachen würdest. Ich wollte dich anrufen, Roe, ehrlich. Ich bin fast verrückt geworden.«

»Schon klar, Maeve. Ich werde mir jetzt mal einen *anderen* Platz zum Lernen suchen«, sagt er. »Ob du's glaubst oder nicht, ich habe dieses Jahr immer noch meine Abschlussprüfungen. Tschüss, Fiona, war nett, dich kennenzulernen.«

Und mit diesen Worten geht er.

Wie ein begossener Pudel setze ich mich wieder aufs Sofa und starre vor mich hin.

»Maeve«, sagt Fiona zögerlich. »Er ist bloß wütend. Er hat das nicht so gemeint.«

»Doch, hat er«, sage ich. »Er hat es ganz genau so gemeint.« Ich vergrabe mein Gesicht in den Händen und fange an zu weinen.

Fiona legt ihren Arm um mich und streichelt mir über den Rücken. Sie sagt nicht viel, wofür ich dankbar bin. Jedes Mal, wenn ich mich zum Aufhören zwingen will, platzt eine weitere Ladung Rotz und Tränen aus mir heraus.

»Tut mir leid«, presse ich zwischen unterdrückten Schluchzern hervor. »Tut mir leid. Du kannst gehen. Geh einfach.«

»Maeve, ich werde dich *nicht alleinlassen.* Nicht nach so was.«

»Er hatte doch recht.«

»Mag sein. Aber er hätte dich nicht ungespitzt in den Boden rammen müssen. Himmelhalleluja.«

Die billigen Papierservietten kratzen, als ich mir das Gesicht abwische.

»Was ist zwischen dir und Lily passiert?«, fragt Fiona leise.

Ich beiße mir auf die Lippe, während ich nach den richtigen Worten suche. Wie soll ich der ersten echten Freundin seit Lily erklären, was für eine schlechte Freundin ich ihrer Vorgängerin war?

»Wir waren enge Freundinnen. Sind zusammen aufgewachsen. Aber wir hatten eine dieser intensiven Komische-beste-Freundin-Beziehungen, in denen das, was für uns witzig und spannend war, anderen Leuten schräg und eklig vorkam. Und in der Neunten beschloss ich, dass ich lieber beliebt als mit Lily befreundet sein wollte. Deswegen habe ich irgendwie angefangen sie … abzusägen.«

Fiona sagt nichts, hebt nur die Brauen.

»Habe sie, na ja, zu nichts mehr eingeladen. Gehofft, dass durch kleine Gemeinheiten hier und da die Botschaft ankommen würde. Dass sie sich neue Leute suchen würde, damit die dann ihre Freunde sind. Aber das hat sie nicht. Deswegen habe ich letztes Jahr dann …«

Ich lasse den Satz im Sande verlaufen. Ist Fiona bereit für die ganze Wahrheit? Soll ich ihr wirklich anvertrauen, was für ein schrecklicher Mensch ich bin?

»Hör zu«, sagt sie und hat noch immer den Arm um mich gelegt. »Keine Ahnung, wohin Lily verschwunden ist. Keine Ahnung, ob sie wiederkommt. Aber ob ja oder nein, du darfst dir nicht für etwas den Kopf abreißen, das du mit dreizehn getan hast. Ja, es war dumm und oberflächlich. Aber noch mal: Du warst *dreizehn.* Ich habe mir *Läuse eingefangen,* als ich dreizehn war.«

»Läuse?! Mit dreizehn?!!«, wiederhole ich gespielt schockiert und immer noch schniefend. Gewaltsam unterdrücke ich den Drang, sie zu berichtigen. Mag ja sein, dass ich mit dreizehn angefangen habe, mich von Lily zu distanzieren. Aber den Todesstoß habe ich ihr erst vor einem Jahr verpasst, mit fünfzehn. Es gibt Länder, in denen Mädchen mit fünfzehn *heiraten.*

»Hey, *ich* verurteile dich *nicht,* du Freundinnenabsägerin«, sagt Fiona und knufft mich in die Seite. »Oder willst du mich etwa auch absägen?«

»Nö«, mache ich und knuffe zurück. »Du darfst bleiben.«

Wenig später verlassen wir das Bridey's. Eine frühe Februardunkelheit senkt sich über die Stadt, dunkelblau, wie die in unsere Umhängetaschen geknüllten Schuluniformen. Fionas Arm ist beschützend und stark unter meinen gehakt.

»Erst halb vier«, sagt sie. »Wollen wir noch mal bei der Schatzkiste vorbei? Da war so ein Korb mit abgefahrenen Ohrringen, die ich eigentlich gern noch durchgucken würde.«

»Klar«, sage ich und wir durchqueren die kopfsteingepflasterte Seitenstraße, bis wir uns wieder dem zerbröckelnden Koloss von Ramschladen nähern.

Nur sind wir diesmal nicht allein.

Vor dem Eingang drängt sich eine laute Menschenmenge mit Schildern, vierzig Leute mindestens.

»Singen die?«, fragt Fiona und legt eine Hand ans Ohr.

»Sie skandieren«, korrigiere ich entgeistert.

Silbe für Silbe hallt einem geübten Rhythmus folgend durch die Luft. Langsam gehen wir auf die Gruppe zu, wobei wir unsere Arme noch fester miteinander verschränken. Statt zu reden, horchen wir.

»UNSERE MORAL! STEHT NICHT! ZUM VERKAUF! UNSERE MORAL! STEHT NICHT! ZUM VERKAUF! UNSERE MORAL! STEHT NICHT! ZUM VERKAUF!«

»Wo *zur Hölle* kommen die auf einmal her? Stecken da die ...?«

»Ja«, antworte ich, bevor Fiona die Frage überhaupt ausgesprochen hat. »Ich denke, sie stecken dahinter.«

»Diese Typen? Die Amis? Schreien die auch da rum?«

Ich stelle mich auf die Zehenspitzen. Da ich ein gutes Stück größer bin als Fiona, kann ich besser über die vielen Köpfe hinweggucken. Die Amis entdecke ich nicht. Was ich aber bemerke, ist noch verstörender.

»Die sind alle *so alt wie wir.*«

»Mh-hm«, nickt Fiona. »Und guck dir mal die Schilder an.«

Ich kneife die Augen zusammen. Auf allen steht »SCHMUDDELKISTE«, das »SCHATZ« ist mit einem dicken roten X durchgestrichen. Sehr clever.

Vor dem Eingang versucht Grüni die Menge im Zaum zu halten, während eine ältere Frau – schätzungsweise die Besitzerin – mit besorgtem Blick auf das Gedränge hektisch in ihr Handy brüllt.

Vorsichtig mogeln Fiona und ich uns durch die gleichbleibend einstimmigen Rufe weiter nach vorne.

»UNSERE MORAL! STEHT NICHT! ZUM VERKAUF!«

An irgendwelche Demos hat man sich in unserer Stadt ja durchaus gewöhnt. In unserer und auch allen anderen Städten in Irland, schätze ich. Während des Referendums zur Legalisierung von

Abtreibung vor ein paar Jahren waren die Straßen übersät mit Fotos von Babyhänden, -füßen und -köpfen. Ganze Bildbände über Babyanatomie schoben sich zwischen den Straßenlaternen hindurch und Leute verbreiteten sich in Megafone über die Rechte des ungeborenen Kindes. Davor: das Referendum zur Gleichstellung homosexueller Ehen. Joanne nahm mich zu einer Demo mit, bei der ein Mann auf der Bühne über die Rechte der Familie, die Heiligkeit der Ehe und die Augen Gottes sprach. Ich hielt Joannes Hand und wir buhten ihn aus, bis wir heiser waren.

Aber das hier ist etwas anderes. Hier geht es nicht um ein Referendum. Hier geht es um einen Laden.

Und warum sind diese Leute so jung? Warum protestieren sie vor einem harmlosen Ramschladen, in dem es auch ein paar Latexschnürwesten und Bongnovitäten zu kaufen gibt? Diese Art Zeug gehört zur Stadt, solange ich denken kann. Klamottenläden, die schwarz-weiß kopierte Zeitschriften in zweistelliger Auflagenhöhe und selbst gebrannte CDs mit grottiger Mucke an der Kasse verkaufen. Musikläden, bei denen es grüne LEGALIZE IT-Shirts zu erwerben gibt. Die Stadt ist groß genug für mehrere »alternative Szenen«, und klein genug, dass die Talentiertesten aus diesen Szenen irgendwann das Weite suchen. Zu meinen frühesten Erinnerungen gehört, wie Pat einmal nach Hause kam und stinkwütend war, weil die Sängerin aus seiner Band ihre Karriere nach Dublin verlegen wollte. Oder London. Jedenfalls eins von beidem, wie jedes Mal.

Dann suchte Pat selbst das Weite. Und nach ihm Cillian. Und nach ihm Abbie. Jetzt sind nur noch Jo und ich hier, und ich bin sicher, dass auch Jo nicht mehr lange bleiben wird.

»Willst du ein Schild halten?«

Ein kurz geratenes, vielleicht achtzehnjähriges Mädchen mit Biberzähnen versucht mir krampfig lächelnd ihr Transparent in die Hand zu drücken.

»Weil, ich muss nämlich echt pinkeln«, erläutert sie.

»Hau ab«, blaffe ich sie an und schubse das Schild mit so viel Schmackes von mir, dass die Kleine ins Taumeln gerät und Fiona einen Arm ausstreckt, um sie vorm Hinfallen zu bewahren. Mich trifft im Anschluss Fionas Ellbogen schmerzhaft in den Rippen.

»'tschuldigung, aber warum protestiert ihr überhaupt?«

»Protestiert ihr nicht auch?«

»Nein, wir mögen die Schatzkiste.«

»Wisst ihr denn nicht, dass die Drogen an Kinder verkaufen?«

Fiona und ich gucken uns mit gleich großem Erstaunen an. »Was?«, fragen wir dann unisono.

»Ja. Das ganze Andere ist nur Fassade.«

»Wer hat dir das erzählt?«

»Stand alles im Internet. Haben sie in der Facebookgruppe veröffentlicht. Der Kabee-Facebookgruppe«, fügt sie hinzu, als sie in unsere verständnislosen Gesichter blickt. »Was ist jetzt, nehmt ihr das Schild oder nicht? Ich muss wirklich dringend.«

»Nein.«

Das Mädchen wirft uns einen bösen Blick zu, klemmt ihr Transparent unter den Arm und stakt in den McDonald's auf der anderen Straßenseite. Als ich ihr hinterherblicke, erweckt ein Klecks Hellrot im Augenwinkel meine Aufmerksamkeit und mich durchfährt es wie ein Schlag.

Roe steht vor dem Meckes und starrt mit offenem Mund den Mob an. Unsere Blicke treffen sich. Als Signal sowohl für »ich hab dich gesehen« als auch »ich gehöre hier nicht dazu« recke ich eine gespreizte Hand nach oben. Er guckt noch einmal kurz, dann sieht er weg.

Wenige Sekunden später kommt das Schildmädchen fuchsteufelswild aus dem Meckes gestürmt. Jede Wette, sie haben sie nicht auf Klo gelassen, ohne dass sie was kauft. Das Mädchen wirft Roe mit seinen weichen Locken, seiner roten Leokragen-Fliegerjacke und seiner buttongespickten Schultasche einen abschätzenden Blick zu und ihre gesamte Körpersprache zeugt von heftiger unbeherrschter Missbilligung.

Lass ihn in Ruhe, verlangt scharf und beschützend meine innere Stimme. *Wehe, du sagst auch nur ein Wort zu ihm.*

Das Mädchen verharrt einen Augenblick, spuckt dann vor Roe auf den Boden und überquert die Straße, um sich der Demo wieder anzuschließen.

»Komm«, sagt Fiona. »Lass uns hier weg, bevor uns noch wer bei diesen Schwachmaten rumstehen sieht.«

»Recht haste«, sage ich. Als ich noch einmal zu Roe sehen will, ist er nicht mehr da.

15. Kapitel

Nicht an Lily zu denken, ist unmöglich. Aber immerhin das Tarot, die Hexerei und die Mamsellkarte kann ich ganz gut ausblenden – wenn Fiona bei mir ist. Von Raya Silver bekomme ich zwar immer noch automatische Updates per Mail, aber die lösche ich immer sofort.

»Warum besorgst du dir nicht einfach ein anderes Tarotspiel?«, fragt Fiona.

Ja, warum? Sie kosten nicht viel und die Orakelfrau würde mir sicher mit Freude ein neues verkaufen. Aber vor diesem Teil von mir habe ich Angst bekommen. Vor der auf meiner Schultasche verewigten HEXE. Davor, dass die Siebties womöglich einen guten Grund haben, sich nicht in meine Nähe zu trauen.

Denn es geht nicht bloß darum, dass ich mir die Karten gut merken kann oder weiß, was die Leute hören wollen. Durch das Tarot scheine ich etwas in mir entdeckt zu haben, das besser unentdeckt geblieben wäre. Etwas seltsam Widerspenstiges, Dorniges, etwas, das ich nicht so richtig unter Kontrolle habe.

»… ein bisschen zickig war sie ja schon immer, aber seitdem sie wegen ihrem Hexenscheiß Aufmerksamkeit kriegt, ist sie ein echtes Miststück.«

Ist was Wahres dran, schätze ich. Wenn ich die Karten in der Hand halte, wirken die anderen Mädchen klein und dumm. Ihre Probleme langweilig, ihre Fehden bescheuert. Sie ermüden mich. Etwas an dem kleinen Funken Macht, den mir die Karten verleihen, scheint mich von ihnen abzuheben, von ihnen zu entfernen.

Ferner als jetzt könnte ich mich den Mädchen aus meinem Jahrgang nicht fühlen. Allerdings aus anderen Gründen. Alle sind sie noch immer ganz und gar mit Lilys Verschwinden beschäftigt. Noch immer ist ihr Gesicht auf Flyern und Plakaten allgegenwärtig. Es stammt von dem Foto, auf dem sie und ich stolz unsere Zwischenzeugnisse in die Kamera halten. Ich frage mich, ob ich erst von der Polizei oder schon lange vorher von Lily selbst aus dem Bild geschnitten wurde.

Viele Mädchen an der Schule erzählen jetzt die haarsträubendsten Geschichten. Geschichten über einen seltsamen Typen, von dem sie angeblich verfolgt worden sind, und der je nach Erzählerin immer etwas anders aussieht und vorgeht. Zu Anfang hatten sich die Gardaí noch für derlei Aussagen interessiert, doch schnell wurde klar, dass sie lediglich den fragwürdig romantischen Fantasien der angeblich Fast-Entführten entsprungen waren. Nachdem nie eine an der Schule wie Lily hatte sein wollen, wollten das auf einmal irgendwie alle. Schätze, es hat etwas Glamouröses an sich, »auserwählt« zu werden. Ich kann es nachvollziehen, trotzdem wird mir schlecht davon.

Am Samstagmorgen schreibt mir Fiona, ob ich zu ihr kommen wolle. Es gebe eine Party.

Was für eine Party?, frage ich.

Bloß was Leckeres zu essen und ein bisschen Musik mit meinen Titas & Co.

Keine Ahnung, wie förmlich das Ganze wird, aber weil es vermutlich höflich ist, etwas Hübsches anzuziehen, schlüpfe ich in ein hellblaues Strickkleid, das ich letztes Jahr mal zu einer Taufe anhatte. Als Fiona mir die Tür aufmacht, rieche ich Fleisch, Knoblauch und Zwiebeln. Augenblicklich läuft mir das Wasser im Mund zusammen.

»Da bist du ja!«, freut sie sich. »Wow, schickes Kleid. Bestimmt willst du dir eine Serviette umbinden.«

»Wieso?«

»Das Essen meiner Mum ist mehr oder weniger Grillfleisch mit Grillfleisch. Du wirst dir Flecken einfangen.«

»Warum hast du dann keine Serviette um?«

»Weil ich *Expertin* bin.«

Ich streife meine Schuhe ab und Fiona führt mich in die Küche, wo sich mehrere Frauen über Warmhalteplatten beugen und lautstark voneinander wissen wollen, wo diese oder jene Schüssel schon wieder abgeblieben ist.

»Mum!«, ruft Fiona und legt den Arm um eine hübsche Frau aus der Gruppe. »Das hier ist Maeve. Haben wir eine schöne große Serviette für sie?«

»Maeve!«, ruft ihre Mum und legt mir beide Hände auf die Schultern. »Wir haben schon so viel von dir gehört! Ich bin Marie. Ich finds immer herrlich, wenn Fifi mal wen mit nach Hause bringt, der nicht schauspielert.«

Fiona verzieht das Gesicht und ich bin unsicher, was sie mehr ärgert. Das »Fifi« oder der Diss gegen ihre Schauspielkollegen. So oder so bekommt ihre Mutter es mit.

»Ni, es stimmt doch. Die sind alle dermaßen überheblich. Und immer so todernst. Aber mit dir, Maeve, kann man Spaß haben, wie ich hörte.«

»Ich versuche es zumindest«, schränke ich ein.

»Singst du?«

»Nein.«

»Immer das Gleiche. Da heirate ich einen Iren in dem Glauben, dass alle Iren hochmusikalisch sind, und: Pustekuchen. Na, mittlerweile hat er sich ja gebessert. Fifi, wo ist dein Daddy?«

»Oben, glaube ich.«

»Hol ihn runter! Und du, Maeve, hast du schon alle kennengelernt? Fiona, stell Maeve deine Titas vor.«

Ich lerne alle kennen. Fiona hat zwei Titas, Sylvia und Rita. Dann gibt es noch zwei Brüder, die in Manila geblieben sind, von denen aber geredet wird, als wären sie nur kurz aus dem Haus und kämen gleich wieder. Cousins, Cousinen und Freunde der Familie betreten grüppchenweise die Küche, um sie mit Tellern voll Fleisch und Reis wieder zu verlassen und im Wohnzimmer *Mario Kart* zu spielen. Auch Fionas Dad, der im Vergleich zu ihrer überschwänglichen Mutter erstaunlich introvertiert ist, kommt herunter und stellt sich dann zu den anderen Ehemännern, die an der Schwelle zur Küche herumstehen und Bier trinken.

Gerade habe ich meine zweite Portion Grillfleisch und meine vierte Runde *Mario Kart* vollendet, als Fiona mir auf die Schulter tippt. »Komm«, sagt sie. »Mir nach.«

Wir schlängeln uns durch die Küche, wo Fionas Titas vor einer Karaoke-Maschine »Vogue« singen. Während Fiona im Vorbeigehen mitklatscht und ein paar Zeilen lang ins Lied einstimmt, legt sie nahtlos die Hand um eine Flasche Rotwein und lässt sie unter einem Geschirrtuch verschwinden. Dann zwinkert sie mir zu und ich folge ihr nach oben in ihr Zimmer.

»Aalglatt«, sage ich beeindruckt.

»Glitscht wie Katzenkacke auf Linoleum«, fügt Fiona grinsend hinzu, holt zwei Plastikbecher aus dem Schrank und schenkt uns ein.

»Danke, Fifi.«

»Wehe …«

»Deine Familie ist extrem cool.«

»Oh Gott, tu das nicht. Wenn du so was in Gegenwart meiner Mum sagst, holt sie ihr Saxofon raus.«

»Ihr *Saxofon*? Wow!«

»Trink deinen blöden Wein.«

Er schmeckt wie Dreck mit Brombeeren. Die Bitterkeit sticht mir regelrecht in den Gaumen und ich muss husten.

»Trinkst du keinen Wein?«

»Doch. Bloß … normalerweise weißen.«

Gelogen. Wenn ich, was selten vorkommt, etwas trinke, dann meist irgendeinen widerlichen Wodka-Mix aus einer Colaflasche. Ich nehme einen zweiten Schluck, der schon leichter runtergeht.

»Mmm. Erdig.«

Ein Blick über den Becherrand verrät mir, dass auch Fiona leicht das Gesicht verzieht und bestimmt gar keine echte Weintrinkerin ist. Dann sehen wir uns in die Augen und lachen uns einen Ast darüber, dass jede bereit gewesen wäre, der anderen etwas vorzuspielen.

Wir lümmeln uns aufs Bett, und Fiona klappt ihren Laptop auf. »Ich hab mal wegen diesen Kindern Brigids nachgeguckt, aber nicht viel gefunden. Bloß die geschlossene Facebookgruppe, von der unser kleiner Biberzahn geredet hat. Ich meine, wer *benutzt* denn Facebook überhaupt noch?«

»Kabee-Facebookgruppe. KB! Kinder Brigids. Okay, tut mir leid, das hab ich jetzt erst kapiert.«

»Wie schön, Miss Chambers, dann können wir nun mit dem Unterricht fortfahren.«

»Halt die Klappe. Bin ja noch drauf gekommen. Bist du der Gruppe beigetreten?«

»Willste mich verarschen? Wenn das nachher wer gesehen hätte … Das sind doch Fundamentalisten, wie sie im Buche stehen.«

Ich muss an Jo denken, daran, wie sie letztens früher nach Hause kam, weil an der Uni gegen die Kate-O'Brien-Ausstellung protestiert wurde. Könnte gut sein, dass das die gleichen Leute waren. Dass sie es nicht nur auf coole Läden abgesehen haben.

»Na, dann erstellen wir doch Fake-Profile. Von da können wir ja beitreten. Wenn sie uns lassen.«

Genau das tun wir und trinken weiter Rotwein. Wir nennen uns Mary-Ellen Jones und Amy Gold und klauen Fotos von zwielichtigen Tumblr-Seiten. Mit viel Liebe zum Detail gestalten wir unsere Profile so, dass sie wie die von echten, stinknormalen Mädchen aussehen. Irgendwann gerät das Ganze zu einem Spiel, bei dem Mary-Ellen und Amy darum wetteifern, wessen Normalität am meisten stinkt. Und wir beömmeln uns über anderer Leute Profileinträge, weil sie so herrlich zu der Sorte Mädchen passen, die wir nie sein werden. Ziemlich grausam, eigentlich, aber ich kann sehen, dass es Fiona die gleiche Wohltat bereitet wie mir.

»Okay, okay«, kichert Fiona und tippt wieder los. »Ich nehme ›Tausend Grüße an meine Besties. Ich liebe euch für immer‹.«

»Was hältst du von dem Marilyn-Monroe-Satz, den sie immer

zitieren? Wie geht er gleich? ›Wenn du mein Schlechtestes nicht verkraftest … ‹ Irgendein Hirnfurz in der Richtung.«

»›Wenn du mein Schlechtestes nicht verkraftest, hast du mein Bestes verdammt noch mal nicht verdient‹«, vervollständigt Fiona. »Jaah, das ist Gold wert. Das nehme ich auch.«

Plötzlich schallt ein satter Blechblaston die Treppe herauf und ich schrecke hoch.

Fionas Mum hat ihr *Saxofon* rausgeholt.

Ich rufe Mum an, die sagt, dass sie mich um elf abholen kommt. Um den Alkoholgeruch zu überdecken, putze ich mir mit dem Finger die Zähne, dann verabschiede ich mich von Fionas Familie.

Marie drückt mich fest an sich. »Du weißt aber schon, dass du auch einfach hier übernachten könntest, ja? Ruf doch noch mal deine Mutter an, vielleicht ist sie noch nicht losgefahren.«

»Schon okay«, sage ich und strahle sie an. »Aber ich komme gerne wieder! Wenn ich darf.«

»Jeder, der mein Essen nicht aus Angst vor einem Fettröllchen verschmäht, darf wiederkommen. Die Schauspielerinnen haben keine zweite Einladung gekriegt.«

»Mum!« Fiona wirft ihr einen bösen Blick zu.

»Fifi, es *stimmt* doch.«

Als ich zu meiner Mum ins Auto steige, scheint sie zum Glück nicht zu bemerken, dass ich eine halbe Flasche Rotwein intus habe – und falls doch, sieht sie es mir nach. Während ich auf der Heimfahrt angeregt von Fionas Familie erzähle und verkünde, dass wir bei uns auch mehr Familienfeiern schmeißen sollten, wirft sie mir mit gerunzelter Stirn immer wieder argwöhnische Blicke zu. Konzentriert versuche ich, langsamer zu sprechen, nicht zu lallen und so gut wie möglich zu verstecken, dass ich ein kleines bisschen über angeheitert hinaus bin. Sie schweigt weiterhin.

»Weißt du«, sage ich schließlich leicht eingeschnappt, »ich dachte, du würdest dich freuen, dass ich diesen Samstagabend mal wieder aus war. Sogar *mit* elterlicher Aufsicht.«

Mum schweigt immer noch. Wir biegen in unsere Auffahrt ein.

»Das ist eine *so* nette Familie«, schwärme ich weiter. »Und Fionas Mum Marie spielt Saxofon!«

»Maeve«, ergreift Mum schließlich doch noch das Wort und macht den Motor aus. »Es gibt Neuigkeiten.«

Im Handumdrehen verwandelt sich meine feuchtfröhliche Weinlaune in reinste Übelkeit. »Gute oder schlechte Neuigkeiten?«

»Weder noch, eigentlich. Bloß Neuigkeiten. Offenbar hat jemand Lily in der Nacht ihres Verschwindens gesehen.«

Wir bleiben im Auto sitzen und Mum erzählt mir alles, was Lilys Mum ihr erzählt hat. Ein Milchmann, der um etwa fünf Uhr morgens seine Runde drehte, hat in der Nähe des Beg ein sehr großes Mädchen mit dunkelblonden Haaren gesehen, das einen Schlafanzug trug. Und sie war nicht allein. Neben dem Mädchen ging eine schwarzhaarige Frau. Der Milchmann war es gewohnt, um diese Zeit allen möglichen und unmöglichen Gestalten über den Weg zu laufen, und winkte den beiden zu. Daraufhin wandte die Frau ihr Gesicht ab, doch das Mädchen sah ihn direkt an. Sie schien geweint zu haben.

»Der Milchmann hielt die beiden offenbar für ein Mutter-Tochter-Paar, das vor häuslicher Gewalt oder dergleichen floh«, erklärt Mum. »Deswegen sind sie ihm auch in Erinnerung geblieben. Er bekam sie nicht mehr aus dem Kopf und machte sich augenscheinlich noch Tage danach Sorgen um sie, fühlte sich schuldig, dass er ihnen nicht angeboten hatte, sie zu einem Frauenhaus oder Ähnlichem zu fahren. Und als er dann Lilys Personenbeschreibung im Radio hörte, hat er sich gemeldet.«

»Oh mein Gott«, sage ich und die Übelkeit schwappt mir in hohen Wellen durch den Magen.

»Jedenfalls stellt sich jetzt natürlich die Frage, wer diese Frau ist. Laut der Aussage des Milchmanns schien Lily – oder das Mädchen, von dem wir *denken*, dass es Lily ist – zwar sehr unglücklich zu sein, aber dennoch freiwillig mit der Frau mitzugehen. Andererseits hat Lily überhaupt nichts mitgenommen. Wenn das eine geplante Aktion war, warum dann nicht wenigstens … eine Zahnbürste oder was weiß ich einpacken?«

Erst halte ich Mums Frage für rhetorisch, doch als ich ihr ins Gesicht sehe, ändert sich das. Sie will eine Antwort. Von *mir.*

»Himmel, Mum, was soll ich dazu sagen? Du weißt doch, dass ich schon lange nicht mehr mit Lily befreundet bin.«

»Weiß ich, Liebes, weiß ich. Und ich will deinen Namen auch so gut es geht da heraushalten, aber unglücklicherweise bist du die Einzige, die Lily richtig gut kennt. Sie ist ein so verschlossenes Mädchen. Offenbar hatte nicht einmal Rory eine Ahnung, was in ihrem Kopf vorging.«

Fast frage ich schon »welcher Rory?«, bevor mir wieder einfällt, dass »Roe« nur für wenige Eingeweihte so heißt.

»Okay, aber, Mum, was soll ich jetzt sagen? Ich meine, Lily kann schon seltsam sein, trotzdem wüsste ich nicht, warum sie einfach so einer Fremden folgen sollte.«

»Was ist mit dieser Frau? Hast du eine Idee, wer sie sein könnte? Gab es da wen, mit dem Lily Kontakt hatte, wenn auch vielleicht nur online oder so?«

»Mum, wie oft denn noch? *Ich weiß es nicht.*«

»Tut mir leid. Ich denke nur –« Obwohl der Motor längst aus ist, umklammert Mum das Lenkrad jetzt noch fester. »Wenn sich ein Mann ein Mädchen holt, erwartet man das, man … man weiß, worum es dabei geht. Aber wenn eine *Frau* das tut …«

Heftig blinzelnd starrt sie durch die Windschutzscheibe. Und fragt sich vermutlich, wie sie fünf Kinder großziehen konnte, ohne so etwas je in Betracht gezogen zu haben. Wie es sich wohl anfühlt, nachdem man alle Gefahren für seine Kinder zu kennen glaubte, plötzlich zu merken, dass da immer noch neue lauern?

»Mum«, sage ich und lege ihr eine Hand auf den Rücken. »Alles wird sich zum Guten wenden, stimmts?«

Sie nickt und schlingt die Arme um mich, hält mich ganz fest.

»Lass uns reingehen«, sagt sie dann. »Das ganze Auto stinkt schon nach Wein.«

Mist.

»Und, nein, ich bin nicht begeistert davon, aber besser so, als wenn du irgendwo sternhagelvoll auf dem Feld liegst. Wenn du schon trinken musst, dann tu es bitte in einem Haus, in dem mindestens zwei Elternteile und ein Saxofon zugegen sind.«

Mit einem Pintglas voll kaltem Wasser stapfe ich die Treppe hoch Richtung Bett. Ich rechne fest damit, nicht einschlafen zu können, doch sobald ich das Kleid ausgezogen und meinen Kopf aufs Kissen gelegt habe, bin ich weg.

In dem schweren, trunkenen Weinschlaf überkommen mich natürlich auch schwere, verdrehte Träume. Träume, in denen ich aus dem Augenwinkel eine schwarzhaarige Frau sehe, sie jedoch nie zu fassen kriege, ihr nie direkt ins Gesicht schauen kann. Ab und an erhasche ich einen kurzen Blick. Auf Haare, die sich weder kräuseln noch wellen, obwohl sie klatschnass sind. Auf ihre vollen Lippen, die so unnatürlich glatt sind, als wären sie aus lackiertem Porzellan.

Ich stolpere der Frau hinterher, über den Pfad am Begufer, den ich auch mit Roe gegangen bin, und ich schreie ihr zu, dass sie sich umdrehen soll. Ich versuche, sie beim Namen zu rufen, ihr einen Befehl zu erteilen, doch mein Mund findet nicht die richtigen Worte. Wer *ist* sie? *Was* ist sie? Vergeblich versuchen meine Gedanken sich an ihr festzukrallen, als wäre sie eine abbröckelnde Klippe. Diese Frau – ich kenne sie doch. Ich kenne ihren Beruf. Sie ist irgendeine Hausangestellte. Ein Dienstmädchen? Eine Köchin?

Schließlich erreichen wir die Unterführung, wo Roe und ich uns fast, nur fast, geküsst haben. Wo er mir erzählt hat, dass Hexen immer alles beim wahren Namen nennen. Als ich daran denke, durchfährt mich schlagartig das richtige Wort: Mamsell!

Da beginnt die Frau sich umzudrehen, sodass ich die Silhouette einer Himmelfahrtsnase und den Ansatz eines Lächelns erkennen kann. Doch bevor ich ihr Gesicht im Ganzen sehe, fange ich an zu röcheln und nach Luft zu schnappen. Mir läuft der Mund voll Wasser. Kaltes schlammiges Flusswasser, das nach Metall und Algen schmeckt, droht mich zu ersticken.

Ich wache auf und verspüre bodenlose Übelkeit. Panisch umschlinge ich meinen Bauch, als würden mir sonst die Organe rausfallen, und stolpere zur Kloschüssel.

Die Kotze ist leuchtend pink, schmeckt nach Säure und bei jedem Würgen schwöre ich mir, nie wieder im Leben Wein zu trinken. Zitternd umklammere ich den Kloschüsselrand, während halb verdaute Fleischbrocken aus mir rausschießen. Meine dichten Krisselhaare fallen immer wieder nach vorn. Kotzebröckchen bleiben wie Farbspritzer darin hängen.

Als mein Magen endlich leer ist, halte ich meine Haare unter den Wasserhahn, putze mir die Zähne und wasche mir mit Mums teurer Seife das Gesicht. Von dem klopfenden, pulsierenden Schmerz in meinem Schädel einmal abgesehen, geht es mir fast wieder okay. Ich versuche, aus dem Traum von eben schlau zu werden, doch genauso gut könnte man versuchen, Wasser von Hand zu Hand zu schöpfen. Mit jedem Gedanken rinnen mir mehr Details durch die Finger. Eine Gewissheit bleibt jedoch. Die Frau aus dem Kartenspiel hat Lily geholt. Sie muss ein Dämon sein, ein Geist oder eine Hexe, und durch meine Tarotsession mit Lily am Freitag vor zwei Wochen ist sie zum Leben erwacht. Sie hat der Milchmann gesehen. Sie ist das Etwas, das Lily fortgenommen hat.

K2 hat meine offen stehende Zimmertür augenscheinlich als Einladung verstanden, denn als ich zurückkomme, liegt er mit dem Kopf zwischen den Pfoten auf meinem Bettvorleger. Tröstend klopft er mit dem Schwanz auf den Boden. Als ich meine Decke zurückschlage, schlüpft er darunter. Seine Hundeempathie hat eindeutig erkannt, dass ich Beistand gebrauchen kann.

Ich lege mich neben ihn und öffne in der Hoffnung auf eine Ibuprofen meine Nachttischschublade. Während ich blind darin herumfische, streifen meine Finger alte Buntstifte, Haftnotizzettel und herumfliegende Hustenbonbons. Dann landet meine Hand auf etwas schwerem Rechteckigen, auf etwas nur allzu Vertrautem, auf etwas, das mir hier und jetzt eine Heidenangst einjagt.

Die Lochkarten sind zurückgekehrt.

16. Kapitel

Als ich am nächsten Morgen die Treppe runterkomme, sitzen Mum, Dad und Jo am Küchentisch. Zwischen ihnen liegt die zerpflückte Sonntagszeitung und auf der Anrichte läuft eine Kanne Kaffee durch. Jo liest den Kulturteil, Dad die Nachrichten und Mum die Modebeilage. Ganz behaglich und zusammengehörig sitzen die drei Blondschöpfe da beieinander. Wie soll ich ihnen erzählen, dass ein vor fast zwei Wochen konfisziertes Kartenspiel auf magische Weise in meinen Besitz zurückgelangt ist? Wie ihnen erzählen, dass eine Gestalt aus ebenjenem Kartenspiel Lily entführt hat?

Glaube ich das überhaupt wirklich? *Kann* ich das glauben?

»Morgen«, sagt Dad knapp. »Ich werde es mir einfach sparen, wegen gestern noch ein Wörtchen mit dir zu reden. Was ich da um zwei Uhr nachts im Bad gehört habe, sollte dir Lektion genug sein.«

»Ja. Tut mir leid. Aber ich hatte ganz ehrlich nur drei Gläser. Bin anscheinend kein Weinmensch.«

»Drei Gläser sind viel, Maeve. Das ist nicht das Gleiche wie eine Flasche Bier oder so. Wein steigt einem sofort zu Kopf.«

»Okay, tut mir leid«, nuschele ich noch einmal und wende mich dann an Mum. »Mum, du erinnerst dich doch an die Tarotkarten, die Miss Harris –«

Aber weiter komme ich nicht, weil Jo ganz offensichtlich etwas loswerden will. Missbilligend stiert sie mich an und zieht die Nase kraus.

»Du hast uns alle geweckt«, stellt sie herablassend klar. »Wo war der Wein überhaupt her? Haben Fionas Eltern euch etwa –«

»Nein«, unterbreche ich schuldbewusst. »Fiona hat die Flasche aus der Küche mitgehen lassen.«

»Aha. Du bist das erste Mal bei neuen Leuten zu Besuch und klaust ihnen direkt den Wein weg? Schöner Auftritt.«

»Nein, wie gesagt, Fiona hat ihn genommen.«

»Na, die ist mir ja ein sauberes Schätzchen.«

»Was zur Hölle kümmerts dich, Jo?«

»Hört auf, alle beide«, geht Mum dazwischen. »Maeve, wenn diese ganze Sache mit Lily nicht wäre, würde ich dir die Leviten lesen, bis du Sterne siehst. Diesmal bleibts bei einer Verwarnung, aber wenn so was noch mal passiert, dann setzt es was. Und, Jo, das hat tatsächlich nichts mit dir zu tun. Lass Maeve jetzt in Ruhe.«

»Macht doch, was ihr wollt«, sagt Jo und schlägt mit bühnenreifer Geste ihren Kulturteil wieder auf.

Wie sind wir bloß an diesen Punkt zurückgekommen? Woran liegt es, dass Jo der großartigste Mensch der Welt sein kann, wenn Mum und Dad weg sind, nur um wieder zur blöden Kuh zu mutieren, kaum dass die beiden da sind.

Jetzt kommt Mum auf meine ursprünglich Frage zurück. »Und ja, ich erinnere mich an die Karten, die Miss Harris konfisziert hat. Aber ich will kein Wort mehr über Tarot und diesen ganzen Humbug hören, verstanden?«

»Aber Mum, diese Karten –«

»Maeve. Kein Wort. Dies ist fortan ein tarotfreier Haushalt, schreibs dir hinter die Ohren. Für ein bisschen Spaß bin ich ja zu haben, aber du hast die Sache eindeutig zu ernst genommen.«

Ich stütze meinen Kopf in beide Hände. Die pochenden Schmerzen sind wieder da.

»Okay«, sage ich schwach.

Den Rest des Vormittags verbringe ich in meinem Zimmer und versuche, nicht an das Tarotspiel zu denken. Bei der Vorstellung, es genau in dem Moment aus der Schublade zu holen, wenn Mum, Dad oder Jo hereinkommen, wird mir ganz elend. Bestimmt würden sie es mir sofort wieder wegnehmen.

Meine Beziehung zu den Karten hat sich verändert. Etwas Körperliches, fast schon Molekulares ist zwischen uns passiert. *Uns.* Als wären die Karten eine Person. Elektromagnetische Kraft scheint uns zusammenzuhalten. Und ich kann nicht sagen, ob ich das Metall oder der Magnet bin. Wenn ich mich von den Karten entferne, meinetwegen ins Bad oder für eine Tasse Tee in die Küche gehe, scheine ich damit ein unsichtbares Band zu dehnen. Ich spüre regelrecht, wie es an mir zerrt. Statt mich wie anfangs als die Beherrscherin der Karten zu fühlen, als der einzige Mensch, der ihre wahre Botschaft entschlüsseln kann, scheint es jetzt eher, als würden sie *mich* beherrschen.

Nachmittags unternehme ich mit K2 einen Spaziergang zum Beg hinunter und trage die Karten dabei in meiner Manteltasche. Keine Ahnung, was genau ich damit erreichen will, aber dies ist offenbar der Ort, an dem ich sein muss. Hier wurde Lily zum letzten Mal gesehen, hier bin ich im Traum der Mamsell begegnet.

Als ich auf die Unterführung zugehe, blitzt mir in der zunehmenden Dunkelheit ein helles Rot entgegen und ein Wuschelkopf dunkelbrauner Locken glänzt im Schein der Laterne. Ich bin nicht überrascht, Roe hier zu sehen. Auch er muss gestern von der Aussage des Milchmanns gehört haben. Vielleicht hatte er sogar den gleichen Traum wie ich. Vielleicht ist auch er mit dem Gefühl von Flusswasser in den Lungen aufgewacht.

»Hi«, sage ich kleinlaut.

Roe hebt den Blick. Im Gegensatz zu mir hat er ganz offensichtlich nicht mit dieser Begegnung gerechnet. Erschrocken starrt er mich an.

»Ich geh schon wieder«, sage ich schnell. »Tut mir leid. Ich habe nur gehört, dass … du weißt schon. Deswegen bin ich hier.«

Einen Moment lang betrachten wir einander. Wachsam, wie zwei Tiere, die abwarten, ob ihr Gegenüber angreift. In der Winterdämmerung, ohne den goldgrünen Schimmer, den das Tageslicht seinen Augen verleiht, wirkt das Braun darin noch dunkler. Wir sehen einander so lange an, dass ich mich frage, was Roe wohl in meinen Augen entdeckt. Registriert er das Graublau? Und dass auch sie – wie seine – mal heller, mal dunkler erscheinen? Oder ist das zu viel erwartet von jemandem, der mich so hasst wie er?

Ich wende mich zum Gehen und schnalze nervös mit der Zunge. »K2, komm her. Ab nach Hause mit uns.«

»Nein, Maeve, bleib«, sagt Roe. »Irgendwie bin ich froh, dass du da bist.«

Rummsklawämm macht mein Herz. Als wäre eine von diesen riesigen alten Standuhren umgekippt. »Echt?«

»Ja. Ich fühle mich schrecklich, weil ich dir gegenüber so ausgetickt bin. Ich war völlig neben der Spur. Das hattest du nicht verdient.«

»Doch, Roe. Es stimmt ja alles, was du gesagt hast«, murmele ich und vergrabe meine Hände in den Manteltaschen. »Ich hätte Lily eine Freundin sein müssen. Und dir auch. Aber du musst mir glauben, dass ich mich nur deswegen nicht gemeldet habe, weil die in der Schule und meine Eltern das nicht wollten, nach dem Motto: ›In Zeiten wie diesen lässt man der Familie ihre Privatsphäre‹, oder so ähnlich.«

Roe runzelt die Stirn. »Die Leier kenne ich. Weißt du, was? Ich glaube, die Leute sagen das nur, um nicht anrufen oder schreiben zu müssen oder was auch immer. Ständig heißt es, ›die Familie muss jetzt zusammenhalten‹. Aber was soll ich mit meiner Tante Jessica schon groß reden? Dir hätte ich einiges mehr zu sagen. Ganz ehrlich, ich wünschte mir, *du* hättest dich in unserm Gästezimmer eingenistet.«

»Danke«, erwidere ich, unsicher, verwirrt. Spürbare Wärme blubbert in mir auf, als ich mir vorstelle, in das Haus der O'Callaghans zurückzukehren. Nicht als Lilys beste Freundin, sondern als Roes *feste* Freundin. Plötzlich sehe ich mich selbst, wie ich im Gästebett die Decke anhebe, damit Roes warmer Körper sich an mich schmiegen kann.

Rasch schaue ich zu Boden, überzeugt, dass Roe meine Gedanken bemerkt hat. Dass er mitgekriegt hat, wie ich seine Suche nach

Trost in eine erotische Fantasie verkehrt habe. Ich zerre am Innenfutter meiner Manteltaschen, rupfe lose Fäden aus.

»Tut mir leid«, sagt er. »Ich, ähm … wollte dich nicht in Verlegenheit bringen.«

»Nein, ach was.« Ich lege meine kalten Hände ans Gesicht und merke, dass es ganz heiß ist vor Schamesröte. »Kennst du schon K2?«, wechsle ich schnell das Thema.

»Noch nicht«, sagt Roe und bückt sich, um K2 das Ohr zu kraulen. »Was ist er, ein Labradoodle?«

»Oder ein Cockapoo. Kann mir nie merken, was von beidem.«

Natürlich kann ich es mir merken. Er ist ein Cockapoo. Aber Roe hier und jetzt zu widersprechen, selbst wenn es um die Rasse meines eigenen Hundes geht, erscheint mir zu gefährlich. Diese ganze Unterhaltung fühlt sich an, als würde ich eine Bombe entschärfen, als könnte der kleinste Zupfer am falschen Kabel uns beide in tausend Stücke zerfetzen.

»K2 sieht fast mehr wie ein Chambers aus als du.«

»Stimmt«, lache ich. »Noch so ein einnehmender blonder Wikinger, hab ich recht, K2? Vielleicht kaufe ich mir einen struppigen alten Kater. So hätte ich zumindest *einen* Verbündeten zu Hause.«

»So schlimm, hm?«

»Vergiss es, dir heule ich jetzt nicht die Ohren voll mit meinen läppischen Familienproblemen.«

»Ha! Wow, stimmt. *Ich* bin ja Mister Familienprobleme.« Roes Grimasse endet mit einem Lächeln. »Aber ernsthaft, erzähl mir davon. Dann kann ich mal über was anderes nachdenken.«

»Also gut. Meine Schwester Joanne. Erinnerst du dich an sie?«

»Logisch. Die hat uns doch vor ein paar Jahren zu dieser Kundgebung mitgenommen, wo's um die Homoehe ging.«

Ich hatte völlig vergessen, dass Roe dabei war. Wie ich zusammen mit Jo den Idioten am Rednerpult und seine »Familienwerte« ausgebuht habe, weiß ich noch ganz genau. Aber Roe, diese sporadische Randerscheinung in meinen Lily-Erinnerungen, ist mir nicht mehr präsent.

Der ewig mürrische, tollpatschige Bruder. Still und blass. Hinter seinem Rücken nannten wir ihn Colin, nach dem schwierigen Kränkelchen aus *Der geheime Garten*.

»Ach, stimmt. Da warst du ja auch mit dabei.«

»Es hat mir sehr viel bedeutet.«

Mir scheint, als wollte er etwas hinzufügen, darum schweige ich.

»Okay, also …«, fährt er fort. »Du hast Probleme mit Jo?«

»Genau. Weißt du, sie führt sich ständig auf, als sei sie meine Mutter. Denkt, sie könnte mir Vorschriften machen.«

»Warum, glaubst du, ist das so?«

»Keine Ahnung. Vermutlich fühlt sie sich komisch, weil sie mit über zwanzig immer noch zu Hause wohnt. Vielleicht fühlt sie sich … unzulänglich und denkt, dass ihr Leben längst angefangen haben müsste. Dass sie mich so bevormundet, verschafft ihr womöglich auf eine verdrehte Art ein Gefühl von Sinn und Bestimmung. Oder so.«

»Klingt nicht nach ›oder so‹. Klingt eher danach, als wäre es genau das.«

Ich zucke die Schultern. »Mh-hm.«

»Du kannst Menschen verdammt gut durchschauen. Leuchtet ein, dass dein Tarotgeschäft lief wie geschmiert.«

»Bis es dann schieflief.«

»Ja. Bis dahin.«

Ich umklammere die Karten in meiner Tasche und frage mich, ob der Moment gekommen ist, Roe von alldem zu erzählen. Von der Mamsell, von dem Traum, von meiner Theorie über Lilys Verschwinden.

»Ich würde gern etwas mit dir besprechen«, sagt Roe jedoch, gerade als ich die Karten hervorziehen will. »Ich habe … eine Theorie, was mit Lil passiert sein könnte.«

Ich beiße mir in die Wange und meine Hand schließt sich fester um die Karten. »Okay. Erzähl.«

»Können wir dabei ein Stück gehen? Ich fühle mich … komisch, wenn ich so rumstehe. In Bewegung ist mir wohler.«

»Klar.«

Also gehen wir ein Stück, K2 schnüffelt um uns herum, und Roe ordnet seine Gedanken. Ab und zu betrachte ich ihn. Seine fast schon bläulich schimmernde Haut und sein Gesicht, das fast auf gleicher Höhe ist wie meins. Bei den Mädchen in meinem Jahrgang geht es ständig darum, wie groß ein Junge ist. Jeder an der St. Anthony's, egal, wie unglaublich langweilig oder dumm er ist, bekommt einen Freifahrtschein, solange er nur groß ist. Das allein macht ihn automatisch begehrenswert. Vielleicht ist Roe deswegen nie zur Sprache gekommen, wenn in den Mittagspausen das Wer-hat-den-heißesten-Bruder-Spiel gespielt wurde. Er als nicht-großer Nicht-Athlet war offenbar von vornherein aus dem Rennen.

Trotzdem muss doch noch wem außer mir aufgefallen sein, wie hinreißend er geworden ist. Wann ist das passiert? Und wo war ich währenddessen?

»Also, am Freitag«, setzt Roe schließlich an. »Da hast du doch auch diese komische Demo gesehen. Die vor der Schatzkiste.«

»Ja. Fiona und ich waren an dem Nachmittag schon vorher im Laden, um Kleider anzuprobieren. Da sind so gruselige Anzugtypen aufgetaucht und haben den Verkäufer wegen des Schaufensters fertiggemacht. Kinder Brigids nennen die sich. Keine drei Stunden haben sie gebraucht, um diese riesige Meute zusammenzutrommeln. Echt gruselig.«

»Und du hast auch gesehen, dass die Demonstranten alle noch voll jung waren, oder?«

»Ja, total verrückt. In *unserem* Alter. Fiona und ich haben versucht, was im Netz über die Gruppe rauszukriegen, sind aber nicht groß fündig geworden.«

»Mir ging es ähnlich. Irgendwie haben diese Kinder Brigids es geschafft, ihren Namen aus den Medien rauszuhalten. Was sich aber finden lässt, sind seltsam viele Berichte darüber, dass sich immer mehr junge Menschen der Religion zuwenden, sich ›Organisationen‹ anschließen.«

Roe setzt das Wort mit den Fingern in Anführungszeichen, was mich buchstäblich aus dem Tritt bringt. *Organisationen.* Wo habe ich das schon mal gehört?

»Es ist … als würden die Journalisten entweder etwas suchen, das sie nicht finden können, oder etwas sagen wollen, das sie nicht dürfen.«

»So à la Scientology? Sind die nicht berühmt dafür, dass sie einem ihre Anwälte auf den Hals hetzen?«

»Hab ich auch dran gedacht. Diese Organisationen scheinen jedenfalls verdammt gut darin zu sein, junge, verletzliche Teenager anzulocken. Und meine Überlegung ist, dass sie es irgendwie geschafft haben, … auch Lily in die Finger zu kriegen.«

»Oh«, mache ich, bin regelrecht geblendet von dieser glasklaren Logik und winde mich kurz. Ja. Das klingt vernünftig. Wesentlich vernünftiger als, na ja, eine durch eine Tarotsession heraufbeschworene Kinder raubende Hexe.

Auf einmal fühle ich mich sehr dumm und sehr jung.

»Was halten deine Eltern davon? Und die Gardaí?«

»Sie hören mir überhaupt nicht zu.« Roe zuckt die Schultern. »Stattdessen reden sie nur davon, mein ›Trauma zu minimieren‹. Als könnte man so etwas willentlich kleinhalten.«

»Du fühlst dich bestimmt ziemlich einsam gerade«, sage ich und will ihn so dringend berühren, dass ich mir mit der linken Hand in die rechte zwicken muss, um mich davon abzuhalten. »Sind deine Eltern auch so irre streng geworden, seit … seitdem?«

»Im Gegenteil. Echt schräg, aber es ist, als würden sie mich gar nicht mehr wahrnehmen«, sagt er. »Und noch schräger: Davor waren sie immer *dermaßen* streng. Jeden Abend gemeinsames Familienessen, kein Herumhängen nach der Schule, kein Fernsehen, bevor die Hausaufgaben erledigt sind. Der ganze Scheiß. Und plötzlich ist alles egal, als wäre ihnen klar geworden, dass nichts davon … eine Rolle spielt.«

Roe bleibt stehen und bückt sich. Er hebt einen Stein auf und reibt ihn glatt. Der Stein ist schwarz, etwa daumengroß und sieht fast aus wie der Anhänger, den Dad mir aus Portugal mitgebracht hat.

»Wenn du mich fragst«, fährt Roe fort, »stehen sie immer noch unter Schock. Es scheint ihnen entfallen zu sein, dass sie noch ein zweites Kind haben. Gestern Nacht bin ich um zehn aus dem Haus und war erst nach eins zurück. Ich glaube, das haben sie nicht mal bemerkt. Mum saß reglos in ihrem Sessel und hat ins Nichts gestarrt, als ich ging. Und als ich wiederkam, saß sie immer noch da.«

Roe dreht sich zum Fluss und lässt den Stein übers Wasser hüpfen. Er ditscht einmal auf, zweimal, dann sinkt er.

»Und wo bist du hingegangen?«

»Nirgendwo Bestimmtes. Wobei, erst war ich bei der Heilsarmee, um zu fragen, ob die was über die Kinder Brigids wissen. Antwort: nein. Dann bin ich einfach eine Weile herumgelaufen und hab Musik gehört.«

»Wenn du wirklich glaubst, dass an dieser KB-Geschichte was dran ist, solltest du ihrer Facebookgruppe beitreten. Darüber scheinen sie das meiste zu organisieren. Fiona und ich haben es schon versucht, aber soweit ich weiß, haben sie noch nicht geantwortet. Schätze mal, sie sind … wählerisch.«

Nachdem ich Roe die Gruppe auf meinem Handy gezeigt habe, holt er seins raus, geht auf die Seite und klickt »Gruppe beitreten« an.

»Irgendwie kriege ich mich schon auf eins ihrer Treffen gemogelt«, sagt er. »Ich mache einfach auf verletzlicher Teeniekünstler. Vielleicht komme ich so Lily näher. Ganz ehrlich? Wäre nicht überrascht, wenn sie in irgendeinem Jesus-Camp rumspringt und im Hanfsackkleid Bohnen pflückt.«

»Aber ja«, mache ich. »Und das Antlitz der Jungfrau Maria in einer Karotte findet. Ich sehe es direkt vor mir.«

Wir lachen und das fühlt sich gut an. Gut, sich Lily in einer eher harmlosen Situation vorzustellen. Gut, sich zu denken, dass diese

Geschichte eines Tages witzig sein könnte. Etwas sein könnte, worüber wir uns alle drei beömmeln.

Den Rest des Abends verbringen Roe und ich damit, am Flussufer entlangzugehen und zu reden. Darüber, wer wir sind. Darüber, wer wir waren, damals, er als Bruder der Freundin. Und ich, als Freundin der Schwester. Wir graben Augenblicke aus unseren benachbarten Kindheiten aus. Zeitfetzen, in denen wir uns flüchtig des anderen bewusst waren. In diesen Leben, die wie Planetenbahnen immer nur kurz synchron und ansonsten Millionen Kilometer voneinander entfernt auf je eigenen Wegen verliefen.

Schließlich bekomme ich eine Nachricht von Mum und eine von Dad. Beide klingen panisch, so als wäre ihnen plötzlich aufgefallen, dass sie mich seit Stunden nicht gesehen haben. Ich schreibe zurück, dass ich mit Fiona und K2 spazieren gehe.

SEI PÜNKTLICH ZU HAUSE, schreibt Mum.

»Bei der einen Geburtstagsparty«, kramt Roe die nächste Anekdote hervor, »steckte Lily gerade in ihrer Enid-Blyton-Phase und wollte dieses hirnrissige Spiel aus den Büchern nachmachen.«

»Ach, wie erfrischend protestantisch von ihr«, trieze ich.

»Lass es.« Er rollt mit den Augen. »Davon kriege ich an der Katholikenschule schon genug ab.« Dann runzelt er die Stirn. »Wie hieß das Ganze noch mal? Es ging so ähnlich wie Verstecken spielen, nur dass sich bloß einer versteckte, und wer ihn gefunden hatte, musste sich mit ins Versteck quetschen.«

»Sardinen?«, frage ich.

»Stimmt!«, ruft er.

»Ich erinnere mich.«

»Wir lagen unterm Bett von meinen Eltern.«

Und dann erinnere ich mich plötzlich so richtig. Daran, wie ich stockstarr unter einem Metallbettgestell liege. Wie mir die Gliedmaßen langsam einschlafen und ich den Kopf zur Seite rolle, um ihm ins Gesicht zu sehen. Ihm. Dem dunkelhaarigen Hänfling mit den Hasenzähnchen und dem Zeigefinger auf den Lippen. »*Ciúnas!*«, flüsterte er. »*Ciúnas.*«

»Du hast mir zu sprechen verboten, und das auf Irisch!«, rufe ich. »›*Ciúnas!*‹, hast du gesagt. Als wärst du mein Lehrer. Ich habe dich so was von gehasst dafür!«

»Gott, war ich ein Streber als Kind«, sagt Roe und schlägt sich die Hand an die Stirn. »Tut mir leid.«

»Muss es nicht. Ich fand es super, wen zu haben, neben dem ich mich cooler fühlen konnte.«

»Weißt du, manchmal vergesse ich, was für eine blöde Kuh du bist, aber in regelmäßigen Abständen erinnerst du mich daran.«

Mum klingelt durch und will wissen, wo ich bin. Ich antworte, dass ich immer noch mit K2 unterwegs bin, und sie fragt *»Immer noch?«* auf eine so misstrauische Weise, dass Roe und ich uns auf den Rückweg machen.

Dabei müssen wir wieder durch die Unterführung, wo es mittlerweile so dunkel ist, dass ich die Hand vor Augen nicht sehen kann. Nicht mal, als ich sie direkt vor meinem Gesicht hin und her schwenke. Eng ist es auch, der Weg ist gerade so breit wie ein Kleiderschrank. K2 läuft schnurstracks hindurch, um am anderen Ende das Gras zu beschnuppern. Roe und ich müssen uns vortasten. Weil nicht genug Platz ist, um bequem nebeneinanderzugehen, folge ich Roe und bemühe mich, ihm dabei nicht in die Hacken zu laufen.

Doch dann trete ich stattdessen auf eine herumrollende Bierflasche und stolpere nach vorn. Mit rudernden Armen stürze ich in der Dunkelheit gegen Roes Schulter.

»Hey, hey!«, ruft er und fängt mich auf. Dann legt er mir stützend den Arm um die Schulter.

Und lässt ihn da.

Einen Moment lang bleiben wir in der pechschwarzen Finsternis stehen. Links von mir die feuchtkalte Steinwand. Rechts, ganz nah, seine warme Gestalt. Ich kann spüren, wie sich seine Rippen im lautlosen Takt seines Atems heben und senken.

Ich bewege mich nicht. Denke nicht.

Gelogen.

Ich denke *eine Menge.*

Ich denke: Wenn er mich küssen will, dann wäre jetzt der perfekte Zeitpunkt. Er müsste nur den Kopf etwas drehen und den Körper um ein paar Zentimeter verlagern, dann wären wir Nase an Nase, Lippen an Lippen. Eine Bewegung, die fast gar nicht als Bewegung zählen und doch alles verändern würde.

Da bewegt er sich tatsächlich. Jetzt ist sein Gesicht vor meinem. Das kann ich zwar nicht sehen, spüre aber den leichten Hauch seines Atems auf meiner Unterlippe. Er legt mir beide Hände auf die Schultern.

Meine Haut schreit nach Berührung. Fleht mich an wie nie zuvor. Hält geradezu ein Plädoyer: *Miss Chambers, angesichts der Sachlage sollte hinreichend bewiesen sein, dass dieser Junge auf Sie steht und Sie ihn also unverzüglich anspringen, die Beine um seine Hüfte schlingen und ihn abknutschen sollten, bis er umfällt.*

Als über uns ein Auto vorbeifährt, erhellen seine Scheinwerfer die Unterführung jäh mit grellem Licht.

Dieses Licht zerstört etwas. Es bringt Roe zur Vernunft. Er macht einen halben Schritt nach hinten, lässt die Hände von meinen Schultern zu meinen Ellbogen gleiten und nimmt sie dann ganz weg.

»Na so was«, sagt er schließlich, »guck mal, wer hier wieder Sardinen spielt.«

Und zum zweiten Mal im Verlauf unserer jungen Freundschaft lässt Roe O'Callaghan mich stehen. Zutiefst verdattert in Tintenschwärze.

17. KAPITEL

Auch in dieser Nacht träume ich von der Mamsell.

Um mich herum ist es plötzlich so kalt, dass mein Atem in Wölkchen vor mir in der Luft hängen bleibt. Wieder bin ich der Mamsell am Begufer entlang auf den Fersen, doch sie bleibt mir immer einen Schritt voraus. Ich schnappe nach ihrem Kleid, nach ihren nassen Haaren, nach ihren Eisstatuenfingern, kriege sie aber nie zu fassen. Ab und an überkommt mich das Gefühl, Lily wäre anwesend und beobachte mich. Ich kann nicht erklären, was mich darauf bringt, denn der Eindruck ergibt nur in der unergründlichen Traumlogik der Mamsellwelt einen Sinn. Lily ist da, aber unsichtbar.

Als wir die Unterführung erreichen, macht die Mamsell Anstalten, sich zu mir umzudrehen. Da kommt das Wasser wieder. Schlammiges Flusswasser füllt meinen Magen, meine Lungen und sprudelt mir mit dreckig kupfernem Geschmack aus dem Mund.

Später am gleichen Morgen treffe ich im Schulbus auf Roe.

»Hi«, sagt er und rückt ans Fenster, damit ich mich neben ihn setzen kann. »Wow, alles in Ordnung?«

»Na klar«, sage ich und gucke an mir herunter. Habe ich Flecken auf der Schuluniform? »Warum fragst du?«

»Du siehst aus, als hättest du überhaupt nicht geschlafen. Und, glaub mir, ich *weiß*, wie das aussieht.«

»Hab ich schon, aber nur kurz«, sage ich und überlege, ob ich ihm von dem Traum erzählen soll. Von der Mamsell und dem Gefühl, dass Lily ganz nah ist, sich nur nicht zeigen kann. Doch das wäre zu viel. Zu schräg. Zu bescheuert. Und seine Theorie über die Kinder Brigids klingt solide, auch wenn mein Instinkt mir etwas anderes vermittelt.

»Ich mache mir eben Sorgen um Lily«, sage ich wahrheitsgemäß. »Und außerdem … keine Ahnung, habe ich so ein Gefühl, als wäre sie ganz in der Nähe.«

Roe nickt und wirkt erleichtert, in seiner Trübsal nicht allein zu sein.

»Was hast du heute Abend vor?«, fragt er.

»Gar nichts.«

»In der Stadt findet ein KB-Treffen statt. Sie haben mich in die Facebookgruppe aufgenommen. Willst du mit?«

»Ähm … klar. Wenn du meinst, dass es nicht zu gefährlich ist.«

»Hast du Angst vor Gehirnwäsche, Chambers?«

Oh Gott. Er hat mich Chambers genannt. Wie heiß ist das denn? Der Himmel beschütze mich vor wunderschönen Musikern, die mich beim Nachnamen nennen.

»Angst? Ich doch nicht!«, antworte ich eine Oktave höher als gewollt. »Gehen wir hin.«

»Das Treffen ist um acht. Sagen wir, gegen sieben am Fluss? Dann laufen wir zusammen hin.«

»Klar.« Toll. Der Fluss. Mein Ort der Albträume und der sexuellen Frustration.

In der Schule macht die Geschichte des Milchmanns schon die Runde. Schätze, die schwarzhaarige Frau nimmt der Sache für viele Mädchen die Faszination. Bei der Vorstellung, mit einem geheimnisvollen Mann wegzulaufen oder von ihm entführt zu werden, überkam so manche ein wohlig gefährlicher Schauer, der verschwindet, wenn es sich um eine Frau handelt.

»Tja«, höre ich ein Mädchen sagen. »Macht ja irgendwie Sinn, dass sie lesbisch ist.«

»Komm schon«, sagt eine andere. »*Alle* wussten, dass Lily O'Callaghan lesbisch ist.«

»Hast du mal ihren Bruder gesehn?«

»Ja, oder? Liegt offenbar in der …«

An der Stelle verlasse ich das Zimmer. Ich glaube nicht, dass es jemandem auffällt.

In der Mittagspause erzähle ich Fiona von dem Fast-Kuss in der Unterführung. Sie wird fuchsteufelswild, was mich sehr tröstet.

»Das *geht* doch nicht«, regt sie sich auf. »Man kann doch nicht einfach … Was genau hat er noch mal gemacht?«

»Eigentlich … gar nichts. Er hat mich festgehalten, damit ich nicht hinknalle, und dann war sein Gesicht … keine Ahnung … ganz nah an meinem.«

»Hm, deine erste Version klang sexyer. Noch mal von vorne.«

Also erzähle ich erneut. Von der Dunkelheit. Wie sich unsere Körper berührten. Von der Wärme seines Atems auf meiner Unterlippe. Wie seine Stimme klang, als er von »Sardinen spielen« sprach.

»Aaaaaaaaargh, töte mich! Setz meinem Elend ein Ende!«

»Warum, glaubst du, macht er das … kommt mir ständig so nahe und zieht dann den Schwanz ein?«

Fiona hebt eine Augenbraue.

»Du weißt doch, was ich meine. Er scheint mich ehrlich zu mögen, will Zeit mit mir verbringen, sucht meine Nähe, und dann …«

»Maeve. Seine Schwester wird vermisst. Du musst dir doch nur mal vorstellen, was für ein Chaos gerade in seinem Kopf herrscht.«

Vorstellen muss ich es mir gar nicht. Ich kann einfach an meine eigenen Albträume denken, meine Schuldgefühle, meinen verzweifelten existenziellen Drang nach den Tarotkarten. Ich komme immer noch nicht ganz von der Überzeugung los, dass sie irgendetwas mit Lilys Verschwinden zu tun haben.

Aber Roe ist klug. Das halte ich mir immer wieder vor Augen. Viel klüger als ich. Er könnte mit seiner Kinder-Brigids-Spur an etwas dran sein.

Und, sehen wir den Tatsachen ins Auge: Dieser Tage wäre ihm meine Begleitung selbst dann gewiss, wenn er mich zu einer Convention der Wurm- und Madenfans einladen würde.

Als ich um halb vier zu Hause bin, habe ich noch gute drei Stunden Zeit, bis ich zum Treffpunkt losmuss. Ich nehme mir vor, erst die Hausaufgaben zu erledigen, dann mit K2 rauszugehen und mir anschließend etwas zu essen zu machen. Keins dieser Vorhaben setze ich in die Tat um. Stattdessen hocke ich den ganzen Nachmittag mit einem Taschenspiegel in der einen und einer Pinzette in der anderen Hand in meinem Zimmer und zupfe alle zwanzig Minuten ein Augenbrauenhärchen aus, nur um mich direkt im Anschluss dafür schuldig zu fühlen, dass ich überhaupt irgendwelche Gedanken an mein Aussehen verschwende.

Das ist kein Date, Maeve.

Als ich die Pinzette schließlich weglege, ist meine Haut schon ganz rot und kratzig. Wie kann es im Leben gleichzeitig dermaßen gut und dermaßen schlecht laufen? Ja, ich habe eine neue, unglaublich witzige Freundin, die mich offenbar aufrichtig gernhat. Und, ja, ein heißer Junge will Zeit mit mir verbringen. Aber: Meine beste Freundin wird vermisst, meine ganze Schule hält mich für eine mordende Hexe und ich habe seit Tagen nicht vernünftig geschlafen.

Für jegliche Outfitbemühungen ist es zu kalt. Niemand, der in drei Lagen Pullis steckt, kann auch nur ansatzweise sexy aussehen. Vielmehr komme ich mir wie ein Kleinkind vor, als ich Roe in meiner vierten und letzten Lage aus blauem Dufflecoat und Wollmütze am vereinbarten Ort entgegentapse.

»Hi«, sagt er. »Deine Nase ist ganz rot.«

»Oh, echt?« Ich fasse mir ins Gesicht, als würde das irgendetwas ändern, und er lächelt.

»Du siehst aus wie Paddington Bär.«

Autsch.

»Ähm … danke?«

»Hast du Marmeladensandwiches dabei?«

Das ist kein Flirtgeplänkel. Roe füllt den eiskalten Abend mit nervösen Paddington-Bär-Anspielungen, um nicht vor Angst auszuflippen.

Erst überlegen wir, den Bus zu nehmen, doch nachdem wir drei Minuten lang vom einen aufs andere Bein hopsend auf ihn gewartet haben, geben wir es auf. Stattdessen stapfen wir durch den finsteren Abend los Richtung Stadt. Der gefrorene Rasen knistert unter unseren Schritten. Je näher wir unserem Ziel kommen, desto schweigsamer wird Roe. Die blöden Witze versiegen. Dann irgendwann ergreift er doch wieder das Wort.

»Maeve?«

»Mh-hm?«

»Erzähl mir von ihr.«

»Von wem?«, stelle ich mich dumm.

Er würdigt die Frage keiner Antwort.

Seufzend trete ich nach einem Steinchen. »Was möchtest du wissen?«

»Keine Ahnung. Sie und ich haben uns selten gesehen in den letzten Jahren. Weißt du, Mum und Dad haben uns zu so vielen Aktivitäten und Terminen geschleift, dass Lily und ich uns sogar schon als Kinder in verschiedenen Zeitzonen zu bewegen schienen. Entweder war sie beim Cello-Unterricht oder hatte irgendwas in ihrem Zimmer zu tun, oder sie war bei dir.«

Er seufzt und fast will ich mich für Lily und mich entschuldigen. Dafür, wie sehr wir uns abgeschottet haben damals. Es war mir nie in den Sinn gekommen, dass Roe mit uns hätte abhängen wollen.

»Ich mache ihr keinen *Vorwurf*«, spricht er weiter. »Habe mich ja selbst gute sechs Jahre mit meiner Gitarre im Zimmer verschanzt. Und nie an ihrer Welt Interesse gezeigt. Aber … das *bereue* ich, Maeve. Lil ist meine einzige Schwester. Nicht mal gestritten haben wir uns. Niemand streitet sich bei uns zu Hause, nicht mal unsere Eltern. Alle … gleiten bloß aneinander vorbei.«

Das hat für mich immer die Anziehungskraft des O'Callaghan-Hauses ausgemacht. Dass man in einem Zimmer ungestört seine Cartoons gucken konnte, während die Erwachsenen nebenan die Nachrichten sahen. Wie aufgeräumt, still und kühl all diese Zimmer waren, und Lilys Spielzeuge nie kaputt oder aus zweiter Hand. Und wenn es uns doch zu beschaulich wurde, konnten Lil und ich ja immer noch in mein Haus wechseln. Dass Roe diese Option nicht offenstand, hatte ich nie bedacht. Und auch nicht, wie mir bei genauerem Nachdenken jetzt auffällt, dass er keine Freunde hatte.

Natürlich unterstehe ich mich, etwas davon auszusprechen. Stattdessen rede ich über Lily.

»Du weißt doch, dass sie Linkshänderin ist?«

»Na hör mal, Chambers! Wir stehen uns nicht nahe, hab ich gesagt, nicht, dass sie eine Fremde für mich ist.«

»Schon klar, ich meine, sie ist Linkshänderin, ja, aber wusstest du, dass sie sich selbst das Schreiben auch mit der rechten Hand beigebracht hat?«

»Was?«

»Oh ja. Da waren wir so elf?« Ich krame in meiner Erinnerung. »Sie sagte, sie wollte eine zweite Handschrift haben, auf die sie im Bedarfsfall zurückgreifen kann.«

»Welcher Bedarfsfall soll das denn sein?«

»Keine Ahnung. Vielleicht ... für eine Karriere als Fälscherin. Oder sie wusste schon damals, dass sie eines Tages weglaufen würde.«

»Du denkst, sie ist weggelaufen?«

»Wir wissen, dass sie euer Haus freiwillig verlassen hat. Mit ... dieser Frau.«

Mit der Mamsell. Sag es. Hexen nennen alles beim richtigen Namen.

»Ja. Mit dieser Frau.« Roe verlangsamt seine Schritte, holt das Handy raus und guckt auf den blauen Navi-Pfeil.

»Sind wir gleich da?«, frage ich.

»Glaube schon. In der Einladung steht ›Elysisches Viertel‹, aber ich habe keine Ahnung, wo das sein soll, und Google Maps weiß es offenbar auch nicht so genau.«

Wir stehen auf einer schmalen Straße am Rande des Stadtzentrums. Die Gebäude um uns herum sind allesamt seelenlose Apartmenthäuser. In der Ferne blinzelt ein Pub sein gelbes Licht in die Nacht, doch hier im Umkreis sieht nichts auch nur annähernd nach einem Ort für ein Treffen aus.

Ich schüttele mich und stampfe mit den Füßen auf. »Solange es nur warm ist, soll mir alles recht sein.«

»Ja, oder? Später soll es sogar noch schneien, hieß es.«

»Schnee? Hier bei uns? Das glaube ich nicht.«

In dem Moment schieben sich zwei Jungs und ein Mädchen in rücksichtsloser Eile an uns vorbei. Roe und ich tauschen schulterzuckend einen Blick aus, dann folgen wir den dreien unauffällig bis in einen Hof, wo sie bei einem der Apartmenthäuser klingeln. Sie beäugen uns misstrauisch, schweigen aber eisern.

»Hi«, sage ich schließlich, weil ich die Spannung nicht mehr aushalte.

»Hi«, grüßt einer der Jungs tonlos zurück. Er ist ein paar Jahre älter als ich und hat diese Art von rot geränderten glänzenden Augen, bei denen man erst denkt, er hätte geweint, und erst später merkt, nein, so sieht er einfach aus.

Der Summer geht und die Tür springt auf. Hinter dem Trio durchqueren wir die Eingangshalle und steuern den Fahrstuhl an.

Roe hält mir kurz sein Handydisplay hin. *Apartment 44, 8. Stock, Elysisches Viertel.*

Zu fünft steigen wir in den Fahrstuhl und ziehen in der überfüllten verspiegelten Kiste die Ellenbogen ein. Roe drückt auf die Acht und niemand widerspricht. Wir sind hier definitiv richtig. Erst jetzt, da ich unsere Begleiter indirekt über die Spiegel betrachten kann, traue ich mich, sie näher in Augenschein zu nehmen.

Das Mädchen erinnert mich an Lily, wobei ich gar nicht genau sagen kann, warum. Es liegt weniger am Aussehen als an einer anderen Eigenschaft, die ich aber nicht richtig dingfest machen kann. Vielleicht an dem Umstand, dass sie sich die ganze Zeit reglos zu winden scheint. Zu winden scheint vor Unbehagen gegenüber der physischen Welt.

»Seid ihr auch für das Treffen hier?«, versuche ich einen Gesprächseinstieg.

Alle drei schweigen, doch das Mädchen nickt unwillkürlich und Roe lächelt sie an.

»Ich bin schon ganz aufgeregt«, sagt er, hält behutsamen Blickkontakt, und sie lächelt zurück.

»Ist es dein erstes?«, fragt sie.

»Jepp. Ich bin so froh, dass sie mich in die Facebookgruppe aufgenommen haben«, antwortet Roe geschmeidig.

»Wie lange musstest du darauf warten?«, will das Mädchen mit großen Augen wissen.

»So zwei Stunden.«

Zwischen den beiden Jungs schnellt ein Blick hin und her und das Mädchen formt den Mund zu einem »oh«.

»Zwei Stunden!«, japst sie. »Ich musste *zwei Wochen* warten.«

Die Fahrstuhltüren gleiten auf und wir zockeln durch die Flure. Es riecht nach Chlor. Das Mädchen bemerkt meinen verwirrten Blick und grinst.

»Weil wir so nah am Dach sind«, erklärt sie entzückt. »Auf dem Dach ist ein Pool und im Sommer dürfen wir ihn dann benutzen!«

Schließlich klopfen die Jungs an die Tür von Apartment 44 und ich rechne fest damit, dass gleich ein geheimes Passwort verlangt wird. Nichts dergleichen. Stattdessen fliegt die Tür auf und ein großer blonder Mann Mitte zwanzig winkt uns schwungvoll herein. Er strahlt wie ein Honigkuchenpferd, und ich erkenne ihn sofort als einen der Männer aus der Schatzkiste.

»Clara! Ian! Cormac!«, ruft er, als die drei eintreten.

Dann betrachtet er Roe und mich. »Rory«, er lächelt gütig. »Ich bin so froh, dass du es einrichten konntest. Ich bin Aaron, der hiesige Kapitular. Bitte, fühl dich wie zu Hause.«

Er drückt Roe so fest die Hand, dass seine Knöchel weiß hervortreten. »Und du hast *einen Gast* mitgebracht«, sagt er und scannt mich von Kopf bis Fuß. »Weißt du, Rory, wir haben hier sehr strenge Regeln, was Gäste angeht. Besonders beim ersten Treffen. Wir erlauben sie nicht, Rory.«

»Verdammt, tut mir leid«, sagt Roe und sucht nach Ausflüchten. »Das wusste ich nicht. Ich dachte, Maeve würde es guttun, hier –«

Aaron hebt die Hand. »Keine Sorge, Rory. Wir können heute einmal eine Ausnahme machen.« Er wendet sich mir zu. »Hallo, Maeve.« Sein Blick huscht zu meinem Dufflecoat und er lächelt. »Darf ich dir den Mantel abnehmen?«

Ich ziehe ihn aus und reiche ihn ihm.

»Wow«, sagt er fast schon flirtend. »Und ich hatte mich schon der Hoffnung hingegeben, du würdest darunter ein Brautkleid tragen.«

18. Kapitel

Vor Jahren haben Lily und ich uns mal eine Doku über Sekten angeguckt. Sie lief spätnachts auf dem Bravo Channel und war schon Wochen vorher angekündigt als *»die verstörende Geschichte, wie* ein *Mann im Alleingang ganz normale junge Amerikanerinnen dazu bringen konnte … zu morden«.*

Der Gedanke war elektrisierend. Man konnte andere *dazu bringen* zu morden? Wie?

Die Doku lief um ein Uhr nachts, deswegen übernachtete Lil dafür bei mir. An viel kann ich mich nicht mehr erinnern, allerdings an ein Interview mit diesem ehemaligen Sektenführer, der dafür berüchtigt war, Mädchen im Teenageralter zu rekrutieren. Auf die Frage, wie er das gemacht habe, antwortete er Folgendes: Er sei ganz einfach auf eine Mädchengruppe zugegangen, zum Beispiel im Einkaufszentrum, und habe einer von ihnen ein Kompliment zu ihren schönen Augen gemacht.

»Eine, die ›danke‹ sagte oder sogar einfach nur lachte, habe ich nicht weiter beachtet«, erklärte der Ex-Sektenführer. *»Aber eine, die das Kompliment abwehrte oder verlegen wegguckte, fragte ich nach ihrer Telefonnummer. Denn diese Art Mädchen trägt eine Leere in sich.«*

Genau daran muss ich hier im elysischen Apartment jetzt denken.

Alle Menschen in diesem Zimmer tragen eine Leere in sich.

Es sind vielleicht dreißig insgesamt, im Alter von etwa fünfzehn bis Anfang zwanzig. Alle trinken Orangensaft aus Weingläsern und legen diese nervös bebende Energie an den Tag, bei der man sich zum Lachen die Hand vor den Mund hält und beim Zuhören auf die Lippe beißt. Einzeln betrachtet wirken sie eigentlich ganz normal, aber alle zusammen umgibt eine Art kollektives Unbehagen. In Dreier- und Vierergrüppchen stehen sie mit vorgebeugten Schultern eng beieinander. Absolut nichts an ihrer Körpersprache sagt auch nur ansatzweise: »Hi, komm her und unterhalt dich mit uns.«

Das Apartment ist so weitläufig und durchkomponiert wie ein Sitcom-Wohnzimmer. Roe und ich bewegen uns auf das große Fenster mit Blick über die Stadt zu.

»Was meinte der Typ von wegen Brautkleid?«, fragt Roe leise.

»Ach«, mache ich und werde rot. »Als Fiona und ich an dem Nachmittag vor der Demo in der Schatzkiste waren, haben wir Brautkleider anprobiert. Aaron war einer der Anzugtypen, die den Verkäufer einschüchtern wollten.«

Roe guckt mich verwirrt an.

»*Zum Scherz*«, füge ich eilig hinzu. »Natürlich haben wir *nur zum Scherz* Brautkleider anprobiert. Und Fiona hat diesen ganzen Anzügen schön vor den Latz geknallt, dass sie nicht an Gott glaubt.«

»Wow.«

Plötzlich flötet hinter uns ein Stimmchen: »Ich hab früher auch nicht an Gott geglaubt.«

Wir drehen uns um und ein winziges Mädchen mit langem Pony strahlt uns an. Ich schätze sie auf siebzehn.

»Hallo«, sage ich unsicher.

»Ich hab das alles für totalen Mist gehalten. Und als ich dann noch von diesen Besserungsanstalten für gefallene Mädchen erfuhr, ihr wisst schon, diese *Magdalene Laundries*, wo sie uneheliche Mütter einfach weggesperrt haben, da dachte ich, wow, die katholische Kirche hat Irland *verdorben.*«

»Und ... was hat deine Meinung geändert?«, fragt Roe.

»Mir ist klar geworden, dass nicht die Kirche Irland verdorben hat. Schlechte *Menschen* haben das getan.«

Ich würde ihr gern mehr Fragen stellen, doch jetzt baut sich Aaron in der Mitte des Zimmers auf und klopft mit einem Löffel gegen sein Saftweinglas.

»Kreis bilden, bitte! Kreis bilden!«

Die Gespräche verstummen, während alle sich im Schneidersitz zu einem großen Kreis zusammenfinden. Roe und ich machen es ihnen nach. Überhaupt versuche ich, mich anzupassen, nicht aufzufallen. Allerdings kommt es mir so vor, als würde ein großer roter Punkt auf meiner Stirn mich als Ungläubige outen. Das Mädchen neben mir rückt ein Stück weg. Sie spürt, dass ich eigentlich nicht hier sein möchte.

»Hi, hallo, alle miteinander!«, ruft Aaron. Er ist als Einziger stehen geblieben. Heute steckt er nicht in dem Anzug, den er in der Schatzkiste getragen hat. Stattdessen ist seine Kleidung lässig – Jeans, dunkelblauer Hollister-Hoodie, rote Converse –, was ihn gleich viel jünger aussehen lässt. Fünf- oder sechsundzwanzig vielleicht. »Also, wie geht es euch heute?«

»Gut«, wird genuschelt, und: »Passt schon.«

»Ach, Leute, ich weiß doch, dass es uns allen besser als gut geht. Wie GEHT ES euch heute?«

Ein dankbares Lachen ertönt. »SUPER!«, ruft ein Junge, und ein zweites, lauteres Lachen schießt wie eine Signalrakete zur Decke.

»Super! Gehts uns super? Kommt schon, Leute, alle sind gemeint. Gehts uns super?«

Die Versammlung fühlt sich jetzt lockerer an, elastischer, wie lang gezogener Kaugummi.

»JA!«

»Das klingt schon besser.« Er lächelt. »So, da wir heute ein paar neue Gesichter in der Runde haben, wollte ich, wie wir das dann ja immer machen, zum Aufwärmen mit einem kleinen Spiel anfangen. Krieg ich dafür ein Ja, Leute?«

»Ja!«

Seine enthusiastische Herzlichkeit fühlt sich in diesem schicken Apartment ausgesprochen amerikanisch-glamourös an, klingt aber einstudiert, bewusst eingesetzt, um die perfekte familiäre Atmosphäre zu schaffen.

»Gut, gut, lasst mich nachdenken.« Aaron hebt die Hände und legt seine Daumen und Zeigefinger zu einem Dreieck aneinander. »Mh-hm. Jetzt weiß ich. Wer von euch kennt ›Zwei Wahrheiten, eine Lüge‹?«

Ein besorgtes Raunen geht durch den Kreis.

»Nur die Ruhe, Leute! Ist nicht so düster, wie es sich anhört. Im Grunde erzählt jeder einfach zweimal etwas Zutreffendes und einmal etwas Ausgedachtes über sich, und wir anderen müssen raten, welches die Lüge ist. Kommt aus der Theaterszene, ist ein super Kennenlernspiel. Okay, ich fange an.«

Er macht wieder das Fingerdreieck und schreitet in sich hineinlächelnd den Kreis entlang.

»Aaalso ... ich heiße Aaron, meine Eltern sind geschieden und ich stehe voll auf Billy Joel.« Dann fährt er herum und zeigt auf das winzige Mädchen. »Katie! Was davon ist gelogen?«

»Dass du ... auf Billy Joel stehst?«, fragt Katie hoffnungsvoll.

»Nope.« Aaron lächelt. »Billy Joel ist der Größte. Meine Eltern hingegen sind glücklich verheiratet. Seit zweiundzwanzig Jahren.«

Die Runde kichert bewundernd und Katie wird knallrot.

»Okay, jetzt seid ihr dran. Fangen wir mit einem der Neuen an. Mit ... Rory.«

»Ähm, okay«, sagt Roe. »Ähm ... ich spiele Gitarre. Mein Geburtstag ist im Juni. Und meine Schwester ist ein Fisch.«

Erneutes Lachen aus der Runde. Aaron schmunzelt.

»Schöner erster Versuch«, sagt er. »Deine Schwester muss ich unbedingt mal kennenlernen. Enid, jetzt du.«

Enid sitzt rechts neben Roe, und wenn Aaron so im Uhrzeigersinn weitermacht, habe ich noch jahrelang Zeit, um mir zwei Wahrheiten und eine Lüge auszudenken. Enid hat schwarze Haare und sähe hübsch aus, wenn sie nicht die ganze Zeit die Stirn runzeln würde.

»Okay«, macht sie. »Nächste Woche werde ich einundzwanzig und ich bin sehr gelenkig.«

Das sagt sie sehr schnell, so als würde sie Mut sammeln für das

Eigentliche. Begierig streckt die Runde die Köpfe vor. Da kommt es wie ein Ölteppich aus Enid herausgeschwappt.

»Und ich hatte ungeschützten Sex mit einem Mann, der doppelt so alt ist wie ich.«

Stille. *Dafür* dieses ganze Drama? Ungläubig versuche ich Roes Blick einzufangen.

Aaron hockt sich vor Enid auf den Boden und sieht ihr tief in die Augen. Stellt diese Art intensiven Blickkontakt her, der zwischen Menschen entsteht, wenn sie einander in- und auswendig kennen.

Er streckt seine Hand nach der von Enid aus.

»Enid«, raunt er. »Darf ich?«

Sie nimmt seine Hand und er hält sie, ganz sanft, vor aller Augen. Die anderen Mädchen glotzen unverhohlen hin und mir wird klar, dass sie genau das auch wollen. Aarons Hand halten. Die volle Wattzahl seiner US-amerikanischen Aufmerksamkeit auf sich spüren. Enid ist knallrot angelaufen und ihre Finger zittern.

Ich wende den Blick ab.

Nach einer weiteren Stille ergreift Aaron wieder das Wort und massiert dabei sanft Enids Handfläche mit seinem Daumen.

»Ach, Enid. Du bist *nicht* sehr gelenkig, oder?«

»Nein«, antwortet sie leise. Sie klingt, als würde sie gleich losweinen.

»Ist schon gut, Liebes. Ist schon gut. Du wolltest das nicht. Es ist nicht dein Fehler.«

Langsam frage ich mich, ob ich etwas verpasst habe. Enid ist *zwanzig*. Klar, als Zwanzigjährige Sex mit einem Vierzigjährigen zu haben, ist jetzt nicht total toll, aber *so* schlimm ist es doch auch wieder nicht, oder?

Aaron legt einen Arm um Enid und wiegt sie hin und her, worauf sie zu schluchzen anfängt. Aus der sich nervös windenden jungen Frau ist ein zufrieden am Fläschchen nuckelndes Lämmchen geworden. Eine goldschimmernde Ruhe liegt über ihr. Sie hat es sicher, behaglich, warm und wird geliebt.

Wir anderen beobachten die Szene mit angehaltenem Atem. Perplex starren Roe und ich uns an. Keine Ahnung, was wir erwartet hatten, aber das hier jedenfalls nicht.

Mit einem lauten Flüstern, das alle hören sollen, teilt Aaron Enid mit, dass er am Ende des Treffens auf sie zukommen wird, um das Ganze ausführlich zu besprechen. Dann löst er sich von ihr und geht zum Nächsten im Kreis.

»Cormac«, sagt er. Cormac ist einer der Schweigsamen, mit denen Roe und ich hereingekommen sind. »Zwei Wahrheiten und eine Lüge.«

»Ich ... mache Sport bei der GAA. Mein Lieblingssuperheld ist Ant-Man. Und, ähm ...«

»Sprich weiter, Cormac. Es ist okay.«

»Einmal habe ich, ähm ...«

»Trau dich ruhig.«

»Einmal habe ich mir die Beine rasiert. Nur um auszuprobieren, wie es sich anfühlt.«

Roe macht Augen wie Untertassen. Wenn die Stimmung bei Enid gespannt war, steht sie jetzt kurz vorm Zerreißen.

»Hey, Mann.« Aaron klatscht beglückt in die Hände. »Cormac! Ist das *alles*? Kumpel! Darüber hast du dir *Sorgen* gemacht? Das ist doch gar nichts. Nichts als Neugier. Guck mal: Du bist doch ein Athlet, richtig?«

»Mh-hm.«

»Schwimmer rasieren sich immer die Beine, wusstest du das? Und tausend andere Sportler auch. Das heißt gar nichts. Es bedeutet nicht, dass du schwul bist. Komm schon. Das weißt du auch, oder?«

»Ja«, antwortet Cormac, immer noch unsicher.

»Mann, du weißt doch so gut wie ich, dass es so etwas wie *natürliche* Homosexualität gar nicht gibt, stimmts?« Aaron lässt mit erhobenen Handflächen den Blick durch die Runde schweifen und spricht in einem Alles-reine-Fakten-Tonfall weiter: »Ich meine, wenn es so laufen würde, hätte die Natur längst den Geist aufgegeben. Die Tiere würden sich nicht länger vermehren. Die Menschen ebenso wenig. Wir alle wären längst ausgestorben.«

Er wendet sich wieder Cormac zu. »Wenn du also solche Gefühle hast, dann nur, weil dein Radar falschen Alarm schlägt, weißt du, was ich meine? Du musst bloß, wenn du mir das Bild erlaubst, diese ganze verwirrende Schmiere aus Fernsehen und Internet loswerden, die auf deiner Frontscheibe klebt und dir die Sicht nimmt.« Aaron zuckt die Schultern und grinst. »Wie solltest du sonst ... *am Ziel kommen*?«

Allgemeine Erheiterung und Cormac lacht am lautesten.

Ich hingegen verkrampfe und meine Fingernägel graben Halbmonde in meine Handflächen. Derlei Gefasel kenne ich noch aus der Zeit des Referendums zur Gleichstellung homosexueller Ehen vor ein paar Jahren. Allerdings kam es da immer aus den verkniffenen Mündern alter Leute. Nie aus dem lächelnden Mund eines Mitte-zwanzig-Amis in Hollister und Converse.

Während Aaron seine Runde fortsetzt, werden die Offenbarungen immer intensiver. Als Enid dran war, dachte ich noch, sie würde das Spiel falsch spielen. Aber nein: Roe-»meine Schwester ist ein Fisch«-O'Callaghan war derjenige, der es falsch gemacht hat. Von wegen witziges Kennenlernspiel, öffentliche Beichte trifft es eher.

Aaron muss fast gar nichts tun, damit die Leute sich öffnen. Alle sind sie immer schon angestachelt von ihren Vorgängern, verführt von der Aussicht auf Aarons ungeteilte Aufmerksamkeit, seinen Zuspruch, seine Umarmung.

Ein Mädchen beichtet, dass sie ihre beste Freundin geküsst hat. Aaron beruhigt sie. Sagt, dass sie das gar nicht gewollt habe, nur manipuliert, in die Irre geführt worden sei.

Nach ihr kommt ein Junge an die Reihe, der seine Selbstmordgedanken beichtet. Aaron erklärt ihm, dass es nur natürlich sei, nur normal, über das eigene Leben bestimmen zu wollen, wenn die Welt einem übel mitspiele. Dass allerdings die wahre Selbstverwirklichung darin liege, diese Welt zu verändern. Dass man sein Leben dem guten Werk widmen solle.

Und so geht es weiter und weiter. Es wird gezittert, geschluchzt und geweint. Je mehr Zeit wir hier verbringen, desto überzeugter bin ich, dass Lily nie darauf hereingefallen wäre. Sie hätte sich nie weismachen lassen, dass Schwule und Lesben nicht in Wahrheit so fühlten, sondern nur »verwirrt« wären. Im Grunde ist das Aarons Erklärung für so ziemlich alle in der Runde. Wer Sex hat, ist verwirrt. Schwule und Lesben sind verwirrt. Menschen mit Depressionen sind verwirrt.

»Maeve?« Plötzlich ist Aaron bei mir angekommen. Verdammt, jetzt habe ich ganz vergessen, mir etwas auszudenken.

»Ähm … ich bin sechzehn. Ich habe einen Hund. Und …«

Die Runde hält gespannt den Atem an.

»… meine-beste-Freundin-ist-weg-und-ich-bin-schuld-dran-und-womöglich-sehe-ich-sie-nie-wieder.«

Die Worte klimpern mir aus dem Mund wie kupfernes Wechselgeld aus einem Getränkeautomaten. Achtlos, schwerfällig und von niemandem gewollt. Was habe ich da gesagt? Warum sollte ich das hier zur Sprache bringen?

Aaron fixiert mich einen Moment lang. Ich warte auf den Ansturm von Mitleid und Motivationsgerede, doch nichts dergleichen. Schweigend sieht er mich an und macht das Dreieck. Leichter Ekel liegt in seinem Blick und seine Nasenlöcher blähen sich, als würde er einen üblen Geruch wahrnehmen.

Endlich erhebt er die Stimme.

»Oh, Maeve«, sagt er schlicht. »Sicher wirst du noch herausfinden, was davon gelogen ist.«

Und das wars. Er klatscht in die Hände und verkündet eine zehnminütige Pause.

Ich kann es nicht fassen. Fühle mich vor den Kopf gestoßen. Wo bleibt meine Umarmung? Mein Zuspruch? Verdiene ich Aarons Aufmerksamkeit nicht? Sollte ich nicht auch in seine Liebe gewickelt werden wie all die anderen hier?

Aaron mischt sich unter die Leute, geht erst zu Enid, dann zu Cormac und dann zu dem Jungen mit der Depression.

»Lass uns aufbrechen, Maeve«, sagt Roe schließlich. »Das hier ist ganz offensichtlich ein Schuss in den Ofen. Ich glaube nicht, dass Lily sich je auf dieses Zeug eingelassen hätte. Du etwa?«

»Nein«, antworte ich. »Aber können wir denn einfach so abhauen?«

»Klar, den Typen kümmerts nicht. Der hat doch so schon genug brave Schäfchen in seiner Gemeinde.«

»Stimmt auch wieder. Ich geh meine Jacke suchen.«

Als ich vom Garderobenständer zurückkomme, redet Aaron gerade eindringlich auf Roe ein.

»Du willst doch nicht etwa schon gehen, Rory? Hm, Kumpel?«

Roe wirft mir einen sehr nervösen Blick zu. »Doch. Ich habe versprochen, Maeve pünktlich nach Hause zu bringen.«

»Hör zu, dieses Herzausgeschütte ist nicht jedermanns Sache, schon klar«, sagt Aaron konspirativ. »Aber die zweite Hälfte gefällt dir bestimmt besser. Die ist wesentlich praxisnäher. Wir sammeln Ideen, wie wir die Welt zum Besseren wandeln können. Und die setzen wir dann auch um. Du wirst richtig etwas bewirken können.«

»Meinetwegen können wir jetzt los«, sage ich laut und knöpfe meinen Dufflecoat zu.

Aaron schüttelt den Kopf, als würde er eine Schmeißfliege verscheuchen, und lehnt sich noch weiter zu Roe vor.

»Hör zu, Rory, ich weiß, du fühlst dich außen vor und ein bisschen verloren. Vielleicht bist du … *nicht wie andere Jungs*, aber …«

Da fällt mir die Bravo-Channel-Doku wieder ein. Dass Sektenführer versuchen, die Leere in einem Menschen zu finden, weil sie ihn dann kontrollieren können.

Aaron hat die Leere in Roe gefunden. In mir hingegen konnte er sie aus irgendeinem Grund nicht entdecken.

Und zum ersten Mal in meinem Leben fühle ich mich mächtig. Von einer unfassbaren weiß glühenden Kraft erfüllt.

»Wir müssen jetzt gehen«, sage ich, noch lauter diesmal. »Vielen Dank für die Einladung.«

Ich nehme Roes Hand, halte sie fest in meiner und ziehe ihn Richtung Ausgang. Er lässt es geschehen, und das Letzte, was ich vorm Zuknallen der Tür noch sehe, sind Aaron und die neugierigen Gesichter der Kinder Brigids.

19. KAPITEL

Ich steige mit Roe in den Fahrstuhl und ich gebe vor, nicht zu bemerken, dass ich immer noch seine Hand halte.

Als Nächstes durchqueren wir die Eingangshalle, dann den Hof und treten schließlich auf die Straße.

Und.

Wir.

Halten.

Immer noch.

Händchen.

»Oh mein Gott«, sagt Roe schließlich und lässt mich los. »Es schneit tatsächlich.«

Er streckt die Handflächen aus. Winzige weiße Flöckchen landen auf seiner Haut.

»Wow«, mache ich und tue es ihm nach. »Keine Ahnung, wofür das ein Zeichen ist, aber für irgendwas ist es bestimmt eins.«

Wir gehen zur Haltestelle, wo die elektronische Anzeige verkündet, dass der nächste Bus nur zwei Minuten entfernt ist. Erleichtert setzen wir uns auf die Bank.

»Was lief da drin ab, Maeve?«, fragt Roe. »Was hat es mit diesen Kindern Brigids auf sich? Besonders religiös ging es ja nicht zu. Aber echt manipulativ und gruselig.«

»Ich würde sagen, sie brechen die Leute und bauen sie unter dem Deckmantel von solchen beschissenen Pseudospielen wieder auf. Das mit der Religion kommt wohl erst später. Wenn man schon abhängig geworden ist von Aaron und seinen Umarmungen.«

»Glaubst du, … es finden noch mehr solche Treffen statt? Genau jetzt? Im ganzen Land?«

»Mit genau solchen Aarons? Vielleicht.«

»Lily würde da niemals beitreten. Nie im Leben. Todsicher.«

»Andererseits«, wende ich ein, »haben wir beide eigentlich keine Ahnung, woran sie zurzeit glaubt.«

»Trotzdem nein«, sagt Roe bestimmt. »Frag nicht, wieso. Aber ganz klares Nein.«

»Okay. Dann streichen wir KB wohl von der Liste.«

»Jo«, macht er und winkt den nahenden Bus heran. »Und jetzt steht da gar nichts mehr drauf.«

Wir steigen ein. Ich muss Roe endlich erzählen, dass nicht direkt *gar nichts* mehr auf der Liste steht. Sondern ein dickes großes Etwas. Ein Etwas, das mir in diesem Moment ein Loch in die Jackentasche brennt, und das seit dem Tag seines rätselhaften Auftauchens in meinem Nachttisch keine zehn Meter mehr von mir entfernt war.

Als der Bus losrollt, hole ich die Karten zögernd hervor.

»Oh Himmel«, sagt Roe mit einem bitteren Lachen. »Die schon wieder.«

»Ich wollte nur mit dir über was reden …«

»Weißt du, was, du und er seid im Grunde zwei Seiten derselben Medaille.«

»Ich und wer?«

»American Aaron.«

»Was zum Teufel soll das denn heißen?« Unwillkürlich weiche ich zurück, und eine kalte Leere tut sich auf, wo sich gerade noch Roes und meine Beine berührten.

»Du zwingst die Leute genau wie er dazu, sich dir auszuliefern. Lässt dir ihre Probleme beichten. Benutzt, was sie dir erzählen, um sie zu manipulieren.«

Völlig entgeistert starre ich Roe an. »Das glaubst du nicht ernsthaft, oder?«

»Na ja. Nein. Nicht so ganz. Aber du musst zugeben, dass Parallelen bestehen.«

»Ich *zwinge* niemanden.«

»Aaron auch nicht, könnte man sagen.«

»Was soll das heißen?«

»Warum unterschätzt du dich ständig?«

Ich verdrehe die Augen. »Ist das wirklich der richtige Zeitpunkt für einen Vortrag über Selbstbewusstsein?«

»Nein, aber … du hältst so wenig von dir selbst, dass du völlig unterschätzt, welche Wirkung du auf Menschen hast. Wie viel das, was du ihnen sagst – oder *nicht* sagst –, bedeutet.«

»Noch mal: Das mit Lily tut mir leid, Roe.«

»Es geht mir gerade nicht um Lily. Ich rede von allen Menschen. Sieh verflucht noch mal ein, dass du für dein Tun die Verantwortung trägst, Maeve.«

Ich stopfe die Karten zurück in meine Tasche und stiere aus dem Fenster. Hat Roe da einen Punkt getroffen? Diese Lochkarten-Sessions, bei denen mir die halbe Schule ihre Geheimnisse anvertraute – habe ich mich durch sie mächtig gefühlt? Ein wenig schon, ja. Aber ich habe nichts mit dieser Macht angestellt. Ich habe sie nicht missbraucht. Nicht so, wie Aaron das tut.

Das heißt, bis Lily verschwand.

Das mittlerweile vertraute Schuldgefühl überkommt mich. Lily ist verschwunden. Wegen mir. Wegen mir und dieser Karten, und wegen der Mamsell. Ich lehne den Kopf gegens Busfenster.

»Hey«, sagt Roe sanft. »Das war nicht wirklich ernst gemeint. War eher eine … Gedankenübung. Tut mir leid. Du bist kein bisschen wie Aaron.«

Ich habe es satt, die Geschichte für mich zu behalten. Ich muss Roe von den Mamsellträumen erzählen. Selbst wenn das alles Quatsch ist, muss ich endlich den Finger auf die Wunde legen. Ich muss ihren Namen aussprechen.

»Hör zu, Roe«, sage ich. »Ich muss dir etwas erzählen. Es geht um die Tarotsession für Lily.«

»Herrgott, lass es doch mal gut sein.«

»Hör einfach zu, okay?« Ich atme ein paarmal tief durch. »In dieser Session tauchte nämlich eine ganz bestimmte Karte auf.

Eine, die nicht zum Spiel gehört. Sie war mir schon vorher untergekommen, aber ich hatte sie rausgenommen und in meinen Schreibtisch gelegt, weil ich nirgendwo im Internet gefunden habe, was sie bedeutet. Und … sie hat mir Angst gemacht. Auf der Karte ist eine voll gruselige schwarzhaarige Frau im weißen Kleid mit einem Messer zwischen den Zähnen. Und … jedenfalls habe ich sie rausgenommen. Und als ich dann Lily die Karten legte, war sie auf einmal wieder da.«

»Kannst du mir die Karte mal zeigen?«

»Nein«, sage ich und kaue am Daumen. »Ich finde sie nicht mehr. Es ist, als müsste sie … heraufbeschworen werden oder so. Und ich hatte Träume. Über diese Frau. Und im Traum ist es, als würde Lily zusehen. Als wäre sie da und könnte sich nur nicht zeigen.«

Ich halte inne, versuche, Roes Reaktion auf all das zu erspüren. Doch er starrt bloß stumm auf die Sitzlehne vor sich.

»Außerdem«, fahre ich fort, »und das wird jetzt … na ja. Nach Lilys Verschwinden hatte Miss Harris meine Karten konfisziert. Sie hatte sie in ihrem Büro in die Schublade gesperrt, weil Tarotkarten fortan verboten sein sollten. Aber Samstagnacht, nachdem meine Mum mir von der Aussage des Milchmanns erzählt hatte, von der schwarzhaarigen Frau, die er bei Lily gesehen hat, da lagen die Karten auf einmal in meinem Nachttisch. Einfach so.«

»Nein.« Roe schüttelt den Kopf. »Das glaube ich dir nicht.«

»Ich will mir ja selber nicht glauben. Aber genau das ist passiert.«

»Also, was? Du glaubst, Lily hätte während der Tarotsession aus Versehen einen Dämon oder so heraufbeschworen?«

Ich beiße mir in die Wange und schlucke die ehrliche Antwort runter. Nämlich dass *ich* mir Lilys Verschwinden gewünscht habe. Dass *ich* ihr das mitten ins Gesicht gesagt habe. Dass nicht sie die Mamsell heraufbeschworen hat. Sondern ich. Oder wir beide.

»Ja«, sage ich stattdessen. »So könnte es gewesen sein.«

Das ist nicht gelogen. Vielleicht hat auch niemand die Mamsell heraufbeschworen und Lily führt gerade eine wilde Ehe mit ihrem Cellolehrer. Roe braucht nicht zu wissen, was ich zu Lily gesagt habe. Tatsächlich ist es eine Voraussetzung für unsere Zusammenarbeit, dass er nichts davon weiß.

Der Bus hält an. Wir sind zurück in Kilbeg. Ein paar Minuten gehen wir schweigend nebeneinanderher.

»Wo erscheint dir die gruselige Frau?«, fragt Roe dann. »Also, wenn du von ihr träumst.«

»In der Nähe von … ähm …« Mein Mund will sagen: »von da, wo du mich ständig *fast* küsst«, doch ich kriege zum Glück die Kurve. »In der Nähe von der Unterführung. Jedes Mal.«

»Okay, dann gehen wir da jetzt hin.«

»Was?«

»Vielleicht gibt es da … keine Ahnung, einen Hinweis.«

Skeptisch schaue ich Roe an. »Ich weiß ja nicht …«

Da vibriert mein Handy. Dad.

Wo bist du?

In der Nähe vom Fluss. Auf dem Heimweg, tippe ich erst und überlege es mir dann anders. Sollen Mum und Dad wirklich wissen, dass ich dort rumhänge, wo Lily zum letzten Mal gesehen wurde?

Löschen, löschen, löschen.

Fast zu Hause. Bis gleich. x

Pass auf dich auf. Glatteis.

»Komm schon, Maeve. Ich muss alles versuchen. Egal, wie seltsam es ist. Alles.«

»Okay«, sage ich unsicher.

Schweigend stapfen wir zum Fluss hinunter, während uns der Schnee auf Kopf und Schultern fällt. Ich kann mich nicht erinnern, wann ich zum letzten Mal Schnee wie diesen in Irland gesehen habe. Muss mindestens fünf oder sechs Jahre her sein. Weil wir so nah am Atlantik sind. Wenn es überhaupt mal schneit, tauen die Flocken normalerweise, sobald sie den Boden berühren. Dieser Schnee jedoch bleibt liegen und wird zu unseren Füßen immer tiefer und tiefer.

Die Mauersteine der Unterführung sind eisüberzogen und glitzern wie graue Diamanten.

Roe und ich bleiben unschlüssig stehen.

»Was jetzt?«, frage ich vorsichtig.

»Kannst du Lily hier spüren? Dass sie uns beobachtet?«

Ich schließe die Augen und suche nach … irgendetwas. Nach irgendeiner körperlosen Präsenz oder einem Zeichen, dass Lily in der Nähe ist. In der Hoffnung, ein Lily-Fossil ans Licht zu holen, grabe ich mich durch das tiefe schwarze Nichts hinter meinen Lidern.

»Nein«, antworte ich enttäuscht und mache die Augen wieder auf. »Tut mir leid, es war nur ein Traum. Keine Ahnung, warum ich überhaupt davon angefangen habe.«

»Leg mir die Karten.«

»Was?«

»Ja. So wurde doch beim letzten Mal dieser …, diese …, dieses Etwas heraufbeschworen. Vielleicht gelingt es uns noch einmal.«

»Roe, ich weiß nicht recht. Ich bin ganz aus der Übung. Ich habe niemandem mehr die Karten gelegt, seit … nun ja.«

»Mir egal, Maeve. Mach einfach, okay? Mir hast du sie doch eh schon mal gelegt, weißt du nicht mehr? Mach einfach. Ich werde dich danach auch nie wieder darum bitten, versprochen.«

Die Verzweiflung in seiner Stimme zerreißt mir das Herz und ich kann sehen, wie seine Augen vor Tränen glänzen. »Bitte, Maeve«, fleht er mit bebenden Lippen.

Wie könnte ich Nein zu ihm sagen? Welches Recht hätte ich dazu?

»Also gut«, sage ich. »Aber lass uns in die Unterführung gehen. Hier draußen ist es zu nass.«

Wir müssen uns unbequem hinkauern. Im Stockfinstern machen wir unsere Handytaschenlampen an. Sie sind unsere einzigen Lichtquellen in der Dunkelheit, bis auf die gelegentlich aufleuchtenden Scheinwerfer der Autos, die über uns durch den Schnee kriechen.

»Mischen«, sage ich, reiche Roe das Tarotspiel und bereue das sofort, denn augenblicklich merke ich, wie die magnetische Anziehungskraft der Karten stärker wird. Das unsichtbare Band zwischen ihnen und mir verwandelt sich in einen unsichtbaren Strick. Einen Strick, der mir den Brustkorb zuschnürt. Während Roe mischt, lässt er die Karten von einer Hand in die andere fallen. Mit jeder seiner Bewegungen wird mein Brustkorb enger. Meine Lungen scheinen nur noch mit halber Kraft zu arbeiten.

»Alles okay?«, fragt Roe und gibt mir endlich die Karten zurück.

»Mh-hm«, murmele ich. Ich kann ihm nicht auch noch *davon* erzählen. Wäre zu viel schräges Zeug für einen Tag. »Gut, am besten funktioniert es wahrscheinlich, wenn wir uns ein Legen mit drei Karten für das Auffinden von Lily ausdenken.«

»Topp. Guter Plan. Und was bedeutet das?«

»Das bedeutet, wir legen fest, wofür jede der drei Karten steht. Zum Beispiel eine für ›wo Lily ist‹, eine für ›was sie daran hindert, zurückzukehren‹, und eine für ›was wir tun müssen, um sie wiederzubekommen‹.«

»Aha. Sehr gut. Funktioniert das echt so?«

»Keine Ahnung. Ich denke es mir mehr oder weniger aus.«

»Na, es klingt jedenfalls richtig. Soll ich ziehen?«

»Ja, leg los.«

Ich fächere die Karten vor ihm auf. Seine von der Kälte gerötete Hand schwebt zögernd darüber. Dann zieht er drei und legt sie mit der Bildseite nach unten vor mich hin.

Ich drehe die erste um. Die Wo-Lily-ist-Karte. Es ist die Vier der Schwerter. Sie zeigt einen Ritter in voller Rüstung, der auf einem Grab liegt. Buntglasfenster blinken im Hintergrund, und drei Schwerter hängen mit der Spitze nach unten über dem Ritter. Das vierte liegt an seiner Seite.

»Oh Gott«, ruft Roe entsetzt. »Ist sie *tot*?«

»Nicht doch. Das ist positiv zu sehen. Die Karte bedeutet etwas Gutes, denke ich. Sie steht für Rast. Wenn auch für ausgedehnte, erzwungene Rast. Guck, das Schwert liegt noch an der Seite des Ritters. Er wird wieder aufstehen und weiterkämpfen, nur jetzt gerade kann er das nicht.«

»Okay«, sagt Roe und nimmt die Karte, um sie sich näher anzusehen. Da spüre ich wieder das Ziehen. Ein leichtes Zischen unter meiner Haut, als würde mein Blut die Fließrichtung ändern.

Um das Gefühl abzuschütteln, blinzle ich kräftig.

Weil ich Roe, der immer noch die Karte hält, gegenübersitze, kann ich gerade nur ihre Rückseite sehen. Doch zwischen jedem Blinzeln sehe ich sie plötzlich aus seinem Blickwinkel. Sehe den Ritter und das Grab. Und mein eigenes müdes, verzagtes Gesicht.

Ich bin Roe und sehe mich blinzeln wie ein erschrockenes Kaninchen.

Was?

Ich blinzle noch einmal. Es ist weg.

»Ist wirklich alles okay?«, fragt Roe. »Du siehst aus, als wär dir speiübel.«

»Ähm, passt schon, alles okay. Lass uns … die nächste Karte umdrehen.«

»Wofür steht die noch mal?«

»Was Lily daran hindert, zurückzukehren.«

Ich hebe die Karte an, drehe sie um und lasse sie augenblicklich fallen, als hätte ich mich an ihr verbrannt.

Es ist der Teufel. Und nicht die moderne Halloweenkostümvariante. Sondern der gute alte Bibelteufel mit Ziegenhörnern und -beinen. Ihm zu Füßen stehen zwei Menschen, ein Mann und eine Frau, nackt und in Ketten.

Weder Roe noch ich sagen ein Wort.

»Ä-hemm, … Maeve«, räuspert Roe sich schließlich. »Das ist der Moment, in dem du mir sagst, dass die Karte viel positiver ist, als sie aussieht.«

»Also …«

»*Maeve.*«

»Ich denke nach! Bin etwas eingerostet, schon vergessen? Also, der Teufel steht vor allem dafür, von jemandem oder von etwas kontrolliert zu werden. Oft geht es um eine Sucht oder die Unfähigkeit, sich aus einer ungesunden Beziehung zu befreien. Aber in Lilys Fall könnte die Mamsell gemeint sein. Also, die gruselige Frau mit den schwarzen Haaren.«

Roe nimmt auch diese Karte zur näheren Betrachtung in die Hand. Und wieder das Ziehen, die Übelkeit, das Gefühl, dass mein Körper eins mit den Karten ist und daher jetzt auch mit Roe.

»Roe, lass das.«

»Was?«

»Die Karten *anzufassen.*«

»Aber … warum?«

»Keine Ahnung. Mir wird davon übel.«

»Wovon redest du? Was ist los?«

»Lass mir einfach kurz Zeit, okay? Nur eine Minute.«

Ich lehne mich gegen die Mauer, schließe die Augen und atme. Ein, aus. Ein, aus. Die graue Nässe der klammen Steine kriecht durch meinen Dufflecoat und lässt Gänsehautpickel auf meinem Rückgrat sprießen. Ein weiteres Auto fährt vorbei. Seine Scheinwerfer tanzen über meine Lider.

Da geht auf einmal ein Riss durch meine Gedanken wie beim Splitscreen im Fernseher. Jetzt sehe ich nicht länger nur die Dunkelheit hinter meinen geschlossenen Lidern, sondern auch mich selbst von gegenüber, wie ich mit hängendem Kopf dasitze. Schweißperlen sammeln sich auf meiner vom vorübergleitenden Scheinwerfer erleuchteten Stirn.

»Maeve«, sagt Roe. Oder ich sage es. Ist unmöglich auseinanderzuhalten. Ich kann spüren, wie mein Mund meinen Namen sagt. Allerdings fühlt er sich nicht wie *mein* Mund an.

Ich presse den Kopf gegen meine angezogenen Knie und umschlinge meine Beine. Kotze ich jetzt gleich?

Bitte nicht kotzen. Bitte nicht kotzen.

»Scheiße, Maeve. Werd mir nicht ohnmächtig. Komm, lass uns hier verschwinden.«

Roe legt mir den Arm um die Schultern. »Komm schon, Maeve. Steh auf. Kannst du aufstehen?«

»Mmmmnein«, nuschele ich.

»Okay, na gut, dann ... bleibe ich einfach hier bei dir sitzen, bis du es kannst.«

Er lehnt sich ebenfalls gegen die Mauer, den Arm weiterhin um meine Schultern gelegt. Ich lasse mich gegen ihn sinken und vergrabe das Gesicht an seinem Hals. Trotz meiner Übelkeit kann ich seinen Geruch wahrnehmen. Rauchig und süß. Ein Hauch O'Callaghan-Haus, ein bisschen saubere Wäsche, verflogenes Deo und frischer Schweiß.

Er streicht mir durch die Haare, zwirbelt eine lange schwarze Strähne zwischen den Fingern.

Ich nehme mir vor, diesen Augenblick sorgsam im Gedächtnis zu bewahren für später, wenn ich mich nicht mehr so grässlich fühle.

Nach ein paar Minuten lässt die Übelkeit nach. Zwar bin ich immer noch schwerfällig und desorientiert, aber nicht mehr so sehr, dass ich jeden Moment loskotzen könnte.

»Du riechst gut«, sage ich.

»Danke.«

»Gefällt mir, dass du nicht nach Junge stinkst.«

Er lacht. »Und wonach stinken die?«

»Lynx Africa, Hugo Boss und was es da nicht alles gibt.«

»Ah«, er lacht noch einmal. »Nein, das wär mir zu plump. Mein Deo habe ich selbst zusammengemixt.«

»Echt?«

»Jepp.« Ich kann fühlen, wie sich ein Grinsen auf Roes Gesicht ausbreitet. »Sure for Men und Chanel No. 5.«

Jetzt grinsen wir beide, kichern leise über das geteilte Geheimnis, spüren, wie unsere Körper beben.

Ich schmiege mein Gesicht noch enger an seinen Hals. »Du bist so cool«, rutscht es mir heraus. Oh Gott, wie peinlich. Und ausgerechnet »cool«. Was für ein lächerlicher Rückfall in die Achtziger.

Roes Brust hebt und senkt sich spürbar, als er einen langen, tiefen Seufzer ausstößt.

»Das hat mir noch nie wer gesagt. Ich finde dich auch cool, Maeve. Aber das weißt du ja, stimmts?«

»Nein.«

»Ach, komm schon. Seit deinem achten Lebensjahr bist du cooler als ich.«

»Okay, das stimmt.«

»Los«, sagt er. »Gehen wir nach Hause. Deine Eltern flippen bestimmt schon voll aus.«

Ich spüre den warmen festen Druck seiner Hand in meiner.

»Oh, hey«, macht er dann. »Wir haben die letzte Karte ganz vergessen.«

Er dreht sie um, und ein Beben, das ich erst einem vorbeifahrenden Auto zuschreibe, durchläuft meinen Kopf. Grelles Licht flutet die Unterführung, und ich höre einen Schrei, der aus meinem Mund stammen könnte, oder aus Roes, oder aus den Mündern von einer Million Menschen, die in ein und demselben Augenblick aufschreien.

Flecken bilden sich vor meinen Augen. Violette, blaue und goldene Kleckse, die mein Blickfeld verengen. Keine Sekunde später trifft meine Stirn auf kalten Asphalt. Weg bin ich.

20. KAPITEL

Meine Finger wandern das Griffbrett der Gitarre rauf und runter. Jedes Mal, wenn ich eine der Stahlsaiten drücke, rechne ich mit einem schneidenden Schmerz an der Fingerkuppe, doch er kommt nie. Die Gitarre fühlt sich ganz natürlich an auf meinem Schoß, und die Saiten scheinen eine Verlängerung meiner Hände zu sein.

Dabei habe ich nie zuvor Gitarre gespielt.

Als ich meine Hände betrachte, die eine schwungvolle, wiederkehrende Tonfolge spielen, sehe ich, dass es gar nicht meine Hände sind. Sie sind nämlich viel größer, die Nägel azurblau lackiert.

Heilige Scheiße, ich bin in Roes Zimmer.

Heiligeheilige Scheißescheiße, ich bin in Roes *Kopf*!

Wie in einem Kino – seine Augen meine Leinwand, sein Hirn mein Sitzplatz – bekomme ich alles ganz genau mit.

Das Fenster steht offen, und aus dem Garten dringt leise das Flattern von Wäsche auf der Leine herein. Es ist Sommer. Der Sommer des letzten Jahres.

Es klopft an der Tür. »Ja«, rufe ich und Lily kommt hereingeschlendert. Wir mögen uns einen Genpool teilen, trotzdem sieht sie ganz anders aus als ich. Sie ist blond, hochgewachsen, grazil und seltsam ungebärdig. Wie ein Springbock vielleicht. Ich bin brünett, klein und stämmig. Ein lahmer Dachs, der von einem Leben als Giraffe träumt.

Wie kann er das denken?, unterbricht meine Maeve-Stimme. *Wie kann er nicht wissen, wie wunderschön er ist?*

Lily setzt sich im Schneidersitz auf den Boden vor meinem Bett. Ich drehe an der Gitarre den Halsstab nach, fest entschlossen, ihr nicht in die Augen zu sehen.

»Mum kriegt sich gar nicht mehr ein«, sagt sie belustigt.

Meine Maeve-Stimme fragt: *Weswegen?* Doch Roe lacht bloß bitter auf.

»Soll ich mit ihnen reden?«, fragt Lily und blinzelt durch ihren langen Pony. »Ihnen klarmachen, dass es keine große Sache ist?«

»Nee, schon gut. Du brauchst gar nichts zu machen.«

»Okay.«

Wir schweigen. Ich fummle erneut an der Gitarre herum. Gerade als Lily sich verabschieden will, setzt Roe – setze ich – zum Reden an.

»Findest du, ich hätte es abstreiten sollen? Sagen sollen, dass es … ein Computervirus war, oder Spam, irgend so was?«

Lily schüttelt den Kopf. »Nein. Sie hätten es zwar geglaubt, aber nein.«

»Es hätte das Leben einfacher gemacht.«

»Einfacher für wen?«, fragt Lily. »Für sie? Weil sie dann so tun könnten, als wäre ihr Sohn hetero?«

Oh, macht meine Maeve-Stimme.

»Schätze, ja.«

»Ach was«, sagt sie mit einem halben Schulterzucken. »Viele Leute sind doch bi.«

»Aber nicht die O'Callaghans.«

Wir lachen müde. Wir wissen, dass wir gute Eltern haben. Aber auch, dass die beiden ihre seltsamen Kinder mit wachsendem Unbehagen betrachten. Als hätten die aus Jux gekauften Urzeitkrebse sich auf einmal in intelligentes Leben verwandelt.

Urzeitkrebse, Giraffen, Dachse. Wer hätte gedacht, dass in Roes Kopf dermaßen viele Tiermetaphern herumgeistern?

Raus hier!, ertönt seine Stimme.

21. KAPITEL

Der Schneefall ist stärker geworden und weht von der Seite in die Unterführung, als ich aufwache.

Roe schüttelt sich Dreck und Steinchen aus seinen Locken. Auch ich setze mich auf. Mit offenen Mündern starren wir uns an und wissen nichts zu sagen. Oder zumindest nichts, was der Situation entspräche. Obwohl ich Roes Kopf verlassen habe, weiß ich genau, dass wir jetzt exakt das Gleiche denken: *Ist das gerade wirklich passiert?*

Auf eine Art haben wir uns beide geoutet. Ich weiß nun, dass er bisexuell ist. Und er, dass ich auf ihn stehe. Die rosaroten Herzchen der Bewunderung, von denen er während seiner Erinnerung umtanzt wurde, können ihm schlecht entgangen sein.

Vor Verlegenheit hat Roes Gesicht rote Flecken bekommen. Oder vor Abscheu? Ich weiß es nicht. Oh Gott, sag doch was. Irgendjemand muss *bitte* was sagen.

»Deswegen also«, bekomme ich heraus, »wolltest du nicht beim KB-Treffen bleiben. Weil du wusstest, dass Lily nie einer homophoben Vereinigung beitreten würde.«

Roe nickt.

»Es tut mir leid, dass deine Eltern so doof waren. Wegen dem … Bi-Sein.«

»Danke«, sagt er schwach. »Tut mir leid, Maeve, keine Ahnung, ob dir so was öfter passiert. Ob das eine Nebenwirkung deiner Kartenlegerei ist oder was weiß ich, aber gib mir eine verdammte Minute.«

»Klar. Natürlich«, sage ich eilig. »Aber … das ist vorher noch nie passiert. Das ist neu. Brandneu. Ich habe *noch nie* im Kopf von jemand anderem gesteckt. Ich hatte das nicht vor! Oh Gott, denkst du, ich hätte das vorgehabt?«

»Ich *weiß* nicht, was ich denken soll.«

Roe dreht mir den Rücken zu. Ich hebe die Karten, die sich schon zu wellen beginnen, vom feuchten Boden auf. Vorsichtig wische ich sie an meinem Dufflecoat ab. Ich will sie immer noch beschützen, obwohl sie mir nichts als Ärger machen. Der letzten Lily-Karte muss ich nachjagen, weil der Wind sie erfasst, dann erwische ich sie. Hab ich den Unruhestifter! Wie heißt er nun?

Die Liebenden. Oh Himmel.

Ich stecke die Karte zu den anderen.

Irgendwie ist mir völlig klar, *was* da vorhin passiert ist, verblüffend finde ich das *Wie*. Wie ein Zaungast saß ich in Roes Gedanken und erlebte seine Erinnerung, als wäre sie meine eigene. Seine Hände waren meine. Seine Reaktionen waren meine. Aber dann konnte ich auch den Heute-Roe fühlen, wie er *mit* mir in Früher-Roe steckte. Ein sonderbares Trio: er, er und ich.

Im dichten Schneetreiben treten wir aus der Unterführung.

»Seitdem ich die Karten wiederhabe«, fange ich an zu erklären, »fühle ich diese seltsame ... Verbindung. Als verliefe eine unsichtbare Kette zwischen ihnen und mir. Und als du sie angefasst hast, fühlte ich mich komisch. Es war, als würde ... ein weiteres Kettenglied wachsen, und das warst du.«

»Also hatte das gerade mit ... ihr zu tun? Mit der Mamsell?«

»Vielleicht? Vielleicht auch mit den Karten insgesamt. Sie müssen verhext sein oder so. Verflucht.«

»Verhext. Verflucht. Himmelherrgott, in welche Fernsehserie sind wir hier reingeraten?«

»Keine Ahnung«, sage ich unglücklich. »Versteckte Kamera?«

»Du warst in meinen Erinnerungen, Maeve. Du warst in meinem *Kopf.*«

»Das wollte ich nicht!«

»Ich muss los«, sagt er, massiert sich die Schläfen und tigert im Kreis herum. »Ich muss nach Hause.«

»Geh nicht!« Hoppla, dramatisch. »Ich meine, geh ruhig, wenn du möchtest. Aber hör jetzt nicht auf, mit mir zu reden, nur wegen dieser Sache. Bitte. Das ist doch bescheuert. Und es macht mir auch nichts aus, dass du bi bist. Überhaupt nichts. Wenn das –«

»Jesusmaria, Maeve, kannst du bitte den Mund halten? Kannst du auch nur eine Minute lang *verdammt noch mal nichts sagen*?«

Ich nicke und meine Augen füllen sich mit Tränen. Dann wende ich mich ab und gucke auf mein Handy. Eine Nachricht von Dad.

Alles okay?

Ich starre aufs Display. Es ist nur zwanzig Minuten her, seit ich Dad geschrieben habe, dass ich auf dem Heimweg bin. Wir waren bloß wenige Minuten ohnmächtig. Vielleicht auch nur Sekunden.

Jepp. In 5 bin ich da.

»Ich begleite dich nach Hause«, sagt Roe nun doch wieder was.

»Musst du nicht.«

»Nein. Mach ich aber.«

Schweigend begeben wir uns auf den Heimweg. Jegliche Nähe zwischen uns ist verflogen. Unglücklich starre ich auf die glitzernden Zweige und die bereiften Hecken. Kilbeg hat vielleicht noch nie so romantisch ausgesehen, und ausgerechnet jetzt bestraft mich der Junge meiner Träume mit Schweigen, weil ich ungefragt in seinen Kopf geschlüpft bin. Wetten, dass diese alten *Jackie*-Magazine *dafür* keine Lösung auf ihren Ratgeberseiten stehen hatten?

Als wir die Auffahrt erreichen, will ich nur noch nach drinnen verschwinden und diese schreckliche peinliche Stille zwischen uns beenden.

»Tschüss«, sage ich und wende mich ab.

»Maeve, warte. Wir müssen darüber reden.«

Oh, *jetzt* müssen wir auf einmal reden?

»Hör zu, … keine Ahnung, was hier vor sich geht. Mit uns, mit Lily, mit deinen … Karten. Aber ich bin mir sicher, dass wir mit alldem verbunden sind, Maeve, davon bin ich überzeugt.«

»Wahrscheinlich hast du recht. Und jedes Mal, wenn ich … *sie* sehe, die Mamsell, dann ist sie, na ja, immer am Fluss. Immer. Vielleicht sind durch die Kombi von dir, mir und dem Fluss unsere Hirne auf irgendeine schräge Art miteinander verschmolzen.«

Roe nickt, deswegen fahre ich eifrig fort, um die Theorie weiter auszubauen. »Die Erinnerungen, die wir vorhin, ähm, … *geteilt* haben – vielleicht sind das Brotkrumen, denen wir folgen sollen. Weil wir am Ende der Spur Lily finden.«

Roe erlaubt sich ein kleines Lächeln der Erleichterung. »So muss es sein«, sagt er. »Weißt du, für jemanden, der sich ständig dumm nennt, bist du ziemlich scharfsinnig, Maeve.«

»Was meinst du mit ständig? Ich schreib mir ja jetzt nicht jeden Morgen ›Idiotin‹ auf die Stirn.«

»Versuchs gar nicht erst. Es nervt dich tierisch, dass deine Geschwister ja ach so brillant sind. Glaubst du, du wärst so schwer zu durchschauen?«

»Ja«, antworte ich beleidigt.

»Du musst dich nicht mit andern vergleichen oder dich runterziehen lassen. Du bist gut, so wie du bist.«

Dann lächelt er mich an und mir will das Herz aus der Brust springen. Keine Redewendung. Gleich hüpft es ihm in die Arme, ungelogen.

»Treffen wir uns morgen wieder? Gleiche Stelle?«

»Logo.«

»Okay.« Er legt den Kopf schief. »Vielleicht können wir auch vorher schon den Schulbus zusammen nehmen.«

»Ja. Klingt gut.«

»Ich schreib dir?«

Vor Erleichterung, dass wir noch miteinander reden – dass das hier weitergeht –, umschlinge ich ihn mit beiden Armen und drücke ihn so fest, wie es mir meine Muskelkraft erlaubt.

»Sachte, Lady!« Roe lacht verdattert. »Du brichst mich noch durch.«

Ist mir egal. Ich atme tief ein.

Sure for Men und Chanel No. 5.

22. KAPITEL

Am nächsten Morgen überlegen Mum und ich, ob die Schule wegen des anhaltenden, wenn auch jetzt als zarter Schleier vom Himmel schwebenden Schnees wohl ausfällt. Mum fährt mich zur Bushaltestelle und wartet mit mir im Auto, wo ich meine Finger an der Heizung wärme.

»Geben wir ihm zehn Minuten«, sagt Mum. »Wenn in den nächsten zehn Minuten ein Schulbus kommt, dann nimmst du den auch.«

»Aber ich könnte auf dem Glatteis ausrutschen und mir den Hals brechen.«

»Ein Risiko, das ich in Kauf nehme«, sagt sie und stellt das Radio an. Alan Maguires Sendung läuft, und der Schnee ist sein heutiger Ehrengast. Alan kann über nichts anderes reden. Wie unwahrscheinlich der Schnee ist. Welche Unmengen davon gefallen sind. Wie sehr er den Betriebsablauf stört. Der Umstand, dass es nur in unserer Region geschneit hat und, und, und. Seit dem Jahr 1990, so Alan Maguire, hat es ein solches Wetterphänomen, das sich nur auf den Raum Kilbeg beschränkt, nicht mehr gegeben.

»1990 war ich schwanger mit Cillian«, sagt Mum. »An den Schnee erinnere ich mich. Ich musste Bettruhe halten und konnte nicht mit Abbie zum Spielen raus. Sie war mir bitterböse deswegen.«

Als ich mit dem Bus vor der Schule ankomme, entbrennt auf dem Bürgersteig gerade eine Schneeballschlacht. Dreckig weiße Klumpen werden von Motorhauben gekratzt und in Gesichter geschmissen. Ein paar der St.-Anthony's-Jungs lungern auch hier herum, stopfen einander Schnee in den Nacken und in die Schultaschen der Mädchen.

Erst befürchte ich, ebenfalls eine Ladung abzubekommen. Mit angehaltenem Atem umklammere ich meine Schultasche und stapfe los. Doch ich bleibe unbehelligt. Alle laufen an mir vorbei, um mich herum. Schnaufend, lachend, mit roten Wangen und Wölkchen vorm Mund. Der Schnee hat etwas mitgebracht, eine Rückkehr der Unschuld, nach der sich alle gesehnt haben. Dieses erste *Ereignis* nach Lilys Verschwinden vor zwei Wochen hat die Spannung in der Luft gelöst.

Natürlich wird mich niemand mit einem Schneeball abwerfen. Niemand will sich erinnern, dass ich existiere.

In der Mittagspause gebe ich mein Bestes, um Fiona die gestrigen Geschehnisse nachzuerzählen. Das Kinder-Brigids-Treffen fesselt ihre Aufmerksamkeit.

»Zwei Wahrheiten, eine Lüge!«, japst sie. »Das mussten wir früher im Schauspielunterricht immer spielen. Ein paar Leute trieben es entschieden zu weit. Die haben das dann als Gelegenheit hergenommen, um alles, aber wirklich alles zu beichten, was ihnen auf dem Herzen lag. Ich fühlte mich regelrecht schlecht dafür, keine finsteren Geheimnisse auf Lager zu haben.«

»Bei dem Treffen war es genau das Gleiche! Und irgendwie mussten alle nicht nur beichten, sondern sich auch noch unendlich schuldig fühlen für total harmloses Zeug. Ein Typ ist fast zusammengebrochen, weil er sich die Beine rasiert hatte. Und dann schwang Aaron eine große Rede darüber, dass Homosexualität gar nicht existieren würde.«

»Himmel. Bist du ihm ordentlich aufs Dach gestiegen?«

»Nein … Das ist das Merkwürdige. Ich habe mitgespielt. Aus irgendeinem Grund wollte ich … Aaron beeindrucken.«

Sofort bereue ich es, das gesagt zu haben. Befürchte, dass Fiona mich verurteilen wird. Leute wie Aaron sollte man nicht beeindrucken wollen. Die sollte man schnurstracks in die Wüste schicken.

Doch Fiona nickt ernst. »Mit meinem Ex ging es mir genauso. Mit dem, von dem ich dir erzählt habe. Eigentlich ist er gar nicht so toll. Ich meine, neben ihm kam ich mir wie ein Superhirn vor. Trotzdem … keine Ahnung. Trotzdem sollte er denken, dass ich … cool bin. Witzig. Füge irgendein vage positives Adjektiv deiner Wahl ein. Du weißt schon.«

»Ja«, sage ich. »Ich weiß schon.«

Kurzes Schweigen. Jetzt muss ich ihr wohl auch noch den ganzen verrückten Rest erzählen.

»Fiooona«, fange ich an und dehne das Wort wie Kaugummi. »Du weißt doch, dass Lily mit einer Frau gesehen wurde? Am Fluss?«

»Jaaa?«, ahmt sie mich nach. Jeder hat mittlerweile von der Milchmannaussage gehört.

»Ich glaube, … ich weiß, wer sie ist.«

Fiona reißt die Augen auf und klappt den Kiefer runter. »Und du … hast beschlossen, diese Information für dich zu behalten?«

»So einfach ist es nicht. Niemand wird mir glauben.«

»Warum?«

»Weil diese Frau … keine Frau ist. Sie ist …« Ich kann nicht weiterreden. Wie soll man das jemandem erklären, der keine Mamsellträume hatte? In dessen Nachttisch keine Lochkarten aufgetaucht sind? »… Sie ist ein Dämon.« Warum gibt es keine weniger schwachsinnige Bezeichnung dafür?

»Ein Dämon.« Fiona zieht die Brauen hoch.

»Ja.«

»Nicht vielleicht ein Geist? Oder eine Hexe?«

»Ich weiß nicht. Vielleicht auch was davon. Oder beides. Oder alles von den dreien. Klar ist nur, dass Lily und ich sie beim Kartenlegen heraufbeschworen haben müssen. Schließlich habe ich genau das gesagt, *Ich wünschte mir, Lily, du würdest einfach verschwinden.* Und das, während die Mamsell uns aus ihrer Karte heraus angestarrt hat.«

Fiona zieht die Schultern hoch. »Oh Gott, daran erinnere ich mich. Das *war* übel.«

»Seit einer Weile träume ich von der Mamsell. In der Nacht nach deiner Party ging es los. Als ich aus diesem ersten Mamselltraum aufgewacht bin, waren die Lochkarten auf einmal wieder in meinem Zimmer.«

»Etwa die, die Miss Harris dir weggenommen hat?«

»Jepp.«

»Maeve. Das ist verrückt.«

»Das ist erst der Anfang«, sage ich und erzähle, was gestern in der Unterführung los war. Was beim Kartenlegen passiert ist, und wie ich in Roes Hirn gelandet bin. Nur den Teil mit Roes sexueller Orientierung lasse ich weg.

Fiona hört mir sehr aufmerksam zu, legt die Hände wie zum Beten aneinander und stützt das Kinn auf die Daumen. Nachdem ich geendet habe, ist sie lange Zeit still.

»Und … was denkst du?«, breche ich das Schweigen.

»Ich denke«, antwortet Fiona und wiegt den Kopf, »dass wir mit meiner Tante Sylvia reden müssen.«

»Ach … ja?«

Fiona nickt. »Während ihrer Ausbildung in Manila hat sie nebenher als Wahrsagerin gearbeitet. In so einem Salon, wo man sich gleichzeitig die Nägel machen und die Zukunft voraussagen lassen kann. Auf den Philippinen geht man ziemlich locker mit so was um.«

»Ich weiß nicht recht«, sage ich nervös. »Ich kann mir nicht vorstellen, dass ich auch nur anfange, einer Erwachsenen diese Geschichte zu erzählen, und sie es einfach so hinnimmt.«

»Maeve, du musst bedenken«, erklärt Fiona, »dass Geister und dergleichen fester Bestandteil vom Glauben meiner Tita sind. Für sie sind Gott und Magie … quasi ebenbürtig.«

»Dann wird sie mich ernst nehmen?«

»Weiß ich nicht. Zumindest wird sie dir zuhören.«

»Okay«, sage ich. »Ich meine, ich vertraue dir.«

»Topp. Komm heute Abend vorbei. Ich babysitte nachher ihren Sohn, und sie wird ihn gegen sechs bei uns abholen.«

»Ich bin mit Roe verabredet. Wir wollten wieder zur Unterführung.«

»Na *hallo.*«

»Nicht *so*«, wehre ich ab und füge dann hinzu: »Leider.«

»Tja, bring ihn halt mit. Vielleicht kann Sylvia einen Liebeszauber über euch sprechen.«

»Du bist *so* witzig.«

»Genauer gesagt bin ich zum Schreien komisch.«

»Du gehst ... ziemlich cool mit der Sache um«, sage ich vorsichtig. »Wenn man bedenkt, dass du überzeugte Atheistin bist und alles, nimmst du meine Theorie von einer dämonischen Geisterhexe erstaunlich ... anstandslos hin.«

»Stimmt«, sagt sie und klingt selbst verwundert. »Lass mich mal überlegen, warum das so ist.«

Hierauf versinkt sie zum zweiten Mal während dieser Mittagspause in Schweigen, legt die Fingerspitzen an ihre Lippen und grübelt.

»Analysierst du gerade deine Motive?«, frage ich und stupse sie an. »Wow, deine Mum hat recht. Ihr Schauspieler seid ganz schön überheblich.«

»Mmmh-hmm«, sagt sie und hat mich offenbar gar nicht gehört. »Dass ich Atheistin bin, bedeutet nicht, dass ich per se jeden *Glauben* ablehne. Ich kann bloß Religion nicht leiden.«

»Dann ist Hexerei also okay, aber Gott nicht?«

»So in der Richtung, ja.« Fiona nickt. »Dass du versehentlich einen Dämon heraufbeschworen hast, der deine beste Freundin verschleppt hat, kann ich akzeptieren. Das Konzept der Erbsünde hingegen nicht.«

»Es ist noch gar nicht raus, ob *ich* die Mamsell heraufbeschworen habe«, korrigiere ich und muss daran denken, wie ich Roe gegenüber herumgedruckst habe. »Vielleicht waren Lily und ich es gemeinsam.«

»Aber *du* hast die entscheidenden Worte gesprochen.«

»Ja, weiß ich. Aber ... Roe weiß es nicht.«

Fiona nickt langsam. »Ah.«

»Ja.«

»Wirst du es ihm sagen?«

»Jetzt gerade würde es ihn nur unnötig aufbringen.«

»Du meinst, es würde ihn *gegen dich* aufbringen.«

»Ja, und was *hätte er* davon?«, gebe ich zurück. »Er würde allein weitersuchen, und wir wären Lily kein Stück näher gekommen.«

Eine Weile schieben Fiona und ich noch die Fakten hin und her, sinnen darüber nach, ob Roe es erfahren sollte.

»Lass mich eine Karte ziehen«, sagt Fiona schließlich, und ich gebe ihr den Stapel. Sie zieht den Stern und lächelt mich an.

»Hoffnung«, sagen wir gleichzeitig. Dann klingelt es zur nächsten Stunde.

23. Kapitel

Roe und ich quetschen uns in den engen Vorflur von Fionas Haus und versuchen, keine der umherstehenden Topfpflanzen umzustoßen. Während wir darauf warten, dass jemand aufmacht, kriege ich es mit der Angst zu tun. Einer Angst, die zu meiner großen Schande weder etwas mit Fionas Tante zu tun hat noch damit, was sie uns womöglich über die Mamsell erzählen wird. Es ist eine Angst, die allein aus dem einfachen, unumstößlichen Fakt erwächst, dass Fiona wunderschön und geistreich ist, Roe attraktiv und smart, und dass dagegen ich, Maeve Chambers, auf einmal den starken Eindruck habe, nicht im Geringsten dazuzugehören.

»Wir bleiben nicht lange«, platzt es aus mir heraus. »Bestimmt hat Fiona heute Abend noch was vor.«

»Wie du meinst«, sagt Roe.

»In ihrer Clique sind alle ein paar Jahre älter, weißt du? Ihre letzte Beziehung hatte sie mit einem, der schon zwanzig war.«

»Okay.«

»Kann gut sein, dass sie noch losziehen will. Wir sollten sie nicht zu lange aufhalten.«

»Ist Fiona nicht deine beste Freundin?«

Ich glühe vor Stolz. Ist sie, auf eine Art. In jedem Fall ist sie diejenige, mit der ich momentan am meisten Zeit verbringe. Das schöne Gefühl bei diesem Gedanken geht jedoch direkt wieder flöten, als mir einfällt, dass ich im Grunde meine letzte beste Freundin durch sie ersetzt habe.

Meine letzte beste Freundin, die zurzeit unter dem Bann eines womöglich von mir heraufbeschworenen Dämons steht. Was soll man dazu sagen?

Fionas Cousin José, der an einem durchgeweichten Pombär kaut, macht uns die Tür auf. Er muss etwa drei Jahre alt sein. Himmel, warum weiß ich nie, wie ich mit Kindern reden soll?

»Ähm ... ist Fiona da?«

Er dreht sich um und lässt den Pombär fallen. »FIIIFIII!« Dann wendet er sich wieder uns zu. »Ich hab heute Aa in den Schnee gemacht.«

»Oh. War das ... schön?«

Fiona kommt in Jogginghose und einem zu kleinen Pferde-Shirt zur Tür gelaufen und sieht darin unerklärlicherweise absolut rock'n' roll aus.

»Hi«, sagt sie und legt ihrem Cousin die Hand auf die Schulter. »Hat Jos euch schon von seinem Schnee-Aa erzählt?«

»Hat er.«

»Er war sehr stolz auf sich. Ich weniger. Kommt rein.« Sie nickt Roe zu. »Hi, Roe. Deine Schuhe lass bitte hier im Flur.«

Als ich das letzte Mal in Fionas Haus war, trieben sich mindestens zwanzig Leute darin herum, deswegen kommt es mir jetzt seltsam geräumig und leer vor. Im Wohnzimmer lehnen drei Gitarren an der Wand, daneben stehen ein Klavier und ein Notenständer.

»Wow«, mache ich. »Dass deine Mum Saxofon spielt, weiß ich ja. Aber was ist das da alles noch?«

»Die Angeberei da an der Wand? Ach, bitte. Sie war vor Ewigkeiten mal in 'ner Coverband. Tatsächlich sind sie sogar durch Amerika getourt. Sprich sie *nicht* darauf an. Wenn sie einmal anfängt, hört sie nie wieder auf.«

»*Daher* hast du das also. Alte Rampensau.«

»Schätze, ja. Apropos, ich hab die Desdemona gekriegt! Gerade erst erfahren!«

»Der Hammer! Herzlichen Glückwunsch!«

Ich muss grinsen vor Stolz. Nicht nur vor Stolz auf Fiona, sondern weil *ich* mit ihr rede und Roe ihr *und mir* zuhört.

Gerade streicht er über den Hals einer der Gitarren.

»Du kannst sie spielen, wenn du magst«, bietet Fiona an. »Mum wäre einverstanden.«

»Ach, besser nicht«, sagt Roe, aber sein Gesicht glüht hoffnungsvoll. Er fleht Fiona quasi an, »Doch, ganz ehrlich, greif zu« zu sagen.

Und das tut sie dann auch.

Behutsam nimmt Roe das Instrument und zupft ein paar Töne. »So eine hatte ich noch nie in der Hand«, erklärt er und kann nicht aufhören zu strahlen. »Die sind vor allem für Bluegrass und Countrymusik.«

Er spielt eine Melodie an. Fiona legt horchend den Kopf schief, dann lächelt sie, öffnet den Mund und beginnt zu singen. Ohne Aufwärmen. Ohne erst in das Lied reinkommen zu müssen. Von jetzt auf gleich singt sie aus voller Kehle und mit täuschend echtem US-Südstaaten-Slang: *»Aiiiiiiiiii am a maaaaaaan of constant sorroooow. I've seen troooouble all my day.«*

Und zu meinem großen Entsetzen stimmt Roe mit ein.

Fionas Stimme ist hoch und lieblich. Eine Stimme, die jede Meerhexe zu stehlen versuchen würde. Roes ist weitaus bodenständiger, darum aber kein Stück weniger berührend. Sie hat Ecken und Kanten, kratzt hier, krächzt dort. Aber sie ist schön. Das lässt sich nicht leugnen.

Fiona und Roe singen. *Zusammen.*

Sie sehen sich an, lächeln und kommunizieren etwas, worauf ich keinen Zugriff habe. Warum spiele *ich* kein Instrument? Warum kenne *ich* keine Lieder auswendig?

Ihre Stimmen verschmelzen zu einer Harmonie. *Verschmelzen.* Zu einer *Harmonie.*

Plötzlich höre ich mich in Gedanken eine Rede bei ihrer Hochzeit halten: *Nun, dass Roe und Fi füreinander bestimmt sind, wusste ich in dem Moment, als ich in Fionas Wohnzimmer stand und hörte, wie ihre Stimmen zu einer Harmonie verschmolzen, keine fünf Minuten nachdem die beiden sich kennengelernt hatten.*

Ich möchte kotzen.

»Fifi!«

Beim Klang der zuschlagenden Haustür nimmt Roe verlegen die Gitarre vom Schoß. *Gott* sei Dank.

Marie, in Krankenhauskluft, erscheint lächelnd, aber sichtlich erschöpft im Wohnzimmer. »Fifi! Bist du jetzt in einer *Band*?«, ruft sie und scheint gleich zu platzen vor Stolz.

»Nein. Ganz sicher nicht«, antwortet Fiona mit geröteten Wangen. »Mum, das ist Roe, er ist ... ein Freund von Maeve.«

Wir hören das Wort »Schnee-Aa« und dann steht Tante Sylvia mit José auf dem Arm im Türrahmen.

»Hallo, Tita«, sagt Fiona. »Maeve und Roe würden dich gern etwas über Tarotkarten fragen. Hättest du ein paar Minuten?«

Sylvia guckt perplex drein. Sie ist jünger als Fionas Mum, so Ende dreißig vielleicht.

»Fifi, ich mache kein *Gayuma* mehr.«

Marie muss laut loslachen.

»Was ist *Gayuma*?«, fragt Roe.

»Ein Liebestrank.«

Weder Fiona noch Roe oder ich sagen ein Wort. Marie und Sylvia hingegen scheinen sich prächtig zu amüsieren.

»Mum!«, hebt Fiona schließlich an. »Du hast doch auch von dem verschwundenen Mädchen gehört. Von Lily O'Callaghan?«

»Dem Mädchen am Fluss?«

»Genau.«

Jäh kippt die Stimmung. Marie guckt betroffen zu Boden. »Ni, du sagtest doch, dass du sie gar nicht kennst.«

»Stimmt auch. Aber Maeve kennt sie. Und möchte mit Sylvia ... über sie reden.«

Während Marie und Sylvia ein paar besorgte Worte in einer Sprache wechseln, die ich nicht verstehe, verdreht Fiona gereizt die Augen. Vermutlich verwenden ihre Mum und ihre Tante dieses ... wie hieß das gleich? Tagalog! Vermutlich verwenden sie Tagalog hauptsächlich, um Dinge vor Fiona geheim zu halten.

»Okay«, sagt Marie schließlich. »Ich bereite jetzt das Abendessen vor. Währenddessen dürft ihr mit Sylvia reden, aber nur reden. Keine Liebestränke, keine Dummheiten.«

»Okay«, willigt Fiona ein.

»Und lasst die Tür offen.«

»Mum!«

Marie hebt den Zeigefinger. »Das ist mein Haus. Wenn ich es für richtig halte, werde ich das abbrechen. Maeve und dieser nette Junge sollen nachher keine Geschichten über ›die abergläubischen Filipinos‹ zu erzählen haben.« Marie massiert sich erschöpft die Schläfen. »Denk bitte nicht, dass ich dir misstrauen würde, Maeve. Aber du weißt ja, wie das ist.«

Ich habe keine Ahnung, wie das ist, nicke aber brav. Sylvia mustert Roe und mich zurückhaltend.

»Ist das okay für dich?«, fragt Fiona.

»Klar.« Sylvia nickt. »Ich mache José nur schnell noch einen kleinen Snack. Und Karten habe ich übrigens keine dabei.«

»Macht nichts. Maeve hat ihre eigenen. Und Jos hat schon von mir was gekriegt.«

»Pombärn«, ertönt ein glückliches Stimmchen, und Sylvia wirft Fiona einen scharfen Blick zu.

»Chips, Fifi?«

»Verräter«, grummelt Fiona.

Zwanzig Minuten später hat sich Jos durch eine Schale Karottenstifte geknabbert und Sylvia, Fiona, Roe und ich sitzen um mein ausgebreitetes Tarotspiel herum auf dem Wohnzimmerboden. Aufmerksam studiert Sylvia jede einzelne Karte.

»Das ist ein hübsches Spiel.«

»Danke«, sage ich stolz.

»Und alt. Vielleicht aus den 1960ern oder 70ern. Dafür kriegst du locker hundert Euro auf eBay.«

»Maeve würde es nie verkaufen«, wendet Roe ein und wird sofort verlegen. »Na ja, würdest du doch nicht.«

»Ihr sagt, … es fehlt eine Karte?«

»Ja«, antworte ich. »Die Mamsell. Zum letzten Mal ist sie aufgetaucht, als ich Lily, dem verschwundenen Mädchen, die Karten gelegt habe. Danach nie wieder. Außer in meinen Träumen. Meinen Albträumen, um genau zu sein.«

Sylvia streicht ihre Haare zurück und denkt eine Weile nach. »Sah sie aus wie die anderen Karten? Gleiche Farbgebung, gleicher Zeichenstil?«

»Sie sah anders aus. Andere Farben. Und der Stil war gruseliger, realistischer.«

Sylvia nickt und zieht die Stirn kraus, als müsste sie ein Rätsel lösen. »Dann ist die Mamsell nicht *im* Spiel. Es wird von ihr heimgesucht.«

»So ungefähr.«

»Oder«, fügt Sylvia sachlich hinzu, »sie wird hineinbeschworen.«

»Ähm ...«

»Ist dir so was schon mal untergekommen, Tita?«, fragt Fiona.

Erneutes Schweigen von Sylvia. Grübelnd zupft sie an ihrer Unterlippe. »Nicht genau so etwas«, antwortet sie schließlich. »Maeve, beschreib mir mal, wie die Mamsell ausgesehen hat.«

Ich zähle auf: die langen schwarzen Haare, das weiße Kleid, das Messer, der Hund und das eher menschenähnliche denn tatsächlich menschliche Aussehen. Wie ihre nassen Haare sich nicht kräuseln und ihre Haut keine Falten hat.

»Das kommt mir bekannt vor.«

»Kennst du sie? Wer ist sie?«

»Jeder kennt sie. Schwarze Haare, weißes Kleid. Auf den Philippinen nennen wir sie Kaperosa. Aber in Varianten gibt es sie auf der ganzen Welt. Die Malaysier haben die Pontianak, in Brasilien heißt sie Dama Branca. Jede Kultur, die einem nur einfällt, kennt sie: die Weiße Frau. Googelt es nach, wenn ihr mir nicht glaubt.«

»Die Weiße Frau«, wiederhole ich schaudernd.

»Wie kommt es«, fragt Roe, »dass sie auf der ganzen Welt bekannt ist?«

»Was gibt es nicht alles zwischen Himmel und Erde?«, fragt

Sylvia zurück. »Wusstest ihr, dass die Geschichte von Jesus fast Wort für Wort durch die altägyptische Legende des Horus vorweggenommen wird? Sogar zwölf Jünger hatte er.«

»Dann … haben die Christen von den Ägyptern abgeschrieben?«, versucht Roe zu verstehen, worauf Sylvia hinauswill.

»Vielleicht. Aber eine andere Erklärung halte ich für wesentlich wahrscheinlicher: Einige Geschichten, Gestalten oder Orte sind so kraftvoll, dass sich die Kulturen unweigerlich zu ihnen hingezogen fühlen. Funktioniert ähnlich wie Schwerkraft.« Zur Veranschaulichung hebt Sylvia die Hände und bewegt sie aufeinander zu.

»Na schön, dann gibt es die Mamsell also überall«, mault Fiona, die während dieser Lektion in Kulturgeschichte offensichtlich die Geduld verliert. »Aber ist sie *echt*?«

»Ja.«

»Oh, okay«, macht Fiona. »Das … konntest du ja schnell beantworten.«

»Alles, woran Menschen gemeinsam glauben, ist echt. Jede emotionale Energie, die sich auf einen Punkt konzentriert, erschafft etwas Echtes.«

»Das meinte ich nicht.« Fiona verdreht die Augen. »Ich meinte nicht … pseudo-echt. Nicht ›Ist sie echt?‹ im Sinne von ›Ist Liebe echt?‹. Ob sie *wortwörtlich* echt ist, will ich wissen.«

»Und ich antworte dir, Fifi, *ja, ist sie.*«

Das Letzte zischt Sylvia mehr, als dass sie es sagt. Diese ruhige, besonnene Frau fühlt sich angegriffen. Aufgebracht von ihrer Nichte.

»Warum glauben die Menschen wohl an Geister, hm, Fifi?«

»Weil sie traurig sind und unbedingt glauben wollen, dass der Ehemann noch irgendwie da ist oder so was.«

Sylvia bläht die Nasenlöcher und Fiona verdreht erneut die Augen. Roe und ich tauschen einen unbehaglichen Blick aus. *Na, hurra, jetzt sind wir in einen womöglich seit Jahren geführten Familienstreit geraten. Am besten verkrümeln wir uns, solange wir noch können.*

»Menschen glauben an Geister«, sagt Sylvia, »weil nur sehr starke Emotionen sehr starke Energien erzeugen können. Geister gehen nach einem Trauerfall um, weil Trauer eine der stärksten Emotionen ist, die man haben kann. Menschen sehen keine Geister, weil sie traurig sind. Ihre Trauer *erweckt* den Geist.«

»Und die Weiße Frau?«, frage ich. »Wodurch wird sie erweckt?«

»Wut. Verrat. Rache.«

Ich schlucke schwer.

Wut auf Lily, weil sie mich vor allen bloßgestellt hat. Weil ich mich ihretwegen schuldig fühle.

Verrat an Lily, indem ich sie abgesägt habe. Und das, um mit zwei Mädchen befreundet zu sein, die ich eigentlich gar nicht richtig leiden kann.

Rache an Lily für ihre bloße Existenz. Dafür, mich auf ewig an all das zu erinnern, was ich verleugnen will. Die kindischen Spiele, die wir uns zu spät abgewöhnt haben. Die Leseschwäche-Gruppe. Das Buchlecken bei Waterstones.

Wut, Verrat und Rache. Check, check und check.

Sylvia starrt mich an, doch ich kann ihr nicht in die Augen sehen. Ich kann diese liebe Frau nicht wissen lassen, zu welcher Niedertracht ich fähig bin. Stattdessen gucke ich stumm auf meine Hände.

»Ich weiß nicht«, sagt Sylvia, »was genau es mit der Mamsell auf sich hat. Aber ich weiß, woran ich glaube. Ich glaube daran, dass kollektive menschliche Emotionen Geister wie sie ins Leben rufen können. Wir machen uns heutzutage ach so gerne weis, dass die emotionale Welt und die physische getrennt voneinander existieren. Von wegen! Sie überlappen sich viel öfter, als man denkt. Habt ihr schon mal aus Trauer geweint und euch danach körperlich erschöpft gefühlt? Wart ihr schon mal so hungrig, dass ihr unleidlich wurdet? Hm, *Fifi*?«

»Ach, komm schon.«

»Es geht immer um Balance, um Gewicht und Gegengewicht.

Wie bei einer Wippe, versteht ihr? Wenn einem das linke Bein wehtut, stützt man sich auf das rechte, korrekt?«

»Korrekt«, sagen Fiona, Roe und ich gleichzeitig.

»Energien funktionieren genauso.« Sylvia breitet die Arme aus, um eine Wippe darzustellen. »Wenn sich auf der einen Seite Energien verdichten, hält die andere Seite dagegen. Trauer erweckt Geister, Angst erweckt Dämonen.«

»Und Freude?«, fragt Fiona. »Erweckt die auch etwas?«

»Freude«, sagt Sylvia und blickt lächelnd von Roe zu mir, »erweckt Liebe.«

»Herr im Himmel, Tita, hör auf damit! Merkst du denn nicht, wie *peinlich* das für die beiden ist?«, ruft Fiona und fasst sich an die Stirn.

»*Psst.* Stell dich nicht so an. Deine Mum hat bestimmt jeden Moment das Essen fertig.«

»Sylvia?«, fragt Roe. »Glauben Sie, ... dass etwas wie die Weiße Frau oder die Mamsell oder was auch immer ... Dass meine Schwester sie sich *herbeigewünscht* haben könnte?«

Ich beiße mir auf die Lippe. Lily hat sich die Mamsell nicht herbeigewünscht. Sondern ich. Ich habe die Worte gesprochen. Ich habe mir gewünscht, dass Lily verschwindet. Aber das kann ich ihm einfach nicht sagen. Fiona wirft mir einen Blick zu, guckt dann aber schnell wieder, als wäre nichts.

Sylvia betrachtet Roe mit einer Mischung aus Überraschung und Besorgnis. Wir hatten ihr gar nicht gesagt, dass Lily Roes Schwester ist. Aus Absicht, wie mir klar wird. Fiona wusste, dass ihre Mum dieses Gespräch sonst niemals erlaubt hätte. Niemals hätte Marie zugelassen, dass sich ein direktes Familienmitglied des verschwundenen Mädchens von einer Wahrsagerin beraten lässt. Selbst dann nicht, wenn diese Wahrsagerin Maries Schwester ist.

»Oh, Schätzchen!« Sylvia schlägt die Hand vor den Mund. »Das tut mir so leid. Ich bin mir sicher, dass es Lily gut geht.«

»Danke«, sagt Roe mechanisch, des Mitleids fremder Leute längst müde. »Aber glauben Sie, die Mamsell –«

»Ich glaube, dass deine Schwester schon auf dem Weg nach Hause ist, und dass du dich darauf konzentrieren solltest, Zeit mit deiner Familie zu verbringen.«

»Okay, *aber*«, lässt Roe nicht locker, »wenn, wie Sie sagen, die physische und die emotionale Welt sich überlappen, kann es dann sein, dass Lily die Mamsell erweckt hat? Wenn auch vielleicht nur unabsichtlich?«

»Jos!«, ruft Sylvia, blickt suchend umher und steht auf. »Wo bist du? Hast du dir die Hände gewaschen?« Sie könnte es nicht eiliger haben, aus dem Zimmer zu kommen.

»Tita«, sagt Fiona und hält sie am Ärmel fest. »Bitte. Roe macht sich solche Sorgen.«

Unglücklich guckt Sylvia zu Roe.

»Es tut mir leid, wenn das schwer für Sie ist«, murmelt der. »Aber ich brauche einfach eine Antwort. Bitte.«

»Also gut. Wie gesagt: Die physische und die emotionale Welt treten immer wieder miteinander in Verbindung. Und oft stellt die *Geisterwelt* – jene Kraft in unserer Seele, die Gespenster und Dämonen erschafft – diese Verbindung her.«

»Okay«, sagt Roe und runzelt die Stirn. »Aha.«

»Bitte, keine Fragen mehr. Ich möchte nicht …«

»Schon gut«, sagt Roe und hebt die Hände. »Schon gut.«

»Wir sollten dann mal«, sage ich. »Auch *meine* Mum hat bestimmt jeden Moment das Essen fertig.«

Sylvia schenkt mir ein erleichtertes Lächeln.

»Danke«, füge ich hinzu, »dass Sie uns von der Weißen Frau und alldem erzählt haben. Auf diese Weise habe ich noch nie darüber nachgedacht.«

Nicht gelogen. Ich werde eine ganze Weile brauchen, um das zu verdauen.

Roe und ich verabschieden uns von Fiona und Sylvia. Dann gehen wir zu Marie in die Küche, wo Jos um ihre Beine herumstreicht wie eine hungrige Katze. Er richtet das Wort an uns. »Würstchen«, sagt er streng.

»Okay.« Unbeholfen will ich ihm den Kopf tätscheln, treffe aber nur die Luft. Dann lächle ich Marie an. »Vielen Dank, dass wir vorbeikommen durften.«

»Jederzeit, Maeve! Für dich gilt das Gleiche, Roe.«

Roe nickt. Dann durchqueren wir den schmalen Flur, und ich habe schon die Hand an der Klinke, als hinter uns Maries Singstimme ertönt. Sie hört sich ganz anders an als Fionas hohe Arielle-Variante. Tief und etwas rau, aber genauso beeindruckend. Eine Stimme, die locker für die von Amy Winehouse durchgehen könnte, und die sich müßig aus der Küche in Roes und meine Richtung schlängelt.

Wir spitzen die Ohren.

»Ladys, darf ich vorstellen: Dies ist die Mamsell.«

Roe reißt die Augen untertassengroß auf und starrt mich an. Er legt einen Finger an die Lippen: schon wieder diese *Ciúnas*-Geste.

»Sei sie euer Untergang
oder neuen Lebens Quell.
Sie will nur euer Bestes,
ihr selbst wurd's aberkannt.
Liegt ihr am tiefsten Grunde
so greift …«

Roe und ich fallen nahezu übereinander, als wir zurück in die Küche stürzen.

»… nach ihrer Hand.«

24. Kapitel

»Das ist bloß ein Lied«, sagt Marie angesichts unserer fassungslosen Mienen. »Ein altes Volkslied.«

»Hast du unser Gespräch im Wohnzimmer mitgekriegt?«, fragt Fiona, die natürlich ebenfalls hergerannt ist. »Bist du deswegen auf die Mamsell gekommen?«

»Keine Ahnung, Fifi. Ich hab euch kaum zugehört. Aber muss ich wohl.«

»Woher kennst du das Lied?«

»Hab es irgendwo aufgeschnappt, als ich mit meiner alten Band in Amerika auf Tour war. Wir haben auf unseren Reisen alle möglichen Lieder gelernt. Deswegen sag ich auch immer: Musik ist besser als Theater, Ni. Sie stellt einen Austausch her. Durch sie lernt man mehr über die Welt.«

»Würdest du uns den Text aufschreiben?«, frage ich schnell, bevor das Gespräch in eine Diskussion über darstellende Künste ausartet.

Marie runzelt die Stirn. »Oh weh, Liebes, das ist so lange her. Ich erinnere mich womöglich nur noch an den Refrain.« Dann wendet sie sich an Fiona. »Und jetzt deck bitte den Tisch. Dein Dad ist gleich zu Hause.«

»Und nach dem Essen, Mum? Würdest du dich dann kurz hinsetzen und versuchen, dich an den Rest zu erinnern?«

Marie guckt ihre Tochter verschmitzt an. »Wenn ich nicht abspülen muss, dann vielleicht.«

»Gut, bitte schön. Ich spüle ab. Und du …?«

»Werde mein Bestes geben, Fifi. Nachher. Jetzt rück mir nicht länger auf die Pelle.«

Ratlos machen Roe und ich uns auf den Heimweg.

»Nicht zu fassen«, sagt er. »Da rechnen wir mit irgendwas abgefahren Magischem und am Ende steckt bloß ein Lied dahinter? Ein verdammtes *Volkslied*?«

»Na ja, es könnte beides sein.«

»Wie hieß es im Text? *Sei sie euer Untergang oder neuen Lebens Quell.* Was bedeutet das für Lily?«

»Wie meinst du das?«

»Na, vielleicht ist das Ganze eben gar nicht ihr Untergang. Sondern eine Quelle neuen Lebens.«

Die Idee erleichtert uns für einen Moment. Die Vorstellung, dass Lily nicht bloß am Leben, sondern glücklich sein könnte. Weil sie irgendwo neu anfängt. Es besser hat, bloß ohne uns.

»Musst du jetzt echt zum Abendessen nach Hause?«, fragt Roe.

»Was? Ach, nein, das habe ich nur so gesagt. Meine Mum hat dienstags Abendvorlesungen, deswegen nimmt sich eigentlich jeder bloß was auf die Hand.«

»Gehen wir noch einmal zum Fluss?« Er klingt nervös, als er das fragt, so als ginge es um eine verbotene Zigarette hinterm Fahrradschuppen.

»Wenn du willst. Aber meinst du nicht, wir sollten – keine Ahnung – zuerst noch über was reden? Über das, was ich mitbekommen habe, als wir quasi zusammen in deinem Zimmer waren?«

»Ach. Das.« Wie so oft, wenn ihn etwas aufwühlt, rauft er sich die Haare. Dann sagt er eine Weile nichts mehr.

»Muss ja nicht sein«, wiegle ich ab und hebe die Hände. »Du musst dich jetzt nicht outen oder so …«

Als Roe das Kinn im Kragen seiner Jacke vergräbt, betrachte ich das Thema als abgeschlossen. Aber dann sagt er doch was dazu. »Als meine Eltern herausgefunden haben, dass ich …«

»Bisexuell bin?«

»Keine Ahnung. Ich meine, klar. Bisexuell stimmt schon. Schätze ich. Mit der Bezeichnung fühle ich mich zwar wie ein seltenes Exemplar hinter Glas, aber sei's drum.«

Kurz stelle ich mir diesen schönen Jungen mit seinen lackierten Nägeln, dem verborgenen Schmuck und seiner Sure-for-Men-Chanel-No. 5-Kombi wie einen toten Schmetterling auf Karton gespießt vor.

»Was ich sagen wollte«, fährt er fort. »Dieser Tag, an dem sie es herausfanden, hat mir monatelang im Nacken gesessen. Vor Lilys Verschwinden war er … na, der schlimmste Tag meines Lebens. Aber danach, also, nachdem du ihn mich hast wiedererleben lassen … keine Ahnung …, war er keine so schwere Last mehr. Stattdessen hat mich eine seltsame Klarheit überkommen. Als wäre mir endlich aufgegangen, wie bescheuert sich meine Eltern da verhalten haben.«

»Geteiltes Leid ist halbes Leid? So was in der Richtung?«

»Schätze, ja«, sagt er, klingt aber nicht überzeugt. Er kickt ein Steinchen weg.

»Was ist denn da eigentlich passiert?«, frage ich. »Was haben deine Eltern auf deinem Computer gefunden?«

»Rate mal.«

Ich mache den Mund auf und will »Schwulenpornos« raten, bin aber, wie sich herausstellt, unfähig es auszusprechen.

Roe muss laut loslachen. »Du guckst wie ein Fisch auf dem Trockenen«, sagt er. »Entspann dich. Mein Dad hatte sich halt meinen Laptop ausgeliehen. Und wegen der Gerätesynchro konnte er meine Handynachrichten mitlesen. Auch die von Miel.«

»Miel?«

»Ja, aus meiner Band. Miel schrieb darüber, sich vor den Eltern outen zu wollen, und fragte mich, ob ich das auch vorhabe. Was dann, ironischerweise, tatsächlich mein Outing wurde.«

»Oh Scheiße. Der arme Miel hat sich bestimmt in den Arsch getreten dafür.«

»Miel ist kein Er.«

»Ah, sorry. Dann die arme Miel.«

»Auch nicht. Miel ist nichtbinär.«

»Oh. Okay.«

Miel. *Miel.* »Ist … Miel ein Name wie Roe?«

»Meinst du, ob Miel sich selbst so genannt hat?«

»Ja.«

»Dann ja.«

»Ah.«

Während ich versuche, mir das auseinanderzuklamüsern, verlassen wir schweigend Fionas Straße und gehen Richtung Fluss. Vor Deasy's Imbiss hängen ein paar Leute in unserem Alter ab, die mit Handschuhen Fritten essen. Ein seltsamer Anblick.

Miel. Wer ist Miel? Sind Roe und Miel ein Paar? Oder einfach nur in derselben Band? Oder in einer Art genderqueerem Club, zu dem ich nie dazugehören werde?

Roe bleibt stehen und sieht mich an. »Ich weiß, was du fragen willst«, sagt er. »Und die Antwort lautet: Ich weiß es nicht.«

»Okay«, mache ich. »Es ist nur … Ich kapiere nicht ganz.«

»Was nichtbinär bedeutet?«

»Mh-hm«, antworte ich nervös. »Ist es wie trans? Dass man im falschen Körper geboren wurde?«

»Das mit dem falschen Körper sagen nur Leute, die das Ganze nicht verstehen und es sich einfach machen wollen.«

Jetzt schäme ich mich, weil ich zu diesen Leuten gehöre. »Kannst du es mir erklären?«

»Ich bin nicht sicher. Ich fühle mich wie …« Er hält inne und schließt die Augen. »Wie ein Flipperautomat.«

»Ah.«

Wir kommen am Flussufer an. Es ist ganz still und der Himmel färbt sich violett. Ich vermisse die Sonne. Ich gucke mir den Schnee zu meinen Füßen an. Dort liegt nicht länger die reinweiße Decke aus Zuckerkristallen von heute Morgen. Hunderte Schulkinder und Pendler haben ihn in grauen Matsch verwandelt.

Dann betrachte ich, wie schon so oft, Roe verstohlen von der Seite. Er sieht so viel irischer aus als ich. Die Locken. Die geröteten Wangen. Die breiten Schultern. Der drahtige Körperbau. Er könnte einem Keltenkriegergemälde entsprungen sein.

»Es ist«, fährt der Keltenkrieger fort, »als wäre ich eine von diesen kleinen Metallkugeln, die pausenlos in einem riesigen Apparat umhersausen und gegen all die Hebel, Bumper und so weiter prallen. Nur dass die Bumper ›Nagellack‹ heißen. Oder ›nackte Frauen‹ oder ›Keanu Reeves‹, und mir mit jedem Aufprall mal das eine, mal das andere beweisen.« Hierauf lächelt er. Die Metapher scheint ihm Spaß zu machen. »An manchen Tagen pralle ich zum Beispiel gegen Sachen, die ein Junge mögen soll, und dann denke ich, *oh, wow, die Jungsseite hat gewonnen.* Aber an anderen Tagen gewinnt die Mädchenseite, und das fühlt sich seltsam an, aber auch gut. Drücke ich mich verständlich aus?«

»Nein«, antworte ich und bin ganz baff, dass man sich so detailliert mit seinem Geschlecht auseinandersetzen kann. »Tut mir leid, ich meine, doch, natürlich. Ich bin nur sprachlos, dass du … diese ganze Theorie über etwas hast, das für mich einfach …«

»Selbstverständlich ist?«

»Genau.«

»Schätze, bei dir geht das alles von selbst. Macht mich neidisch«, sagt er erst und hält dann inne. Denkt nach. »Wobei, eigentlich doch nicht. Früher hätte es mich neidisch gemacht. Aber je mehr ich mich einfach *sein* lasse, desto mehr Spaß macht es. Deswegen versuche ich, es nicht zu hinterfragen oder zu etikettieren. Ich betrachte nach Möglichkeit alles als … verhandelbar.«

»Verhandelbar.«

»Ja, *verhandelbar.*«

Wir lachen angespannt, wenden das seltsame Wort im Munde umher. Dann verklingen unsere Stimmen und ich höre nur noch das Rauschen des Flusses.

Voller Ehrfurcht starre ich Roe an, der so viel über sich weiß und gleichzeitig ganz locker damit umgehen kann, es dann doch wieder *nicht* zu wissen.

Er starrt zurück.

Diesmal bin ich entschlossen, den Blickkontakt nicht zu unterbrechen. Nicht das Thema zu wechseln. Zu beweisen, dass ich in der Lage bin, ihn zu verstehen, oder zumindest so zu gucken, als verstünde ich ihn. Also halte ich seinen Blick mit meinem fest.

»Und … in deinem Flipperautomaten«, setze ich bedächtig an, »wo bin ich da, Roe?«

»Was meinst du?«

»Auf welcher Seite bin ich? Bin ich ein Bumper? Ein Hebel?« Als Roes Gesicht Verwirrung widerspiegelt, reiße ich meinen Blick von ihm los. »Vergiss es«, sage ich und bin sicher, dass ich die Metapher falsch verstanden habe.

»Maeve, du bist kein Teil vom Flipper«, sagt er und macht einen Schritt auf mich zu. »Seit Kurzem …« Als er leicht den Kopf neigt, wird die Stelle zwischen Hals und Schuluniformhemd und damit das Lederband von meinem Rosenquarzanhänger sichtbar. »Seit Kurzem bist du mein magnetischer Norden.«

Und dann küsst er mich. Hauchzart. Seine vollen Lippen sind so kühl und frisch wie Brombeeren auf weißer Emaille.

Ich halte ganz still. Ein Teil von mir ist überzeugt, dass das nur wieder eine seiner Maschen ist. Dass er, statt mich richtig zu küssen, gleich wieder abhaut, damit ich ihm nachgaffen kann.

Er löst sich von mir, sucht in meiner Miene … wonach? Unbehagen? Abweisung? Ekel? Über sein Gesicht huscht Besorgnis.

Da mache ich auch einen Schritt auf ihn zu und streiche mit der Hand an seiner Brust hoch, fahre am Hemdkragen entlang und über die warme weiche Haut in Roes Nacken. Dort ziehe ich mit einem Finger das Lederband hervor, umschließe den herzwarmen Stein.

»Gerade ist es mir wieder eingefallen«, raune ich. »Gerade ist mir wieder eingefallen, wofür der gut ist.«

Ich ziehe den Stein zu mir heran.

Ziehe und Roe lässt sich mitziehen. Dann ist sein Mund wieder auf meinem. Mit beiden Händen umschließt Roe mein Gesicht.

Ich halte den Stein ganz fest.

Und bin glücklich. Trotz all der tausend Dinge, die ich an Roe O'Callaghan noch nicht verstehe, weiß ich jetzt genau, was er mit dem Flipperautomaten meint.

25. Kapitel

Wie alle perfekten Augenblicke wird auch dieser dadurch zerstört, dass irgendwelche Leute sich einmischen.

Die Fritten essende Meute vom Deasy's veranstaltet in ein paar Metern Entfernung ein Pfeifkonzert, das uns gilt. Roe legt die Arme um mich und dreht sich zu ihnen um. Ich hingegen vergrabe das Gesicht in seinem Nacken und drücke einen Kuss nach dem andern auf die warme Haut. Hellauf begeistert, dass ich endlich die Erlaubnis dazu habe.

»Verpisst euch!«, ruft Roe den Leuten zu.

»Lass doch«, sage ich. »Nachher fangen sie noch an, uns mit Fritten zu bewerfen.«

Das Gepfeife kommt näher. »Dachte, du bist 'ne Schwuchtel, Rory!«

Roe verdreht die Augen, und zu mir sagt er: »Lass uns abhauen.«

Natürlich – wie könnte es anders sein? – lenken uns unsere Schritte Richtung Unterführung. Im Gehen hält Roe meine Hand und hebt sie in regelmäßigen Abständen an seine Lippen.

»Am Samstag haben wir einen Gig im Cypress«, sagt er. »Komm doch hin.«

»Brauch ich einen Über-achtzehn-Ausweis dafür?«

Einmal bin ich aus so einem Grund mit dem Studiausweis von Niamhs großer Schwester losgezogen. Niamh wollte unbedingt zum Konzert von diesem Typen, den sie toll fand. Er spielte Ed-Sheeran- und George-Ezra-Covers in einem Pub, wo fast ausschließlich weihnachtsfeiernde Buchhalter rumhingen. Es war der langweiligste Abend meines Lebens.

Ich beiße mir auf die Lippe. Die Tür zum Ausweis von Niamhs Schwester hat sich definitiv geschlossen, und es besteht keine Chance, dass ich mit dem von Joanne durchkomme.

»Brauchst du nicht«, antwortet Roe. »Ist für alle Altersklassen. Eine Art Kabarettabend. Das Eintrittsgeld geht als Spende an eine LGBTQ-Obdachlosenhilfe.«

»Wow!«

»Ja. Ist schon seit Monaten geplant, aber über der Sache mit Lily hatte ich es ganz vergessen. Miel hat mir gestern geschrieben, ob ich weiterhin am Start bin.«

»Und, bist du?«

»Unter normalen Umständen würde ich mir für diesen Auftritt ein Bein abhacken. Aber jetzt, bei all dem Drama zu Hause, hacke ich mir gleich beide ab, wenn es sein muss. Ich brauche dringend mal etwas Ablenkung.«

Als ich nicke, lächelt er mich an. »Andererseits habe ich eine gewisse Jemand gleich hier vor mir, die mich auch ziemlich gut ablenken kann.«

»Ach, *ist* das so?«

Ich küsse ihn. Dann noch mal. Und noch mal. Nutze meine frisch erworbene Zugangserlaubnis schamlos aus, indem ich ihn vor der Unterführung gegen die Mauer drücke und meine Finger in seinen Locken vergrabe. Eng umschlungen bleiben wir so, während die Minusgrade zwar an unseren Händen und Gesichtern, nicht jedoch dort zu spüren sind, wo unsere Körper sich wie Puzzleteile aneinanderschmiegen.

»Ich begleite dich nach Hause«, sage ich schließlich.

»Musst du nicht.«

»Nein, will ich aber«, sage ich. »Sonst begleitest immer du mich.«

»Ach, Maeve«, sagt er, verpasst mir ein Küsschen auf die Stirn und lächelt schief. »Lass uns einfach beide direkt nach Hause gehen.«

»Du willst nicht, dass deine Eltern mich sehen, stimmts?«

»Was? Nein, darum geht es nicht.«

Ich ziehe die Brauen hoch.

»Okay, irgendwie schon.«

»Deine Eltern ... geben mir die Schuld?«

»Natürlich nicht, Maeve. Allerdings sind sie auch nicht gerade ... Fans von dir.«

»Warum sollten sie mir auch die Schuld geben? Bin ja bloß die blöde Kuh, die ihrer Tochter das Leben versaut hat.«

»Sei nicht so.«

»Es stimmt doch.«

Mir wird plötzlich komisch und ich trete einen Schritt zurück. Ich fühle mich krank. Ich *bin* krank. Ekelhaft und abartig. Wie ein Parasit sauge ich mich an Leuten fest und verlasse sie, sobald ich satt bin. Lily habe ich schon weggenommen, so viel ich konnte, und jetzt mache ich bei Roe weiter. Ich wende mich von ihm ab und starre auf die tintenschwarzen Wasser des Beg.

Unbeholfen verabschieden Roe und ich uns voneinander. Er küsst mich noch einmal, aber ich kann irgendwie nicht darauf eingehen. Ich sehe uns von außen. Sehe, wie gefühlskalt und rücksichtslos wir wirken müssen. Lily wird nun schon seit Wochen vermisst. Und was habe ich getan? Was *tue* ich?

Roe nimmt mich in die Arme und streicht über meine Wollemähne.

»Maeve«, sagt er. »Das Leben war so beschissen in letzter Zeit. Können wir nicht einfach das Gute genießen, solange es geht? Indem du dich fertigmachst, wirst du Lily auch nicht zurückholen.«

Ich lächle schwach. »Ich weiß, es ist nur ... Je mehr wir über diese Mamsellsache herausfinden, desto überzeugter bin ich, dass Lily noch hier wäre, wenn ich mich anders verhalten hätte.«

»Und wenn ich ein besserer Bruder gewesen wäre, hätte sie sich vielleicht gar nicht erst so einsam gefühlt. Darüber können wir spekulieren, bis wir tot umfallen.«

Ich zucke die Schultern. Er streicht mit dem Daumen über meine Wange. »Geh nach Hause und iss was. Und hör auf mit der Selbstgeißelung.«

Ich verpenne die Abzweigung, wo ich normalerweise rechts abbiege, und gerate auf den Umweg, der am Flussufer entlangführt. Schon seltsam, wie wichtig dieser Ort in den letzten paar Wochen für mich geworden ist. Ein Ort, der nichts als ein Heimweg war, und davor nichts als ein Schulprojekt. Ich lasse Steinchen springen und Stöckchen absaufen. Grüner Schaum kreiselt umher. Coladosen treiben flussabwärts. In einem verlassenen Wasserhuhnnest sammeln sich Zigarettenstummel. Ich schlinge die Arme um mich und denke an den Kuss, an meinen ersten bedeutsamen Kuss, meinen ersten Kuss mit jemandem, der mir wichtig ist, der mein Blut erwärmt und mein Herz rasen lässt. Denke an Roe, dank dem ich zum ersten Mal verstanden habe, dass kein Rätsel und keine Gleichung beantwortet, ob man sich zu jemandem hingezogen fühlt. Dass es nicht darum geht, die attraktivsten Menschen um einen herum auszumachen und sich dann einen davon herauszupicken. Ob man sich zu jemandem hingezogen fühlt, hat nichts mit Mathe zu tun. Es ist Magie.

Und ich will es Lily erzählen. Will ihr erzählen, dass ihr Bruder, wie sich herausgestellt hat, der großartigste Mensch ist, den ich je kennengelernt habe. Ausgerechnet ihr, die ich womöglich niemals wiedersehe, will ich erzählen, wie heftig, wie rettungslos ich mich gerade verliebe.

Ich frage mich, wie sie reagieren würde. Wäre Lily die Art Freundin, die sich die Finger in die Augen bohrt und so etwas sagt wie: »Bääh, igitt, du redest von meinem *Bruder*!«?

Nein. Nicht Lily. Lily mag vieles sein, aber sie ist nicht vorhersehbar. Sie würde sich nie im Leben wie eine Figur aus einer billigen TV-Serie verhalten. Ich schließe die Augen und rufe mir Lily ins Gedächtnis. Stelle mir vor, dass sie hier wäre, wir noch beste Freundinnen, und das letzte Jahr nicht passiert.

Und dann, auf einmal, sehe ich sie tatsächlich ganz deutlich vor mir. Ihre langen dunkelblonden Strähnen und die übergroßen, fast alienartigen Augen. Ich stelle sie mir beim Zeichnen vor – *der* Lily-Pose schlechthin. So war es oft. Man erzählte und erzählte, und Lily zeichnete und zeichnete, und man dachte irgendwann schon, sie würde gar nicht zuhören. Doch dann sah sie auf, stellte eine einzige Frage und es wurde klar, dass sie die ganze Zeit aufgepasst hatte wie ein Luchs.

So würde es ablaufen.

»Die Sache ist, Lil, dass ich nicht einmal sagen kann, ob er und ich älter geworden sind, erwachsener, oder ob nur ich mich verändert habe und er schon die ganze Zeit so großartig war. Wobei, im Grunde glaube ich, dass er immer schon so großartig war und ich nur zu tief in meinem eigenen Arsch gesteckt habe, um etwas davon mitzubekommen.«

»Hmmm«, macht Lily und schraffiert etwas mit ihrem Grafitstift.

»Und ich weiß, wie seltsam das für dich ist! Dass du über deinen Bruder so etwas nicht hören willst!«, rege ich mich auf und tigere durch ihr Zimmer. »Wenn du in einen *meiner* Brüder verknallt wärst, hätte ich überhaupt kein Problem damit ... Bist du aber nicht, oder?«

»Mmmnein.«

»Gut, sehr gut. Die sind ja alle schon so alt.«

»Zweites trifft zu.«

»Hm?«

»Er war schon die ganze Zeit lang so großartig. Du auch. Du hattest nur so viel Angst vor einer authentischen Persönlichkeit, dass du es dir nicht eingestehen wolltest. Erst als du damit aufgehört hast, so wie alle sein zu wollen, konntest du die Vorteile des Andersseins erkennen.«

»Boah, halt die Klappe. Was malst du da überhaupt?«

»Eine Ente.«

»Zeig her.«

Und dann würde Lily mir die Ente zeigen, die irgendetwas Abgedrehtes an sich hätte: einen mechanischen Schnabel oder einen Aufziehschlüssel im Rücken. Halb Roboter, halb Ente.

Als ich jedoch die Augen aufmache, ist da nur wieder der Fluss. Schlammig und seltsam und so verdammt allgegenwärtig.

»Komm zurück, Lily«, flüstere ich. »Bitte, bitte komm zurück.«

Betrübt beende ich mein Umhergewandel und gehe nach Hause. In der Nacht träume ich wieder von der Mamsell.

Diesmal taucht sie nicht bei der Unterführung auf, sondern in der Innenstadt, wo der Fluss schmaler ist. Ein Einkaufswagen ist ins Wasser gefallen und glänzt metallisch in der Sonne. Es ist Frühling. Die Haare der Mamsell verdecken ihr Gesicht. Sie steht am gegenüberliegenden Ufer und deutet auf etwas. Mein Blick folgt ihrem ausgestreckten Zeigefinger.

Auf halber Strecke zwischen ihr und mir, mitten im Fluss, entdecke ich einen Schuh. Einen Wildlederballerina, um genau zu sein, vormals schwarz, mittlerweile grünlich angelaufen. Aber er liegt nicht wie der Einkaufswagen unter Wasser, sondern treibt obenauf. Schnellt über die Wellen wie ein winziges modisches Bötchen.

Dann überkommt mich das altbekannte Gefühl von Flusswasser in den Lungen.

Ich wache auf und bin mir sicher, kotzen zu müssen. Schwer atmend versuche ich die heiße Spuckeflut in meinem Mund unter Kontrolle zu bekommen. Ich atme und schlucke, atme und schlucke. Letztendlich schlafe ich wieder ein, wache aber kurz nach fünf schon wieder auf, und die Luft ist so kalt, dass ich mir eine zweite dicke Decke holen muss. Als ich auf dem Rückweg ins Bett kurz aufs Handy gucke, wird mir eine Nachricht von Roe angezeigt.

Ich habe von der Mamsell geträumt. Sie hat Lilys Schuh.

Die Nachricht wurde um vier Uhr fünfundfünfzig gesendet. Vor kaum zehn Minuten.

Ich hatte den gleichen Traum. Trieb der Schuh auf dem Wasser?

Ja.

Was könnte das bedeuten?

Drei Punkte erscheinen und Roe »schreibt« eine lange Zeit. Als dann das Handy vibriert, rechne ich mit einem Roman, doch es steht nur ein Satz da.

Ich glaube, es bedeutet, dass Lily am Leben ist.

Am nächsten Tag in der Schule baut sich Fiona mit einem triumphierenden Gesichtsausdruck vor mir auf und fischt einen Zettel aus ihrem Hausaufgabenheft. Obwohl es schon zur ersten Stunde geklingelt hat, packt sie mich am Arm und verkündet: »Treffpunkt Klo. Sofort.«

Wir kauern uns auf ein bloß liegendes Warmwasserrohr, das uns fast die Beine verbrennt. Dann faltet Fiona den Zettel auseinander. »Meine Mum konnte sich an die ganze erste Strophe erinnern!«

»Ist ja der Hammer!«

»Schon, aber dafür musste ich mir auch die ellenlange Geschichte anhören, wie sie 1994 Neil Young getroffen hat.«

»Welch edelmütiges Opfer!«

»Danke.«

Gemeinsam vertiefen wir uns in den Text.

Einzig jungen Frauen / und nur selten zeigt sie sich.
In Krisenzeiten nur / mischt neue Wahrheiten ans Licht.
Ich zog sie aus dem Stapel / zweimal in einer Stunde.
Die im blutigen Brautkleid / die mit dem Messer im Munde.

Ladys, darf ich vorstellen: Dies ist die Mamsell.
Sei sie euer Untergang oder neuen Lebens Quell.
Sie will nur euer Bestes, ihr selbst wurd's aberkannt.
Liegt ihr am tiefsten Grunde, so greift nach ihrer Hand.

»Oh mein Gott«, hauche ich. »Hat deine Mum mehr darüber erzählt?«

»Dass sie und ihre Musikerkollegen das Lied von einer Band

gelernt haben, für die sie die Vorgruppe waren. Von einer Band, die so irisch-amerikanischen Countryrock spielt.«

»Was hat man sich denn darunter vorzustellen?«

»›The Fields of Athenry‹ in doppelter Geschwindigkeit, würd ich sagen.«

»Ah, klar.«

»Jedenfalls musste ich daran denken, wie Tante Sylvia sagte, jede Kultur hätte ihre eigene Weiße Frau. Vielleicht ist die Mamsell ja die irische Variante.«

»Und wie kommt sie in mein Kartenspiel?«

»Denk doch mal nach. Iren emigrieren mit dieser Geschichte über eine dämonische Geisterhexe nach Amerika. Countrymusiker adaptieren die Geschichte als Lied über eine Tarotkarte. Ein Tarotkartenhersteller hört das Lied und fügt die Mamsell seinem Spiel hinzu. Dieses Spiel findet dann seinen Weg zurück nach Irland. Bis an unsere Schule, bis ins Loch, bis zu dir. Ein weiteres Beispiel dafür – um eine bestimmte Mutter zu zitieren, die sich zu gern wiederholt –, wie Musik einen Austausch zwischen den Kulturen herstellt.«

»Du weißt schon«, rüge ich Fi, »dass du ziemlich hart über Marie urteilst. Sie ist die coolste Mum, die ich je kennengelernt habe.«

Fiona zieht eine Augenbraue hoch. »Dann weißt du hoffentlich, dass du ziemlich hart über Joanne urteilst, die die coolste Schwester ist, von der ich je gehört habe.«

»Punkt für dich.«

»Danke.«

Wir hören Stühlerücken und Miss Harris' Stimme. Schnell steckt Fiona den Zettel zurück in ihr Hausaufgabenheft, und wir laufen ins Klassenzimmer. Miss Harris nickt uns zu und wartet ab, bis auch wir uns hingesetzt haben.

»Meine Lieben«, hebt sie an. »Sicher ist euch nicht entgangen, dass sich das Wetter in letzter Zeit … seltsam verhält.« Sie schürzt die Lippen und dreißig Mädchen lehnen sich vor. Eine atemlose Spannung erfüllt das Zimmer.

»Der aktuelle Wetterbericht sagt für den Nachmittag Blitzeis voraus, sodass viele der Busstrecken nicht bedient werden können. Im Interesse eurer Sicherheit und Mobilität …«

Es ist so still, man könnte eine Maus furzen hören.

»… wurden alle Schulen angewiesen, heute zu schließen.«

In der Klasse bricht helles Chaos aus. Bücher werden in Taschen geschmissen und schrilles, aufgedrehtes Gelächter erfüllt die Luft. Fiona wirft euphorisch die Arme um mich. »Ein freier Tag! EIN FREIER TAG! An einem verdammten MITTWOCH!!« Sie legt einen kleinen Siegestanz aufs Linoleum. »UND morgen vielleicht auch, wenn es so bleibt! Wenn es nicht taut, kommen wir morgen gar nicht erst IN die Schule!«

Viele schreiben direkt ihren Lovern an der St. Anthony's, um ein Treffen zu vereinbaren. Eine debattiert mit ihrem Freund darüber, wessen Eltern abends am spätesten von der Arbeit zurückkommen.

Als ich das höre, kriecht mir die Röte ins Gesicht. Ich hätte ja jetzt *auch* jemanden zum Treffen. Ich habe auch einen Lover. Oder *glaube* es zumindest. Richtig besprochen haben Roe und ich das schließlich nicht.

Fiona stupst mich an. »Lass uns gucken, was Roe so treibt. Wir könnten ihm den Mamselltext zeigen.«

Da sieht sie mein rotes Gesicht und macht große Augen. »Oh mein Gott! Ist endlich was passiert?«

»Mh-hm.«

»Heilige Scheiße! *Was für ein Tag!* Erzähl mir alles!«

Ich erzähle ihr alles, und eine halbe Stunde später sitzen sie, Roe und ich im Bridey's, trinken dünnen Tee mit zu viel Milch und essen sauren Apfelkuchen. Apfelkuchen um zehn Uhr morgens fühlt sich seltsam an. Noch seltsamer, dabei einem Jungen gegenüberzusitzen, mit dem ich am vorigen Abend hemmungslos rumgeknutscht habe. Und am seltsamsten, zu wissen, dass dieser Junge und ich auch noch zufällig den gleichen Traum geträumt haben.

»Lily ist am Leben«, stellt Roe kategorisch fest. »Daran besteht kein Zweifel mehr. So wie ihr Schuh unterwegs war, wie er lockerflockig flussabwärts geschippert ist, als wüsste er genau, wohin es gehen soll. Lily ist am Leben.«

»Ich glaube ja durchaus daran«, sagt Fiona höflich, »dass Träumen, ähm, Bedeutung innewohnt. Aber was sollen wir jetzt damit anfangen?«

»Wir haben die Träume und wir haben das Lied«, stellt Roe sachlich fest. »Jetzt brauchen wir nur noch jemanden, der … keine Ahnung, der sie deuten kann.«

»Sylvia ist keine Option«, grummelt Fiona. »Gestern beim Abendessen hat sie sich lang und breit beschwert, dass wir sie zu sehr unter Druck gesetzt hätten. Und dass man sich eh nicht aus purer Verzweiflung dem Übernatürlichen zuwenden sollte. Sie sagt, es bringe Leute dazu, Verrücktes zu tun.«

»Leute? Oder mich?«, fragt Roe und wartet die Antwort gar nicht erst ab. »Alle wollen sie den armen kleinen Jungen mit der verschwundenen Schwester beschützen.« Er verdreht die Augen. »Gegenüber meiner Mum darf ich den Fluss nicht mal erwähnen.«

Da: schon wieder. Der Fluss. Und wieder muss ich an mein Projekt in der Grundschule denken. Daran, wie ich auf einer Karte die früheren Beg-Häfen einzeichnete und dazuschrieb, wofür sie benutzt worden waren. Wo das Getreide während der Hungersnot aus Irland nach England verschifft worden war. Wo die Auswandererschiffe nach Amerika abgelegt hatten … Sargschiffe wurden sie genannt. Denn viele starben auf der Überfahrt. Und die Daheimgebliebenen erfuhren oft nicht einmal, ob ihre Lieben zu den glücklichen Überlebenden gehörten. Wie sollte man schließlich einen Brief schreiben, wenn man nicht einmal lesen konnte?

Dann macht es plötzlich klick.

»Wir sagen einfach, es geht um ein Schulprojekt.«

Roe und Fiona überdenken die Idee.

»Das kauft Sylvia uns nicht ab«, sagt Fi. »Sie würde sofort Lunte riechen.«

»Schon, aber sie kann doch nicht die Einzige sein, die sich mit Übernatürlichem auskennt. Und im Grunde geht es ja sogar eher um Sagentum als um Magie.«

»Wen sollen wir also fragen?«, will Roe wissen und spielt dabei mit dem Lederband um seinen Hals. Ich muss jedes Mal lächeln, wenn ich es sehe.

Und wen wir fragen sollen, weiß ich genau.

Als Nächstes gehen Roe, Fiona und ich unsere Tarnung genau durch, um nicht wie die verzweifelten Teenager auszusehen, die wir nun mal leider sind.

An der Tür vom Orakel hängt an einer roten Kordel ein Glöckchen, das leise klingelt, als Roe, Fiona und ich den Laden betreten. Die Frau mit der Haremshose ist auch heute da.

»Maeve Chambers!«, ruft sie. Es verunsichert mich etwas, dass sie mich sofort wiedererkennt.

»Hallo!«, rufe ich trotzdem munter zurück. »Ich hätte nicht gedacht, dass Sie sich an mich erinnern.«

Die Frau blickt von mir zu Roe und wieder zurück. Dann lächelt sie in sich hinein. »Natürlich erinnere ich mich an dich. Du hast drei ›e‹ im Namen.«

»Ach ja, richtig. Jedenfalls, es geht darum: Meine Freundin Fiona hier arbeitet an einem Schulprojekt über Mythen und Sagen und ich dachte, Sie könnten ihr vielleicht ein paar Fragen beantworten.«

»Na ja, klar doch. Fiona, nehme ich an?« Sie nickt in Fionas Richtung, die schon ihr Ringbuch und einen Stift gezückt hat.

»Hi«, sagt Fi verlegen. »Bei meinem Projekt geht es um weltweit verbreitete Mythen und Sagen. Warum gibt es die überhaupt? Zum Beispiel: Höllenhunde. Wussten Sie, dass es in allen Kulturen eine Variante davon gibt?«

»Was du nicht sagst«, grinst die Orakelfrau. »Hunden wird seit Urzeiten und auf der ganzen Welt Bösartigkeit antrainiert. Da haben die Menschen nun einmal Angst vor ihnen.«

»Klingt logisch, vielen Dank«, sagt Fiona lächelnd. »Außerdem wollte ich Sie fragen, was Sie hierüber wissen.« Sie reicht der Orakelfrau den Text des Mamsellkartenlieds. »Ich vermute hier eine spannende Parallele zum Mythos der Weißen Frau. Was sagen Sie dazu?«

Die Orakelfrau liest den Text schweigend durch und nickt langsam. »Die Mamsell.«

»Kennen Sie sie?«

»Seit einer ganzen Weile nicht gesehen«, murmelt die Orakelfrau in sich hinein.

»Kennen Sie das Lied?«

»Das Lied kommt mir zum ersten Mal unter. Aber die Mamsell ... kenne ich. Wie hast du von ihr erfahren, Maeve?«

Fi, Roe und ich tauschen einen Blick aus. Wir haben es ihr doch als Fionas Projekt verkauft.

»*Ich* habe durch meine Mutter von ihr gehört«, sagt Fiona in dem Versuch, von mir abzulenken. »Sie ist Musikerin und hat das Lied bei uns zu Hause gesungen.«

»Verstehe«, sagt die Orakelfrau argwöhnisch. »Na ja. Was wollt ihr wissen?«

»Wo die Mamsell herkommt«, dränge ich. »Was sie ist.«

Die Orakelfrau runzelt die Stirn und strafft die Schultern. »Das ist eine alte irische Legende. Hattet ihr den Begriff ›Big House‹ in Geschichte?«

Als Roe, Fi und ich nur *pfff* und *äähm* machen, schüttelt die Orakelfrau den Kopf angesichts unserer Wissenslücken.

»Der Begriff ›Big House‹ stand für ... na ja, ein großes Haus eben. Ein reiches Haus, wo die wohlhabenden oder gar adligen Engländer majestätisch umherwandelten, während die Iren sie von vorne bis hinten bedienten. Einige dieser Häuser gehörten durchaus rechtschaffenen Menschen, die ihre Angestellten fair bezahlten und gut behandelten. In anderen aber residierten abscheuliche Leute. Wahre Teufel. Hungerlöhne, Auspeitschungen, unmenschliche Grausamkeiten standen da an der Tagesordnung.«

»Warum hat dann überhaupt jemand dort gearbeitet?«

»Na ja, es gab eben so wenig Arbeit im Land, dass man sich glücklich schätzen konnte, wenn man es in ein Big House schaffte. Entweder das oder auswandern.«

»Und … die Mamsell hat in so einem Haus gearbeitet?«

»Die Legende geht ungefähr so: Eine Krankheit brach aus, Tuberkulose vermutlich. Kinder starben wie die Fliegen. Eine Gruppe Mägde in einem Big House, allesamt Mütter, flehten ihre Dienstherren an, einen Arzt zu rufen, aber … na ja, das taten die nicht. Und die Kinder der Mägde starben. Die Frauen waren so am Boden zerstört, dass sie nicht mehr zur Arbeit erschienen. Wollt ihr raten, wer stattdessen auftauchte?«

»Die Mamsell«, flüstere ich.

»Ganz genau. Eine Frau, oder etwas, das wie eine Frau aussah, erschien zur Arbeit. Am nächsten Tag war das Haus leer. Die gesamte Adelsfamilie war spurlos verschwunden.«

»Wo ist das passiert?«, fragt Roe eindringlich. »Und wann?«

»Es ist eine Legende«, antwortet die Orakelfrau schlicht. »Das Ganze könnte sich vor hundert Jahren zugetragen haben, vor zweihundert, oder auch überhaupt nicht.«

Einen Moment lang schweigen wir andächtig. Dann ergreift Fiona das Wort. »War diese Mamsell denn damals bekannt? Haben die Leute sie … heraufbeschworen?«

»Na ja«, sagt die Orakelfrau, verschränkt die Arme und denkt offenbar scharf nach. »Im damaligen Irland glaubte man noch an Feen, wisst ihr? Der Glaube an Magie war noch weit verbreitet. Deswegen könnte ich mir gut vorstellen, dass eine Beschwörungsformel für die Mamsell im Umlauf war. Allerdings hätte das dann als schwarze Magie gegolten, und für die ist ein hoher Preis zu zahlen.«

»Was meinen Sie damit?«

»Für eine solche Magie muss man viel geben, um viel zu bekommen«, sagt sie und schnalzt mit der Zunge.

»Etwa … ein Leben für ein Leben? So in der Richtung?«, fragt Roe.

»Das stellt es vereinfacht dar, aber der Ansatz ist richtig. Bei fast jedem magischen Tun muss das Opfer zum erhofften Ergebnis passen. Deswegen bringen die Menschen bis heute Nahrungsmittel in ihren heiligen Stätten dar. Nicht, weil sie denken, ihr heiliges Wesen würde sie tatsächlich essen. Sondern um zu zeigen, dass sie bereit sind, ein Opfer zu bringen.«

»Könnte die Mamsell auch heute noch heraufbeschworen werden?«, will Fiona wissen. »Aus Versehen womöglich?«

Die Orakelfrau zieht eine Augenbraue hoch. »Ich dachte, du recherchierst für ein Schulprojekt.«

»Stimmt ja auch.«

»Mmmh-hmmm«, murmelt die Orakelfrau gedankenverloren. »Ich muss jetzt die frisch gelieferte Ware sichten. Schaut euch aber gern noch um.«

Das sagt sie recht nachdrücklich, so als wären wir nicht die ersten Teenager, von denen sie in ihrem Laden über Rachedämonen ausgefragt wird.

Wir schauen uns also um. Roe strebt auf die Kristalle zu, Fiona auf die Tarotkarten und ich auf die Bücher neben den Tarotkarten. Einen Moment lang betrachte ich Fi, die eines der Spiele in der Hand wiegt, offenbar ausprobiert, ob es sich richtig anfühlt. Wäre eigentlich cool, wenn sie auch mit Kartenlegen anfinge. Dann hätten wir etwas, das wir zusammen machen können. Und vielleicht würde es dadurch auch wieder etwas Harmloses werden. Ein simpler Spaß.

Aufs Geratewohl ziehe ich ein Buch aus dem Regal. *Einmaleins der Weißen Magie.* Von Alwyn Prair-Felten.

»Alwyn Prair-Felten«, liest Fiona über meine Schulter. »Fake-Name.«

Ich blättere die mattglänzenden Seiten um. Eigentlich etwas einfallslos. Müsste es nicht ein staubiger Wälzer voller Pentagramme und Zauberformeln sein? Auf den ersten paar Seiten ist immer wieder die Rede davon, wie »jeder und jede eine Hexe sein kann«.

»Hier findet ihr ein paar meiner liebsten Zaubersprüche«, schreibt

Alwyn Prair-Felten. »*Allerdings kann sich die Verwendung fremder Sprüche ein bisschen so anfühlen, als würde man fremde Unterwäsche tragen. Sprecht, was ihr wollt, stellt nur sicher, dass ihr es a) ernst meint und es b) einfach und eingängig ist. So einfach und eingängig, dass ihr es quasi unendlich wiederholen könnt. Bei Sprüchen geht es viel ums Selbermachen. Wie bei aller Magie.*«

Was solls? Das Buch kostet nur einen Zehner, also trage ich es zur Kasse und kaufe das gute Stück. Während die Orakelfrau es mir in eine Papiertüte einpackt, kriegt Fiona einen Anruf von ihrer Mum.

»Morgen fällt *noch mal* die Schule aus?!« Sie legt die Hand aufs Handymikro und unterdrückt einen Freudenschrei. Roe und ich schlagen lautlos mit ihr ein.

»Mum, *nein*«, telefoniert sie weiter. »Das ist *schneefrei.* Ein staatlicher Feiertag, quasi. Warum soll ich da auf Jos aufpassen? Er geht doch zum Hort, verdammt!«

Kurze Stille, in der Fiona ihrer Mutter zuhört.

»Ja, schon klar, schon klar, weiß ich doch. Aber sie kann doch wohl *ein Mal* wen bezahlen. Ich mach doch schon sonst immer ...« Fionas Miene verdunkelt sich. Ganz offensichtlich muss sie sich Vorhaltungen anhören. Grimmig stampft sie zur Tür, um draußen weiterzutelefonieren.

Die Orakelfrau blickt ihr sinnend hinterher und betrachtet dann den Schnee, der in unregelmäßigen Flöckchen, die an losen Tee erinnern, vom Himmel rieselt. Dabei spielt sie mit einer Hand an ihrem goldenen Ohrstecker herum und murmelt leise vor sich hin. In der anderen Hand hält sie meinen Kassenbon, scheint mich aber völlig vergessen zu haben.

»*Schnee zu Regen und Regen zu Fluss.*
Wir lassen uns nicht wieder täuschen.
Fluss zur See und See zum Himmel.
Heute ist nicht, was damals war.«

»Wie bitte?«, frage ich und lehne mich vor. Ihre Stimme ist kaum lauter als ein Atemzug.

»Himmel zu Schnee und Schnee zu Regen.
In der Knospe sind Nadel und Blatt.
Regen zum Fluss und Fluss zur See.
Damals war nicht, was heute ist.«

Wütend kommt Fiona zurück in den Laden gestampft und grummelt irgendwas.

»Hey«, ruft Roe. »Sind wir so weit?«

»Für mich nur das hier«, sagt Fiona und legt ein Tarotspiel auf den Ladentisch. »Ein Game-of-Thrones-Tarot. Arya Stark ist die Todeskarte.«

Mit einem Ruck wendet die Orakelfrau sich Fiona zu und lächelt. Sie packt das Spiel in eine Tüte und wirft für Fiona als Neukundin ein paar Gratis-Räucherstäbchen mit hinein.

Verwirrt blicke ich von ihr zu Fi und wieder zurück. Hat denn sonst niemand den Singsang gerade gehört? Habe ich ihn mir eingebildet?

»Damals war nicht, was heute ist.«

»Meine Mum ist unmöglich«, regt Fiona sich auf. »Sobald sie auch nur ansatzweise mitkriegt, dass ich einen Tag freihabe, denkt sie sofort: *Gratis-Babysitter.* Als wäre es ihr egal, dass ich nur Einsen schreibe, obendrein zum Schauspielunterricht gehe und *eh schon* die meisten Nachmittage auf Jos aufpasse. Nie darf ich mich mal entspannen. Das ist so unfair!«

Da ich Fiona noch nie als pampigen Teenager erlebt habe, erleichtert es mich ein bisschen, sie so zu sehen. »Jos scheint doch eher unkompliziert zu sein«, versuche ich, sie zu beruhigen. »Setz ihn einfach vor einen Zeichentrickfilm. Du kannst überhaupt echt gut mit ihm umgehen, finde ich.«

»Ich will mich nicht um Leute kümmern, kapiert?«, gibt sie aufbrausend zurück. »Ich will keine Ärztin sein, keine Krankenschwester, kein Babysitter und keine verdammte – was weiß ich – häusliche Altenpflegerin.«

»In Ordnung, Fi«, sage ich mit betont ruhiger Stimme. »Das erwarte ich ja auch gar nicht von dir.«

»Du nicht«, erwidert sie und verschränkt leise seufzend die Arme vor der Brust. »*Du* nicht.«

Roe und ich sehen uns an, und er weiß offenbar genauso wenig, was los ist.

»Ist alles okay, Fiona?«

»Genau das sollen brave kleine Filipinas doch machen, oder? Krankenschwester werden. Oder auf anderer Leute Kinder aufpassen.«

Ich beiße mir auf die Lippe. »Tut mir leid«, sage ich und suche nach einem hilfreichen Kommentar. Als mir aufgeht, dass ich nichts dazu in petto habe, entscheide ich mich stattdessen für größtmögliche Ehrlichkeit: »Ich habe keine Ahnung, wie sich das anfühlt, Fi.«

Sie holt ein paarmal tief Luft. »Nein, *mir* tut es leid. Du hast ja nichts damit zu tun, Maeve. Muss ich schon selbst mit klarkommen.« Im Aufblicken lächelt sie Roe und mich an. »Wollen wir einen Tee trinken gehen oder so?«

Kaum haben wir wieder im Bridey's Platz genommen, ruft Roes Mum an.

»Himmel«, sagt er. »Sieht so aus, als wäre heute der Tag der schlecht getimten mütterlichen Anrufe.« Mit diesen Worten tritt er vor die Tür.

Ich bleibe neben Fiona auf dem sumpfigen Sofa sitzen und würde mir eigentlich gern mehr über ihre Familie erzählen lassen. Sie wirken alle so charismatisch und lebenslustig, dass ich mir unter der Oberfläche brodelnde Konflikte gar nicht vorstellen kann. Doch bevor ich auch nur eine Frage formuliert habe, dringt ein unangenehm vertrauter amerikanischer Akzent an mein Ohr.

»Zwei Kaffee und ein Muffin für sechs Euro!«, erklingt es fröhlich und entwaffnend vom Tresen her. »Solche Preise lass ich mir gefallen!«

In der Hoffnung, dass ich mich verhöre und sich irgendein anderer Strahlemann aus Amiland ins Bridey's verirrt hat, drehe ich mich um. Doch er ist es. Aaron. Mit zwei dampfenden Pappbechern und einer braunen Papiertüte steht er vor der Kasse. Einen Moment lang betrachte ich ihn, irgendwie fasziniert davon, wie jemand wie er über Kaffee smalltalkt. Dann drehe ich mich schnell wieder zu Fiona und unserem Tee um.

Zu spät.

»Maeve!«, ruft Aaron, als hätte er eine gute alte Freundin der Familie entdeckt. »Wie schön, dich hier zu treffen. Du und Rory seid letztens ja so überstürzt aufgebrochen.«

»Ja, na ja, wir mussten noch wohin.«

»Ach, wie schön«, frohlockt er. »Hattet ihr einen Dateabend?«

Das »Dateabend« klingt, als belächele er uns. Als wären Roe und ich Kinder, die »Paar« spielen. Fi tippt währenddessen auf ihrem Handy rum und hört gar nicht zu.

»Vielleicht sehen wir uns ja beim nächsten Treffen wieder.« Aaron breitet einladend die Arme aus. »Du darfst auch gern allein kommen, falls Rory keine Zeit hat.«

Ich halte diese Überdosis falscher Freundlichkeit nicht länger aus und komme eiskalt auf den Punkt. »Klar, bloß … würde ich lieber verrecken.« Ist nicht das Eleganteste, was ich je von mir gegeben habe, bringt die gewünschte Botschaft aber ganz gut rüber.

Aaron zieht kurz die Augenbrauen hoch, dann wendet er sich an Fiona. »Du bist Fiona, richtig?«, fragt er.

»Ähm … ja?«

Offensichtlich erinnert sie sich nicht mehr daran, ihn letztens in der Schatzkiste getroffen zu haben. Mir für meinen Teil ist schleierhaft, warum *er* sich noch so genau an sie erinnert. Und, vor allem, woher er ihren Namen weiß. Er betrachtet sie einen Moment und sagt dann mit honigweicher Stimme: »Die Menschen erwarten immer sehr viel von dir, hab ich recht?«

Genau so hat er auch mit den Mädchen beim KB-Treffen geredet. Die gleiche Zuneigung, das gleiche Mitgefühl, der gleiche Unterton à la: Ich *verstehe* dich. Und Fiona, die immer noch nicht zwei und zwei zusammengezählt hat, ist sofort ganz davon eingenommen.

»Stimmt schon«, sagt sie und zieht eine Schulter hoch. »Meist erfülle ich die Erwartungen ja auch.«

Himmel, hätte ich mal ihr Selbstvertrauen! Mir kommt ihr älterer Freund in den Sinn. War sie bei ihm auch so?

»Hör auf«, fauche ich Aaron an. »Lass sie in Ruhe.«

Fiona guckt verwirrt. »Maeve, was hast du?«

»Du musst lernen, weniger besitzergreifend zu sein, Maeve«, sagt Aaron lächelnd. »Du kannst Menschen nicht als dein Eigentum betrachten.« Seine blauen Augen scheinen zwei Nuancen dunkler zu werden, als er hinzufügt: »Und wegwerfen kannst du sie genauso wenig.«

Sprichts und geht. Verlässt das Bridey's in seinem Hoodie und mit seinem Pappbecherkaffee wie ein ganz normaler Mittzwanziger. Mir wird speiübel.

Und wegwerfen kannst du sie genauso wenig.

»Maeve.« Fiona tippt mir auf die Schulter. »Maeve, geht es dir gut? Du zitterst ja. Wer war das?«

Ich kneife die Augen zu. Das Licht im Café wirkt auf einmal viel zu grell. Als würde hier drin ein Feuer wüten. Hilflos drücke ich mir die Fäuste auf die Augen.

»Wer war das, Maeve?«

Ich kann nicht antworten, mein Atem geht flach und zu schnell. Er weiß alles. Alles, was mit Lily passiert ist, und irgendwie auch alles über Fiona. Er kann in die Menschen hineinsehen. Welche schwarze Magie auch immer die Mamsell erschaffen hat – ein Stück davon existiert auch in Aaron. Und wenn diese Macht in ihm überlebt hat, muss es sie auch an zahllosen anderen Orten geben. Auf einmal fühlt sich die Welt viel zu groß an und ich mich darin viel zu klein.

»Komm. Bringen wir dich an die frische Luft.«

Die Kälte vor der Tür sticht mir wie tausend Wurfsterne in die Lungen.

»Setz dich hin«, befiehlt Fiona und zeigt auf die niedrige breite Fensterbank des Bridey's. »Beug den Kopf zwischen die Knie und mach tiefe Atemzüge.«

»Ich muss nicht –«

»Tu es einfach.«

Ich gehorche. Als ich etwas sagen will, schneidet sie mir wieder das Wort ab.

»Neeein. Erst atmen. Ich zähle mit. *Ein*atmen, eins, zwei, drei. *Aus*atmen, eins, zwei, drei. Lass den Kopf zwischen den Knien. Braves Mädchen. *Ein*atmen, eins, zwei, drei …«

Das muss ich bestimmt acht Mal machen, bevor sie mir wieder Aufrechtsitzen und Sprechen erlaubt. Tatsächlich fühle ich mich wesentlich besser. Muss ein Medizinertrick sein, den sie von ihrer Mum gelernt hat.

»Also?«, fragt Fiona. »Wer war das und was ist zwischen euch passiert?«

Bei ihrer Wortwahl kriege ich erst recht wieder einen klaren Kopf. Offenbar hält sie Aaron für einen Ex-Freund oder so. Ich schaudere. »Das war Aaron! Hast du den Typen nicht wiedererkannt? Wir sind ihm doch in der Schatzkiste begegnet.«

Fiona schlägt sich die Hand vor die Stirn. »Scheiße. Stimmt. Aaah, tut mir leid. Ich dachte, er wäre der Kumpel von einem deiner Brüder oder so.« Sie hält inne. »Hast du etwa mit ihm über mich geredet? Woher kannte er meinen Namen?«

»Ich habe ihm rein gar nichts von dir erzählt.« Ich schüttele mich. »Aaron hat irgendwas an sich, findest du nicht? Irgendeine Art Fähigkeit oder Kraft, durch die er … die Risse in einem Menschen erkennen kann. Er wusste das mit Lily. Hast du's mitgekriegt? Er sagte, ich würde Menschen wegwerfen.«

»Und? Ist er deswegen etwa auch eine Hexe? Ein Hexer? Wie heißt das denn dann?«

»Keine Ahnung, wie das heißt. Keine Ahnung, was er ist.« Mir bricht die Stimme. »Vielleicht werde ich auch einfach nur verrückt.«

»Nach *dem* Monat«, sagt Fiona, setzt sich neben mich auf die Fensterbank und legt mir den Arm um die Schulter, »würde ich dir deswegen keinen Vorwurf machen.«

Als Roe auf uns zukommt, hängt er immer noch am Handy. Er mahlt mit dem Kiefer, ist anscheinend mit ganz eigenen Problemen beschäftigt. »Ich bin mir sicher, *ganz* sicher, dass da kein Zusammenhang besteht, Mum«, sagt er angespannt. »Das hat nichts zu bedeuten. Na ja, nicht *nichts*, logisch, aber … Du weißt, was ich meine.« Er legt auf und setzt sich zu Fiona und mir.

»Worum gings?«

»Ich hab letztens den Fehler gemacht, meiner Mum von der Kinder-Brigids-Theorie zu erzählen, deswegen hat sie sich für das Stichwort ›Kinder Brigids‹ einen Google Alert erstellt.«

»Und?«

»Und wie es aussieht, laufen einige *tatsächlich* von zu Hause weg, um sich ihnen anzuschließen.«

»Nein!«, rufen Fi und ich gleichzeitig. Und dann: »Wir haben ihn gerade getroffen!«

»Wen? Aaron etwa?«

Ich nicke. »Er wusste Dinge über uns, Roe. Er weiß von meiner Beziehung zu Lily und –«

»Und er weiß –«, unterbricht Fiona erst mich und dann sich selbst. »Er kennt mich.«

Ungewöhnlich schweigsam trotten Fi, Roe und ich zum Fluss hinunter.

Fi kickt einen Stein ins Wasser.

»Guckt mal«, sagt sie und zeigt ins Schilf. »Froschlaich.«

Sie hat recht. Durchsichtige schaumartige Blasen treiben auf der Oberfläche. Hunderte. Und in jeder steckt ein kleiner schwarzer Punkt. Wie Cartoonaugen sehen sie aus.

»Ich habe noch nie so viele auf einmal gesehen«, sage ich und unterdrücke den Drang, einen Stock aufzuheben, um in der verführerischen Pampe herumzustochern. *Nein, Maeve, du hast jetzt einen festen Freund. Widerstehe dem Verlangen, dich wie eine Achtjährige zu verhalten.*

Fi, Roe und ich vertiefen uns eine Weile in den Anblick. Verblüfft, dass etwas so Stilles und Natürliches in Zeiten wie diesen existieren kann.

»Schon komisch eigentlich«, sagt Roe schließlich, »dass der Fluss gar nicht überfroren ist.«

»Hmmm«, mache ich. »Wie kalt müsste es dafür sein?«

Er zuckt mit den Schultern. Dann schauen wir wieder.

»Guckt mal!«, ruft Fiona noch einmal. »Ein Fisch!«

Ein silbernes Aufblitzen ist zu sehen, als das Tier an die Oberfläche schnellt und wieder abtaucht.

»Wow«, macht Roe. »Da, noch einer!«

Wir bleiben weiter stehen und zählen die Aufblitzer. Keiner von uns hat genug Ahnung von Fischen, um sagen zu können, ob es ungewöhnlich ist, dass sie bei der Kälte so nah an die Oberfläche kommen.

Schließlich bleibt ein Spaziergänger neben uns stehen. »Ich habe mich auch schon gewundert«, sagt er. »Das sind Barramundi. Ich kenne sie vom Sportfischen. Allerdings nur aus dem Urlaub. Hier in Irland habe ich sie noch nie gesehen.« Dann zuckt er die Schultern und geht weiter.

»Barramundi« tippt Fiona in ihr Handy. »Heimisch sind sie in … hm, den tropischen Gewässern Australiens.«

»Verarsch uns nicht.«

»Guckt!« Sie hält uns zum Beweis ihr Handy hin.

»Was machen sie *hier*?«, fragt Roe. »Das Wasser müsste viel zu kalt für sie sein.«

Wir schauen wieder zum Fluss, und bei genauem Hingucken fällt mir auf, dass hier und da Dampf von ihm aufsteigt. Wie warmer Atem an einem Wintertag.

Fiona muss es auch gesehen haben, denn sie hockt sich so nah ans Ufer, dass ihre langen schwarzen Haare fast ins Wasser hängen. Erst taucht sie ihre Finger hinein. Dann die ganze Hand.

»Hey, Fi, was machst du da?«

Sie fährt zu uns herum, ihre Augen so groß und wach wie die einer Eule. »Leute, das Wasser ist *warm.*«

26. KAPITEL

»Der Fluss spielt eine Rolle dabei. Ich weiß es einfach.« Schon während ich das ausspreche, merke ich, wie verrückt ich klinge.

»Wie das?«, fragen Fiona und Roe gleichzeitig.

»Wie das *alles*? Könnte man doch fragen«, gebe ich zurück und knacke nervös mit den Knöcheln. »Der Fluss steht im Zentrum, oder nicht? Roes und meine Träume, die seltsamen Phänomene, wo Lily zum letzten Mal gesehen wurde – das alles dreht sich um den Fluss. Er ist der gemeinsame Nenner.«

Wir sitzen im Deasy's. Zwischen uns eine große Portion Fritten und ein Schälchen Currysoße. Früher saßen Lily und ich an Samstagen immer in einer der Nischen hier, kippten Salz auf den Tisch und schoben es zu Ornamenten hin und her.

»Der Froschlaich, die australischen Fische, das warme Wasser«, zählt Fiona auf. »Du hast recht. *Irgendetwas* geht da vor sich.«

»Wisst ihr noch, was Sylvia gesagt hat?«, frage ich nachdenklich. »Dass die physische und die emotionale Welt enger miteinander verbunden sind, als die Leute denken?«

»Sprich weiter.«

»Mal angenommen«, sage ich und greife zu Salz- und Pfefferstreuer. »Mal, angenommen, das hier«, ich halte das Salz hoch, »ist emotionaler Schmerz. Hervorgerufen durch … die Trennung von der Familie.«

Roe und Fi gucken erst mich an, dann einander.

»Salz ist emotionaler Schmerz, Maeve«, wiederholt Roe gedehnt. »Sicher doch.«

»Und das hier«, ich halte den Pfeffer hoch, »ist etwas aus der physischen Welt. In unserem Beispiel … der Beg.«

»Mh-hmmm.«

Ich drehe beide Streuer um, sodass sich Pfeffer und Salz auf dem Tisch zu einem aschefarbenen Häuflein vermischen.

»*Seht* ihr es nicht?«, frage ich nach kurzem Schweigen.

Fiona kaut an einer Haarsträhne und versucht offenbar verzweifelt, mir zu folgen. »Der Pfeffer … ist also der Fluss.«

»Himmelherrgott, wie in aller Welt könnt ihr Einserschreiber derart *begriffsstutzig* sein? Das ist eine verdammte Metapher!«

»Roe versteht Metaphern nicht«, sagt Fiona grinsend. »Er ist doch Protestant.«

»Wow, *fies*«, beschwert sich Roe.

»Offenbar versteht ihr mich aber beide nicht«, gehe ich beleidigt dazwischen.

»Entschuldige, Maeve. Was möchtest du uns sagen?«

»Am Begufer haben Hunderte Menschen den traumatischsten Moment ihres Lebens durchmachen müssen. Ihr wisst schon, weil sie zum Auswandern gezwungen waren und sich für immer von ihren Familien verabschieden mussten«, erkläre ich. »Und, Roe, an ebenjenem Begufer … habe ich … deine Erinnerung gesehen.«

Er nickt und Fiona guckt verwirrt drein, sagt aber nichts.

»Wenn die Geisterwelt, wie Sylvia sagte, die Lücke zwischen der physischen und der emotionalen Welt schließt«, erkläre ich weiter, »dann muss die Geisterwelt … am Fluss beginnen. Er muss ein Tor sein. Oder ein Schlüssel. Oder beides. Keine Ahnung.«

Auf einmal bin ich verlegen, mache aber weiter. »Und Lily … Ich denke, Lily befindet sich … in dieser Geisterwelt. Ist dort gefangen. Vielleicht hat die Mamsell sie dorthin verschleppt.«

Während Fiona mir mit hochgezogenen Brauen einen Blick zuwirft à la »Wir lassen deine Rolle in dem Spiel also weiterhin außen vor …«, nickt Roe nur eifrig und drängt mich zum Weiterreden.

»Vielleicht, … Lily war doch wütend auf mich, hat sich verraten gefühlt und … Vielleicht konnte die Mamsell aber … Vielleicht konnte sie nicht …«

»Dich nicht töten?«, fragt Fiona beschwingt.

»Also, na ja, so ungefähr. Jedenfalls konnte sie vielleicht die Aufgabe nicht vollenden, für die sie hergekommen war. Und deswegen hat sie sich das erstbeste Opfer geschnappt, das sie kriegen konnte.«

Wieder Schweigen.

Auf Roes Wangen bilden sich rote Flecken. »Und wie … wie bekommen wir Lily zurück?«

Er glaubt mir. Er hält meine Theorie für schlüssig. Eine Welle aus Selbstvertrauen durchflutet mich. Schwungvoll mache ich meine Schultasche auf und knalle das frisch erworbene Buch auf den Tisch.

»Hiermit.«

Fiona wirft einen Blick darauf. »Fake-Name«, wiederholt sie.

Wir blättern durch das *Einmaleins der Weißen Magie* von Alwyn Prair-Felten, bis es Zeit wird, nach Hause zu gehen.

Roe begleitet mich.

»Zum Glück hat dein Big House diese lange Auffahrt«, sagt er. »So kann ich dich küssen, ohne die neugierigen Blicke der reichen Familie fürchten zu müssen.«

Er legt seine Lippen an die weiche Stelle hinter meinem Ohr, und mich durchläuft ein Schauer.

»Halt, halt, halt«, widerspreche ich leicht außer Atem. »Meine Familie ist nicht *reich.*«

»Maeve. Komm schon.«

Und auf einmal streiten wir. Roe hört nicht auf, die Größe meines Elternhauses herauszustellen, weil ich zugeben soll, dass meine Familie reich ist. Gleichzeitig poche ich darauf, dass in meinem Haus aber auch mehr Leute wohnen als in seinem. Roe verzieht leicht das Gesicht, als könnten sich ja eh nur reiche Leute fünf Kinder leisten. Keiner von uns beiden will diesen Streit, allerdings können wir es offenbar auch beide nicht gut sein lassen.

»Komm schon«, wiederholt Roe. »Dir muss doch aufgefallen sein, dass es einen Unterschied zwischen dir und mir gibt. Zwischen dir und Fi.«

»Fi und ich gehen auf die gleiche Schule.«

»Sie hat ein Stipendium. Genau wie ich.«

Eine Sekunde lang hasse ich ihn. Mir ist bewusst, dass er nur diesen Streit gewinnen will, aber muss er dafür auf meine größte Schwäche zielen? Auf meinen wunden Punkt? Wenn Lily da wäre, würde sie ihm schön den Kopf waschen. Sie wüsste Bescheid.

»Lily hatte kein Stipendium«, führe ich ins Feld und korrigiere dann schnell: »Hat keins, meine ich.«

»Nein, aber Mum und Dad fanden, sie bräuchte besondere Aufmerksamkeit und dass sie die an der Privatschule bekommen würde. Außerdem wollten sie, dass sie bei dir bleiben kann.«

»Ja, toll. Mach mir noch mehr Schuldgefühle.«

»Ich will dir keine Schuldgefühle machen. Ich *erkläre* dir das nur …«

Während Roe und Fiona sich ihren Platz an der Privatschule selbst erarbeitet haben, mussten die Eltern dieser reichen Idiotin hier natürlich blechen. Aber nur für mich. All ihre anderen Kinder, Abbie, Cillian, Pat und Jo, konnten in gebührenfreie Schulen gehen und haben allesamt weit über Durchschnitt abgeschlossen. Nur ich, die ich mit Hängen und Würgen dreiunddreißig Prozent im Eignungstest hatte, wurde diskret in die Privatschule abgeschoben.

Er ist hier bei dir, Maeve. Nicht bei Fiona. Er steht auf dich, nicht auf sie, will meine innere Stimme mich beruhigen.

Doch da dringt eine andere, dunklere Stimme aus den Tiefen meiner Eingeweide empor: *Würde er immer noch auf dich stehen, wenn er wüsste, dass du Lily fortgewünscht hast?*

»Sag mal?«, frage ich Roe. »Hast du noch Zeit für eine schnelle Runde Tarot?«

»Du willst mir die Karten legen? Jetzt?«

»Keine Ahnung. Vielleicht legen wir sie für uns beide. Um zu sehen, … was das mit dem Fluss zu bedeuten hat. Mit dem warmen Wasser. Und allem.«

»Okay«, willigt Roe etwas argwöhnisch ein. Wir haben ja

schließlich den ganzen Nachmittag schon über nichts anderes gesprochen.

»Lass uns was finden, wo wir ungestört sind.«

In der Nähe von meinem Haus ist eine Wiese, wo die Kinder an warmen Abenden Fußball spielen. Mit knirschenden Schritten überqueren wir die verschneite Fläche. Dabei sage ich kein Wort, halte schweigend Roes Hand ganz fest in meiner. Die Hecke am Rand der Wiese bildet eine kleine Höhle, in die wir uns kauern. Hier habe ich zum ersten Mal an einer Zigarette gezogen. Lily und ich hatten eine Schachtel im Bus gefunden und sie zum Testen hierhin mitgenommen. Beide kamen wir danach überein, dass die Sache das ganze Theater nicht wert ist.

Jetzt hocken Roe und ich uns unterm Gestrüppdach auf die nackte Erde.

»Gemütlich«, sagt er, immer noch sichtlich verwirrt.

»Okay«, sage ich und hole die Karten raus. Als ich sie ihm reiche, spüre ich wieder das altbekannte Ziehen in der Magengegend. Doch die kartengebundene Übelkeit ist nichts im Vergleich zu der nagenden Angst, dass Roe mich womöglich für Fiona verlassen könnte. Dass ich womöglich wieder zur Außenseiterin werden könnte, die immer nur durchs Fenster zu allen andern hineinschaut.

Als Roe mischt, vernehme ich leises Rascheln und könnte schwören, dass in meinem Augenwinkel ein Stück weißen Stoffs über den Boden schleift. *Oh Gott, bitte nicht!*

Ich blinzle heftig. Es ist nur ein Streifen Klopapier, der sich im Unterholz verfangen hat.

Roe hat fertig gemischt. »Okay, sollen wir zusammen ziehen, oder …?«

»Du zuerst.« Wieder bilden sich Schweißtropfen auf meiner Stirn, aber diesmal weiß ich, was auf mich zukommt. Ich mache tiefe Atemzüge und zähle dazwischen, wie Fiona es mir beigebracht hat. So versuche ich, es zu kontrollieren. Wenn ich wieder in Roes Kopf gelange, werde ich zweifelsfrei herausfinden können, ob er mich aufrichtig mag.

Roe dreht die erste Karte um.

Die Drei der Kelche. Drei Frauen, die mit erhobenen Kelchen im Kreis tanzen.

»Das sieht doch nach was Gutem aus«, sagt er.

»Ist es auch. Steht für Freundschaft und Einigkeit.«

»Warum guckst du dann so besorgt?«

»Mach ich gar nicht.«

»Ziehst du die zweite Karte?«, fragt er mit sanfter Stimme.

Das tue ich, schaffe es aber nicht, sie aufzudecken, weil mich ein weiteres Schlingern in den Eingeweiden erfasst. *Reiß dich zusammen, Maeve. Reiß dich zusammen.*

»Also gut. Gucken wir doch mal«, sagt Roe und berührt die Karte.

Da beginnt die ganze Welt zu fallen. Gelbe und rote Flecken tanzen vor meinen Augen und ich spüre, wie mir mein Körper entgleitet.

Es passiert wieder.

Es passiert.

Ladys, darf ich vorstellen: Dies ist die Mamsell. Die Mamsell … darf sich vor die Ladys stellen. Mamsellen, Lamellen, Lama, Mamama …

Ich mache die Augen auf.

Ich bin nicht in Roes Kopf.

Ich bin in meinem eigenen. Es ist meine Erinnerung.

Ich stehe im Mädchenklo. Einen Meter von der Stelle entfernt, wo Fiona und ich vor Kurzem auf dem frei liegenden Warmwasserrohr den Mamselltext studiert haben. Und Lily ist da. Sie weint. Sie weint und schreit mich an. Und die anderen Mädchen gucken.

Sie sollen aufhören zu gucken.

Roes Stimme ist in meinem Kopf. Natürlich. Diesmal sitzt er im Kino – meine Augen seine Leinwand, mein Hirn sein Sitzplatz. Und ich kann nichts dagegen tun. Er erlebt alles mit.

Es ist der Tag vor über einem Jahr. Der Tag vor den Weihnachtsferien. In den letzten Monaten haben wir uns nicht weniger als drei

Vorträge über Cliquenbildung und Gruppendruck anhören müssen. Wie gefährlich es sei, andere auszuschließen. Unser Jahrgang gilt als besonders »unintegrativ«.

Schätzungsweise bekommt einigen der Mädchen die starre Hierarchie an der St. Bernadette's nicht gut. Ganz oben an der Spitze stehen die Hockeyspielerinnen mit ihren ein paar Jahre älteren Rugbyspielerlovern. Dann kommen die Reicheleutetöchter, die in den Ferien nach New York fliegen und mit braunen Tüten zurückkehren, auf denen »little brown bag« steht. Unter ihnen rangieren die Partygirls, die sich oft und ausgiebig betrinken und einander pausenlos belügen und betrügen. Darunter kommen die mittleren Ränge, auf denen Michelle und Niamh sich bewegen. Hübsche Mittelschichtsmädchen, die zu den meisten Sachen eingeladen werden, ganz gute Noten schreiben und vielleicht hier und da mal ein Pickelchen haben, aber niemals Akne.

In genau diese Gruppe will ich vor grob einem Jahr so dringend und verzweifelt aufgenommen werden. Denn wer tiefer fällt, gehört im Grunde nirgends dazu. Höchstens die Streberinnen sind mit ihren perfekten Flechtzöpfen und strahlenden Zukunftsaussichten weitgehend unabhängig von der Schulhierarchie. Natürlich werde ich nie eine von ihnen sein. Auch treiben sich jenseits der üblichen Pfade ein paar Künstlerinnen herum, für die die St. Bernadette's nur etwas ist, das es zu überstehen gilt, bevor das richtige Leben losgeht. Zu ihnen habe ich Fiona immer gezählt, bevor sie aus unerfindlichen Gründen zu meiner Freundin wurde. Aber hier und jetzt, vierzehn Monate in der Vergangenheit, bedeutet sie mir nichts.

Mir fehlen das Selbstvertrauen und die Erfindungsgabe, um mich einfach außerhalb des Schulalltags zu verwirklichen. Die Devise lautet also: Michelle und Niamh oder gar nichts.

Ich brauche eine Clique, um zu überleben.

Genau das versuche ich Roe zu erklären, der weiter in meinem Kopf sitzt.

Nachdem uns also immer wieder eingebläut wurde, die Cliquen doch mal durchzumischen, haben sie jetzt ein Heimlichwichteln organisiert. Die Lehrerinnen behaupten natürlich steif und fest, dass per Los entschieden wurde, doch uns allen ist der wahre Zweck des Ganzen glasklar: Die aus den hochrangigen Cliquen müssen denen unter ihnen was schenken und umgekehrt. Das Partygirl der Streberin, die Luxustussi der Künstlerin à la Fiona – in der Hoffnung, dass sich die Charakterstärke der einen auf die Oberflächlichkeit der anderen abreibt.

Ich habe Tanya Burke abbekommen. Sie kriegt ein Lipgloss-Set von Boots geschenkt. Simpel.

Lily hat Michelle. Seit die beiden ein Wichtelpaar sind, treibt mich eine ständige Angst um. Ich möchte Lily vor Michelle beschützen, und ebenso Michelle vor Lily.

Wovor hast du Angst, Maeve? Geht doch bloß um ein lumpiges Weihnachtsgeschenk.

Rückblickend weiß ich, dass Lily sich nur Mühe gibt. Ihr ist bewusst, dass ich mit Michelle befreundet sein möchte. Lily will Michelle zeigen, dass sie trotz aller Unterschiede gut miteinander auskommen können.

Rückblickend sind Lilys gute Absichten nicht zu übersehen. Doch als ich vorhin mitbekommen musste, wie Michelle Lilys Wichtelgeschenk auspackt, verspürte ich nichts als Entsetzen darüber, dass Lily eine unsichtbare Grenze übertreten hat.

Warum weint Lil eigentlich? Was ist hier los?

Lily, der nicht entgangen ist, wie gern Michelle sich selbst betrachtet, hat ihr ein Porträt gezeichnet. Eine Steampunk-Michelle. Mit einem großen Zahnrad als Schultergelenk. In einem durch unsere Schuluniform inspirierten langen Kleid im viktorianischen Stil. Mit durchgeknöpftem Kragen und durchgeknöpften Ärmeln. Die Zeichnung ist atemberaubend schön, eine ihrer besten. Und sie hat sie mit ihren guten Aquarellfarben aus dem Kunstfachgeschäft koloriert.

»Damit bleibe ich sogar locker unter der Zehn-Euro-Vorgabe«, hat sie stolz der ganzen Klasse verkündet. »Der Rahmen ist nämlich von Dealz und hat nur zwei Euro gekostet.«

Ich sagte kein Wort. Mir war sofort klar, dass Michelle das Geschenk absolut in den falschen Hals bekommt.

»Ähm, danke, Lily«, sagte sie. »Das ist echt … ähm, ja.«

Warum in aller Welt wolltest du mit dieser blöden Fotze befreundet sein?

Ich weiß es nicht, Roe. Ich weiß es nicht.

Als Michelle das Bild schnell verschwinden ließ, huschte so etwas wie Enttäuschung über Lilys Gesicht. Doch die war im nächsten Moment wieder fort. Lily hat ihren Teil der Abmachung eingehalten. Wichteln accomplished.

Als Lily nach der Mittagspause in die Klasse zurückkehrte, lag das Bild auf ihrem Pult. Mit einem Wort versehen, das ich einmal jemanden Joanne habe nachrufen hören.

»Scheißlesbe«, las Lily. »Aha. Na, wenn sie meinen.« Sie bewahrte die Fassung. Riss sich zusammen.

Erst jetzt, als sie mitansehen muss, wie Niamh und Michelle ihre Schultasche ins Waschbecken entleeren, platzt ihr der Kragen.

»Warum machen die das?«, schreit Lily mich an. »Warum willst du mit diesen … *blöden Fotzen* befreundet sein?«

Da kocht die weiß glühende Wut in mir hoch, die ich so schlecht zurückhalten kann. Ich habe es dermaßen satt, wie Lily mir ständig nachläuft. Dermaßen satt, wie sie meine Chancen auf eine Freundschaft mit jenen zerstört, die endlich etwas an meinem traurigen Elendsdasein in dieser Schule ändern könnten. Dermaßen satt, mit Lily auf der untersten Hierarchiestufe vor mich hin vegetieren zu müssen. Die Zeit der diskreten Hinweise ist vorbei. Ich muss jetzt Klartext reden. Laut und deutlich.

Maeve, nein.

Es tut mir leid, Roe, es tut mir so leid.

Michelle und Niamh beobachten mich und warten auf eine Reaktion. Hervorzuheben, dass sie keine blöden Fotzen sind, hat keinen Sinn, denn das sind sie. Mir bleibt also nur noch, eine von ihnen zu werden.

Mit einer flüssigen Bewegung drehe ich den Hahn auf.

Entsetzt sieht Lily zu, wie der gesamte Inhalt ihrer Schultasche, wie ihre Aquarellfarben, ihre Bücher, ihr Ringelschal, ihre Ringelmütze im ansteigenden Wasser ersaufen. Dabei regt sie keinen Muskel.

Selbst mir ist klar, dass ich zu weit gegangen bin. Weit über den Punkt hinaus, an dem noch ein Rückweg möglich wäre. Ich habe eine lebenslange innige Freundschaft im Schulwaschbecken ersäuft.

»Sorry«, sage ich ironisch, drängle mich mit ausgefahrener Schulter an Lily vorbei und hake mich bei Niamh und Michelle ein. Lily rührt sich nicht vom Fleck, sieht schweigend zu, wie das Wasser schließlich überläuft und auf den Boden trieft.

Sei sie euer Untergang oder neuen Lebens Quell. Ladys, darf ich vorstellen: Dies ist die Mamsell.

Etwas verändert sich. Wie eine Zeichnung im Sand, die nach und nach von den Wellen ausgelöscht wird, so verschwindet jetzt die fünfzehnjährige Lily und an ihre Stelle tritt die Lily im Alter von sechzehn. Diese Erinnerung ist eine frische. Eine sehr, sehr frische.

Wir sitzen im Klassenzimmer, und eine Mädchentraube hat sich um uns versammelt. Vor uns liegen die aufgedeckten Tarotkarten. Lilys Augen füllen sich mit Tränen, während sie hilflos die Mamsell anstarrt.

Oh nein. Nein, nein, nein.

Ist es das? Ist das die berüchtigte Tarotsession?

»Jetzt sag schon, Maeve. Ich bin kein Baby, du kannst es mir sagen.«

»Ich weiß es wirklich nicht.«

Fiona neben mir macht beschwichtigende Gesten, versucht, die Situation zu entschärfen. Doch es ist nutzlos. Keine der Zuschauerinnen wünscht sich ein vorzeitiges Ende. Ihnen wird hier die ultimative Nachmittagsunterhaltung geboten: Zwei Ex-beste-Freundinnen bespucken sich über einem dummen Kartenspiel mit Gift.

»Das sieht dir so ähnlich. Das ist so *Maeve*!«

»Lil. Lass gut sein. Ich weiß ganz ehrlich nicht, was sie bedeutet, okay?«

»Du machst einfach alles für ein bisschen Aufmerksamkeit, oder, Maeve? Aber wenn es drauf ankommt, steckt nichts dahinter. Ich kann nicht fassen, dass wir je befreundet waren. Du bist eine schlechte Freundin, Maeve.«

Oh Gott, gleich kommt es. Gleich. Roe, es tut mir leid.

»Und ich wünschte, wir beide wären nie befreundet gewesen. Ich wünschte mir, Lily, du würdest einfach verschwinden.«

In meinem Kopf versuche ich, Roe nachzuspüren. Suche nach seiner Gegenwart.

Wo bist du? Sprich mit mir. Bitte.

Als ich die Augen aufmache, finde ich mich mit den Haaren voller Erdkrümel in der Hecke wieder. Suchend blicke ich umher und taste nach einer Hand, die mir aufhilft.

Doch da ist keine. Roe ist fort.

Ich krabble gerade noch rechtzeitig aus der Hecke, um einen Blick auf Roes Rücken am anderen Ende der Wiese zu erhaschen. Danach ist er verschwunden.

27. KAPITEL

Ich rufe ihn immer und immer wieder an, doch er nimmt nicht ab. Irgendwann schreibt er mir auf WhatsApp.

Hör auf anzurufen.

Ich will nur erklären, was passiert ist.

Eine Pause.

Ich habe gesehen, was passiert ist.

Roe »schreibt« noch mehr, dann nicht mehr, dann wieder, dann wieder nicht. Nach einer Weile gibt er es auf.

Es tut mir leid, schreibe ich.

Du hast mich glauben lassen, Lily hätte die Mamsell heraufbeschworen. Dabei hast DU das getan.

Ich fange an, eine Antwort zu tippen, doch Roe ist schneller.

Du hast dir GEWÜNSCHT, dass sie VERSCHWINDET? Und das hast du nicht etwa für eine relevante Information gehalten?

Ich weiß eigentlich, dass ich mir sehr gut überlegen muss, was ich als Nächstes schreibe, aber die nackte Panik hindert mich daran. Stattdessen tippe und tippe ich blind drauflos. Schicke aufsatzlange Nachrichten voller Schuldeingeständnisse, Verhandlungsversuche und Armseligkeit. Haarklein lege ich ihm dar, dass wir ja immer noch nicht wissen, wie genau man die Mamsell heraufbeschwört. Dass Lily und ich es trotzdem gemeinsam getan haben könnten. Oder dass vielleicht die konzentrierte Energie *aller* Mädchen im Zimmer der Auslöser war. Außerdem sei das Ganze ja noch bloße Theorie. Wir hätten immer noch keinen echten Beweis, dass es die Mamsell überhaupt gibt.

Erneute Pause.

Ich möchte jetzt einfach nur allein sein.

Die nächsten zwei Stunden verbringe ich damit, eine Million weitere Nachrichten an ihn zu verfassen und wieder zu löschen. Möchtest du Samstagabend immer noch ausgehen? Und: Bin ich immer noch zu deinem Gig eingeladen? Und, am allerbärmlichsten: Magst du mich noch?

Glücklicherweise ist mein Selbsterhaltungstrieb stark genug, sodass ich sie nicht abschicke.

Im Radio reden sie über globale Erwärmung, den Golfstrom und Fischwanderbewegungen. Eine Wissenschaftlerin erklärt Alan Maguire, dass eine warme Strömung von Brasilien heraufkäme, und Alan Maguire liest Zuhörernachrichten darüber vor, wie in der guten alten Zeit noch alle auf dem zugefrorenen Fluss Schlittschuh laufen waren.

Warum ist der Fluss nicht zugefroren?

Joanne ist heute Abend bei uns. Seit Kurzem lässt sie sich kaum noch blicken. Ihre Beziehung mit Sarra ist wieder voll erblüht, und sie verbringt jede zweite Nacht bei ihr. Ich habe das Gefühl, dass sie bald auszieht und ich wieder mit Mum und Dad allein sein werde. Allein für die nächsten zwei Jahre, mindestens. Ach, wem mache ich was vor? Zwei Jahre nur dann, wenn ich in einem anderen County studiere. Und momentan ist schwer vorstellbar, dass ich an überhaupt *irgendeiner* Uni zugelassen werde. Ich winde mich bei der Vorstellung, wie Mum ihre Beziehungen spielen lässt, um mich in die Uni hier vor Ort reinzukriegen oder, keine Ahnung, mir einen Job im Campusbuchladen zu verschaffen.

»Hallo, Fremde«, sagt Jo, als ich die Treppe hinunterkomme. Sie backt schon wieder. Eine Art Haferhonigkekse, die in Tee getunkt sehr köstlich schmecken. »Dich habe ich ja gefühlt seit Jahren nicht mehr gesehen.«

»Tja.« Ich zucke die Schultern. Ich habe durchaus mitgekriegt, wie es sie, Mum und Dad mit vorsichtigem Optimismus erfüllt, dass ich in letzter Zeit so oft aus dem Haus bin. Immer noch reden sie über mich, als wäre ich taub. *Tut gut, zu sehen, dass sie sich beschäftigt*, blablabla.

»Ein Vögelchen hat mir gezwitschert, dass du beim *Rumknutschen* gesichtet wurdest.«

»Was? Wann?«

»So genau weiß ich das nicht, aber eine Kommilitonin fragte, ob denn meine kleine Schwester jetzt einen Freund hätte, und ich sagte, nicht dass ich *wüsste* ...«

»Oh mein Gott.«

»Und? Wie heißt er?«

Ich antworte nicht, konzentriere mich stattdessen darauf, mit angefeuchtetem Finger das Mehl von der Arbeitsfläche aufzulesen.

»Na schön«, sagt Jo mit einem süffisanten Lächeln. »Du kannst froh sein, dass du hetero bist, weißt du? Dadurch ist alles so wunderbar simpel. Mädchen trifft Junge. Keiner muss sich als hetero outen.«

»Klar«, sage ich tonlos. »Ich Glückliche.«

»Ich weiß noch«, kichert sie und legt ein Backblech bereit, »wie ich was mit Jungs angefangen und *verzweifelt* versucht habe, es zu mögen. Ich habe mich ihnen förmlich an den Hals geworfen und dabei all diese großen Romanzen im Kopf gehabt. Dabei wollte ich mir nur nicht eingestehen, wie durch und durch lesbisch ich bin.«

Oh Gott. Roe hat aber nicht etwa die ganze Zeit das Gleiche getan, oder?

»Was willst du damit sagen, Jo?«

»Hm?«

»Dass ich jemandes Fake-Freundin bin?«

»Das habe ich nicht im Entferntesten sagen wollen.«

»Gott, ich bin es so satt«, sage ich mit brechender Stimme. »Ich bin es satt, jedermanns zweite Wahl zu sein.«

»Maeve, bitte beruhig dich und erklär mir, wovon zur Hölle du redest«, sagt Jo und sucht Blickkontakt zu mir, doch ich kann nicht zulassen, dass sie den feuchten Glanz in meinen Augen sieht.

»Ich geh mit K2 Gassi«, verkünde ich und rufe: »K2! Wo bist du? Wo ist mein K2?«

Ich finde ihn auf Pats Bett, wo er den Kopf unter ein Kissen gesteckt hat. Er hatte seinen Spaziergang schon und genießt jetzt sein abendliches Ritual, bei dem er uns alle ignorierend auf Dads Heimkehr wartet.

»Na komm«, sage ich und er lässt die Freundlichkeit walten, mir hinterherzutrotten. Ich lege ihm die Leine an und mache mich mit ihm auf den Weg, in der Hoffnung, dass Roe sich wieder bei der Unterführung herumtreibt.

Das ist nicht der Fall.

Nachdem ich geschlagene zwanzig Minuten lang versucht habe, eine Nachricht von ihm auf meinem Handy herbeizustarren, werfe ich schließlich Stöckchen für K2. Pflichtbewusst apportiert er, ist aber schon etwas zu alt, um sich für das Spiel zu begeistern. Ich nehme seinen großen blonden Kopf zwischen beide Hände und nenne ihn einen ganz, ganz, ganz braven Hund, als könnten derlei Komplimente mich selbst aus meiner Misere herausholen. Wir haben ihn gekauft, als ich acht und mein Kater namens Katze gerade gestorben war. Mit meinem Einfallsreichtum konnte ich schon als Kind keinen Blumentopf gewinnen. Den Hund nannten wir Katze Zwei, woraus im Laufe der Zeit K2 wurde.

Bis zum Kauf von K2 waren wir immer eine Katzenfamilie gewesen. Vor Katze hatten wir einen anderen Kater, der Kylie hieß und weglief, bevor ich geboren wurde. Aber ich kenne Fotos von ihm. Ein schwarzer Halunke, der das eine Jahr Weihnachten ruinierte, indem er auf die Küchentheke sprang, den Truthahn anfraß und dann explosiven Durchfall auf besagtem Truthahn bekam. Nichts davon habe ich natürlich miterlebt. Aber mir wurde die Geschichte schon so oft erzählt, dass ich genauso gut dabei gewesen sein könnte.

K2 schnuppert im Schnee herum und ist schon ein bisschen gelangweilt vom Stöckchenspiel. Ich auch.

Trotzdem werfe ich jetzt wieder. Und werfe schlecht, denn der Stock landet im Fluss. Auf einmal bellt K2 nun doch ganz aufgeregt, als sein Spielzeug in einem Nest aus Grünalgen hängen bleibt.

»Du verlangst jetzt aber nicht von mir, dass ich ihn dir da rausfische, oder?«

K2 bellt erneut.

»Na schön. Ich kann es mir wohl nicht leisten, dass auch noch du auf mich wütend wirst.«

Mit diesen Worten hocke ich mich ans Ufer und rette den Stock an Land. Schon sehr befremdlich, wie warm er ist. K2 starrt ein Weilchen mit mir zusammen ins Wasser, und kurz jagt mir unser Spiegelbild – er mit fragendem Blick, ich mit langen Wollehaarsträhnen – aus irgendeinem Grund Angst ein. Während K2 das Interesse verliert und schon mal ein paar Schritte voraustrottet, starre ich weiter ins Wasser. Dann überkommt mich die Erkenntnis.

Der Hund, die Haare.

Ich sehe wie *sie* aus.

Wie die Mamsell.

Ich führe mir all das vor Augen, was ich heute getan habe. Ich habe Roe angelogen und ihm den hässlichsten Teil meines Ichs gezeigt. Ich habe Fiona unterstellt, dass sie mir Roe wegnehmen will. Als wäre er mein Eigentum. Ich habe völlig grundlos meine Schwester angeblafft. Und warum? Weil ich Angst hatte. Weil ich unsicher war. Weil ich mich wie jemand gefühlt habe, den niemand jemals lieben könnte. Und mich wie jemand aufgeführt habe, den auch niemand jemals lieben wollen würde.

Was, wenn ich die Mamsell gar nicht durch meine Wut auf Lily heraufbeschworen habe? Was, wenn die Mamsell schon die ganze Zeit *in mir* gelauert hat? Wenn die niedersten, dunkelsten Teile meiner Seele sie seit Monaten genährt haben?

Was, wenn *ich* die Mamsell bin?

Der Gedanke kristallisiert sich heraus wie ein einzelner Stern am Taghimmel.

Ich tauche meine Hand noch einmal ins Wasser. Grünalgen wickeln sich um mein Handgelenk. Ich schiebe den Mantelärmel so hoch, dass er mir als Klumpen unter der Achsel hängt. Dann tauche ich den ganzen Arm unter. Als würde ich in die Brusthöhle eines Riesen fassen.

Immer tiefer taste ich mich, will den Grund des Flusses zu fassen bekommen. Sein schlagendes Herz finden.

Allerdings treffe ich weder auf schwammige Innereien noch auf glitschige Algenknäuel. Stattdessen schließt sich meine in nasser unendlicher Schwärze herumtastende Hand um etwas Hartes. Aus Metall. Mit Zacken.

Ich taste mich noch weiter durch den Schlick. Eindeutig. Kleine Metallgegenstände. Dutzende davon.

Schlüssel? Liegen da Schlüssel auf dem Grund?

Ich packe mir eine Handvoll, ziehe den Arm aus dem Wasser, und was immer ich halte, schneidet mir durch die Haut. Mühelos, geschmeidig und leise, wie ein Küchenmesser durch die Wurstpelle.

»*Scheiße!*«, rufe ich, schüttle die Hand aus und beuge mich vornüber, mache eine Faust und presse sie gegen meinen Bauch. K2 kommt angelaufen und springt, fasziniert von dem an meinem Arm hinunterlaufenden Flusswasserblutgemisch, an mir hoch. Instinktiv zische ich ihn an wie eine in die Ecke gedrängte Ratte.

Er lässt beleidigt von mir ab und fährt damit fort, den Schnee zu beschnuppern. Bedächtig gehe ich in die Hocke, um herauszufinden, was für seltsame Schlüssel mir da in die Hand geschnitten haben.

Doch es sind gar keine. Zumindest nicht solche, wie ich erwartet hatte. Sondern diese Dinger aus Messing, mit denen man früher Spielzeuge aufgezogen hat. Makellos schimmernd liegen sie im Schnee, als wären sie frisch vom Laufband der Spielzeugfabrik gefallen. Auch ein paar Zahnräder in verschiedenen Größen – diese allerdings schon ziemlich verrostet – habe ich mit an die Oberfläche geholt. Eine ganze Welt voller Zeichnungen, Spiele und kleiner Versprechen liegt hier im rot gesprenkelten Schnee.

Ich gucke von meiner Hand zum Fluss und frage mich, wie viel Blut ich dafür hergeben musste.

28. KAPITEL

Ich sitze oben im Badezimmer und behandle meine Hand. Besprühe sie mit einem Antiseptikum und umwickle sie mit einem Mullverband aus dem Erste-Hilfe-Kasten, der schon ewig und drei Tage auf Mums Kleiderschrank liegt. Die Aufziehschlüssel lasse ich in der Tasche meines Hoodies, die Zahnräder bringe ich in einer alten Schmuckschatulle unter.

In meinem Bücherregal steht eine Sammlung alter Collegeblöcke und Schulhefte, die ich laut Mum schon vor Jahren hätte entsorgen sollen, um Platz für richtige Bücher zu schaffen. »*Welche Bücher,* Mum?«, entgegne ich dann immer. Seit dem zweiten Harry Potter, als ich entschieden hatte, dass Ginny zu nervtötend ist, als dass ich weiter über sie lesen könnte, habe ich keinen Roman mehr angefasst.

Lily meinte zwar, dass Ginny in den folgenden Teilen nicht mehr so oft vorkommt, aber das war mir dann auch egal. Jedenfalls benutze ich mein Bücherregal vielmehr als Erinnerungsschrein. Hier ruhen die Zeichenhefte, in denen Lily und ich Landkarten, Pläne und Regeln für neue Zivilisationen festgehalten haben. Welten in Welten, schräge Fantasieuniversen, aus denen sich ablesen lässt, welche Phase wir da jeweils durchmachten.

Ich blättere durch einen Collegeblock aus dem Jahr, in dem wir beide elf wurden. Darin ein Entwurf für eine Wasserwelt. Eine schlickige Landschaft, in der alles mit smaragdgrünen Algen überwuchert ist. Bevölkert von Kaulquappen, Forellen und Makrelen. Und von der Meeräsche – dem widerlichsten aller Fische, weil er sich bekanntermaßen von menschlichen Ausscheidungen ernährt.

Und über das alles, in einer Schrift, die so aussehen soll, als tropfte sie aus einem Wasserhahn, hat Lily einen Satz geschrieben.

KEINER SCHWIMMT, KEINER ERTRINKT.

Ich wusste nicht, was das bedeuten soll. Weiß es immer noch nicht. Aber angesichts des gezeichneten Froschlaichs beiße ich unwillkürlich die Zähne zusammen. Ich starre auf den Verband um meine Hand.

Hat Lily mir die Zahnräder und Schlüssel geschickt?

Oder hat sie mich mit ihnen *angegriffen*?

Beim Verbandanlegen habe ich gesehen, dass der Schnitt am Ansatz meines Ringfingers beginnt. Dort, wo die Handfläche so weich und gepolstert ist wie ein Schlangenbauch. Von dort durchtrennt der Schnitt im Zickzack eine meiner Handlinien, die Kopf- oder die Lebenslinie, weiß nicht genau. Wenn ich die Finger strecke, spannen sich die Wundränder und stechen fies. Ein großes, blutiges Zeichen von Lily. Ein fettes: *Nimm das, Maeve.*

Obwohl es wehtut, ist es so irgendwie besser. Besser, immerhin auf diese Weise mit Lily im Dialog zu stehen als gar nicht.

Abends um neun fällt der Strom aus. Alle vier, Mum, Dad, Jo und ich, sind wir zu dem Zeitpunkt in unseren Schlafzimmern. Blinzelnd tappen wir in den Flur, um zu sehen, was passiert ist. Dad steht mit einer Taschenlampe auf einem Stuhl und will die Sicherung wieder reindrehen, doch das hilft nichts.

»Es steht schon überall bei Twitter«, sagt Jo, deren Gesicht von ihrem Handydisplay aus der Schwärze geschält wird. »Ganz Kilbeg sitzt im Dunkeln. Bäume sind auf die Stromleitungen gestürzt oder so.«

»Wie das?«, frage ich piepsig. »Es gab doch keinen Sturm und nichts. Bloß Schnee.«

»Schnee fällt auf Bäume. Bäume werden schwer. Bäume fallen um«, antwortet Jo mit abfälliger Ich-bin-immer-noch-sauer-weil-du-vorhin-so-biestig-warst-Stimme. »Ist das *so* schwer zu kapieren?«

»Was für ein Abenteuer!«, versucht Dad mit verschwörerischem Grinsen dem Ganzen was Gutes abzugewinnen. »Holen wir die Kerzen raus? Und die Gruselgeschichten?«

»Die Heizung ist auch ausgegangen«, sagt Mum und legt die Hand an den sich rasch abkühlenden Heizkörper. »Das bedeutet wohl Zusatzdecken für jeden. Jo, Maeve, ihr schlaft heute Nacht am besten in einem Bett.«

»*Was?*«

»Ist wärmer. In einer Stunde ist dieses Haus hier ein Eiswürfel, merkt euch meine Worte.«

Und sie hat recht. Trotz der zwei Paar Socken durchläuft mich bei jedem Schritt über die Badfliesen ein Schauer. Nachdem Jo und ich uns geweigert haben, in einem Bett zu übernachten, hat Mum darauf bestanden, dass ich im Pelzmantel schlafe.

»Wo zum Teufel hast du denn diesen verrotteten Schafsarsch her?«, frage ich, beschämt, dass Roes Behauptungen über den Reichtum meiner Familie womöglich doch zutreffen könnten.

»Der hat deiner Urgroßmutter gehört. Und das ist kein Schaf, sondern feinstes Kaninchenfell.«

»Warum besitzen wir den Mantel einer Toten? Den unmoralischen Mantel einer Toten?«

»Ich habe ihn geerbt, als ich etwa so alt war wie du jetzt. Habe es nie übers Herz gebracht, ihn wegzuwerfen. Die armen kleinen Tierchen mussten ihr Leben dafür lassen. Es fühlt sich falsch an, ihn einfach in den Müll zu tun.«

In unserem Sibirien wider Willen entwickelt Mum einen ungewohnten Beschützerdrang. Sie setzt sich auf meine Bettkante, zündet zwei lange weiße Tafelkerzen an und steckt sie in Weinflaschen, die sie aus der Altglaskiste gerettet hat.

»Nimm eine mit ins Badezimmer, wenn du nachts mal musst«, sagt sie und stellte sie auf meinen Nachttisch. »Die Streichhölzer leg ich dir daneben.«

»Danke, Mum.« Ich halte meine Hände in den Ärmeln des Kaninchenfellmantels versteckt, damit sie den Verband nicht sieht.

»Ist dir auch warm genug?«

»Noch wärmer geht kaum.«

»Ist schon eine seltsame Zeit«, sagt sie, und ich verkneife mir den Kommentar, wie seltsam es allein schon ist, sie hier auf meiner Bettkante sitzen zu haben.

Als sie bemerkte, dass sie schwanger mit mir war, hatte sie gerade erst ihren Doktor gemacht und bekam laut Abbie eine Riesenpanik, besagten Doktortitel womöglich nie zum Einsatz bringen zu können. Deswegen beschleunigte sie ihre Karriere auf Überschallgeschwindigkeit und speiste mich mehr oder weniger mit einer Mischung aus Tagesmüttern und geschwisterlicher Aufsicht ab. »Du warst ein genügsames Baby«, sagt sie oft zärtlich, nur um ein »Was weißt *du* schon?« von Abbie zu kassieren.

Doch auch ohne dass ich all das zur Sprache bringe, wirft Mum mir einen traurigen Blick zu und seufzt: »Ach, mein Monsterchen. Ich weiß, dass es in letzter Zeit nicht leicht für dich war. Diese ganze Sache mit Lily … Aber du hast jetzt einen Freund, sagte Jo?«

»Oh Gott …«

»Keine Sorge. Du musst mir gar nichts erzählen. Es sei denn natürlich, du möchtest das gerne. Wobei … warum solltest du?« Plötzlich liegt im flackernden Kerzenlicht ein feuchter Schimmer auf ihren Augen.

Ich übe mich weiter in Schweigen.

Mum seufzt. »Weißt du, als ich zum ersten Mal schwanger wurde, kam es mir nie so vor, als ob ich die Wahl hätte. Die Devise lautete entweder Arbeit oder Kinder. Also habe ich Kinder gewählt. Doch als ich dann wieder zur Uni ging, erschien mir alles so hoffnungsvoll, als könne ich alles erreichen. Manchmal frage ich mich, ob ich mir nur vorgemacht habe, beides schaffen zu können. Und dich womöglich darüber im Stich gelassen habe.«

»Aber mir hat das nichts ausgemacht«, versuche ich jetzt doch, Mum zu trösten. »Ich hatte doch Lily und konnte mit ihr alles unternehmen, was ich wollte. Du musst dir keine Vorwürfe machen.«

»Weiß ich.« Mum lächelt schwach. »Weiß ich. Aber manchmal bereue ich es, nicht mehr Zeit mit meinen Kindern verbracht zu haben. Mit dir insbesondere. Andererseits … gibt es wohl keine Ohne-Reue-Garantie fürs Leben, hm?«

Ich habe keine Ahnung, was auf einmal mit Mum los ist. Solche Gespräche führen wir normalerweise nicht. In der Arktis mag es fünfzig Wörter für Schnee geben, in der Mum-und-Maeve-Welt gibt es null Worte für Gefühle. »Es heißt doch immer, man soll nichts bereuen«, sage ich lahm. »Wie in diesem französischen Lied.«

»*Je ne regrette rien*«, sagt Mum sanft. »Ich bereue nichts. Ein dämlicher Spruch.«

»Ach ja?«

»Wir alle behandeln andere manchmal schlecht, und jeder Mensch mit Fehlern, der auch nur einen Hauch von Mitleid empfindet, sollte gefälligst auch bereuen. Sollte daraus lernen und seine Mitmenschen fortan besser behandeln.«

An dieser Stelle balle ich meine verletzte Hand zur Faust und unterdrücke einen Schmerzlaut. »Was, wenn … die Sache, die man getan hat, zu schlimm ist?«, frage ich. »Was, wenn einem dafür niemals vergeben wird?«

Mum blickt mir sehr fest in die Augen. »Manchmal geht es nicht darum, vom andern Vergebung zu erhalten«, sagt sie. »Manchmal muss man das Beste aus dem machen, was er oder sie einem zu geben bereit ist.«

Unter der Bettdecke, in meiner heilen Hand, halte ich die Messingschlüssel, so fest ich kann.

Nachdem Mum die Tür hinter sich zugemacht hat, entschlafe ich im Mantel der Toten und träume von überhaupt nichts. Trotzdem wache ich mitten in der Nacht auf und höre mich selbst brabbeln:

»Schnee zu Regen und Regen zu Fluss.
Wir lassen uns nicht wieder täuschen.
Fluss zur See und See zum Himmel.
Heute ist nicht, was damals war.«

Der so sorgsam verschnürte Mullverband ist wie vom Erdboden verschwunden, und meine Handfläche fühlt sich feucht an. Ängstlich taste ich nach den Streichhölzern und entzünde eine der Weinflaschenkerzen. Der Schnitt in meiner Hand hat sich wieder geöffnet. Mit der Kerze und dem *Einmaleins der Weißen Magie* bewaffnet mache ich mich auf den Weg zum Badezimmer, wobei jeder Teil meines Körpers in dem kalten schwarzen Haus zu zittern beginnt. All die kleinen roten Lämpchen in unseren Räumen bemerke ich erst jetzt, da sie fehlen. Das dunkelorange Rechteck der Verteilersteckdose, das kirschrote Pünktchen am Boiler, die Ladeanzeige der elektronischen Zahnbürste – all die kleinen Zeichen dafür, dass alles so funktioniert, wie es soll.

Das Wasser kommt die ersten paar Sekunden warm und braun aus dem Badewannenhahn gelaufen. Wie Flusswasser.

Hier funktioniert nichts so, wie es soll.

Ich bin allein. So allein, als triebe mein Haus mit mir als einziger Überlebende wie ein Schiff auf dem offenen Meer.

Ich ziehe die Socken aus, setze mich auf den Wannenrand und stelle die Füße in das fünf Zentimeter hohe lauwarme Wasser.

Weiße Kerzen, beginnt das Buch zu erklären, *sind ideal für Schutz, Frieden, Wahrheit und Reinheit.*

Ich blättere ein paar Seiten weiter. Kerzen und Kräuter nehmen viel Platz ein im Buch, genauso wie Wendungen à la: *In jedem Garten, in jeder Speisekammer zu finden!*

Rosmarin besitzt starke weibliche Kraft und eignet sich hervorragend zum Schutz und zum Bannen negativer Energien. Wild wachsend findet er sich in nahezu jedem Garten!

Kamille ist ein wirksames Mittel für erholsamen Schlaf und erfreut sich neuerdings großer Beliebtheit in vielen Supermarkt-Tees!

Wirke in einer holprigen Beziehungsphase einen einfachen Honigzauber! Jeder Honig ist geeignet!

Diese gemütliche, mütterliche Form der Magie hat etwas Beruhigendes an sich. Ich lese mir ein paar der Rezepte durch, die mir aber alle zu kompliziert und auch ziemlich peinlich vorkommen.

Allerdings fügt Alwyn am Ende immer hinzu: *Denkt daran, dass Magie ebenso sehr eine Wissenschaft ist wie eine Kunst. Findet jene, die sich für euch echt anfühlt.*

Ich habe keine Ahnung, wie spät es ist, als ich in die Küche hinunterschleiche. Der Akku von meinem Handy ist schon seit Stunden leer, und die einzige »Wanduhr« im Haus ist die Anzeige vom jetzt erloschenen Ofendisplay. Da meine Weinflaschenkerze fast heruntergebrannt ist, nehme ich mir eine Handvoll neue aus der Schublade unterm Besteck.

Im Schrank mit den trockenen Vorräten sind auch die Gewürzgläser, im Kühlschrank steht der Honig. Kopflos packe ich aufs Geratewohl bald dieses, bald jenes in einen der zehntausend Jutebeutel, die Mum immer von ihren Konferenzen mitbringt.

Zurück im Badezimmer gebe ich Rosmarin, Salbei und einen Löffel Honig in die Wanne. Außerdem Sternanis gegen schlechte Träume und ein Basilikumblatt zur Abwehr böser Geister. Nach dem Motto ›Viel hilft viel‹ kippe ich immer mehr hinein, bis aus dem Wasser eine wahre Kräuterpampe geworden ist, deren Temperatur mittlerweile fast den Gefrierpunkt erreicht.

Und jetzt? Setze ich mich *hinein*?

Ich schließe die Augen und versuche, einer Art Instinkt zu folgen. *Magie ist ebenso sehr eine Wissenschaft wie eine Kunst.*

Also, nein. Ich habe noch nie gehört, dass Hexen sich *in* den Kessel setzen.

Ich gucke wieder ins Buch und finde eine Anleitung für einen Schutzkreis. Demnach soll ich jede Himmelsrichtung mit Kerzen markieren. *Eine gelbe für Luft im Osten, eine rote für Feuer im Süden, eine blaue für Wasser im Westen und eine grüne für Erde im Norden.* Tja, ich habe nur weiße. Kurzerhand nehme ich einen roten Lippenstift für Feuer her, eine gelbe Duschgelflasche für Luft, eine blaue Zahnbürste für Wasser und eine grüne Gesichtsmaskenverpackung für Erde.

Das Ganze sieht aus, als wäre ich vollkommen übergeschnappt, doch es ist zu spät, um sich darüber Gedanken zu machen.

Ich tauche drei Handtücher in das Wannenwasser, bis sie sich vollgesogen haben, zwirble sie zu einer Art Seil zusammen und forme damit auf dem Boden einen Kreis.

Dann setze ich mich in seine Mitte und hole eine der Kerzen und ein Messerchen aus meinem Jutebeutel. Rabiat schnitze ich an der glatten weißen Wachsoberfläche herum, bis sich die Späne Schokoladenraspeln gleich zu meinen Füßen sammeln. Schön ist was anderes. Doch allmählich – als würde eine Vierjährige sich zum ersten Mal im Schreiben versuchen – bilden sich Buchstaben heraus. Methodisch und langsam schlachte ich die Kerze ohne Gnade dahin.

Hack, schlitz, kratz.

Hack, schlitz, kratz.

»L«

Sie war Linkshänderin.

»I«

Sie war Linkshänderin, hat sich aber beigebracht mit der rechten Hand zu schreiben.

»L«

Sie war Linkshänderin, hat sich aber beigebracht mit der rechten Hand zu schreiben. Sie dachte, eines Tages darauf zurückgreifen zu müssen.

»Y«

Sie war Linkshänderin, hat sich aber beigebracht mit der rechten Hand zu schreiben. Sie dachte, eines Tages darauf zurückgreifen zu müssen. Und vielleicht muss sie das jetzt auch.

Am unteren Ende der Kerze setze ich neu an. Sanfter diesmal.

»L«

Sie war meine beste Freundin.

»I«

Sie war meine beste Freundin, doch ich habe sie verraten.

»L«

Sie war meine beste Freundin, doch ich habe sie verraten, und jetzt rächt sie sich an der ganzen Stadt.

»Y«

Sie war meine beste Freundin, doch ich habe sie verloren, und jetzt räche ich mich an der ganzen Stadt.

Als auf der Kerze kein Platz mehr ist, reiße ich mir Haare vom Kopf. Fasse sie ganz am Ende an, sodass es besonders wehtut. Gut. Schmerz ist gut. Opfer sind gut.

Während ich ein Haar nach dem anderen eng um die Kerze wickle, flüstere ich meine selbst gemachten Beschwörungen vor mich hin. Versuche, nach dem Vorbild des Orakelfrauspruchs einen Singsang zu verfassen.

»Bring Lily zurück, rette ihr Leben.
Beschütze Maeve, der Freundin vergeben.
Bring Lily zurück, rette ihr Leben.
Beschütze Maeve, der Freundin vergeben.«

So reiße und wickle und ritze und singsange ich weiter, bis die Vögel erwachen. Allmählich fühlen sich die Worte wie Wolle in meinem Mund an, und ich beginne zu vergessen, was sie bedeuten. Wem vergeben? Wessen Leben retten?

Irgendwann muss ich eingeschlafen sein.

Ich wache auf, bevor jemand ins Bad kommt. Eingerollt in meinen Urgroßmutterkaninchenfellmantel. In der Mitte meines Schutzkreises. Ein Tropfen fällt mir auf die Stirn.

Dann noch einer.

Und noch einer.

Wasser dringt durch unser altes Hausdach, tröpfelt durch die Deckenfliesen auf den Boden.

Der Schnee schmilzt.

29. KAPITEL

»Na, Gott sei Dank«, sagt Mum beim Frühstück. Sie hat unseren Campingkocher hervorgekramt, mit dem wir uns Ballymaloe-Tomatensoße auf geröstetem Brot und eine Kanne Tee zubereiten. »Offenbar ist die Kältewelle über Nacht vorübergezogen. Gegen Nachmittag sollten wir dann auch wieder Strom haben.«

»Erst?«, fragt Jo gereizt. »Ich habe einen Aufsatz fertig zu kriegen und nichts, worauf ich ihn schreiben kann.«

»Bestimmt gewähren sie angesichts des apokalyptischen Wetters einen Aufschub.«

»Ah, so sieht die Apokalypse also aus?«, fragt Dad, der mit einer Schneeschaufel auf dem Weg nach draußen ist. »Gut zu wissen.«

Nur mit Mühe bekomme ich mein Tomatenbrot herunter. *Ich* habe das vollbracht. *Ich* habe die Beschwörung erfunden, die den Schnee zum Schmelzen brachte und die Kältewelle beendet hat.

Mein Zauber hat *gewirkt*!

Als ich die Finger spreize, stelle ich fest, dass sich nicht nur das Wetter verändert hat. Dort, wo gestern noch der Schnitt in meiner Hand klaffte, ist jetzt ein zartes Narbengewebe zu sehen, für das eigentlich mindestens eine Woche hätte vergehen müssen.

Vielleicht trage ich tatsächlich eine übernatürliche Kraft in mir. Eine verrückte Mamsell-Energie, die Menschen verschwinden lassen kann. Vielleicht ist sie aber auch zu Gutem fähig, nicht nur zu Schlechtem. Vielleicht kann die gleiche Kraft, die Lily hat verschwinden lassen, sie auch wieder zurückholen.

Jahrelang war ich so wütend auf meine Wut. Auf meine Ausraster. Darauf, dass ich den Schuh durch die Klasse geworfen habe.

Auf dieses Übermaß an Frustration, das sich immer wieder in Momenten der Weißglut Bahn bricht.

Aber was wäre, wenn ich dieses Feuer ... in etwas anderes als blinde Zerstörung verwandeln könnte? In ... na ja, Magie?

Alle paar Minuten halte ich mir in der Hoffnung auf ein Freizeichen unser Festnetztelefon ans Ohr. Die Nummer der O'Callaghans ist im Grunde die einzige, die ich außer meiner eigenen auswendig kenne. Ich muss mit Roe sprechen. Er muss von dem Zauber erfahren, davon, wozu ich fähig bin. Ungeduldig hüpfe ich von einem Fuß auf den anderen. Dad meint, dass die Straßen jetzt, da der Schnee schmilzt, sogar noch tückischer sind. Deswegen will er mich nicht aus dem Haus lassen, egal, wie dringend ich zu Roe und Fi muss.

Wir könnten schon längst damit angefangen haben, einen Zauber zu entwickeln, der uns Lily zurückbringt. Ich weiß ja jetzt, wie es geht. Das wird ein Klacks.

»Nach den ersten drei Metern würdest du ausrutschen und dir den Hals brechen«, sagt Dad mit gerunzelter Stirn.

»Mach dich lieber hier drinnen nützlich«, fügt Mum hinzu. »Jetzt können wir endlich mal das Arbeitszimmer in Angriff nehmen und den ganzen Mist aussortieren.«

»Welchen Mist?«, fragt Dad.

»Wir haben zwei Exemplare *des gleichen* Jeffrey-Archer-Buchs.«

»Na ja ...«

»Schlimm genug, auch nur *eins* zu haben.«

Solange ich nicht rausdarf, habe ich nichts Besseres zu tun, und fürs Rumsitzen ist es ohne Heizung zu kalt, also willige ich ein. Das Arbeitszimmer ist ein kleiner Raum mit deckenhohen Bücherregalen, der hinten im Haus liegt, weit genug von Fernseher und Küche entfernt, dass er einem keine Option außer Arbeiten lässt. Ich weiß noch, wie Joanne sich in ihrem Abschlussjahr hinter diesem Schreibtisch vergraben hatte und vor lauter Stress überall Ausschlag, Schuppenflechte und was weiß ich nicht bekam.

Arme Jo, denke ich plötzlich mitleidig. Sie will immer nur ihr

Bestes geben. In Gedanken notiere ich mir, mich noch wegen gestern bei ihr zu entschuldigen. Vielleicht, denke ich übermütig, kann ich ihr ja sogar mit einem Zauber zu mehr Entspannung verhelfen.

Die Bücher sortieren sich wie von selbst, denn die meisten sind tatsächlich Mist. Das erkenne sogar ich. Viele inoffizielle Biografien von Spitzensportlern und Ex-Präsidenten – die Art Bücher, die meine Brüder meinem Dad aus Ratlosigkeit zu Weihnachten schenken. Ich hole meinen Loch-Walkman hervor, klemme ihn an meinen Hosenbund und jäte stillvergnügt durch die Regale. Alles läuft wie am Schnürchen, bis ein abtrünniges Exemplar von Roy Keanes *Die zweite Halbzeit* mir Kopfhörer samt Walkman herunterreißt. Krachend landet die Bescherung am Boden.

Erschrocken knie ich mich hin und betaste den Rekorder, um zu sehen, wie schlimm es um ihn steht. Ich könnte mir ohne Probleme einen neuen auf eBay kaufen, aber wie ich jetzt feststellen muss, ist mir dieses spezielle Exemplar doch schon ziemlich ans Herz gewachsen. Vorsichtig begutachte ich die Einzelteile und atme auf. Tatsächlich ist nur die Plastikklappe abgebrochen, die die Kassette festhält. Kann man bestimmt mit Sekundenkleber wieder hinkriegen. Puh! Noch mal Glück gehabt.

Ich klaube Kassette und Walkmanteile zusammen, um mich auf die Suche nach dem Sekundenkleber zu machen.

In dem Moment fällt es mir auf.

Die Kassette. Oder vielmehr der Aufkleber darauf. Dort, auf dem vergilbten Papier, das sich an den Enden schon aufrollt, sehe ich endlich, was mir längst ins Gesicht hätte springen müssen.

»FRÜHJAHR 1990«.

Das Jahr, in dem der Kater fortlief.

Mum hatte auch was über 1990 erzählt. Tatsächlich erwähnt sie dieses Jahr ziemlich häufig. Die schwierige Schwangerschaft mit Cillian, die erzwungene Bettruhe, Abbie, die bitterböse war, weil keiner mit ihr im Schnee spielen ging – all das ist fester Bestandteil unseres familiären Sagenschatzes. Mum kann eine Katze kaum ansehen, ohne gleich zu erzählen, wie Kylie uns damals mitten im Schneesturm davonlief.

Welches Tier tut so etwas? Ich meine, weglaufen, klar. Aber ausgerechnet in den Schnee hinaus? Das habe ich bis heute nie hinterfragt.

Könnte die Mamsell … bereits 1990 in Kilbeg erschienen sein? Hat sie seitdem dreißig Jahre lang auf der Lauer gelegen?

Abends geht endlich der Strom wieder, und Dad kocht und brät uns alles das, was im Tiefkühler angetaut ist. So gibt es also Hühnchen, Würstchen, Blutwurst und Lammkoteletts zum Essen. Selbst K2 kann kein Fleisch mehr sehen, als wir die Teller abräumen. Ich entschuldige mich bei Jo dafür, dass ich sie so angefahren habe, was sie grummelig akzeptiert, bevor sie sich an ihren wiedererweckten Laptop setzt, um den Aufsatz fertig zu schreiben. Währenddessen lade ich mein Handy auf und lese mir die verpassten Nachrichten durch. Vier von Fiona, keine von Roe.

13:02 Ist bei euch auch immer noch Stromausfall??? Alle sind zu uns gekommen! Meine Titas kochen WORTWÖRTLICH über offenem Feuer bei uns im Garten Mittagessen! Komm doch auch dazu!!! xxxx

14:21 Okay, gleich ist mein Akku leer, aber wie gesagt: Komm vorbei. Soll ich Roe auch Bescheid sagen?

14:32 Wow, 1 % hält noch echt lange. Jedenfalls ist mir aufgegangen, dass dein Handy wohl schon tot ist und du das hier gar nicht mehr liest. Schreib mir, wenn du wieder online bist! Roe ist auf dem Weg hierher. GRILLFEST IM SCHNEE!! xxx

19:12 Hey. Roe ist gerade gegangen. Möchtest du reden?

Mir zieht sich der Magen zusammen. Roe und Fiona haben also den Nachmittag miteinander verbracht. Ich muss an meinen ersten Besuch bei ihr denken. Wie wir den Wein geklaut und uns auf ihrem Bett gelümmelt haben.

Tief atme ich durch und rufe meine Frühstückserleuchtung wach: Große Kraft kann ich statt durch Wut und Hass auch durch

Freundlichkeit und Mitgefühl erzeugen. Ich schließe die Augen und denke an den Honig für Harmonie, die weiße Kerze für Schutz und an den Rosmarin zum Bannen negativer Energien.

Fiona hat ihre Freunde zu einer Party eingeladen. Mehr ist nicht passiert.

Ich starre auf die 19:12-Nachricht. Roe hat Fi offensichtlich erzählt, was gestern beim Kartenlegen passiert ist. Die Wichtelgeschichte. Und dass er jetzt die wahre Version von Lilys Tarotsession kennt.

Erneut zapfe ich die Rosmarin-Energie an.

Was du bei Lilys Tarotsession gesagt hast, erklärt mir meine innere Stimme, *kannst du nicht mehr ändern. Und was die Wichtelgeschichte angeht, die ist ein Jahr her. Wenn Roe wegen etwas, das du vor einem Jahr getan hast, nicht mehr mit dir reden will, dann … kannst du nichts dagegen tun.*

Etwas anderes *kann* ich allerdings tun. Ich kann einen Zauber entwickeln, der Lily zurückbringt.

30. KAPITEL

Um elf wünsche ich Mum, Dad und Jo eine gute Nacht, gehe aber noch nicht schlafen. Ich bin viel zu beschäftigt damit, meinen nächsten Zauber vorzubereiten. Den Zauber, der Lily zurückholen wird.

Gestern Nacht habe ich den Schnee geschmolzen und die Kältewelle beendet. Dadurch liegt Lily noch nicht wieder in ihrem Bett, aber es ist schon mal ein Anfang. Es sind die kleinen Risse in der Eierschale, bevor das Küken schlüpft. Dieser zweite Zauber wird Lily befreien. Da bin ich ganz sicher.

Im Gegensatz zur Hauruckaktion von gestern will ich heute Nacht methodischer vorgehen. Statt für Erde, Luft, Feuer und Wasser willkürliches Zeug herzunehmen, habe ich über den Abend verteilt hier und da etwas Passendes eingesammelt. Eine edle Hotelstreichholzschachtel für Feuer, ein paar Dekomuscheln für Wasser, der Federkiel aus einem Museumsshop für Luft. Mit einem Gefrierbeutel bin ich in den Garten gegangen und habe eine Handvoll der wiederaufgetauten Erde hineingeschöpft. In Mums Schuhkarton der unzähligen noch zu rahmenden Fotos fand ich eines von Lily und mir. Darauf sind wir acht Jahre alt, Lily ist mit meiner Familie und mir im Urlaub, ihre Haare ganz gebleicht von der spanischen Sonne. Glücklich löffeln wir Eis aus einem Plastikpinguinkopf.

Gegen zwei Uhr in der Nacht schleiche ich mich ins Bad und setze den Wannenkessel wieder in Gang, indem ich Honig, Rosmarin und ein Lorbeerblatt ins knöchelhohe Wasser gebe. Ich werde mir mehr Zutaten kaufen müssen, vernünftige, im Orakel.

Den geplanten Zauber habe ich aus dem *Einmaleins.* Er heißt

»Mann über Bord«. Dabei nimmt man zwei weiße Seidenbänder – ich für meinen Teil nehme das in zwei Hälften geschnittene Gürtelbändchen von meinem Morgenmantel – und verknüpft sie mit einem Seemannsknoten nach dem anderen, bis sie einen langen Zopf ergeben. Während des Knotens soll man sich vorstellen, wie der, die oder das Verlorene auf offener See über die Wellen treibt, und sich darauf konzentrieren, sie, ihn oder es mit dem seidenen »Seil« zu sich heranzuziehen.

Ich baue meinen magischen Kreis auf – platziere die Muscheln, die Streichhölzer, die Feder und die Erde. Den Dreh habe ich schon gut raus. Tatsächlich geht mir alles ganz leicht von der Hand, ohne dass ich groß überlegen oder im Buch nachschlagen muss. Es fliegt mir zu. So, wie Joanne die Konjugation von Verben zufliegt.

Das Foto von Lily und mir lege ich in die Mitte des Kreises. Außerdem wähle ich ein paar Tarotkarten aus, die meinem Gefühl nach gut zum Ziel meines Zaubers passen. Zuerst eine, die möglichst genau Lilys Charakter darstellt. Den Buben der Kelche – einen jungen Edelmann, der halb in einer Traumwelt lebt. Ihn lege ich unter das Foto und gebe ihm zwei Freunde an die Seite. Die Vier der Stäbe, für Heimkehr, und den Wagen, für Willenskraft, Konzentration und Beherrschung einer Aufgabe. Im letzten Schritt entzünde ich noch eine Kerze, die ich zu dem Foto und den Karten stelle.

Als ich zu knoten beginne, betrachte ich erst das Foto, schließe dann die Augen und visualisiere.

Lily liegt im Beg, treibt auf der Wasseroberfläche dahin. Es scheint früher Morgen zu sein. Nebel hängt über dem Fluss. In langen Meerjungfrauensträhnen umfließt Lilys Haar ihr Gesicht. Mit ihren großen Augen blickt sie gen Himmel. Ich rudere auf sie zu und fange an, das Seil über meinem Kopf zu schwingen wie ein Cowboy.

In diese Bewegung lege ich all meine Konzentration. Versuche, mir möglichst realistisch vorzustellen, wie es wäre, ein echtes Lasso zu schwingen. Wie schwer es wäre.

Auf dem Fluss schwinge ich mein Lasso, doch auf dem Badezimmerfußboden knote ich weiter die Bändchen zum Zopf. Knoten für Knoten für Knoten.

Meine Arme beginnen zu schmerzen und mich verlassen die Kräfte. Ich komme einfach nicht nahe genug an Lily heran. Ein paarmal habe ich das Lasso schon ausgeworfen, doch es ist immer nur ein, zwei Meter vor ihr im Wasser gelandet. Beim Aufklatschen des schweren Seils sind Lily die Tropfen ins Gesicht gespritzt. Trotzdem regt sie sich nicht, blinzelt nicht einmal.

Komm schon, komm schon, dränge ich mich. *Hol sie zu dir. Wirf das Seil endlich weit genug.*

Warum ist das so schwierig? Das passiert doch alles in meinem Kopf. In meinem Kopf kann ich doch alles tun, was ich will. Eine Drohne losfliegen lassen, die Lily zu mir bringt. Etwas in der Art. Aber aus irgendeinem Grund ist das unmöglich. Ich bekomme die Lassoschlinge einfach nicht auf überzeugende, realistische Weise um Lily herum. Wenn ich es zu erzwingen versuche, zerfällt bloß meine Konzentration und ich werde mir zu sehr meiner selbst bewusst. Der Tatsache, dass ich ein sechzehnjähriges Mädchen bin, das auf dem Badezimmerfußboden seiner Eltern sitzt.

Ich schiebe den Gedanken beiseite.

Triff doch wenigstens ihren Fuß, Maeve! So schwer kann das nicht sein! Das hier passiert verdammt noch mal in deiner eigenen Fantasie!

Ich schaffe es.

Das Seil schlingt sich um Lilys Fuß und ich fange an, sie zu mir heranzuziehen.

Doch es fühlt sich nicht echt an. Der Anblick des morgendlichen Beg zerfällt und an seine Stelle tritt eine Pappversion davon. Je mehr ich ziehe, desto schneller schwindet das Reale der Szenerie.

Irgendwo vor unserem Haus ertönt eine Autoalarmanlage. Noch weiter weg bellt ein Hund.

Das wars endgültig. Meine Konzentration ist futsch und den Seidenzopf habe ich zu Ende geknüpft.

Auch die Kerze ist heruntergebrannt und ausgegangen.

Schon auf dem Weg ins Bett ist mir klar, dass der Zauber nicht funktioniert hat. Aber warum nicht? Versonnen binde ich mir den Seidenzopf als Armband um. Eigentlich seltsam, dass Lily und ich nie eine Freundschaftsbändchenphase durchgemacht haben. Es kam uns irgendwie überflüssig vor. Da wir eh keine Freunde hatten, außer uns gegenseitig, wäre es auf ein einziges Bändchen für jede hinausgelaufen. Rückblickend wünschte ich, ich hätte ihr trotzdem eins geschenkt. Sie hätte sich bestimmt drüber gefreut.

Als ich schon fast einschlafe, kommt mir noch einmal die Orakelfrau in den Sinn.

»Für eine solche Magie muss man viel geben, um viel zu bekommen.«

Ich spreize die Finger und betrachte die feine Narbe an der Stelle, wo die Schlüssel hineingeschnitten haben. Natürlich. Blut war das Opfer, welches Zahnbürste, Duschgelflasche, Kosmetika und eine Handbreit gewürztes Wannenwasser in einen *Zauber* verwandelt hat.

Ich muss nur herausfinden, wie ich mehr geben kann.

Am nächsten Tag in der Schule fühle ich mich Fiona gegenüber unwohl. Zum Glück ist sie dagegen immun. Ohne Umschweife lässt sie sich auf mein Pult plumpsen und nimmt Blickkontakt auf.

»Warum hast du mir gestern nicht zurückgeschrieben?«

»Ähm …«

»Du solltest doch vorbeikommen.«

»Tut mir leid, mein Akku war leer.«

»Ja, dachte ich mir schon. Aber wann warst du wieder online?«

»Keine Ahnung, so gegen acht?«

»Warum hast du mir also dann nicht zurückgeschrieben?«

»Ich dachte, die Party wäre inzwischen vorbei.«

»War sie, aber wir hätten trotzdem …« Wie aus Angst, unsere Freundschaft zu überschätzen, lässt sie den Satz in der Luft hängen. Letzten Endes kennen wir uns ja noch nicht besonders lange.

»Ich dachte, womöglich …«, setze ich kleinlaut an. »Womöglich willst du lieber nicht mit mir reden.«

»Warum denn?«

»Wegen Roe.«

Sie verzieht das Gesicht. »Mir ist schon klar, dass er gerade nicht gut auf dich zu sprechen ist, aber, na ja, ist doch bloß ein bisschen Ärger im Paradies, meinst du nicht?«

»Hat er dir erzählt, worum es bei diesem *bisschen Ärger* ging?«

»Er hat es erwähnt«, antwortet sie und zieht die Nase kraus. »Aber wie ich ihm auch schon gesagt habe: Woher hättest du es wissen sollen? Ich meine, logisch, rückschauend war es vielleicht nicht besonders schlau, sich in der Gegenwart der Mamsell jemandes Verschwinden zu wünschen. Klare Sache, wissen wir jetzt. Aber wie in aller Welt hättest du das vorher *auch nur ahnen* sollen?«

»Da hast du wohl irgendwie recht«, sage ich und muss lächeln.

»Ich meine, stell dir vor, man würde *mich* jedes Mal zur Rechenschaft ziehen, wenn ich mir wünsche, Jos würde verschwinden, damit ich ihn nicht weiter babysitten muss. Ich säße längst *hinter Gittern*, Maeve.«

Jetzt lache ich sogar. Sie hat recht. Roe hat allen Grund, mich zu hassen, trotzdem hat sie recht. »Danke«, sage ich froh. »Zum Glück bist wenigstens du noch auf meiner Seite.«

»Du bist meine Freundin. Ich habe nicht zugelassen, dass Roe schlecht über dich redet. Als ich dir schrieb, wollte ich vor allem wissen, ob bei dir alles in Ordnung ist. Er für seinen Teil schien ganz schön down zu sein.«

»Erzähl!«

»Also, er war gefasst, wie immer eigentlich. Aber dann irgendwie auch wieder nicht. Und er ist nicht lange geblieben. Danach habe ich gehofft, dass du zurückschreibst und wir die Sache bequatschen können.«

»Tut mir leid«, wiederhole ich lahm. Doch dann erinnere ich mich an den Zauber und packe sie am Arm. »Ich muss dir unbedingt was erzählen!«

Ihr Gesicht leuchtet auf.

»Aber nicht hier«, murmele ich. »Kunstraum? In der Mittagspause?«

Sie nickt und huscht an ihren Platz, weil der Unterricht losgeht.

In der Mittagspause erzähle ich ihr alles. Na ja, fast alles. Ich erzähle von den Schlüsseln aus dem Fluss, die mir in die Hand geschnitten haben. Von dem Zauber, der die Kältewelle beendet hat. Und von dem missglückten Zauber gestern Nacht. »Alles läuft darauf hinaus«, schließe ich meinen atemlosen Bericht, »dass ich ein größeres Opfer bringen muss. Mehr Blut zum Beispiel. Ich könnte den Schnitt in meiner Hand wieder aufmachen. Was meinst du?«

Fiona starrt mich entsetzt an. »Du willst dich *ritzen*?«

»Was? Nein! Ich *will* das nicht. Ich glaube bloß an das, was die Orakelfrau gesagt hat – dass man viel geben muss, um viel zu bekommen. Ein Opfer bringen. Mein erster Zauber, also der, den ich gewirkt habe, nachdem mein Blut in den Beg geflossen war, hat schließlich wunderbar funktioniert.«

Fiona macht wieder ihre kleine Denkerpose – diese aneinandergelegten Handflächen am Mund à la Hollywood-Namasté. Das hat sie bestimmt aus der Schauspieler-Talkshow von James Lipton. Jetzt schließt sie sogar noch die Augen dazu.

»Maeve, ich liebe dich.«

»Oh, okay«, sage ich, leicht überrumpelt. »Ich … liebe dich auch?«

»Ich liebe dich und sage dir das, weil … ich mir Sorgen um dich mache.«

Nicht die Reaktion, die ich erwartet hatte. »Du glaubst mir nicht?«

Sie vermeidet Blickkontakt, indem sie sich einen Fussel vom Ärmel zupft.

»Fi?«

»Ich denke nur, du zählst zwei und zwei zusammen, um auf fünf zu kommen.«

»Was soll das bedeuten?«

»Der Schnee ist … na ja, vermutlich einfach von selbst geschmolzen, Maeve.«

»Er … Ist er nicht.«

»Aber hast du irgendeinen Beweis?«, fragt Fiona mit einem Gesicht, als würde sie sich verfrüht ein Stück Schorf abkratzen.

Ich denke einen Augenblick nach. »Tja, nein«, gebe ich zu. »Aber ich weiß es. Ich lag da im Kreis und …«

»Und dir ist Wasser auf den Kopf getropft. Das klingt alles sehr filmreif und so, aber –«

»*Filmreif?*«

»Es ist eben schwer zu glauben.«

Ich verfalle in Schweigen. Wie kann sie so denken? Nach allem, was wir durchgemacht haben? Alles andere war sie zu glauben bereit, aber hier zieht sie die Grenze?

»Wärst du dabei gewesen, würdest du es bestimmt verstehen«, führe ich ins Feld. »Mach beim nächsten Zauber einfach mit. Alles fühlt sich dann irgendwie … viel echter an.«

»Ich *will* aber gar nicht wissen, wie sich das anfühlt. Für mich klingt das nach … *reinem Humbug.*«

Mir schießen die Tränen in die Augen. »*Humbug?!* Ich kapiers nicht. Das mit der Weißen Frau hast du geglaubt. Und alles andere auch. Aber das hier geht dir zu weit? Die Tatsache, dass … dass es da draußen übernatürliche Mächte gibt, die wir uns zunutze machen können?«

Fiona schaut unglücklich drein und kaut an ihren Nägeln. »Tut mir leid! Ich kann einfach nicht glauben, dass eine Sechzehnjährige aus ihrem Badezimmer heraus das Wetter kontrolliert. Wir sind hier doch nicht bei *X-Men*!«

Wütend stopfe ich meine Lunchbox und die Banane zurück in die Schultasche.

»Maeve …«

Ich kann nicht länger hierbleiben. Ich liebe es, mit Fiona abzuhängen, aber ich habe es den Mädchen an der St. Bernadette's schon zu lange recht machen wollen. Je länger ich mir noch anhöre, dass ich keine Magie – echte Magie! – beherrsche, desto unsicherer werde ich, und desto weniger werde ich es wiederholen können. Die Erleuchtung von gestern, die Erkenntnis, dass ich die schlechten Teile meines Ichs so umlenken kann, dass sie Gutes bewirken, darf mir nicht verloren gehen. Nicht, wenn Lily sich so nah anfühlt. »Ich möchte einfach allein sein, okay?«, presse ich hervor. »Ist nichts Persönliches.«

»Doch, ist es.«

»Okay, stimmt, aber ich bin nicht sauer auf dich. Du *musst* mir nicht glauben. Aber *ich* muss mir glauben. Nur so kann ich eine Lösung finden.«

»Wenn du meinst …«

»Freunde?«, frage ich.

»Freunde«, willigt sie ein und lächelt schwach. »Aber versprich mir, dass du dir nichts antust.«

»Versprochen.«

Und dann gehe ich. Verlasse nahezu feierlich den Kunstraum. Es fühlt sich an wie auf einer Bühne: *Maeve ab.* Ich kann es kaum fassen. Sonst wäre ich in so einer Situation wutentbrannt aus dem Zimmer gestürmt. Stattdessen habe ich zwischen Fiona und mir ganz beherrscht eine Grenze gezogen, eine klare Grenze. Und obwohl mein Verhalten objektiv betrachtet völlig irre erscheint, fühlt es sich doch richtig an. Unbequem, aber richtig.

Nach der Schule mache ich mich auf den Weg zum Orakel, um neue Zutaten zu kaufen.

»Maeve!«, schallt es mir erfreut entgegen. »Was macht die Kunst?«

»Dies und das.« Ich lächle zurück. »Um ehrlich zu sein, probiere ich seit Kurzem ein paar Zauber aus.«

»Wie schön! Gratuliere! Und, läufts?«

»Na ja, ich schätze …«, beginne ich vorsichtig, damit die Orakelfrau mich nicht auch sofort für wahnsinnig hält. »Ich schätze, ich könnte dabei geholfen haben, die Kältewelle zu beenden.«

»Ach, du warst das?« Als sie noch einmal lächelt, fällt mir die

Erschöpfung in ihrem Gesicht auf. »Gott sei Dank! Daran hatte ich mir schon seit Tagen die Zähne ausgebissen.«

»Sie wollten auch die Kältewelle beenden? Haben Sie deshalb diesen Spruch aufgesagt, als ich das letzte Mal hier war?«

»Mh-hm.« Sie nickt. »Tatsächlich habe ich an mehreren Dingen gleichzeitig gearbeitet.«

»Woran denn noch?«

»Ach, das ist alles ein bisschen kompliziert. Wenn sich Energie verlagert, erzeugt das immer eine Art Dominoeffekt, weißt du, was ich meine?«

Ich denke an Sylvia und ihren Vortrag über Gewicht und Gegengewicht. »Wie bei einer Wippe?«, frage ich.

»Zum Beispiel. Wobei ich es mir eher wie Jenga vorstelle. Oder eben Domino. Eins boxt das andere aus dem Weg oder wirft es um. Die reinste Kneipenschlägerei zwischen weltumspannenden Kräften. Und das hier in unserem kleinen Kilbeg. Die ganze Luft ist voll davon.«

»Und wie …«, ich suche nach dem magischsten Wort, das mir einfällt, »… *manifestiert* sich das?«

Während die Orakelfrau über ihre Antwort nachdenkt, hält sie meinen Blick fest. »Es manifestiert sich, Maeve Chambers, vor allem bei jenen, die das Zweite Gesicht haben.«

Ich muss extrem blöde aus der Wäsche gucken, denn die Orakelfrau prustet los. »Na, du willst mir aber nicht erzählen, dass du diesen Ausdruck zum ersten Mal hörst!«

»Zweites Gesicht?«, wiederhole ich. »Wie eine Maske oder so?«

»Nein, wie eine Fähigkeit. Oder eine Eigenschaft. Menschen mit dem Zweiten Gesicht sind, … na ja, auf einer anderen Frequenz unterwegs. Auf einer höheren Ebene.«

Ich starre sie wortlos an.

»Zu schwammig, hm?« Sie versucht es anders: »Das Zweite Gesicht geht mit einem natürlichen Hang zur Magie einher. Solche Menschen haben oft einen schnelleren Zugang zu Tarot oder

Hexerei und sie …, keine Ahnung, entwickeln ganz von selbst bestimmte magische Fähigkeiten. Telepathie zum Beispiel.«

Ich stehe da wie angewurzelt. Mein Mund ist staubtrocken und ich kann nicht aufhören, ihn auf- und zuzuklappen. »Ich … äh … Ich habe …?«

»Das Zweite Gesicht?« Die Orakelfrau lächelt. »Ja, Maeve Chambers. Das hast du. Ich weiß es, seit du zum ersten Mal vor mir standest.«

»Gibt es … *viele* von uns?«

»Schwer zu sagen. Obwohl ich in Kreisen verkehre, in denen mehr von ihnen als sonst unterwegs sind, bist du seit einer sehr langen Zeit die Erste, die ich treffe. Die meisten finden es nie heraus. Stattdessen verbringen sie ihr ganzes Leben mit dem Gefühl, nicht ganz sie selbst zu sein.«

»Haben … Haben Sie auch das Zweite Gesicht?«

»Ich? Nein. Heaven hatte es, und das ist nicht gut ausgegangen. Ich bin nur eine Enthusiastin. Eine eifrige Leseratte. Eine Küchenhexe.« Sie lacht. »Eine Dorfälteste.«

Heaven. Ihre Schwester. Die hat sie doch schon einmal erwähnt. Als ich zum ersten Mal hier war und es darum ging, dass ich drei »e« im Namen habe. »Aber warum ich?«, frage ich. »Wie kann das sein?«

Sie zuckt die Schultern. »Warum braune Augen? Warum Muttermale? Zufall? Schicksal?«

»Und sind Menschen mit dem Zweiten Gesicht … Sind wir … mächtig?«

Vom Räucherstäbchen rechts neben der Orakelfrau fällt der letzte Rest Asche auf den Halter. Sie holt ein neues hervor und zündet es an.

»Mmmm, riechst du das?«, fragt sie und schließt die Augen. »Nachtjasmin.«

»Sehr schön«, nicke ich, dabei dreht sich mir immer noch der Kopf von all dem neuen Wissen. Das Zweite Gesicht. *Ich habe das Zweite Gesicht.* Während ich darüber nachgrüble, inhaliere ich den schweren süßen Duft, den ich für immer mit diesem Augenblick verbinden werde.

»Um deine Frage zu beantworten«, holt die Orakelfrau mich aus meinen Gedanken, »Menschen mit dem Zweiten Gesicht *können* sehr mächtig sein. Nicht jeder, der es hat, ist eine Hexe, aber jede große Hexe hat es. Und du, Maeve Chambers«, zwischen hellblonden Strähnen hindurch starrt die Orakelfrau mich mit stahlgrauen Augen an, »du könntest eine sehr große Hexe werden.«

Mit diesen Worten dreht sie mir den Rücken zu und hantiert an einer Art Apothekerschrank herum, der hinter dem Ladentisch an der Wand steht. Während sie bald diese, bald jene Schublade öffnet, breitet sich der Duft frischer Kräuter im Laden aus. Als sie mein überraschtes Gesicht sieht, lächelt sie.

»Die ziehe ich mir selbst in einem kleinen Kräutergarten in der Küche. Solltest du auch drüber nachdenken. Es ist so *beglückend,* alles selbst herzustellen.«

»Danke für den Tipp«, murmele ich und sehe zu, wie sie mit einem silbernen Eimerchen von Schublade zu Schublade geht. »Vielleicht probiere ich das mal.«

Als die Orakelfrau mit dem Inhalt ihres Eimerchens zufrieden ist, schüttet sie ihn in einen Lederbeutel, gibt eine Prise aus einem der Gewürzgläser hinzu und verschließt ihn zügig.

»Bitte sehr, Liebes«, sagt sie und legt den Beutel vor mich auf den Ladentisch. »Löwenzahnsamen, Rosmarin, Anissamen und für noch mehr Schmackes eine Prise Chili. Hilft dir, deine Kräfte zu bündeln. Lass den Beutel einen kompletten Menstruationszyklus lang über deinem Bett hängen.«

Ich muss rot geworden sein, denn sie lächelt mich beruhigend an. »Ach, Kleines, das muss dir nicht peinlich sein. Unser Zyklus ist fester Bestandteil unseres magischen Wirkens, weißt du?«

Ich stecke den Beutel in meine Hosentasche. »Danke«, sage ich, immer noch rot. »Irgendwelche Tipps, wie ich mein Zweites Gesicht gut einsetzen kann?«

»Mein einziger Rat ist, es *nicht zum Bösen* einzusetzen.«

»Wie meinen Sie das?«

»Wer es zum Bösen einsetzt«, erklärt sie, »erspäht die Schwachstellen der Menschen und nutzt sie aus. Setzt die Brechstange genau da an, wo das Eindringen in die Herzen und Köpfe anderer möglich ist, und schmuggelt eigene Gedanken und Gefühle dort ein.«

Augenblicklich muss ich an Aaron denken. Daran, wie er die Leere in einem Menschen sehen kann. Sind er und ich uns ähnlich? Hat auch er das Zweite Gesicht? Wie sagte Roe auf der Heimfahrt vom KB-Treffen? *Du und er seid im Grunde zwei Seiten derselben Medaille.*

»Was ist mit Ihrer Schwester?«, frage ich die Orakelfrau. »Sie sagten, Heaven hat auch das Zweite Gesicht.«

»Hatte«, korrigiert sie mich.

Ich nicke. Und frage nicht weiter. Diese Frau mag mir wie eine Freundin vorkommen, doch letzten Endes bin ich nur eine Kundin für sie. »Es tut mir leid. Wegen Ihrer Schwester.«

»Das macht drei Euro fünfzig, Liebes.«

Mit einem Mal scheint die Atmosphäre im Laden umzuschlagen. Ich sollte wohl aufbrechen. Also bezahle ich, bedanke mich noch einmal und wende mich zum Gehen. Doch dann: ein Geistesblitz. Mit zwei schnellen Schritten stehe ich der Orakelfrau wieder gegenüber. »Erinnern Sie sich an den Schnee von damals? 1990?«

Schweigen. Sie beginnt Kräuter zu schnippeln, als hätte sie mich gar nicht gehört.

»Im Jahre 1990«, wage ich mich vor, »hat es hier auch geschneit. Und zwar nur hier. Wie jetzt wieder.«

Mehr Geschnippel. Sie öffnet eine Schublade und lässt die Kräuter hineinfallen. Obwohl sie den Blick gesenkt hält, kann ich sehen, wie sich ihre Lippen bewegen. *»Raus, raus, raus!«*

Sie versucht, mich aus ihrem Laden zu verbannen! Ha, das wollen wir aber erst mal sehen! Ich umklammere mein Seidenarmband und beginne ebenfalls zu flüstern.

»Helfen Sie mir, helfen Sie mir, helfen Sie mir. Sie haben mir offenbart, was ich bin. Jetzt helfen Sie mir.«

Da hebt die Orakelfrau endlich den Blick und bohrt ihn, grau und matt schimmernd, in meinen. Sie sagt kein Wort, regt keinen Muskel. Nur ihre Augen schließt sie. Ganz langsam. Und während sie das tut, schließen sich auch meine.

Dann formt sich ein Bild in dem Schwarz hinter meinen Lidern. Ich stehe am Begufer. Die Orakelfrau steht neben mir und blickt einer flussabwärts treibenden Getränkekiste hinterher.

»Noch nicht«, sagt sie. *»Noch nicht.«*

»Wann dann?«

»Wenn ich mir sicher sein kann, dass du mit der Information nichts Waghalsiges anstellst.«

»Werde ich nicht.«

»Oh doch.«

Die Orakelfrau ist in meinem Kopf. Genau so wie ich in Roes war. Und er in meinem. Der einzige Unterschied besteht darin, dass die Orakelfrau gänzlich die Kontrolle hat. Sie braucht keine Tarotkarten dafür. Sondern nur ihre Willenskraft.

Als ich mir gerade sicher bin, dass sie mich jetzt fortschicken wird, gibt sie mir, ohne auch nur die Lippen zu bewegen, eine Art Warnung mit auf den Weg: *Hier doch noch ein Tipp, Maeve, für den Einsatz deines Zweiten Gesichts: Hochmut kommt vor dem Fall.*

Und dann ist es auf einmal vorbei. Die Orakelfrau und ich stehen wieder im Laden und sehen uns über den Verkaufstresen hinweg an.

In das Klingeln des Türglöckchens hinein redet eine Frauenstimme von ätherischen Ölen.

»Auf Wiedersehen, Maeve«, sagt die Orakelfrau.

Und ich gehe.

31. Kapitel

Ich habe keine Ahnung, was ich für Roes Gig im Cypress anziehen soll. Roe hat ja gesagt, dass es ein LGBTQ-Ding für alle Altersklassen ist. Und das bedeutet also … was? Na ja, das blaue Kleid von Fionas Party geht schon mal nicht, weil es zu sehr nach »die Eltern treffen« aussieht. Irgendwie hängt aber überhaupt nichts Cooles in meinem Schrank. Jetzt habe ich schon zwei Gesichter, und nicht ein passendes Outfit.

Ich sollte dankbar sein, dass ich überhaupt hindarf. Die meisten Eltern halten die Zügel immer noch sehr stramm. Auch Mum und Dad wollten mich erst nicht gehen lassen, aber Joanne hat sich für mich starkgemacht. Es sei wichtig, hat sie überraschend vehement betont, dass ich die LGBTQ-Gemeinde und ihre Spendenaktion unterstütze.

»Ich fahre Maeve auch hin«, verkündete sie. »Und hole sie wieder ab. Ihr wisst doch, Leute, was zurzeit in dieser Welt abgeht. Wir brauchen alle Verbündeten, die wir kriegen können.«

Probehalber werfe ich jetzt einen Blick in Joannes Kleiderschrank, aber ihr Stil ist zu praktisch, zu clean, zu sportlich. Ich brauche keine rosa Poloshirts, ich brauche *Grunge*. Immerhin entdecke ich eine schwarze Netzstrumpfhose, die Jo mal zu Halloween anhatte, aber danach hörts auch schon auf. Abbies altes Zimmer gibt nicht viel Besseres her. Im Grunde hat sie nur Rumhängklamotten dagelassen: schlabbrige Jogginghosen und Sweater. Allerdings finde ich einen pflaumenlila Lippenstift, der ganz gut zu meinen schwarzen Haaren passt.

In Pats Zimmer erwartet mich der Jackpot: ein schwarzes Kate-Bush-Shirt. Ich kenne sogar ein paar ihrer Lieder, sodass ich mir darin nicht wie eine totale Blenderin vorkommen muss. Eine alte schwarze Jeans von mir schneide ich zu Shorts zurecht und ziehe darunter die Netzstrumpfhose an.

Nachdem ich mich gut eine Stunde im Spiegel gemustert habe, komme ich zu dem Schluss, dass ich durchaus wie jemand aussehe, der auf einen Gig gehört.

Jetzt muss ich nur noch irgendwie schadlos aus der Tür kommen.

»Oooooh, da schau mal einer guck«, sagt Mum.

»Sieh dich *an*«, echot Jo.

»Rockerbabe!«, ruft Dad und wirft die Arme hoch. »Rock-'n'-Roll-Girl!«

»Bitte aufhören«, flehe ich.

»Als ob«, macht Dad. »Träum weiter.«

»Maeve, das T-Shirt ist dir um mindestens vier Größen zu weit.« Mum runzelt die Stirn.

»Das soll so«, gebe ich unsicher zurück. »Jo, können wir jetzt bitte losfahren?«

»Jepp«, macht sie und ext ihren Kaffee. »Auf zum Les-mobil!«

Im Auto sitzt sie schweigend neben mir, grinst aber immer wieder herüber.

»Lass es.«

»Kann ich nicht. Du siehst so süß aus. Mein kleines Schwesterchen!«

»Jo, ich schwöre bei Gott ...«

»Spielt also dein Schatz in der Band mit?«

Ich antworte nicht. Roe und ich haben seit letztens immer noch nicht miteinander gesprochen. Vielleicht ist es gar keine so gute Idee, dass ich zu seinem Gig komme. Aber schlimmer, als hinzugehen, wäre nur, nicht hinzugehen.

»Immer noch strenge Geheimhaltung? Himmel, es muss ja sehr ernst sein.«

»Eigentlich ...«, mir bricht die Stimme. »Eigentlich weiß ich gar nicht, ob wir überhaupt noch zusammen sind.«

»Oh nein! Warum?«

»Ich habe es wohl verbockt. Ich war zu ... Ich war zu *ich.*«

»Was soll *das* bedeuten?«

Ich lache hohl. »Weißt du genau.«

»Weiß ich nicht.«

»Wütend. Eifersüchtig. Zickig. Manipulativ. Such dir was aus.«

»Ah.«

»Ja.«

»Na ja, *du* sein kann aber auch was anderes bedeuten. Witzig. Selbstbewusst. Du weißt eben, was du willst.«

Hoppla. Ein Lob von Joanne ist selten. Und verdächtig. »Warum bist du nett zu mir?«

»Ich sage nur, wie es ist. Ich wünschte, *ich* hätte mit sechzehn dein Selbstbewusstsein gehabt. Oder hätte es *heutzutage.*«

»Ich bin nicht selbstbewusst.«

»Mae, du trägst das alte verschwitzte Shirt deines Bruders auf einem Gig. Das *ist* selbstbewusst.«

»Oh Scheiße«, mache ich und rieche panisch an meinen Achseln. »Stinke ich?«

»Nicht im Geringsten.« Sie lächelt erneut und fährt links ran. »Los, raus mit dir, sei jung, feuer die Babyqueers an. Himmel, ich wage nicht zu träumen, wie mein Leben verlaufen wäre, wenn ich in deinem Alter zu queeren Gigs hätte gehen können.«

»Findest du, ich sollte nicht hier sein?«, frage ich und bin auf einmal sehr besorgt. »Du weißt schon, weil ich nicht ...«

»Nein«, antwortet sie entschieden. »Gemeinschaft ist wichtig, egal, wie du drauf bist. Solange du die Sache unterstützt und keine schräg-zudringlichen Fragen über jemandes Geschlecht oder Sexleben stellst ... Wir brauchen Unterstützung. Besonders vor dem Hintergrund, wie die Dinge sich entwickeln.«

»Wovon redest du? Welche Dinge entwickeln sich wie?«

»Die ganz Welt, Maeve. Hassverbrechen an Nicht-Heten sind ja fast schon wieder gang und gäbe. Letztens haben Sarra und ich an der Sandwichtheke vom Centra Händchen gehalten, da hat uns ein Typ angeschrien, der kaum älter war als du. Richtig *angeschrien.*«

»Was?« Alarmiert hebe ich den Kopf. »Wieso hat er das gemacht? Und warum hast du's nicht erzählt?«

»Mum und Dad sollten es nicht erfahren. Es würde sie nur traurig machen.«

»Jo, das ist *furchtbar.*«

»Ist es«, stimmt sie zu. »Trotzdem stehe ich auf einer Busspur, also raus mit dir.«

Mit diesen Worten wirft sie mich mehr oder weniger aus dem Auto, während mir immer noch der Kopf schwirrt von der Vorstellung, wie jemand meine Schwester – *meine Schwester!* – in einem Centra anschreit.

Ich bezahle meine sieben Euro Eintritt, erklimme die schmale, wackelige Treppe zum Konzertraum und bestelle nervös eine Cola an der Theke. Alle hier drin sind farbenfroh angezogen, tragen pinken Glitter auf den Brauen und coole, geschlechtsunspezifische Frisuren. Eine bärtige Dragqueen mit Turban macht die Runde und begrüßt alle. Keiner läuft in dem blöden 1990er-Grunge-Look wie ich herum.

Wieder frage ich mich, ob Roe mich nach der desaströsen Tarotsession überhaupt hierhaben will. Und wenn nicht? Was sich in meinem Zimmer noch wie eine Geste der Loyalität angefühlt hat, erscheint mir jetzt wie eine wahnwitzige Selbstmordmission.

Um niemandem in die Augen sehen zu müssen, betrachte ich eines der Plakate an der Wand, und da fällt mir auf, dass ich nicht einmal den Namen von Roes Band kenne.

Ich kenne den Bandnamen meines eigenen Freundes nicht.

Sicher ist das der Beweis, dass ich im Grunde nie einen Freund hatte. Freundinnen kennen den Bandnamen ihres Freundes! Das ist eine Tatsache! Ein Mensch namens Miel spielt darin mit, mehr weiß ich nicht. Ich habe keinen Schimmer, welche Art von Musik sie überhaupt spielen. Gott, ich bin echt das Letzte. Ich sollte hier weg. Ich *muss* hier weg.

Als ich mich auf der Treppe an den Heraufkommenden vorbeidränge, höre ich Fionas Stimme.

»MAEVE!«

Ich fahre herum und mein Herz schmilzt vor Dankbarkeit. Fi ist hier, und sie trägt eine schwarze Jeans, ein Penelope-Pitstop-Shirt, ihre übergroße Lederjacke und einen Schwalbenschwanz-Lidstrich. Ihr Look ist unendlich viel cooler als meiner, aber immerhin sehen wir aus, als würden wir zusammengehören. Überschwänglich werfe ich ihr die Arme um den Hals.

»Du bist hier!«, quietsche ich. »Ich bin ja so froh!«

»Gleichfalls!«

Glücklich grinsen wir uns an. Glücklich, etwas Normales zu unternehmen. Heute werde ich weder Dämonen noch Hexerei oder Zweite Gesichter zur Sprache bringen. Nicht heute.

»Hat er …?« Ich breche ab und versuche, die Stacheln der Eifersucht in meiner Stimme abzufeilen. »Hat er dich eingeladen?«

»Roe? Nein. Ein paar der Dragqueens, die heute auftreten, spielen bei meinem *Othello* mit. Dass *Feier Im Kleinen Kreis* hier auch auf die Bühne kommen, habe ich gerade erst gesehen.«

»Feier im kleinen Kreis?«

»Roes Band?«

»Ach so, ja!«, beeile ich mich zu sagen. »Klar.«

Fiona kennt Roes Bandnamen. Fiona, die ihn erst ein paarmal getroffen hat, im Gegensatz zu mir, die ihn seit zehn Jahren kennt.

Die Lichter gehen aus und ein einzelner Scheinwerfer richtet sich auf die beturbante Dragqueen.

»Hallo, hallo, hallo«, gurrt sie ins Mikrofon. »Liebe Jungs, liebe Mädels, liebe Non-Binary! Wie gehts uns heute? Sind wir gut drauf?«

Lautstarke Zustimmung.

»Willkommen zu unserem queeren Musik- und Kabarettabend. Ich bin heute eure Gastgeberin. Anni Mirend ist mein Name, denn eine Drag sollte so sein. Na dann, Mikrocheck. WIE HEISSE ICH?«

»Anni Mirend!«, ruft die Menge zurück.

»UND WARUM?«

»Eine Drag sollte so sein!«

»Verdammt richtig! Ich bin eure freundliche bisexuelle nichtbinäre intergeschlechtliche Drag-Entität aus der Nachbarschaft. Also, gibt es hier Leute, die noch nie bei einem Kabarettabend waren?«

Feier Im Kleinen Kreis sind erst als Dritte dran, und obwohl mir schrecklich die Nerven flattern, haben Fiona und ich doch einen Heidenspaß an der Sache. Wir jubeln uns für die Kings und Queens die Seele aus dem Leib und weinen bei der Comedyeinlage Tränen vor Lachen. Fi und ich lauschen viel zu gespannt, als dass wir groß reden würden. Stattdessen flüstern wir nur dann und wann: »Siehst du, was ich sehe?« Oder: »Ich fall gleich tot um!«

Dann werden *Feier Im Kleinen Kreis* anmoderiert.

Erneut gehen die Lichter aus und nur ein einzelner Scheinwerfer richtet sich auf den Leadsänger.

Dort, in Doc Martens und bodenlangem tiefroten seitlich geschlitzten Samtkleid steht Roe O'Callaghan. Die dichten Locken hat er nach vorne frisiert, sodass seine Augen kaum zu sehen sind. Seine Lippen, so geschminkt, dass sie noch voller aussehen, als sie eh schon sind, bewegen sich. Ganz langsam, ganz sanft beginnt er zu singen.

Dass er eine Gitarre hält, merke ich erst, als er nach den ersten drei Versen einen einzelnen lauten Schlag über die Saiten zieht.

Dann blendet das Licht auf und der Rest der Band wird sichtbar. Jemand Blondes am Bass mit Pagenschnitt – vermutlich Miel – trägt eine schwarze Weste über einem weißen Unterhemd. Der Schlagzeuger ist ein rothaariger Typ mit Glitter im Bart, und die Leadgitarre spielt ein rundliches Mädchen mit kaugummirosa Haaren in einem durchgeknöpften viktorianischen Nachthemd. Gerade weil keines der Outfits zum anderen passt, passen diese vier Menschen auf eine seltsame Art wunderbar zusammen.

Zuerst spielen sie hauptsächlich Cover, wobei Roe in ein und demselben Song von Karen O zu The Corrs übergeht. Selbst ein objektives Ohr würde locker erkennen, dass Roe ein absurd talentierter Sänger ist. Lieder, die sonst peinlich und kitschig klingen, kann er in rotzige Punknummern verwandeln, und rotzige Punknummern in gefühlvolle Balladen. Als Nächstes spielen *Feier Im Kleinen Kreis* ihre eigenen Songs. Es ist leicht herauszuhören, welche Texte von Roe sind. Der ehrliche trockene Humor und die bildreichen Storys verraten es. Gerade singt er ein Lied über einen russischen Spion, das bei den zwanzig, dreißig Leuten hier, die die Band kennen, offensichtlich sehr beliebt ist.

»Bist ein Haus, eine Falle,
Explosiv für uns alle,
Wenn das Telefon schrillt,
Ist das Warten vorbei
Und der Countdown zählt,
Meine Hand, sie wählt,
Ich nehm ab und sag: Hi!«

Das Fanpublikum singt begeistert mit, und immer wenn im Refrain das *»Hi!«* kommt, wird besonders laut gebrüllt. Beim letzten Mal schreit Roe es geradezu von der Bühne, und aus mehreren Richtungen schreien Leute zurück.

Roe hat Fans! Mein Freund hat Fans!

»Also, liebe Leute«, wendet Roe sich schließlich an sein Publikum. Als er die Gitarre nachstimmt, sehe ich, wie stark seine Hände zittern. Unter dem ganzen Samt muss er das reinste Nervenbündel sein. »Gehts euch gut?«

Als Fiona und ich mit am lautesten jubeln, geht sein Blick in unsere Richtung. Hier trifft er auf meinen und wandert dann an dem viel zu großen T-Shirt hinunter. Roes Mundwinkel zucken leicht, ein Fast-Lächeln umspielt seine roten Lippen.

Großer Gott, er ist so sexy. Wie kann jemand dermaßen sexy sein?

»Der nächste Song ist neu«, sagt er schlicht. »Ich hoffe, es macht euch nichts aus, dass er etwas langsamer ist.«

Dann singt er:

»Sag ich schon zu viel?
Und wie lange sind wir hier?
Such ich nun das Weite?
Oder bleibe ich bei dir?«

Als sein Blick wieder meinen sucht und ihn diesmal festhält, richtet sich jedes einzelne Härchen an meinem Körper auf. Roe singt diesen Song für *mich*, singt ihn zu *mir*. Inmitten des dampfenden Gedränges fühlt sich das erschreckend intim an. Die musikalische Begleitung beschränkt sich auf gelegentliche Gitarrenakkorde und Bassdrumschläge.

»Mal seh ich's klar, mal seh ich's nicht.
Versuch ja, mir zurechtzubauen,
Dass Worte wechseln ohne Ziel
Heißt, ich kann dir trauen.«

Roes Blick bohrt sich derart in meinen, dass sich ein paar Leute vor mir schon neugierig umdrehen. Dann setzt die Snaredrum ein. Der Refrain explodiert regelrecht, als das Mädchen an der Leadgitarre einen so hochtonigen atemlosen Riff spielt, dass mir davon das Blut in den Adern vibriert.

»Diffuse Frau in fahlem Blau,
Du sickerst durch die Stille.
Bist nicht gefährlich? So, aha.
Hört noch jemand Sirenenschrille?

Diffuse Frau in fahlem Blau,
Du watest durchs Schneetreiben.

Zumindest im Verborgenen
Können wir zusammenbleiben.«

Ich schnappe nach Luft. Was bedeutet das? Liebt er mich? Hat er Angst vor mir? Beides?

Doch ich habe keine Zeit, weiter darüber nachzudenken, denn in dem Augenblick fliegt eine Glasflasche quer durch den Raum und trifft Roe mitten ins Gesicht.

32. Kapitel

Zuerst bin ich sicher, dass es ein Versehen sein muss, oder ein schlechter Scherz.

Doch keins von beidem trifft zu.

Mit einem Schlag geht das Licht aus, und der Raum versinkt in Schwärze. An der Tür geht eine Art Kampf vor sich, und ich höre Anni Mirends laute abwehrende Stimme.

»Gehen Sie jetzt. Nein, Sie sind nicht willkommen. Nein. Nein. Raus mit Ihnen. *Raus*, bevor ich die …«

Ich bekomme nicht mit, was als Nächstes passiert, denn in dem bis gerade noch von ausgelassen singenden Teenagerstimmen erfüllten Raum hallen jetzt laute Schreckensschreie wider. Ich packe Fiona am Arm.

»Wo ist Roe?«, rufe ich. »Was *passiert* hier?«

Die Menge drängt nach hinten und drückt dabei Fiona und mich gegen die Wand. Ich höre sie schreien, als ein Junge rückwärts auf sie fällt. Als ich mich bücke, um ihr aufzuhelfen, gerate ich fast selbst unter die Räder. Mit einem kräftigen Ruck bugsiere ich sie und mich an den seitlichen Bühnenrand und schaffe es, mich daran hochzuziehen, sodass ich von hier oben einen besseren Überblick habe.

Die Pöbler vom Eingang sind mittlerweile hereingelangt. Hauptsächlich sind es Teenager. Nur ein paar von ihnen sind etwas älter. Die Größten und Stärksten schieben die Leute im Publikum nach hinten und schreien ihnen ins Gesicht. Ein paar andere tragen etwas. Ich stelle mich auf die Zehenspitzen.

Sie tragen … *Eimer*?

Keiner von ihnen geht so weit, zu schlagen oder zu treten, stattdessen schieben und schieben sie immer weiter. Es sind vielleicht zwanzig insgesamt, und je genauer ich hinsehe, desto bekannter kommen sie mir vor.

Fiona hat sich offenbar vom Schreck erholt und steht jetzt neben mir auf der Bühne.

»Maeve«, ruft sie und streckt den Zeigefinger aus. »Guck.«

Ich gucke und sehe vor der gegenüberliegenden Wand einen großen blonden Mann in pastellgrauem Sweatshirt und dunkelblauer Cabanjacke.

»Ist das nicht der Typ aus dem Café?«

Ist er. Aaron. Aaron hat die Kinder Brigids hergebracht. Zu Roes Gig. Zu einem queeren Kabarett-Spendenabend. Er regt sich nicht. Bewegt nicht mal die Lippen. Steht nur da und beobachtet teilnahmslos den Aufruhr. Als er in meine Richtung sieht, bleibt sein Blick kurz an mir hängen, und ich bin mir sicher, dass er mich als die erkennt, die ich bin. Die andere mit dem Zweiten Gesicht. Dann wandert sein Blick weiter.

»Wo ist Roe?«, rufe ich Fiona ins Ohr. »Kannst du ihn sehen?«

Eine Dragqueen hat ihren Schuh ausgezogen und verdrischt jemanden damit. Die roasahaarige Leadgitarristin von *Feier Im Kleinen Kreis* schubst ein Kind Brigids und brüllt es an. Die KB-Kids machen weiterhin nichts außer schieben und schreien. Sie schreien die schlimmsten Worte, die man sich vorstellen kann. Worte, die sich vermutlich auch Jo und Sarra letztens im Centra anhören mussten.

Dann aber wird jemand festgehalten. Ein vielleicht vierzehnjähriger Junge, der mir aufgefallen war, weil sein Make-up gekonnter aussieht als das der Jenner-Schwestern, wird im Nacken gepackt und zum Eingang gezerrt, wo die Leute mit den Eimern warten.

»Was ist da drin?«, ruft Fiona. »Was *machen* sie mit ihm?«

Mein Hirn geht sofort das Ärgste durch. Pisse? Blut? Hundescheiße?

Der Kopf des Jungen wird in den Eimer gedrückt, dort festgehalten und wenige Sekunden später tropfnass wieder herausgezogen.

Wasser. Es ist nichts als Wasser in den Eimern.

Dem Jungen läuft die Wimperntusche übers Gesicht und seine Foundation ist nur noch orange Schmiere. Unsanft wird er zurück in die Menge gestoßen, wo er verstört zu weinen beginnt.

Sie haben ihm sein Gesichts weggenommen.

Das haben sie offenbar mit *allen* hier vor.

Als die Kunde davon durch die Reihen geht, gerät die Situation vollends außer Kontrolle. Schläge werden ausgeteilt. Blut spritzt. Publikum, Künstlerinnen und Künstler gehen zum Angriff über. Und da sehe ich ihn. Mit blutverschmiertem Mund und an der Schulter aufgerissenem Kleid. Roe. Er versucht, zu Aaron zu gelangen, wird aber von dem einen Jungen vom KB-Treffen aufgehalten. Von Cormac, der Sport bei der GAA macht und sich die Beine rasiert. Roe drängt sich an ihm vorbei und schafft es, sich vor Aaron zu stellen. Der tut milde überrascht und verzieht das Gesicht zu einer Miene à la »Wer? Ich?«. Als hätte Roe in ihm fälschlich einen ehemaligen Nachbarn erkannt.

Da geht mir auf, dass Aaron genau das hier erreichen will. Der Kabarettabend soll in Gewalt ausarten. Sie sollen um sich schlagen, mit Highheels zustechen, ausrasten. Damit er später sagen kann, die KB-Kids hätten nichts weiter getan, als hier mit ein paar Eimern Wasser aufzukreuzen. Er zieht absichtlich mit kaum zwanzig Teenagerchristen gegen eine Menge von einhundert ins Feld. Der Kampf soll unfair aussehen. Er will verlieren.

Das Ganze, so geht mir auf, ist eine PR-Aktion. Und Roe, der Aaron anschreit, an den Schultern packt und schüttelt, macht ebenfalls genau das, was Aaron will.

Schwulen- und Lesbenmob geht auf christlichen Wohltätigkeitsverein los.

»Künstler«-Kollektiv sieht rot!

Trans-Terror: Wie die lokale Dragszene gewalttätig wurde!!

Ich sehe schon die Schlagzeilen, höre die Radiobeiträge, und wie Aaron der Presse perfektes Zitiermaterial liefert, indem er sich in endlosen Interviews produziert: *»Ja, natürlich, die Kinder Bri-*

gids hätten sich besser fernhalten sollen, aber wir sehen doch wohl alle, welche Beteiligten da zu weit gegangen sind.«

Ich habe keine Chance, durch das chaotische Gedränge hindurch zu Roe zu gelangen. Fiona, der sich der Sinn und Zweck dieser Aktion offenbar im gleichen Moment wie mir erschlossen hat, filmt das Geschehen mit ihrem Handy. »Diese Typen sind einfach hier aufgetaucht und haben angefangen, Leute anzugreifen«, ruft sie durch den Lärm. Sie ist auf Instagram Live. »Dies ist eine unverhohlene Aggression gegen die LGBTQ-Community.«

Über Aaron an der Wand entdecke ich ein gerahmtes Foto vom Cypress im Jahr seiner Eröffnung.

Und noch etwas entdecke ich: die Mamsell. Vor Nässe triefend steht sie auf einmal neben Aaron.

Irgendwie logisch, dass sie hier auftaucht. Gewicht und Gegengewicht. Wenn sich auf der einen Seite Energien verdichten, hält die andere Seite dagegen. Aaron muss durch eine Leere nach Kilbeg gelockt worden sein. Durch ein Loch, das die Mamsell ins Gefüge der Welt geschnitten hat. Stellt sich nur die Frage, auf wessen Seite sie steht. Ist sie zu Aarons Unterstützung hier, oder zu meiner?

Wie gestern im Orakel klammere ich mich an mein Armband. An meinen Seemannsknoten. Und lasse das gerahmte Bild über Aarons Kopf nicht aus den Augen. Ich rufe mir meinen »Mann über Bord«-Zauber ins Gedächtnis. Stelle mir ein Lasso vor, das ich um den Bilderrahmen wickle und zu mir heranziehe. Ich stelle mir vor, wie das Bild auf Aarons Kopf kracht. Tief hole ich Luft. Dann beginne ich mit der Beschwörung.

»Waage kippe, Rahmen falle.
Schütze Roe, mach Aaron alle.«

Wieder und wieder, schneller und schneller sage ich sie auf. Roe schreit weiter Aaron an, Aaron tut nichts, als sein scheißselbstgefälliges Grinsen beizubehalten. Der nächste Teenie wird gepackt und ins Wasser getaucht.

»Waage kippe, Rahmen falle.

Schütze Roe, mach Aaron alle.«

»Maeve, was treibst du da?«

Der Rahmen beginnt zu wackeln. *Er bewegt sich.*

»Fi, gib mir deine Hand.«

»Was?«

»Gib mir verdammt noch mal deine Hand.«

Sie gehorcht, und ich schiebe ihre Hand mit unter das Seemannsknotenarmband. Die weiße Seide meines Morgenmantels vernetzt uns miteinander, verbindet uns zu einem gemeinsamen Zauber.

»Einfach festhalten«, weise ich Fiona an. »Und guck auf den Rahmen. Guck auf den Bilderrahmen, Fi. Da, über Aarons Kopf.«

Du hast das Zweite Gesicht, Maeve. Du kannst das.

Ich sage wieder die Beschwörung auf und es dauert nicht lange, dann stimmt Fiona mit ein. Gemeinsam wiederholen wir, drängend, fieberhaft:

»*Waage kippe, Rahmen falle.*

Schütze Roe, mach Aaron alle.«

Und dann geschieht es. Der schwere Holzrahmen kracht herunter, das Glas zerbirst, klimpert in Scherben zu Boden und eine tiefrote Wunde öffnet sich an Aarons Schläfe. Einen Augenblick lang ist das Geschehen im Raum unterbrochen. Leute zucken vor dem Krach zusammen und weichen instinktiv von den Scherben zurück. Die Mamsell verschwindet beim nächsten Zwinkern wie ein Staubkorn aus meinem Augenwinkel. Fiona und ich, die wir immer noch durch den Seemannsknoten verbunden sind, tauchen in die Menge und kämpfen uns zu Roe durch.

»Großer Gott, Maeve«, höre ich sie rufen. »*Großer Gott!*«

Mit der freien Hand umklammere ich Roes Arm. Als er sich zu mir umdreht, sind seine Augen so weit und panisch aufgerissen wie die eines Tieres.

»Alles okay?«, fragen er und ich gleichzeitig.

In dem Moment stürzen die Gardaí zur Tür herein. Griffin erkenne ich sofort wieder und sie mich offenbar auch.

»Maeve«, sagt sie, dann fliegt ihr Blick zu Roe. »Rory.« Ich kann nahezu sehen, wie der Computer in ihrem Kopf tausend kleine Urteile trifft und schließlich ein Ergebnis ausspuckt. »Raus hier«, sagt sie. »Seht zu, dass ihr Land gewinnt. Heute Abend kommt keiner von euch im Polizeiwagen nach Hause. Eure Eltern haben schon genug durchgemacht.«

Ich nicke und mache mit Fiona im Schlepptau Anstalten zum Aufbruch.

»Wir können nicht einfach gehen«, protestiert Roe. »Wir können die anderen nicht im Stich lassen.«

»Müssen wir aber. Oder willst du wirklich, dass deine Eltern ein Polizeiauto vorfahren sehen? Heute Abend? Und dich in diesem Outfit?«

Er schüttelt den Kopf.

»Also dann.«

Wir stolpern die Treppe hinunter, durch den Sirenenlärm auf der Straße hindurch und sehen zu, dass wir Land gewinnen.

33. KAPITEL

Zu dritt sitzen wir im Deasy's um unsere Fritten mit Currysoße herum. Niemand greift jedoch zu. Keine Spur von Gekabbel um die größten Exemplare. Stattdessen starren wir vor uns hin und fangen Sätze an, ohne sie zu beenden. Um uns her holen Familien ihre samstagabendlichen Fish-und-Chips-Bestellungen ab.

»Wie … spät ist es eigentlich?«, fragt Fiona.

Roe guckt nach. »Kurz nach acht.«

»Erst?!«

»Ja, oder?«, stimme ich zu. »Hassverbrechen scheinen doch eher was für *spät*abends zu sein.«

Trotz allem müssen wir lachen. Obwohl Blut an Roes Hals trocknet. Obwohl Fiona und ich jemandem ein Bild auf den Kopf haben fallen lassen, ohne es zu berühren. Obwohl wir weder eine Ahnung haben, was mit den anderen im Cypress passieren wird, noch, wie Roe es ohne Wechselklamotten nach Hause schaffen soll.

Trotzdem lachen wir. Das stelle man sich einmal vor.

»Glaubt ihr, das alles gehört zu ihrem Plan?«, fragt Fiona. »Aufruhr provozieren? Zivile Unruhen. All das?«

»Schätze, ja.« Ich zucke die Schultern. »Joanne hat mir erzählt, dass sie und ihre Freundin letztens auch attackiert wurden. Im Centra, ausgerechnet.«

Roe rauft sich die Haare, wobei zwei Perlenohrringe zum Vorschein kommen. »Was soll ich jetzt machen?«

»Du kannst mit zu mir kommen«, sage ich. »Ich borg dir einfach ein paar Klamotten von Pat.«

»Nein, ich meine, was soll ich *machen*?«, fragt er mit brechender Stimme und zeigt auf sich und sein zerrissenes Kleid. »Wie soll ich jetzt leben?«

Schweigen. Weder Fiona noch ich finden so schnell die richtigen Worte, um ihn zu trösten. Sein Problem ist schließlich eines, das wir nicht haben. Was malt er sich wohl gerade aus? Welche Zukunft sieht er auf sich zukommen? Eine, in der er in aller Öffentlichkeit für seine bloße Existenz attackiert wird?

Genau so etwas tun Menschen, die ihr Zweites Gesicht zum Bösen einsetzen. Sie jagen anderen Angst ein. Genau das hat Aaron gewollt. Dass Roe sich in die kleinste Schachtel zwängt, die er finden kann. Ein Schmetterling auf Karton gespießt.

»Verdammt noch mal, Roe!«, verkünde ich mit so viel Autorität, wie ich aufbringen kann. »Du wirst dein Leben leben – das wirst du machen! Genau dann ein Kleid anziehen, wenn du eins anziehen willst, und genau den Namen tragen, den du tragen willst. Und Fi und ich werden bei dir sein.«

»Maeve …«

»Nein, Roe. Ich kann nicht versprechen, dass so etwas wie eben nie wieder vorkommt. Aber ich *kann* versprechen, dass … Ich kann versprechen, dass ich dich unterstützen werde. So lange, wie du das möchtest. Oder brauchst. Und dir verspreche ich das genauso, Fi. Wir brauchen einander. Ohne euch wäre ich total aufgeschmissen.«

»Ich verspreche es auch«, sagt Fiona, guckt von mir zu Roe und wieder zurück. »Ich bin bei euch, solange ihr bei mir seid.« Bekräftigend haut sie mit der flachen Hand auf den Tisch. »Wenn diese Typen erst einmal mit den Schwulen durch sind«, fügt sie düster hinzu, »werden sie sich die Ausländer vornehmen, da könnt ihr getrost einen drauf lassen.«

Roe schenkt Fi und mir ein blutiges Lächeln. »Schon klar, schon klar, jetzt kommt unser Drei-Musketiere-Schwur, richtig? Einer für alle, alle für einen?«

»Jawoll«, verkünden Fiona und ich kampfeslustig.

»Na gut«, sagt er und lächelt noch breiter. »Dann verspreche ich es auch. Ich werden töten, um euch zu beschützen, oder bei dem Versuch sterben.«

Wir müssen uns gar nicht die Hand darauf geben. Es reicht, dass wir im fluoreszierenden Licht von Deasy's Frittenbude intensive Blicke austauschen. Dabei grinsen wir, aber ich weiß, dass wir es ernst meinen. Ernster als je etwas zuvor.

»Und wir haben noch mehr in petto als den Drei-Musketiere-Schwur«, wirft Fiona in die Runde. »Wir haben Magie!«

»Oho, Mrs Humbug glaubt jetzt an Magie, ja?« Ich lächle.

»*Ms* Humbug, wenn ich bitten darf«, kontert sie und nippt an ihrer Cola. »Was wir da eben vollbracht haben, Maeve ... Ich kann es immer noch nicht glauben. Es tut mir leid, dass ich an dir gezweifelt habe.«

»Ähm, was habt ihr denn vollbracht?«, fragt Roe.

»Bloß dein Leben gerettet«, versetzt Fiona.

»A-ha. Und wie noch gleich?«

Ich erkläre ihm so vernünftig wie möglich den Zauber mit dem Bilderrahmen, dann den gegen die Kältewelle und zuletzt den, der Lily zurückholen sollte, aber missglückt ist.

»Verstehe«, sagt Roe und guckt leicht benommen. »Verstehe.«

»Meine Reaktion war in etwa, *Maeve, du hast sie nicht mehr alle*«, schlägt Fiona höflich vor.

»Vielleicht hat mich die Flasche zu hart am Kopf getroffen«, sagt Roe langsam. »Oder vielleicht ist die Welt einfach seit Kurzem etwas seltsam.«

Ich lache kurz auf. »Zum Thema seltsam weiß ich auch noch was: Wie sich herausgestellt hat, habe ich das Zweite Gesicht.«

Roe und Fiona heben fragend die Köpfe.

»Oh, gut«, sage ich erleichtert. »Ihr habt das auch noch nie gehört. Als die Orakelfrau davon anfing, dachte ich schon, ich hätte als Einzige keine Ahnung.«

»Na, aber was bedeutet das denn nun?«, fragt Roe ungeduldig.

»Grob gesagt, dass man ... mit einem Händchen für Magie und so geboren ist.«

»Das klingt nicht sehr spezifisch«, beschwert sich Roe und runzelt die Stirn.

»Niemand«, sagt Fiona nachdenklich, »hätte dem Schrottbuch dieser Fake-Prair-Felten etwas entlocken können, das funktioniert. Nicht, ohne selbst schon Magie in sich zu tragen.«

Roe sieht weiterhin nicht überzeugt aus.

»Ich schätze«, setze ich an, »es erklärt einfach, warum ... keine Ahnung ...« Plötzlich bin ich nervös. Ich bin es nicht gewohnt, die Besondere zu sein. *Roe und Fi* sind die Besonderen. »... warum ich gut im Tarot bin, warum die Mamsell ... von mir angezogen wird, und wie ich quasi in Roes Hirn sein konnte. Auch das mit den Zaubern erklärt es. Offenbar habe ich einfach ... ein Prozent mehr Talent dafür als andere. Und das wars auch schon.«

»Ein Prozent?!«, empört sich Fiona. »Eher so fünfzig!«

»Elf. Einigen wir uns auf elf.«

»Ich lasse mich auf keine Nachkommastelle weniger als dreißig ein.«

Wir lachen. Damit herumzualbern, macht es zum Glück etwas normaler. Vielleicht sollte ich es mir einfach so vorstellen, als wäre mein Sternzeichen keins der zwölf bekannten, sondern ein nicht recht fassbares dreizehntes. »Die Orakelfrau hat auch gesagt«, erzähle ich weiter, »dass es Menschen gibt, die ihr Zweites Gesicht zum Bösen einsetzen. Es benutzen, um andere zu manipulieren. Und ich denke, genau das könnte bei Aaron der Fall sein. Noch dazu befindet sich Kilbeg laut Orakelfrau gerade im Zentrum einer Art Energieverschiebung.«

»Weil die Mamsell alles durcheinanderbringt?«, fragt Roe.

»Richtig! Und wahrscheinlich ... haben die Aarons dieser Welt es auf genau so etwas abgesehen. Bei so einem Chaos können sie sich besonders leicht in die Köpfe der Menschen schmuggeln.«

Habe womöglich ich, indem ich die Mamsell erweckte, ein himmelhohes Jengaspiel aus Kräften und Energie umgeworfen? Könnte dieses durch Wut, Verrat und Rache heraufbeschworene Wesen all das nähren, was in dieser Stadt gerade vor sich geht?

Vor meinem inneren Auge taucht der Beg auf, wie er gleich einer blauen Vene durch die ganze Stadt fließt. Dieser Fluss, der Barramundi, Zahnräder und Schlüssel birgt. Der Seewinde, Meeresströme und das Geheimnis um ein verschwundenes Mädchen in sich trägt.

»Dann geschah Lilys Verschwinden also nicht in einem Vakuum«, schlussfolgert Roe, »sondern hängt mit allem anderen zusammen. Die Mamsell ist nur der Anfang einer riesigen Kettenreaktion. Ich wusste doch, dass es eine Verbindung zwischen Lily und diesen KB-Kanaillen gibt.«

Fiona nickt langsam. »Wisst ihr noch«, fragt sie, »wie Sylvia sagte, dass starke menschliche Emotionen Geister und Dämonen erschaffen? Und, na ja ... Was, wenn das auch andersrum funktioniert? Sagen wir, Wut und Feindseligkeit haben die Mamsell auf den Plan gerufen. Jetzt ist sie da und speit nur noch mehr Wut und Feindseligkeit aus. Und Aaron ... *channelt* sie quasi.«

»Was für ein Arsch«, ruft Roe dazwischen. »Aaron wurde ganz offensichtlich als Arsch geboren.«

»Als Arsch mit Ohren und *zwei* Gesichtern«, ergänzt Fiona.

»Also«, nimmt Roe den Faden wieder auf. »Was, wenn die Mamsell alles noch – keine Ahnung – hochpusht?«

»Wir müssen die Mamsell vernichten«, nicke ich. »Ich bin nicht stark genug, um es allein zu schaffen. Wir müssen es gemeinsam tun.«

»Wie?«

»Ich weiß nicht. Aber ich weiß, dass wir nah dran sind. Das weiß ich einfach.«

Roe kriegt einen Anruf und geht damit nach draußen, während Fiona ihr Instagram-Live-Video vom Gig checkt.

»Oh Gott, ich habe bestimmt fünfzehn Nachrichten. Zwei sogar von Journalisten.«

»Was?«

»Ja, guck, die Sache geht offenbar schon viral. Oder, na ja, irisch-viral halt.«

»Wirst du mit den Journalisten sprechen?«

»Nein, Mum würde austicken. Ich erlaube ihnen einfach, das Video zu benutzen.«

Roe kommt zurück in den Imbiss und die paar Leute, die hier ihr Essen verspeisen, gucken verwundert hoch – registrieren das Blut, das Make-up und das Kleid. Schon erstaunlich, wie schnell ich mich an Roe in diesem Aufzug gewöhnt habe.

»Das war Miel«, sagt er. »Die Band ist heil aus der Sache rausgekommen.«

»Gott sei Dank. Was hat Miel sonst noch erzählt?«

»Dass die Polizei ein paar Leute eingesackt hat. Einige der Queens wurden zur Befragung mitgenommen. Teils wohl, weil sie über achtzehn sind.«

»Verdammt. Hoffentlich geht es ihnen gut.«

»Bestimmt«, sagt Fiona. »Ich habe noch nie eine Dragqueen getroffen, die ihre Rechte nicht kennt.«

»Schon kapiert, Fiona.« Ich verdrehe die Augen »Du kennst Dragqueens.«

Dass die vom Deasy's die Musik ausschalten, ist unser Signal zum Aufbruch. Nachdem Fiona Roe und mich zum Abschied umarmt hat, marschiert sie gen Süden nach Hause, und Roe und ich schlagen die entgegengesetzte Richtung ein. Jetzt, da wir allein sind, weiß ich nicht mehr, was ich sagen soll. Trotz all der Versprechen und Schwüre innerhalb der Gruppe habe ich immer noch keine Ahnung, wo er und ich eigentlich stehen.

Dieses Gefühl beruht offenbar auf Gegenseitigkeit. Roe ist auf einmal ganz nervös mir gegenüber. Das exotische Wesen, dem ich gerade noch dabei zugesehen habe, wie es sich im Samtkleid christlichen Fundamentalisten entgegenstellt, wagt plötzlich nicht einmal mehr, mir in die Augen zu schauen. Während wir weitergehen, betupft Roe den Schnitt an seiner Lippe mit einer angefeuchteten Serviette aus dem Imbiss. Inzwischen hat sich eine amtliche Schwellung an der Stelle gebildet, wo ihn die Flasche getroffen hat. Wie gern würde ich tröstend darüberstreichen, die Linie nachfahren, wo das Purpur seines Lippenstifts auf die gerötete Haut trifft.

»Du warst unglaublich da vorhin«, sage ich und drücke kurz seinen Arm. »Tut mir leid, dass du es sein musstest. Ich meine, tut mir leid, dass diese Typen den Abend ruiniert haben. Aber, du weißt schon, du kannst stolz auf dich sein. Ich wäre nie so mutig gewesen.«

Er schweigt.

»Und der Gig!«, rufe ich, verzweifelt darauf aus, ihn zum Reden zu bringen. »Der Gig war so super! Ich hatte ja keine Ahnung, wie gut ihr seid.«

»Du musst das nicht machen«, sagt er endlich.

»Was nicht machen?«

»So tun, als wärst du ... als wärst du noch ...« Er lässt den Satz in der Luft hängen.

»Als wäre ich noch was?«

»Als wärst du noch an mir interessiert oder so.«

Meine Verwirrung ist mir offenbar anzumerken.

»Ich habe doch dein Gesicht gesehen, als ich auf der Bühne stand«, stößt er hervor. »Ich weiß ja, wie das ist. Wenn du mich in Schuluniform im Bus triffst und ich habe ein bisschen Nagellack drauf, dann ist es wohl noch niedlich. Dann gehe ich wohl noch als ... *Junge* durch, schätze ich. Aber als du mich in diesem Aufzug gesehen hast, hast du auf einmal ganz schockiert geguckt, und da wusste ich, dass das mit uns beiden ...«

Ich muss lachen, worauf Roe nur noch verletzter dreinblickt.

»Du denkst, das *gefällt* mir nicht?«, frage ich und zupfe spielerisch an einer der von seinen Ohren tropfenden Perlen. Mit leisem Klicken fällt sie in meine Hand. »Roe, ich liebe es.«

Er runzelt die Stirn. »Aber ich habe dich von der Bühne aus gesehen. Dein Gesicht. Du sahst entsetzt aus.«

»Ich war überrascht, klar«, sage ich. »So, na ja, vielleicht eine Minute lang musste ich mich dran gewöhnen, aber ...« Ich ringe nach Worten. Ich darf das hier auf keinen Fall in den Sand setzen.

»Ich finde, du sahst einfach magisch aus, Roe. Anders als alle, die ich je gesehen habe. Was Sinn ergibt, schließlich bist du anders als alle, die ich je getroffen habe.«

Wir sind stehen geblieben. Meine Finger berühren seine in der Dunkelheit. Er hält noch immer die zerdrückte Serviette. Sanft klaube ich das feuchte Knäuel aus seiner Hand und betupfe seine Lippe. Roe. Mein armer Roe.

»Und außerdem«, traue ich mich vor, »fand ich dich ... extrem sexy.«

»Ach ja?«, fragt Roe, als wittere er eine Falle.

»Ja«, bestätige ich.

Dann stehen wir schweigend im Dunkeln. Ich mache einen Schritt auf ihn zu und fahre mit dem Finger an seinem Wangenknochen entlang. Er rückt zwar nicht näher, weicht aber auch nicht zurück. Das nehme ich als Ermutigung und küsse ihn behutsam auf die Oberlippe. Achte darauf, den Schnitt nicht zu berühren. Roe schließt die Augen. Ich lehne mich vor und küsse das Ohrläppchen, an dem bis eben noch die Perle hing.

»Maeve«, murmelt er. »Nein.«

Nein?

Blinzelnd schlägt er die Augen wieder auf. »Es tut mir leid.«

»Nein?«, wiederhole ich unsicher.

»Ich finde nur ... Ich glaube, wir sollten uns darauf konzentrieren, Lily wiederzufinden. Vorerst zumindest.«

Ich kann nichts dagegen tun: Beschämung und Wut kochen in mir hoch. »Tja, wenn du das so siehst, Roe, warum fragst du dann, ob ich noch an dir interessiert bin?«

»Ähm, also ...«

»Und warum ...«, meine Stimme überschlägt sich fast, das merke ich. »Warum singst du auf der Bühne Lieder darüber, wie wir im Verborgenen zusammenbleiben? *Was soll das?*«

»Hör zu, ich weiß es doch auch nicht so richtig«, antwortet er hilflos. »Aber ... Was du mir da gezeigt hast, bei der letzten Tarotsession, das kann ich einfach nicht vergessen. Wie Lily und du einander nach der Wichtelsache angeschrien habt. Wie du den Wasserhahn aufgedreht hast … Das war echt finster, Maeve.«

»Es tut mir leid, Roe. Und ich habe keine Ahnung, wie ich es –«

Er hebt die Hand. »Ich weiß ja. Schon klar. Fi hat mich deswegen auch schon zusammengestaucht. Natürlich konntest du nicht wissen, was passieren würde. Aber jedes Mal, wenn ich, du weißt schon, *auf diese Art* an dich denke, werde ich einfach wütend auf mich und fühle mich schuldig.«

Er schaut mich derart sehnsüchtig an, dass ich mir wie ein Computerspiel vorkomme, das er nur zu gerne endlich ausprobieren würde. »Ich dachte, wenn wir … zusammen wären, könnte ich das hinter mir lassen.«

»Kannst du aber nicht«, sage ich und mir steigen Tränen in die Augen. »Du kannst es nicht hinter dir lassen.«

»Du bist mir so wichtig«, sagt er. »Wichtiger als irgendjemand sonst. Aber ich kann nicht … nicht diese große Liebesgeschichte mit dir erleben und nachts ruhig schlafen, solange ich weiß, dass meine Schwester …«

»Okay«, sage ich tonlos. »Ich verstehe.«

Und das tue ich. Ich verstehe es wirklich. So wie ich wegen der Hexerei zwischen Fiona und mir eine Grenze ziehen musste, muss jetzt Roe eine zwischen sich und mir ziehen. Das gefällt mir nicht. Aber ich kann es nachvollziehen.

»Na komm«, sage ich. »Besorgen wir dir was zum Umziehen.«

34. Kapitel

Am Montag wird über die Gigsache überall berichtet. Ein paar der Beteiligten sind sogar zur Talkrunde bei RTÉ eingeladen.

»*Das war ein gezielter Anschlag auf die LGBTQ-Community*«, erklärt eine Queen. »*Ein Anschlag auf unsere Sichtbarkeit. Diese …*«, sie setzt es mit den Fingern in Anführungszeichen, »*… ›Kinder Brigids‹ haben sich speziell junge, verletzliche Menschen herausgepickt. Eben jene, die bei uns eine sichere Umgebung gefunden hatten. Einen Ort, an dem sie sich zum Ausdruck bringen konnten, ohne Angst vor Ablehnung haben zu müssen. Die ganze Sache ist ein ernst zu nehmendes Verbrechen gegen Freiheit und Toleranz.*«

»*Ich verstehe*«, antwortet der Moderator. »*Im Interesse der ausgeglichenen Berichterstattung werden wir ebenso einen Vertreter der Kinder Brigids zu Wort kommen lassen. Die Kinder Brigids, kurz KB, sind eine Organisation, in deren Rahmen sich Jugendliche nach der Schule für wohltätige Zwecke einsetzen können, sodass –*«

»*Der Kabarettabend war ein wohltätiger Zweck*«, unterbricht die Queen. »*Und es gibt Beweise, dass die KB von einer US-amerikanischen Organisation finanziert werden. Von ebenjener, die während des Referendums zur Legalisierung von Abtreibung die sogenannte Lebensrechtsbewegung unterstützt hat. Diese Leute sind nichts anderes als Feinde einer fortschrittlichen Gesellschaft.*«

»*Nach einer kurzen Pause sind wir zurück*«, erklärt der Moderator und lächelt in die Kamera.

Fiona, Roe und ich gucken uns die Sendung in Fionas Wohnzimmer an. Jos kommt währenddessen immer wieder mit einem kaputten Spielzeugtelefon ins Zimmer gelaufen und tut kreischend sein Missfallen kund.

»Stimmt das?«, frage ich. »Dass die von den Amis finanziert werden?«

Fiona nickt. »Stand auch auf *Irish Times online*. So eine Clique reicher weißer irischstämmiger Amerikaner wünscht sich offenbar, dass ihr Vaterland rein und heilig bleibt. Irgend so ein Bullshit.«

»Okay, wow. Immerhin berichten sie darüber.«

»Das war nur *ein* winziger Beitrag«, wendet Roe ein. »Ein winziger Beitrag bei *Irish Times online*. In den anderen Medien stoßen sie alle mehr oder weniger ins gleiche Horn von wegen, ›diese lästigen Schwulen können einfach keine Ruhe geben‹.«

Im Stillen und leicht beschämt stelle ich fest, dass beide meiner Freunde *Irish Times online* lesen und ich nicht. Verstohlen speichere ich mir LIES DIE NACHRICHTEN als Erinnerung ins Handy.

»Aufpassen, es geht weiter«, sagt Fiona.

Zu absolut niemandes Überraschung ist Aaron der angekündigte Vertreter der Kinder Brigids. Im schneidigen Anzug sitzt er auf dem Gästesofa. Die Wunde an seiner Schläfe haben sie gekonnt überschminkt.

»Ich hasse diesen Typen dafür, dass er so kamerahübsch ist«, ärgert sich Fiona und wirft einen Dorito nach dem Fernseher.

Und das ist er wirklich. Als menschgewordener Mix aus Sonnenschein und weißen Zähnen versichert er dem Moderator und all den lieben Zuschauerinnen und Zuschauern vor den Endgeräten, dass es »eine große Ehre« für ihn ist, bei der Show zu Gast zu sein. Währenddessen erdolcht die Dragqueen im Paillettenkleid ihn unter der rosa Perücke hervor mit schneidenden Blicken.

»Ich denke bloß, wir sollten uns alle im Klaren sein«, hebt Aaron an, *»in was für einem zarten Alter Kinder heutzutage sexualisiert werden. Warum sollten Zwölfjährige sich über ihr Geschlecht Gedanken machen? Oder ihre Sexualität? Ist es denn so naiv zu glauben, dass die Kindheit noch ein paar Jahre länger andauern sollte?«*

»Vielleicht ja«, murmelt der Moderator versonnen.

»Als ich zwölf war, haben mich nur mein Fahrrad und meine Nintendo 64 interessiert.«

»Ich habe meine Nintendo 64 geliebt.« Der Moderator lächelt, als er und Aaron in trauter Nostalgie versinken.

»Hier geht es nicht um Sex oder Nintendos«, wendet die Queen befremdet ein. *»Hier geht es darum, dass diesen Kids das Recht zusteht, zu sein, wer sie sind. Und zwar ohne dabei Angst vor Gewalt haben zu müssen.«*

»Genau das meine ich ja«, lächelt Aaron. *»Lassen wir Kinder Kinder sein. Ohne sie mit sexuellem Geschlechterkuddelmuddel zu verwirren.«*

»Ich verstehe, was Sie meinen«, nickt der Moderator. *»Wann ist bloß alles so kompliziert geworden?«*

»Ich kann mir das nicht länger anhören«, stellt Roe kategorisch fest. »Schalten wir es bitte aus?«

»Klar«, sagt Fiona und zückt die Fernbedienung. Einen Moment lang schweigen wir die schwarze Mattscheibe an.

Auf dem Tisch liegt mein Zauberbuch, das Fiona vorhin aus meiner Schultasche gefischt hat. Jetzt nimmt sie es wieder zur Hand und blättert durch die Seiten. »Ist alles ein bisschen harmlos, oder?«, fragt sie. »Ich meine, in welchem Buch finden wir das harte Zeug?«

»Ich glaube kaum, dass wir uns ernsthaft auf schwarze Magie einlassen wollen«, sage ich. »Wir kennen doch alle die entsprechenden Filme, so was geht nie gut aus.«

»Wie wärs, wenn wir den Seemannsknotenzauber einfach ein bisschen, ihr wisst schon, … aufpimpen?«, schlägt Roe vor.

»Aufpimpen«, wiederhole ich ausdruckslos. »Erklärung bitte.«

»Na, mehr weiße Seide. Und wir knoten die Knoten zu dritt statt du allein. Außerdem könnten wir die Sache an den Fluss verlegen.« Er nimmt Fiona das Buch ab. »Guckt, hier steht, dass Neumond die beste Zeit für solche Zauber ist, die ›*ungewollte Entitäten verbannen*‹. Wann haben wir Neumond?«

»Am sechsten März«, recherchiert Fiona auf ihrem Handy. »In fünf Tagen.«

Roe und ich tauschen schweigend einen Blick aus.

»Was ist?«, fragt Fi.

»Sechster März«, wiederhole ich. »Lily ist am sechsten Februar verschwunden.«

»Kaum zu glauben, dass das schon einen Monat her ist«, sagt Roe bedrückt. »Kaum zu glauben, dass sich so viel verändern konnte, ohne dass wir Lil bisher wiedergefunden haben.«

Schweigen. Er hat recht. Wie konnte sich so viel verändern? Innerhalb nur eines Monats war ich mit Roe zusammen und wieder auseinander, habe Hexerei entdeckt, war in einen Aufruhr verwickelt, Kilbeg hat einen Schneesturm überstanden und Homophobie wieder salonfähig gemacht.

Jos legt nach einem imaginären Telefonat seinen Spielzeughörer auf. »Ihr müsst jetzt alle nach Hause«, verkündet er. »Schlafenszeit.«

Wir lachen, spülen unsere Tassen ab und machen uns auf den Heimweg.

Am Mittwochmorgen sitzen Fiona und ich mal wieder auf dem Warmwasserrohr im Mädchenklo, als Miss Harris hereinmarschiert.

»Maeve«, sagt sie, »in mein Büro. Sofort.«

»Was? Warum?«

»Sofort, Maeve.«

Ich zucke Fi gegenüber die Schultern und trotte Miss Harris hinterher. Worum geht es hier? Ich habe nichts getan. Habe bloß weiter das Mindeste gemacht, um im Unterricht mitzukommen, und habe weder bessere noch schlechtere Noten geschrieben als bisher. Nicht, dass sie noch groß schlechter werden könnten.

Wie so oft nehme ich mit ratloser Miene vor Miss Harris' Schreibtisch Platz. Statt jedoch nur so zu tun, als wüsste ich nicht, was ich falsch gemacht habe, weiß ich es diesmal tatsächlich nicht.

»Maeve, dir ist sicher klar, warum du hier bist.«

»Nein, Miss. Wirklich nicht.«

»Diebstahl ist keine Lappalie. Dafür kannst du von der Schule fliegen.«

»Ich habe nichts gestohlen.« Verwirrt runzle ich die Stirn.

»Ich bitte dich, Maeve, Lügen macht die Sache nur noch schlimmer.« Miss Harris atmet tief ein und aus und reibt sich den Nasenrücken. »Als ich dir die Tarotkarten wegnahm, tat ich das zu deinem eigenen Wohl.«

Oh.

Oh Scheiße.

»Ich habe sie nicht gestohlen, Miss«, sage ich wahrheitsgemäß.

»Sie hätten still und brav in meiner Schublade liegen müssen. Aber als ich heute eine Akte herausholte …, na ja, du kannst dir meine Überraschung vorstellen.«

Statt etwas zu sagen, beiße ich mir in die Wange.

»Ich habe sie nicht gestohlen«, wiederhole ich schließlich. Wie erkläre ich jemandem wie Miss Harris, dass die Karten schon vor Wochen einfach so in meinem Nachttisch aufgetaucht sind?

»Aber wer war es denn dann, Maeve?«

»Ich weiß es nicht«, sage ich und mir steigen Tränen in die Augen. Himmel, warum heule ich in letzter Zeit so oft? Früher habe ich nie geheult.

»Hör zu, die Karten sind mir gleichgültig. Ich muss nur wissen, wie du an meinen Schreibtischschlüssel gekommen bist.«

»Miss, ich schwöre es, ich bin keine Diebin.« Eine Träne rollt mir über die Wange. »Wirklich nicht.«

Sie fixiert mich mit scharfem Blick.

Ich senke den Kopf und sehe mich schon mit einer weiteren Mitteilung an meine Eltern nach Hause kommen. Dabei hatten Mum und Dad schon so fest daran geglaubt, dass ich mich langsam machen würde.

»In dubio pro reo, schätze ich«, seufzt Miss Harris. »Ich habe keinen Beweis für deine Schuld.«

Ich blicke auf.

»Meinetwegen vergessen wir diese Sache«, sagt sie. »Aber nur im Austausch gegen ein, zwei weitere Stunden deiner Aufräumkünste. Du hast das letztens mit dem Loch so gut hingekriegt. Deal?«

»Deal«, sage ich eifrig. Hauptsache, Miss Harris kommt nicht auf die Idee, meine Schultasche zu durchsuchen. Denn darin fände sie ihren Beweis.

»Ja dann«, verkündet sie abschließend, »erwarte ich dich heute um vier zum Dienst.«

Ich nicke und trolle mich wie ein geprügelter Hund zurück in meine Klasse.

35. KAPITEL

Dass ich aufräumen soll, hat Miss Harris gesagt. *Nicht* gesagt hat sie, dass Schwester Assumpta dabei sein wird.

»Miss, nein«, protestiere ich. »Hören Sie, wenn ich wieder eins der alten Klassenzimmer ausmisten soll, komme ich allein viel schneller voran.«

»Ich lasse dich in diesem Gebäude nicht noch einmal ohne Aufsicht, Maeve. Wir wissen beide, wohin das führt. Mach einfach, was Schwester Assumpta dir sagt.«

»Aber …«

»*Was sie sagt.* Und zeig etwas Respekt, um Himmels willen.«

So drehe ich denn im zitronengelb gestrichenen Büro Däumchen, bis das alte Hutzelweib endlich hereingeschlurft kommt. Schwester Assumpta, die ich locker um einen Kopf überrage, trägt heute ihr Ordensgewand. Offenbar ist ihr gerade mal wieder danach. Die Ex-Novizin hat es sich nie richtig abgewöhnt. Oder vielleicht will sie auch nur ihr Umfeld daran erinnern, dass sie in ihrem Herzen immer noch mit Jesus verheiratet ist.

»Hallo, Schwester Assumpta«, grüße ich im allerrespektvollsten Tonfall.

Sie betrachtet mich argwöhnisch.

»Ich bin Maeve«, spreche ich weiter. »Ich gehe Ihnen heute zur Hand.«

»Was hast du angestellt?«, fragt sie mit Raspelstimme.

»Gar nichts«, antworte ich standhaft. »Ich bin einfach nur hier, um zu helfen.«

»Du *hast* etwas angestellt«, beharrt sie und mustert mich von Kopf bis Fuß. »Du hast etwas falsch gemacht.«

Aus irgendeinem Grund habe ich das Gefühl, dass sie nicht von heute spricht.

»Hier«, sagt sie und zückt einen Handstaubsauger. »Damit gehts zum *gluaisteán.*«

Ich gucke sie ratlos an und versuche, mich an mein Irisch zu erinnern.

»Zum *Auto*«, schickt sie frustriert hinterher.

Im Schneckentempo marschieren wir zu ihrem himmelblauen VW-Käfer, dessen Beifahrerfenster wie gehabt halb offen steht. Auf dem Rücksitz türmt sich das Laub, die Fenster sind mit Vogelkacke verdreckt. Eine einzige Sauerei.

»Eimer stehen im Keller«, sagt Schwester Assumpta und macht sich auf den Rückweg in ihr Büro.

Ganz toll. Jetzt darf ich einer scheintoten Schein-Nonne das Auto putzen.

Während ich den Rücksitz absauge, frage ich mich, ob Miss Harris es einfach satthatte, wie diese abgeranzte Karre mitten auf dem Schulparkplatz die verzweifelte Obere-Mittelklasse-Attitüde der St. Bernadette's sabotierte. Vielleicht hatte sie schon vor Wochen das Fehlen der Karten bemerkt und nur darauf gewartet, dass ihr etwas einfiel, wofür sie diesen Coupon einlösen konnte.

Nachdem ich mit dem Saugen fertig bin, fülle ich zwei Eimer mit Seifenwasser, um das Wagenäußere zu waschen. Als ich gerade aus dem Keller zurück zum Parkplatz trotte, ruft Schwester Assumpta mir aus ihrem Büro heraus zu: »Den Kofferraum nicht vergessen!«

»Okay!«, rufe ich zurück.

»*Wie* heißt das?«

»Ich meine, ja, Schwester Assumpta.«

In der Erwartung, nur einmal kurz durchsaugen zu müssen, mache ich den Kofferraum auf. Drin liegen unzählige schwarzsamtene Schmuckkisten.

Der Anblick versetzt mich jäh zu dem Moment zurück, als Lily und ich diese Kisten während unserer ersten Woche an der

St. Bernadette's in die Schule tragen mussten. Wir lachten damals darüber, wie seltsam das war. Seltsam auf eine Art, die uns an uns selbst erinnerte. Warum besaß eine Nonne so viel Glitzerschmuck? Und was wollte sie damit in der Schule?

Behutsam hebe ich eine der Kisten an und rechne damit, dass sie schwer sein wird. Ist sie nicht. Neugierig öffne ich sie. Im Innern liegt kein einziges Schmuckstück.

Nur Papier.

Zeitungsausschnitte, Fotos, Notizen, Aufsätze. Schwester Assumpta hat diese Kisten nicht benutzt, um *Schmuck* in die *Schule* zu bringen. In diesen satingefütterten Boxen – hergestellt, um Ketten und Armbänder in makellosem Zustand zu bewahren – hat sie offenbar kostbare *Erinnerungen* aus der Schule *heraus* gebracht, um sie in ihrem Käfer zu archivieren.

Kurzerhand hole ich alle Kisten aus dem Kofferraum und mache es mir damit auf dem Rücksitz gemütlich. Dabei stelle ich mir Joannes missbilligendes Gesicht vor, die etwas über Respekt vor anderer Leute Eigentum erzählt. Was solls? Ich putze dieser Frau gerade unentgeltlich das Auto. Da verdiene ich ja wohl ein bisschen Rumstöberei.

Das meiste sind bloß Lobpreisungen der Schule und Berichte über herausragende Leistungen ehemaliger Schülerinnen. »ST. BERNADETTE'S ERREICHT BESTNOTEN IN ABSCHLUSSPRÜFUNG, KNABENSCHULE ERNEUT GESCHLAGEN« lautet eine Schlagzeile, eine andere: »KINDERBUCHAUTORIN NENNT BERNIE'S ALS INSPIRATIONSQUELLE.«

Alles sehr süß, muss ich zugeben. Ich hätte nie gedacht, dass Schwester Assumpta zu Rührseligkeit neigt. Seit meinem ersten Tag an der St. Bernadette's kenne ich sie einzig und allein als alte Schreckschraube, die sich mit ihrer Raspelstimme über alles und jeden beschwert. Zwar war mir immer vage bewusst, dass sie in unserer Stadt als Pionierin gilt, die ihr Erbe für gute Werke einsetzt, katholischen Mädchen eine gute Ausbildung bieten will, blablabla.

Doch all diese in kleine schwarze Fächer sortierten, im Kofferraum eines himmelblauen Autos aufbewahrten Erinnerungen und Errungenschaften sind irgendwie herzzerreißend.

Außen auf jedem Kistenboden klebt ein weißer Aufkleber mit winziger Beschriftung. Falls sie einem System folgt, erschließt es sich mir nicht. »1970–79« steht auf einem, »DACHBODENAUSBAU« auf einem anderen. Ich suche nach einer »FRÜHJAHR 1990«-Kiste, doch vergebens.

Stattdessen erregt die Aufschrift »HARRIET« meine Aufmerksamkeit.

Harriets Kiste beginnt im September 1985.

»ST. BERNADETTE'S HEISST ERSTE TEILNEHMERINNEN DES STIPENDIENPROGRAMMS WILLKOMMEN.«

Darunter ein kurzer Artikel von einem der lokalen Gratisblättchen sowie ein Foto von vier Mädchen, die breit grinsend vor der Schule stehen. Auch Schwester Assumpta ist bei ihnen, in Ordenskluft, Hände in die Hüfte gestemmt.

»V. l. n. r.: Harriet Evans, Sarah Byrne, Nan Hegarty, Catherine O'Faolainn.«

In ziemlich herablassendem Tonfall erläutert der Artikel, dass diesen Mädchen in Form des Stipendiums *»ein großzügiges Geschenk«* zuteilwürde. Der Reporter fragt Schwester Assumpta, ob sie sich keine Sorgen um Hänseleien mache. Schließlich bestehe doch *»zwischen den Stipendiatinnen und den zahlenden Mädchen an der Schule ein offensichtliches soziales Gefälle«*.

Als ich das lese, zucke ich zusammen und rutsche auf meinem Autositz ein Stück tiefer. Tatsächlich habe ich mir – vor dem Streit mit Roe – noch nie darüber Gedanken gemacht. Nie daran gedacht, dass Fiona sich an der Privatschule irgendwie fremd fühlen könnte. Vielleicht ist sie deswegen gegenüber *»den zahlenden Mädchen an der Schule«* immer ein wenig auf Abstand geblieben. Hat sie sich womöglich ebenso ausgeschlossen gefühlt wie ich?

Versonnen betrachte ich die Erste von links: Harriet Evans.

Das rundliche hübsche Mädchen mit den freundlichen braunen Augen und den dichten Locken könnte, abgesehen von Klamotten und Make-up, einem Gemälde aus dem Zeitalter Edwards VII. entsprungen sein. Mit ihrem Schwalbenschwanzlidstrich und dem breiten Lächeln sieht sie ganz so aus, als könnte man mit ihr Spaß haben.

Ich nehme den nächsten Zeitungsausschnitt zur Hand. Er ist von 1986. Das Foto zeigt eine Demonstration. Im Artikel wird Harriet gar nicht erwähnt. Erst als ich die Augen zusammenkneife, entdecke ich sie auf dem Foto in der Menge. Harriet hat den Mund zu einem Ruf aufgerissen und hält sich ein »STIMMT FÜR JA«-Schild über den Kopf.

KATHOLISCHE MÄDCHENSCHULE SCHLIESST SICH PRO-SCHEIDUNG-DEMO AN

Tausende haben sich heute auf dem Bishop Stanley Square zu einer Demonstration für das Recht auf Scheidung zusammengefunden. Auch Schulkinder verließen den Unterricht, um ihrem Wunsch nach einer Ja-Stimme Ausdruck zu verleihen. Viele Teenager, die noch zu jung sind, um bei dem Referendum im Juni ihre Stimme abzugeben, befürworten es, dass Scheidung in Irland legal wird. Ein Umstand, der laut Experten vor allem am Einfluss amerikanischer Filme und Fernsehsendungen liegt. Am meisten überraschte es, dass auch Schülerinnen der bisher für ihre konservative Politik bekannten katholischen St. Bernadette's Mädchenschule an der Demonstration teilnahmen. Schwester Assumpta, ehemalige Ordensangehörige und Gründerin der Einrichtung, gab an, dass sie »aufgrund ebenso vernünftiger wie leidenschaftlicher Reden von Betroffenen aus der Schülerinnenschaft« in ihrer Haltung zum Thema Scheidung »eine Kehrtwende« gemacht habe. Unter der Elternschaft wurde hingegen die Sorge laut, dass diese Ja-Haltung der Schule als Zeichen ihrer wankenden moralischen Integrität gesehen werden müsse.

Moralische Integrität? Mir entfährt ein hohles Lachen. War die St. Bernadette's etwa dafür bekannt früher? Solange *ich* denken kann, steht sie für möchtegernelitäre übergeschnappte Reicheleutetöchter.

Schon komisch, wie oft ich vergesse, dass es das Recht auf Scheidung in Irland noch gar nicht so lange gibt. Erst 1995, acht Jahre vor meiner Geburt, wurde es eingeführt. Da hatte Mum schon drei Kinder.

Der nächste Zeitungsausschnitt. Hier landen wir im Jahr 1989 und Harriet ist in meinem Alter. Mit strahlendem Selbstbewusstsein, die breiten Schultern geöffnet, das Kinn vorgereckt, schaut sie mir aus dem Foto entgegen.

STIPENDIATIN BEEINDRUCKT WASHINGTON IN INTERNATIONALEM AUFSATZWETTBEWERB

Die sechzehnjährige St.-Bernadette's-Stipendiatin Harriet Evans hat einen weiteren Erfolg – diesmal in den USA! – zu verzeichnen. Die talentierte Schülerin gewann mit ihrem Aufsatz über die Scheidungsdebatte in Irland den UN-Wettbewerb »Gemeinsam für Veränderung«. »Ich wollte die schiere Masse von Menschen aufzeigen, die durch dieses Thema betroffen sind«, erklärt Evans. »Im Zuge meiner Recherchen habe ich mit vielen Frauen gesprochen, die momentan in Schutzeinrichtungen leben, und von denen die allermeisten sagen, dass ihr Leben gänzlich anders verliefe, wenn das Referendum 1986 nicht fehlgeschlagen wäre.«

Evans fühlt sich gut vorbereitet, um ihren Aufsatz Ende des Monats bei der Jugendkonferenz »Gemeinsam für Veränderung« in Washington, D.C., vorzutragen. Ob ihre Eltern stolz auf sie seien, fragen wir sie. »Meine Mutter und meine Schwester sind ganz aus dem Häuschen«, antwortet Evans.

Mittlerweile muss ich mir schwer Mühe geben, Harriet Evans noch leiden zu können. Eine politisch engagierte Hochintelligente, die Aufsatzwettbewerbe gewinnt und Verbformen wie »verliefe« benutzt, als wäre sie ein gottverdammtes Grammatikbuch? Gebt mir 'ne Pause, ja? Trotzdem ist es seltsam, dass sich Schwester Assumpta bei all den beeindruckenden Ehemaligen der St. Bernadette's so sehr auf Harriet Evans konzentriert. Ich meine, diese Schule hat echte Stars hervorgebracht, zum Beispiel eine mit dem Olivier Award ausgezeichnete Schauspielerin. Aber der wurde keine eigene Samtschmuckkiste gewidmet. Ob Fiona wohl auch mal eine Kiste kriegt?

Das letzte Dokument in Harriets Akte ist ein Schulfoto aus dem Jahr 1990. Ihr Abschlussfoto. Im DIN-A4-Format. Seit dem Aufsatzwettbewerb hat sie viel Gewicht verloren, ebenso ihren Griechische-Statue-Glanz. Wie sie so mit nach innen gekehrtem Blick die Schultern zusammenzieht, hat sie überhaupt keine Ähnlichkeit mehr mit der schildschwenkenden Demonstrantin oder der stolzen Wettbewerbsgewinnerin.

Unbefriedigt betrachte ich das Foto. Hiermit habe ich die schulische Laufbahn dieses Mädchens von Anfang bis Ende durchlebt. Und wofür? Warum ist hier Schluss? Was ist passiert?

Als ich auf der Suche nach einer Erklärung das Foto umdrehe, starrt mir die Mamsell entgegen.

36. Kapitel

Harriets Zeichenstil ist völlig anders als Lilys. Aber ihr Talent auch auf diesem Gebiet ist nicht von der Hand zu weisen. Sie hat Wasserfarben benutzt. Gedeckte Gelb-, dunkle Grau- und trübe Grüntöne. Das Bild zeigt unverkennbar die Mamsell. Der Hund zu ihren Füßen wirkt lädiert, aber wachsam. Den Kopf hat er an ihre Beine gelehnt. Die Mamsell selbst wirkt so unergründlich wie in meinen Träumen – menschenähnlich, aber nicht wirklich menschlich. Ich muss wieder daran denken, wie Sylvia sagte, dass Menschen Geister und Dämonen erzeugen, wenn ihre Emotionen sonst nirgendwo hinkönnen. Genau so sieht die Mamsell in Harriets Bild aus. Wie ein Gewässer, in dem sich Hass sammelt, nicht wie eine Quelle, der er entspringt.

Meine Hand beginnt zu zittern, als mir aus irgendeinem Grund klar wird: *Ich habe Harriets Walkman, Harriets Kassette.*

Und eine weitere Erkenntnis fällt auf den Grund meiner Magengrube wie ein Stein in einen Brunnenschacht.

Ich habe Harriets Karten.

Harriet muss die Mamsell im Jahr 1990 heraufbeschworen haben. Harriet muss den 1990er-Kälteeinbruch verursacht und unseren Kater Kylie in den Schnee hinausgetrieben haben … So wie ich den 2020er-Kälteeinbruch verursacht habe. Und die Barramundi und den Anstieg von Feindseligkeit und Gewalt. Harriet hatte offensichtlich auch das Zweite Gesicht. Vielleicht war sie sogar eine Hexe. Zwei Mädchen. Zwischen ihnen dreißig Jahre.

Doch irgendwie muss Harriet dem Fluch ein Ende gesetzt haben. Irland bekam sein Recht auf Scheidung. Wenn auch erst fünf Jahre später.

Auf Lily kann ich aber keine fünf Jahre warten. Ich brauche sie jetzt. Oder zumindest diesen Samstag. Bei Neumond.

Behutsam verstaue ich die erinnerungsgefüllten Schmuckkisten wieder im Kofferraum. Nur Harriets schiebe ich verstohlen in meine Schultasche.

Eilig putze ich den Rest vom Auto und trage die Eimer zurück in den Keller. Dabei geht mir ein Gedanke so oft durch den Kopf, dass ich ihn ab und an vor mich hin flüstere: »Das ändert einfach alles.«

Schon auf dem Weg aus dem Keller greife ich zum Handy und google nach Harriet Evans. Vielleicht ist sie ja auf Facebook. 1989 war sie sechzehn, dann ist sie jetzt ... siebenundvierzig und also *definitiv* auf Facebook.

Mir blubbert schier das Blut in den Adern vor Aufregung. Vielleicht wohnt sie noch in der Gegend. Vielleicht kann ich schon heute Abend in ihr Wohnzimmer marschieren und sie fragen, wie man den Fluch bricht. Ich öffne die Facebook-App, suche nach Harriet Evans. Große Enttäuschung. Es gibt Hunderte. Ich werde Roe und Fi einspannen müssen, damit sie mir helfen, die richtige zu finden. Aber es ist immer noch schaffbar. Wobei. Harriet könnte auch geheiratet und einen anderen Nachnamen angenommen haben. Oder sie ist gegen alle Wahrscheinlichkeit doch gar nicht auf Facebook. Auf einmal erscheint die Aktion nahezu aussichtslos.

Mit der Nase am Handydisplay renne ich schnurstracks in Schwester Assumpta hinein, die gerade aus ihrem Büro kommt.

»Oh«, mache ich. »Tut mir leid, Schwester. Ich habe Sie gar nicht gesehen.«

Mit durch ihre Eulenbrille aufs Doppelte vergrößerten Augen blinzelt Schwester Assumpta mich an und runzelt die eh schon runzlige Stirn. Vom Verstand her weiß ich, dass niemand alt geboren wird. Aber wenn ich Schwester Assumpta ansehe, kann ich sie mir unmöglich als jemand anders als die tattrige alte Gründerin vorstellen, die immer noch in dieser Schule herumfuhrwerkt, weil sie sonst nichts zu tun hat. Doch ich rufe mir das Zitat von ihr aus dem Scheidungsrecht-Artikel ins Gedächtnis, vergegenwärtige mir, dass sie nicht bloß ein Pappaufsteller ist, sondern ein echter Mensch. Ein Mensch, der Harriet Evans kennt.

»Schwester Assumpta?«, beginne ich so respektvoll wie möglich. »Darf ich Ihnen eine Frage stellen?«

»Die Röcke haben nicht kürzer zu sein als zwei Finger breit über *Knielänge*«, versetzt sie mit scharfer Stimme. »Und Hosen sind strikt verboten. Es ist mir egal, wie viele Unterschriften du gesammelt hast.«

Die Hose als Alternative zum Rock gehört schon seit gut vier Jahren zu unserer Schuluniform, aber ich korrigiere sie nicht. Tatsächlich bleiben eh alle bei der Rockvariante.

»Darum geht es mir gar nicht, Schwester. Ich wollte Sie nur nach einer ehemaligen Schülerin fragen.«

Ihre Gesichtszüge werden weicher. »Mir war von Anfang an klar«, murmelt sie, »dass Anthea Jackson den Olivier für *Streetcar* gewinnen würde.«

»Um Anthea geht es mir auch nicht. Ich meine jemand anderen. Eine Schülerin, die nicht berühmt geworden ist. Ich hatte mich gefragt, ob Sie sich wohl an eine Harriet Evans erinnern.«

Mit schimmerndem Blick starrt Schwester Assumpta mich an. Weil ihre Augen immer ein bisschen feucht sind, ist schwer zu sagen, ob hier Emotionen eine Rolle spielen. Einen Moment lang stehen wir uns schweigend gegenüber. Je tiefer ich in ihre großen Swimmingpoolaugen blicke, desto stärker fällt mir ein Flirren darin auf. Ein blasses Weiß, das ein Schatten sein könnte. Oder ein Geist. Oder grauer Star.

Bedächtig beginnt sie zu sprechen. »Woher weißt du von Harry?«

Wenn ich nicht zugeben will, dass ich herumgeschnüffelt habe, gibt es darauf keine ehrliche Antwort. »Ich arbeite an einem Projekt«, sage ich schnell. »Über die Legalisierung von Scheidung.« Ha! Gute Idee! »Ich dachte, Harriet könnte eine gute Ansprechpartnerin sein.«

»Harry hat einen Aufsatz geschrieben«, sagt Schwester Assumpta mit liebevoller Stimme. »Sie haben sie nach Amerika geschickt, damit sie ihn dort vorliest.«

»Genau«, drängle ich. »Habe ich auch gehört. Würden Sie mir diesen Aufsatz heraussuchen? Oder noch besser: mir Harriets Telefonnummer geben?«

Schwester Assumpta verzieht so konsterniert das Gesicht, als hätte sie auf eine faule Traube gebissen. »Nein«, sagt sie und guckt mich kopfschüttelnd an. »Harriet ist nicht mehr unter uns.«

»Ich weiß, Schwester, Harriet hat schon vor langer Zeit ihren Abschluss gemacht, aber ...«

Schwester Assumpta schüttelt erneut den Kopf. »Harriet ist tot.«

Ohrenbetäubende Stille.

»*Was?*«

»Sie ist tot«, wiederholt sie mit brechender Stimme. »Und dieser Unmensch von einem Vater, dieses *Scheusal,* ist nicht einmal zu ihrem Gedenkgottesdienst gekommen. Nur die arme Mutter war da. Mit zwei blauen Augen. Und das kleine Schwesterchen, Fionnuala Evans, hat Rotz und Wasser geheult. Was fällt ihm ein? *Was fällt ihm ein?*« Schwester Assumpta holt tief Luft und schließt die Augen. »Na, ihm war auch nicht mehr lange vergönnt. Zwei Wochen später lag er bei den Fischen. In den Fluss gefallen, abgesoffen und auf Nimmerwiedersehen.«

Ich bin mir sicher, dass Schwester Assumpta gleich anfängt zu weinen, und frage mich, ob ich sie in den Arm nehmen soll.

Da schiebt sie die Hand in die Rocktasche und macht kreisende Bewegungen unter dem Stoff.

Oh mein Gott, was treibt sie da?

»Gegrüßet seist du, Maria«, murmelt sie, »voll der Gnade, der Herr ist mit dir ...« Ein Rosenkranz. *Oh, Gott sei Dank.*

»Schwester Assumpta?«

Doch sie hört mich nicht, bewegt nur die Finger immer weiter an den Perlen entlang und raunt ein Ave-Maria vor sich hin.

Wahrscheinlich sollte ich jetzt gehen. Andererseits kommt so eine Chance vielleicht nie wieder. Wann erwischt man Schwester Assumpta schon je allein, ohne andere Schülerinnen oder Lehrerinnen in Hörweite?

Also gehe ich nicht, sondern warte.

Schließlich öffnet sie die Augen wieder. Ich weiß, dass ich behutsam vorgehen muss. Dass Schwester Assumpta niemand ist, dem man direkte Fragen stellen kann.

»Beten Sie für Harriet, Schwester?«

Sie nickt langsam. »Ja«, antwortet sie. »Ich versuche es zumindest.« Ein tiefer Seufzer. »Allerdings weiß ich nicht, ob es viel hilft.«

»Warum nicht?«

»Menschen wie Harry kommen nicht zum Herrn.«

Was?

»Wie meinen Sie das, Schwester?«

»Sie kommen nicht zum Herrn«, wiederholt sie. »Deswegen bete ich. Ich bete für Harry. Ich bete, damit sie doch noch zu ihm kommt.«

»Zu wem?«, frage ich reflexartig und könnte mich gleich darauf ohrfeigen. *Na, zu Gott natürlich.*

Entweder gelangweilt oder betrübt durch unser Gespräch wendet Schwester Assumpta sich von mir ab und legt eine Hand auf die Klinke ihrer Bürotür. »Ich glaube daran, dass er ihr vergeben wird«, sagt sie noch. »Der Gott, den ich kenne, vergibt.« Damit humpelt sie zurück in ihr Büro und schließt die Tür hinter sich.

In Gedanken versunken laufe ich zum Bus, kriege den Fünf-Uhrfünfzehn und hoffe, nicht auf Roe zu treffen. Ist schon schwer genug, das alles zu verdauen, ohne es ihm noch auseinandersetzen zu müssen. Zudem scheine ich in seiner Nähe erst recht im Dunkeln zu tappen. Ich bin froh, dass wir Freunde sind, aber Alleinsein mit ihm ist der reinste Krampf. Es ist, als wären Fiona, er und ich zur Scooby-Doo-Gang mutiert. Fiona ist Daphne, ich bin Velma.

»Sie kommen nicht zum Herrn. Deswegen bete ich. Ich bete für Harry. Ich bete, damit sie doch noch zu ihm kommt.«

Sie kommen nicht zum Herrn. Wer sind *sie*? Ich umklammere meine Knie, als mich eine Welle der Übelkeit durchspült. Meinte Schwester Assumpta Hexen? Oder Menschen mit dem Zweiten Gesicht?

Oder weder noch?

Oder beides?

Komme auch ich jetzt nicht mehr in den Himmel, weil ich Hexerei betrieben habe? Oder ist das nichts als verqueres Gefasel einer zutiefst religiösen Alten?

Ich hole die Zeitungsausschnitte über Harriet hervor und fühle mich ein bisschen schuldig, sie geklaut zu haben. Ich werde sie zu Hause schnell auf Dads Scanner legen und danach sofort zurückbringen. Doch jetzt hole ich erst einmal meinen Collegeblock raus und versuche, all die neuen Informationen zu fixieren, um sie später zu ordnen. Auf keinen Fall will ich etwas von dem vergessen, was Schwester Assumpta mir erzählt hat.

Ich zücke den Stift: *Harriet war politisch aktiv und hat sich für das Recht auf Scheidung eingesetzt, weil ihr Vater ihre Mutter schlug. Sie ging nach Amerika, kaufte ein (verfluchtes???) Tarotspiel und beschwor vermutlich die Mamsell herauf, um ihrem Vater seine gerechte Strafe zukommen zu lassen. Dabei hat sie die Stadt aus dem Gleichgewicht gebracht, es schneien und Kylie weglaufen lassen. Dann ist sie gestorben. Und ihr Vater starb kurze Zeit später.*

Ein Leben für ein Leben. Lupenreine schwarze Magie, oder nicht? Viel geben, um viel zu bekommen.

Jetzt habe ich fast meine Haltestelle verpasst. Eilig steige ich aus und grüble im Gehen weiter.

Inwiefern lässt sich »ein Leben für ein Leben« auf Lily und mich anwenden? Ich habe mir nie ihren Tod gewünscht. Nur, dass sie verschwindet, und selbst das nur aus einer Millisekunde der Idiotie heraus statt aus lebenslangem Groll. Wenn Harriet gestorben ist, warum lebe ich dann noch? Kommt das erst später? Wird die Mamsell, sobald wir Lily finden, mich an ihrer Stelle mit sich nehmen?

Nein. Nein, das ergäbe keinen Sinn. Schließlich ist Harriets Vater ja *nach* ihr gestorben.

Ich hole mein Handy raus, google Harriet Evans' Tod im Jahr 1990 auf RIP.ie und finde einen einzelnen Eintrag. Mein Dad besucht diese Webseite jeden verdammten Tag. Wie so viele Iren sieht er den Tod als eine Art »Der Plumpsack geht um«-Spiel, und bisher hat er es erfolgreich geschafft, sich nicht umdrehen zu müssen. »Nora!«, höre ich ihn dann und wann durchs Haus krakeelen. »Du errätst nie, wer gestorben ist!«

Harriets Eintrag gibt nicht viele Details preis.

Eine Siebzehnjährige wurde auf tragische Weise viel zu früh von uns genommen, blablabla. *Die Familie bittet darum, keine Blumen zu schicken. Die Beisetzung wird im engen Familienkreis stattfinden, doch wer möchte, kann dem Gedenkgottesdienst in ihrer Schule beiwohnen.*

Das wars. Mehr wurde über Harriets Tod nicht geschrieben. Keine Todesursache, keine Erklärung.

Meine Nase klebt derart am Handydisplay, dass ich erst aufsehe, als ich schon fast an meiner Haustür bin, vor der, wie ich jetzt feststellen muss, ein Polizeiauto steht. Mein Magen verwandelt sich in einen Eisblock. *Was ist jetzt wieder passiert?*

Einen Moment lang bleibe ich stehen und versuche, mich mithilfe langer, konzentrierter Atemzüge zu beruhigen. Wahrscheinlich sind sie nur hier, um meine Aussage zu den Vorfällen neulich beim Gig aufzunehmen. Bestimmt hat Detective Griffin es sich anders überlegt und will mich nun doch ohne Rücksicht auf meine Eltern über die Kinder Brigids befragen. Na, wenn dem so sein sollte, wunderbar. Ich werde ihr mit Freude alles erzählen, was ich über Aaron weiß. Tatsächlich ist es gut, wenn er Gegenstand von Ermittlungen wird. Ihm gehört schleunigst das Handwerk gelegt.

Aber was, wenn es um Lily geht? Was, wenn sie tot aufgefunden wurde? Mit blauen Lippen im Beg treibend? Nur warum stehen die Gardaí dann vor meinem Haus, nicht vor Roes?

Als ich in den Flur trete, dringt ein Geräusch aus dem Wohnzimmer. Ein unkontrolliertes kehliges Wimmern, wie von einem Tier.

Ich spitze die Ohren.

Das ist Mum.

Sie weint.

Ich stürze ins Zimmer, und da sind sie alle versammelt: Mum, Dad, Joanne, Griffin und Ward. Und noch jemand. Eine junge Frau, die ich erst etwas zeitversetzt identifiziere. Zum einen, weil ich sie nicht sehr gut kenne, und zum anderen, weil ihr Gesicht von Blut überströmt ist. Sarra.

Auch Joanne ist, wie mir jetzt auffällt, nicht unverletzt. Jemand hat ihr ein Veilchen verpasst, und aus einer Platzwunde über der Braue läuft ihr Blut ins Auge.

»Maeve«, Dad steht auf. »Maeve, ich denke, du solltest in dein Zimmer gehen.«

»Was ist passiert?«, frage ich.

»Liebling«, sagt Mum, »es wird das Beste sein, wenn du –«

»WAS IST PASSIERT?«, unterbreche ich sie. »Jo! Sarra! Wer hat euch so zugerichtet?«

Stumm sieht Jo mich an. Aus ihrem Blick spricht die pure Verzweiflung.

»Maeve«, sagt Detective Griffin mit betont sanfter Stimme. »Es tut mir leid, dass wir … uns jedes Mal unter so traurigen Umständen treffen.«

»Ich will jetzt endlich wissen, was passiert ist!«, beharre ich mit zunehmender Panik.

Griffin wirft Mum und Dad einen Blick zu. Mum weint noch immer, und Dad sieht aus wie vom Donner gerührt. Kaum merklich nickt er Griffin zu. Ein Nicken à la: »Na los, Sie können es ihr genauso gut erzählen.«

»Deine Schwester und Miss Malik wurden angegriffen«, erklärt Griffin schlicht. »Es ist davon auszugehen, dass es sich um … einen Akt der Intoleranz gehandelt hat.«

»Wo war das?«

»An der Uni«, stößt Jo hervor. »Mitten auf dem Campus. Sarra und ich saßen in der Cafete. Hatten uns gerade eine heiße Schokolade geholt. Eine verdammte *heiße Schokolade.*« Das Letzte spuckt Jo geradezu, dann lacht sie. »Ich wünschte, es wäre was Stärkeres gewesen. Wenn ich als Lesbe schon angegriffen werde, kann ich dabei direkt auch am helllichten Tage Whisky trinken. Das würde ihnen so richtig in den Kram passen, meinst du nicht?«

»Ihnen?«, hake ich nach. »Wen meinst du damit? Die Kinder Brigids?«

»Sie haben uns ihre Flugblätter ins Gesicht gehalten. Von wegen, dass wir die natürliche Ordnung unterminieren würden, blablabla. Diese ganze Masche nach dem Motto: ›Hi, dürfen wir euch in ein zivilisiertes Gespräch darüber verwickeln, dass ihr Abschaum seid?‹ Ich habe ihnen natürlich nahegelegt, sich zu verpissen.«

»Mein Vorschlag war«, ergänzt Sarra mit Krächzstimme, »dass sie sich ihre Propagandaflyer in den Arsch schieben.«

»Dann hat einer von ihnen angefangen, Sarra anzugiften, weil sie als ›Person of Colour‹ doch ›besondere Achtsamkeit‹ walten lassen müsse, welches Beispiel sie für die Mädchen in ›ihrem sozialen Umfeld‹ abgeben würde.« Jo setzt ein Paar Anführungszeichen nach dem anderen in die Luft. »Oh ja, da haben sie sich sehr gewählt ausgedrückt.«

»Und ich wollte wissen, welches ›soziale Umfeld‹ ihnen da vorschwebt.« Sarra lacht trocken auf. »Das Basketballteam vielleicht?«

»Als Nächstes hat ihr einer der Männer ins Gesicht geschlagen.«

»Was?«, rufe ich. »Die haben in sechzig Sekunden von null auf Losprügeln umgeschwenkt?«

»Man muss ihnen wohl zugutehalten«, sagt Sarra mit grimmiger Miene, »dass das offenbar nicht zu ihrem Plan gehört hat. Dass jemand, der weder männlich noch weiß ist, Kontra gibt, war anscheinend einfach zu viel für diesen Typen. Jo schlug ihn zurück und danach ging die Luzi ab. Jeder durfte mal.«

Ich weiß nicht, wo ich hinsehen soll, wo meine Hände lassen. Und ich kann nicht aufhören, Sarra anzustarren. Für so lange Zeit habe ich sie als die Frau abgeschrieben, die Jo betrogen und verletzt hat. Als die Frau, die mir eines Tages meine Schwester wegnehmen würde. Ich habe Sarra genau wie Schwester Assumpta immer nur als Pappaufsteller wahrgenommen. Statt als einen Menschen, der seine eigenen Schlachten zu schlagen hat.

Als Griffin mich bittet, hinauszugehen, damit sie den Rest von Joannes und Sarras Aussage aufnehmen kann, schleppe ich mich hoch in mein Zimmer und vergrabe das Gesicht in K2s blondem Fell.

Jo ist lesbisch, solange ich denken kann. An ein Coming-out erinnere ich mich nicht. Auch an kein Streitgespräch darüber. Als ich elf war, und sie achtzehn, kam sie eines Tages Hand in Hand mit einem Mädchen namens Kris nach Hause, und damit hatte sichs. Mum und Dad warfen sich lediglich mit hochgezogenen Brauen einen Blick zu, und Abbie gab das bevormundende Statement ab, wie stolz sie auf Jo sei. Aber, genau, damit hatte sichs. Kris aß mit uns zu Abend und hing einige Monate lang bei uns rum, dann war sie weg, und ein paar Jahre später tauchte Sarra auf. Vielleicht gab es dazwischen noch andere Beziehungen, aber wenn ja, dann weiß ich von denen nichts. Jo ist nicht gerade redselig, was das angeht.

Jedenfalls kann ich mich nicht erinnern, dass Jo in all den Jahren irgendwann einmal wegen der Intoleranz anderer Leute verstört, weinend oder gar blutend nach Hause gekommen wäre. Ein- oder zweimal rief ihr vielleicht jemand was auf der Straße zu, vor allem während der Zeit, in der sie für die gleichgeschlechtliche Ehe demonstrierte, aber das konnte sie einfach abschütteln. Es hatte keine Bedeutung für sie. So etwas wie heute ist noch nie vorgekommen.

Ich schmiege mich noch enger an K2.

Ich habe das getan. *Ich* habe die Energien in unserer Stadt aus dem Gleichgewicht gebracht. *Ich* habe den Jengastein aus dem

Turm gezogen. Der Schnee, der Fluss, der Hass, das Blut. Aaron und seine eigenartige Fähigkeit, die Schwäche in Kilbeg auszunutzen. All das fließt aus dem Loch, das die Mamsell in die Welt geschnitten hat. Und ich habe ihr das Messer gegeben. Als ich die Augen zukneife, sehe ich das blutende Gesicht meiner Schwester, ihre geschwollenen Lider. Und Schwester Assumptas schimmernden, mondgleichen grauen Star. Und Harriet Evans' Schwalbenschwanzlidstrich.

Ich muss es wiedergutmachen.

Ich muss es wiedergutmachen.

Ich muss es wiedergutmachen.

37. KAPITEL

Am Donnerstag haben wir nur vormittags Unterricht, und Fiona schickt mich mit einer Einkaufsliste zum Orakel. Jede *ihrer* freien Minuten wird von den Proben für *Othello* okkupiert. Es fällt schwer, ihr nicht vorzuwerfen, dass sie unseren Zauber bloß als ein weiteres Hobby behandelt, in dem sie unweigerlich ebenfalls gut sein wird. Bloß eine weitere Feder an ihrem eh schon völlig überladenen Hut. Trotzdem gebe ich mir Mühe, mich davon nicht ärgern zu lassen.

»Maeve Chambers«, murmelt die Orakelfrau, als ich den einzigen Ort auf der Welt betrete, an dem man mich jedes Mal mit vollem Namen anspricht. Heute schwingt Verträumtheit in ihrer Stimme mit. Als wäre sie nicht ganz bei der Sache. Sie reibt getrocknete Kräuter zwischen den Handflächen, Lavendelkrümel rieseln auf den Ladentisch.

»Hallo«, sage ich und falte meine Liste auf. Eine weitere übernatürliche Unterhaltung mit der Orakelfrau brauche und will ich nicht. Nein, ich brauche nur ein paar Kerzen und weitere Zutaten. Zielsicher pflücke ich das Gewünschte aus den Regalen. Ich kenne mich hier mittlerweile so gut aus, dass ich fast überzeugt bin, den Laden einen Nachmittag lang übernehmen zu können.

Das Schweigen zwischen uns ist dann aber doch irgendwie beunruhigend. Ich bin schon so an ihr Geplauder gewöhnt, an ihre Ratschläge, ihre seltsamen Fußnötchen zu meinem Menstruationszyklus. Nichts dergleichen. Stattdessen gleitet sie geräuschlos ans Schaufenster und starrt apathisch den Passanten hinterher. Ihre blonden Haare sind ganz stumpf, und mehrere Strähnen haben sich aus dem Pferdeschwanz gelöst. Sie sieht erschöpft aus.

»Alsooo«, erhebe ich vorsichtig die Stimme. »Ich habe darüber nachgedacht, was Sie mir über Menschen mit dem Zweiten Gesicht erzählt haben, und: Kennen Sie die Kinder Brigids? Diese komischen Fanatiker? Haben Sie bestimmt in den Nachrichten von gehört. Jedenfalls: Dass die gerade so viel Einfluss haben, liegt meiner Meinung nach an Aaron – der ist wohl so etwas wie ihr Anführer. Ich glaube, Aaron hat auch das Zweite Gesicht. Und setzt es zum Bösen ein.«

Sie sagt nichts dazu. Tatsächlich scheint sie nicht einmal bemerkt zu haben, dass jemand gesprochen hat.

»Die Kinder Brigids haben meine Schwester angegriffen«, füge ich hinzu, um wenigstens irgendeine Reaktion zu bekommen. »Meine Schwester und ihre Freundin.«

Das Wort »Schwester« scheint die Orakelfrau aus ihrer Starre zu reißen. »Du musst auf deine Schwester aufpassen«, sagt sie heiser.

»Ich weiß.«

»Lass nicht zu, dass sie dir entgleitet, Maeve. Das darfst du niemals zulassen.«

»O-kay?«

Das ist jetzt wirklich schräg. Sonderbare Äußerungen bin ich von der Orakelfrau ja gewohnt, aber sonst steckte in ihnen immer ein Fädchen Logik, das ich auffangen und dem ich zu seinem Ursprung folgen konnte.

Sie lässt den Blick wieder abschweifen und starrt weiter aus dem Fenster. »Weißt du eigentlich«, fragt sie, »was sie früher in diesem Laden verkauft haben?«

»Nein.«

»Jungfrau-Maria-Figürchen. Und das Prager Jesulein.«

»Ist das das mit diesem Ei in der Hand?«

Sie antwortet nicht.

Ich vergesse leicht, dass Religion für fast alle Irinnen und Iren über dreißig einen großen Einfluss im Leben hatte. Auf die eine oder andere Art. Mum erzählt in regelmäßigen Abständen, wie die

Nonnen an ihrer Schule sie als kleines Mädchen terrorisiert haben. Und als Abbie klein war, machte sie eine denkwürdige Phase durch, in der sie Kinderheilige werden wollte.

In meinem Alter hingegen verschwendet keiner auch nur einen Gedanken an die Kirche, und das, obwohl wir in der Schule ständig auf irgendeine Messe zusteuern. Meist beschränkt sich das auf ein bisschen Singen und Beten. Und vielleicht noch, bei besonderen Anlässen, die Seligpreisungen aufsagen.

»Ich hielt es erst für keine gute Idee«, fährt die Orakelfrau fort, »den Mietvertrag zu übernehmen. Nicht nach allem, was passiert war …«

Sprichts und starrt weiter aus dem Fenster. Es kommt mir ganz so vor, als ob ich gehen sollte, nur bleibt mir bis Neumond keine weitere Gelegenheit für den Zutatenkauf. Und um zumindest hoffen zu können, dass unser Zauber funktioniert, brauchen wir dieses Zeug. Leise suche ich die restlichen Zutaten von meiner Liste zusammen. Schierling, Alraune, Rosmarin und schwarze Kerzen, die für Neumond stehen. Als es um die Tansanitkristalle zur Kommunikation mit der Geisterwelt geht, gerate ich ins Stocken. Sämtliche Kristalle liegen in einer großen Vitrine neben der Tür. Allerdings sind nicht alle eindeutig markiert. Eifrig google ich nach Tansanit und halte die Abbildungen aus dem Internet neben die diversen Steine, trotzdem finde ich keinen, der den blauen Exemplaren auf meinem Display ausreichend ähnelt. Irgendwann stoße ich auf eine Schale voller fingernagelgroßer Kiesel, die sein *könnten*, wonach ich suche. Ich fotografiere sie und schicke das Foto zum Prüfen an Fiona.

»Arbeiten Sie hier?«

Ich zucke zusammen. Ein DPD-Paketbote steht offenbar schon länger geduldig im Laden. »Eine Lieferung aus Italien. Die muss mir jemand gegenzeichnen.«

Suchend gucke ich mich um und sehe, dass die Orakelfrau verschwunden ist. Sie muss hinausgeschlüpft sein, während ich mit dem Abgleichen der Kristalle beschäftigt war. Mir geht auf, dass der Paketbote denken muss, ich würde Inventur machen oder so. Glatt bin ich ein bisschen stolz, dass ich offenbar erwachsen und cool genug aussehe, um in einem Laden wie diesem zu arbeiten.

Verstohlen schaue ich auf das Paket. Dem Etikett nach handelt es sich um eine Lieferung Tarotkarten. Italien stellt die besten in ganz Europa her. Fiona und ich haben schon rumgesponnen und überlegt, unsere Eltern von einem Schüleraustausch dorthin zu überzeugen. Wobei ich dann, wie ich zähneknirschend feststellte, doch wieder Italienisch üben müsste.

Der Paketbote steht immer noch wartend vor mir.

»Ähm ...« Erneut schaue ich mich um. »Klar, ich kann Ihnen das gegenzeichnen.«

Jetzt wird er misstrauisch. »Denn Sie arbeiten hier. Sehe ich das richtig?«

»Goldrichtig. Der Laden gehört meiner Mum.« Wow, das ging mir erstaunlich leicht über die Lippen. »Ich helfe ab und an aus.«

Er zuckt die Schultern und reicht mir das Digitalpad für die Unterschrift. Ich male einen vagen Kringel darauf, den er nicht einmal ansieht. Dann spuckt das Teil eine Quittung aus, und der Bote reicht sie mir zusammen mit dem Paket. »Also dann, einen schönen Tag noch, Miss Evans.«

Ich erstarre. Miss *Evans*?

Irgendwie schaffe ich es, das Paket nicht fallen zu lassen, sondern auf den Ladentisch zu stellen und dem DPD-Typen zum Abschied zuzunicken, worauf er den Laden verlässt.

Erst dann schaue ich nach, an wen das Paket adressiert ist.

Fionnuala Evans, Orakel, 56 Peter's Street, Kilbeg.

Evans. Ist die Orakelfrau Harriets Schwester? Nein, das kann nicht sein. Sie hat mir den Namen ihrer Schwester schon mal gesagt. Das war irgendwas Hippiemäßiges. Wie hieß sie gleich? Sun? Cloud?

Fionnuala Evans.

Vielleicht keine Schwester, sondern eine Cousine? Oder reiner Zufall?

Wie verdammt hieß die Orakelfrauschwester denn nun? Erst letztens war von ihr die Rede, als es um Menschen mit dem Zweiten Gesicht ging. Richtig. Da stand ich genau hier vor dem Ladentisch, und die Orakelfrau sprach von ihrer Schwester namens … Wie hieß sie, verdammt? Und wo steckt die Orakelfrau eigentlich die ganze Zeit?

Erst jetzt werde ich wieder der Quittung gewahr, die ich geistesabwesend in der Hand zerknüllt habe. Sorgsam streiche ich sie glatt und lege sie oben auf den Karton.

F. EVANS steht darauf. Dieser Anblick setzt etwas in Gang. Die Buchstaben reihen sich in meinem Kopf neben- und untereinander wie eine Algebra-Aufgabe.

F. EVANS. Fionnuala Evans.

Harriet Evans.

H. EVANS.

HEVANS

HEAVENS

HEAVEN!

Heaven! So hieß die Schwester! Es muss ein Spitzname sein!

Die ganze Zeit war ich davon ausgegangen, dass die Orakelfrau sich mir zur Wahrung geschäftlicher Distanz oder so nie vorgestellt hat. So à la: *Hey, Mädchen, ich kann dich gut leiden, aber bis hierher und nicht weiter.* Doch stattdessen wollte sie wohl vielmehr vermeiden, dass ich eins und eins zusammenzähle. Ich erinnere mich an den seltsamen Moment hier im Laden, daran, wie sie mich in dieser übersinnlichen Vision am Flussufer warnte:

Hochmut kommt vor dem Fall.

Offensichtlich hatte Heaven, hatte Harriet, sich überschätzt und dabei ihr Leben verloren.

»Maeve.«

Die Orakelfrau ist zurück. Der Apothekerschrank an der Wand entpuppt sich als Geheimtür, in deren Rahmen Fionnuala jetzt steht. Hinter ihr ist eine Treppe zu sehen. Hat sie ihre Wohnung direkt über dem Laden? Womöglich gehört ihr das ganze Gebäude.

»Ich habe Ihre Lieferung entgegengenommen«, sage ich mit zitternder Stimme. »Mrs Evans.«

Sie setzt sich mit hängenden Schultern auf den Hocker hinterm Ladentisch und starrt ausdruckslos den Karton an. »Danke«, sagt sie schwach. »Und nenn mich Fionnuala.« Sie sieht aus, als hätte sie seit Tagen nicht geschlafen. Vielleicht war sie ja gerade für einen kurzen Powernap in ihrer Wohnung oder hat sich irgendein Aufputschmittel eingeworfen.

»Warum …?« Ich habe keine Ahnung, wo ich anfangen soll. Warum alles, momentan. Ich halte inne und kalibriere neu.

»Fionnuala? Du wusstest Bescheid, oder? Als meine Freunde und ich hierherkamen und dich über die Mamsell befragten, wusstest du genau, was los war.«

»Als ihr mir dieses blödsinnige Schulprojekt aufgetischt habt? Ja.« In ihrer Stimme schwingt so viel Schmerz und Erschöpfung mit, dass ich nicht einmal wütend auf sie werde, obwohl ich allen Grund dazu hätte.

»Was ist denn eigentlich los mit dir?«, frage ich stattdessen frustriert.

Da lacht sie ein bisschen. Kein grausames Lachen, keineswegs. Eher ein Lachen, das eine Herzchirurgin von sich geben würde bei der Frage, was sie den ganzen Tag lang gemacht hat.

»Ich bin alle, Maeve. Ich habe nichts mehr.«

»*Wovon* nichts mehr?«

»Von allem. Magie, Macht, Energie, Verstand. Ich habe die letzten Wochen all meine Ressourcen eingesetzt, um dich zu beschützen, und jetzt bin ich alle. Wie gesagt, ich …« Mitten im Satz schweift sie ab und sieht aus, als würde sie einfach da auf ihrem Hocker einschlafen. »… ich bin eine Küchenhexe. Keine Zauberin. Ich habe nicht das Zweite Gesicht. Ich bin bloß eine kräuterkundige Wicca, die ihre besten Jahre hinter sich hat und mit ein bisschen ergaunerter Magie einem Mädchen helfen will, das sich nicht selbst helfen kann.«

»Wovon redest du? Was … was hast du denn *gemacht*?«

»Ist dir nicht aufgefallen, dass die Albträume sich verabschiedet haben? Und dass du aus gefährlichen Situationen etwas *zu* leicht wieder herausgekommen bist? Jesusmaria, die süße Arroganz der Jugend! Was würde ich nicht alles tun, um sie wiederzubekommen.«

Ich denke kurz nach. Die Albträume … haben tatsächlich aufgehört. Den einen gab es noch. Den Schuhtraum, den Roe und ich zugleich geträumt haben, aber der war kein Albtraum im eigentlichen Sinne. Eher eine Warnung, ein Hinweis, ein Zettel auf dem großen Schwarzen Brett des Kosmos. Ich dachte, die Mamsellträume wären abgeebbt, weil ich stärker geworden bin. Stattdessen hat also Fionnuala das gemacht?

»Du hast Schutzzauber für mich gewirkt?«

Sie nickt. »Jede Nacht. Ob sie funktioniert hatten, konnte ich immer nur sehen, wenn du mal wieder hier aufgekreuzt bist.«

Wieder denke ich nach, länger diesmal, gehe sorgfältig die letzten paar Wochen im Kopf durch. »Bei dem Aufruhr im Cypress …«, murmele ich, »kamen Menschen zu Schaden. Der Krankenwagen musste kommen. Ich hingegen bin ohne einen Kratzer da rausspaziert und musste nicht einmal eine Aussage bei der Polizei machen.«

Ein kurzes Lächeln, ein leichtes Augenrollen. »Na, ist das nicht angenehm?«

»Warum? Warum hast du das für mich getan? Du kennst mich doch kaum.«

»Weil ich, Maeve, alt genug bin, um zu erkennen, wenn Geschichte sich wiederholt. Jeden einzelnen Tag muss ich aufs Neue mit dem leben, was Heaven passiert ist. Hast du auch nur eine Vorstellung, wie sich das anfühlt? Wie es sich anfühlt, wenn, dreißig Jahre nachdem du deiner eigenen Schwester nicht hast helfen können, wieder ein Mädchen mit dem Zweiten Gesicht in dein Leben marschiert kommt? Erschütternd ist das, Liebes. Durch und durch erschütternd.«

»Und ab wann wusstest du …?«

»Ich hatte so meinen Verdacht. Erst recht, als das Wetter umschlug und der ganze Wahnsinn mit dieser Christenbande losging. Du hast übrigens recht. Der blonde Junge …«

»Aaron.«

»Aaron. *Sauron.* Jesusmaria. Als hätten seine Eltern gewusst, dass aus ihm mal ein böser Zauberer wird.«

Trotz allem muss ich ein bisschen lachen.

Offenbar zufrieden über ihren kleinen Witz lächelt Fionnuala mich an. Dann spricht sie weiter. »Er hat die Schwäche gewittert. Das *Ungleichgewicht.* Wie ein Hai Blut im Wasser riecht. Die Kinder Brigids waren bis vor Kurzem noch ein kleines, hasserfülltes Grüppchen am entgegengesetzten Ende des Landes. Sie hatten vielleicht fünf Mitglieder. Und auf einmal tauchen dieser Junge und sein amerikanisches Geld hier auf. Gleichzeitig mit dem Wetterumschwung. Da wusste ich, dass etwas im Gange ist. Und ich wollte kein weiteres Mädchen in so einen Strudel hineintaumeln sehen.«

»Als ich Aaron zum ersten Mal getroffen habe«, setze ich an und füge die Erinnerung zusammen, »wollte er am liebsten nichts mit mir zu tun haben. Selbst als ich bei seinem grässlichen Treffen sein emotionales Erpressungsspiel mitgespielt habe …, hat er mich behandelt, als würde ich nach ranziger Milch stinken.«

Aaron wollte gar nicht mich, er wollte Roe. Und ich hatte gedacht, ihn mit meiner Kraft und Selbstsicherheit ferngehalten zu haben. Himmel, Fionnuala hat recht. Ich bin tatsächlich ziemlich arrogant.

»Aaron muss den Schutzzauber gewittert haben«, sagt Fionnuala. »Und wenn ihm bewusst ist, dass er das Zweite Gesicht hat, dann weiß er genauso, dass du es hast. Da kannst du deinen Kopf drauf verwetten. Wahrscheinlich wartet er schon seit Wochen darauf, dass, wer oder was auch immer dich schützt, endlich schlappmacht.«

Beim KB-Treffen erkannte Aaron mich sofort als das Mädchen im Brautkleid, obwohl ich an dem Tag in der Schatzkiste kaum in

Erscheinung getreten bin. Obwohl Fiona die lodernde Flamme war, die Schönheit mit dem nackten Bein, zu der alle hinsahen, während sie mit lauter Stimme von Atheismus sprach.

Aaron im Bridey's, wie er Fiona einzuwickeln versucht. Dann der Gig von Roe. Dann Joanne an der Uni. Ein beängstigender Gedanke robbt sich in meinen Kopf: Aaron ist dabei, mich einzukreisen! Weil er mich nicht direkt erreichen kann, geht er auf die Menschen los, die mir am nächsten stehen. So schwächt er nach und nach meinen Widerstand, bis ich nicht mehr kann oder aufgebe.

»Warum hast du mir nichts von deinem Schutzzauber gesagt?«, frage ich Fionnuala. »Wofür die ganze Geheimniskrämerei?«

»Weil ich nicht wollte, dass du dich einmischst. Ich dachte, vielleicht – ach, keine Ahnung –, ich dachte, wenn ich den Schutzschild aufrechterhalten kann, dann geht die Phase vielleicht vorüber, ohne dass du etwas Dummes tust. Ich hatte gehofft, dass sich das Gleichgewicht von selbst wieder einpendeln würde. Das tut es oft.«

»Diesmal aber nicht.«

»Nein«, sagt sie und reibt sich die Augen. »Und ich habe nichts mehr übrig, womit ich dich schützen könnte.«

»Hm?«

»Magie ist kein All-you-can-eat-Buffet. Sie ist wie ein Kornfeld. Hat man es einmal abgeerntet, braucht es Zeit, bis neue Frucht heranwächst. Und ich habe jedes letzte Körnchen für dich verbraucht, Maeve Chambers. Damit du nicht endest wie Heaven.«

»Warum nennst du sie –?«

»Genug jetzt. Tschüss. Mach's gut.«

»Spinnst du?« Meine Stimme überschlägt sich. »Du kannst mir nicht all das erzählen und dann erwarten, dass ich einfach nach Hause gehe.«

»Und doch ist es so. Geh jetzt. Ich will dich mindestens eine Woche lang nicht mehr hier sehen. Und unternimm um Himmels willen bis dahin nichts Dummes. Ich kann dich erst einmal nicht mehr beschützen.«

»Okay. Schon verstanden. Alles klar«, mache ich und nicke brav. »Aber vorher muss ich noch meinen Einkauf abschließen.« Mit diesen Worten lasse ich schwarze Kerzen, eine Handvoll fingernagelgroßer Kiesel, die hoffentlich Tansanitkristalle sind, und die Kräuter auf den Ladentisch fallen.

»Maeve …« Ein tiefer Seufzer. »Für wie dumm hältst du mich?«

»Aber Fionnuala …«

»Ich kann dich nicht aufhalten. Dafür bin ich zu schwach. Mir bleibt gerade noch die Kraft, dich zu bitten, also: Bitte! Stürz dich nicht ins Unglück! Überschätze nicht deine Kraft!«

»Du verstehst das nicht. Die Mamsell hat meine –«

Fionnuala hebt den Zeigefinger, um mich zum Schweigen zu bringen. Ein letzter Tropfen Magie muss doch noch in ihr stecken, denn irgendwie funktioniert das. Mein Mund klappt zu.

»Ich kann ein Ritual, das mir missfällt, nicht verhindern. Aber ich kann mich weigern, daran zu verdienen. Ich werde mir nicht mit deinen Fehlern die Taschen füllen, Maeve. Jetzt geh.«

Also trete ich, mit leeren Händen, auf die Straße.

Noch in der gleichen Nacht fangen die Albträume wieder an.

38. KAPITEL

Nachricht von Fiona.

ZAUBERCHECKLISTE:

SEIDE: Hab uns EINE MENGE aus dem Textilladen besorgt. Und fleißig Knoten geübt!

KRÄUTER: Roe, LOL! Wer hätte damit gerechnet, dass deine protestantische Mum so eine Kräuterhexe ist?! Genug Rosmarin am Start? Ja? Nein?

SPRÜCHE: Maeve, ich vertraue darauf, dass du uns ein paar Zeilen hindichtest, die einem Lizzo-Song entsprungen sein könnten. Rhythmus! Energie! SCHMISS!

KERZEN: Geringstes Problem. Habe zwar keine schwarzen gefunden, aber hey.

DIVERSES: Eine Decke zum Draufsitzen, Salz und Öl. Check, check und check.

Fi ist auch noch mal unter einem Vorwand zum Orakel gegangen und hat versucht, uns Zutaten zu besorgen. Aber natürlich hat Fionnuala sich nicht verarschen lassen und sie mehr oder weniger ignoriert.

Wieder und wieder sind Fiona, Roe und ich Fionnualas Warnung durchgegangen. Haben sie von allen Seiten beäugt und ein paarmal hineingebissen wie Goldwäscher in ein Nugget.

»Ist doch klar«, stellte Fi vehement fest, »dass wir der Mamsell jetzt, da Fionnualas Schutzzauber nicht mehr wirkt, erst recht den Garaus machen müssen, oder, Maeve? Bestimmt ist Aaron dir schon auf den Fersen. Er weiß schließlich, dass du das Dritte Ohr hast.«

»Das Zweite Gesicht.«

»Was auch immer.«

Roe schwieg zunächst, abwartend, kalkulierend und vorsichtig, was Fionas überselbstsicheren Eifer anbelangte.

»Heaven ist gestorben«, sagte er irgendwann schlicht. »Das dürfen wir nicht vergessen, Fi. Heaven ist gestorben.«

»Vollkommen richtig«, stimmte ich ihm zu und versuchte, dabei genauso erwachsen zu klingen wie er. »Aber erstens war Heaven vermutlich auf sich allein gestellt, statt zwei Freunde an ihrer Seite zu haben. Und zweitens *wollte* sie, dass ihr Vater stirbt. Weil Heavens Vater gewalttätig war, und weil das Referendum für ein Recht auf Scheidung trotz aller Bemühungen fehlgeschlagen ist, hat Heaven die Mamsell heraufbeschworen.«

»Hat Fionnuala dir das erzählt?«

»Nein.« Zu meiner Schande musste ich mir eingestehen, dass ich Fionnuala fast gar nichts über Heaven gefragt, sondern meine knapp bemessene Zeit im Orakel damit verschwendet hatte, über mich zu reden. »Aber dass die Geschichte so ablief, ist doch offensichtlich, oder?«, gab ich zu denken. »Wenn ich die Infos aus Harriets Schmuckkiste mit dem kombiniere, was Schwester Assumpta gesagt hat, kommt genau das dabei raus.«

»In Ordnung«, nickte Roe. »Heavens Vater ist ja auch nicht bloß im Fluss verschwunden, wie Lily, sondern darin ertrunken. Das war ein Leben für ein Leben. Nicht … schön, aber eben schwarze Magie. Heaven wusste, was sie tat. Im Gegensatz zu dir, die du die Mamsell nur aus Versehen heraufbeschworen hast. Sodass Lily nun aus Versehen in einer Art … Zwischenwelt feststeckt. Sie ist nicht tot. Es muss kein Tauschgeschäft stattfinden. Wir gleichen lediglich die Summen wieder aus.«

Diese Logik kam mir solide vor. Fiona auch. Daher entschieden wir, an unserem Plan mit dem Ritual festzuhalten. Tansanitkristalle hin oder her.

Ich würde sagen, wir brauchen drei Sprüche: einen fürs Seidezerschneiden (jeder bringt ein Küchenmesser mit, ja?), einen fürs Knoten und einen fürs Auswerfen der Seile. Okay, Maeve???

Ok, schreibe ich zurück.

Können wir auch bitte alle was Blaues oder was Schwarzes anziehen??? Das sind nämlich die Saturnfarben.

Dann noch eine:

Kaum zu fassen, dass es schon morgen so weit ist!

Ich stelle mein Handy auf Flugmodus. Klar doch, ich ziehe was Blaues an. Oder was Schwarzes. Ich ziehe alles an, was von mir verlangt wird.

Von den zurückgekehrten Albträumen habe ich Fiona und Roe nichts erzählt. Dank mir haben sie ja wohl schon genug, worum sie sich Sorgen machen müssen. Und diese ganze »Zweites Gesicht«-Sache sorgt auch jetzt schon für mehr Theater, als ihr zusteht. Sechzehn Jahre meines Lebens habe ich mir die größte Mühe gegeben, *nicht* die Art Mädchen zu sein, um die man sich ständig kümmern muss. Herauszufinden, dass ich nahezu einen Monat lang von einer Fast-Fremden beschützt wurde, fühlt sich so an, als hätte ich mächtig damit angegeben, bei einem Computerspiel die Beste zu sein, nur um anschließend festzustellen, dass mich alle auf der niedrigsten Schwierigkeitsstufe haben spielen lassen.

Deswegen: nein. Ich erwähne die Albträume nicht. Ist eh bloß wieder der alte Käse. Die Mamsell. Der Fluss. Das Gefühl, Lily sei ganz in der Nähe und belauere mich zähnefletschend. Am Samstagmorgen wache ich schon vor fünf Uhr auf und fühle mich schwer, verschwitzt und krank. Draußen ist es noch dunkel. Ich nehme mein Kissen und lege mich in die leere Badewanne. Genieße das Gefühl der kühlen Emaille an meiner Haut. Kurz bevor ich wieder wegdämmere, merke ich noch, wie mir ein Spuckefaden aus dem Mund aufs Kissen läuft.

Ich bin wieder am Flussufer. Es ist ein heller früher Morgen und niemand außer K2 ist bei mir. Suchend blicke ich mich nach der Mamsell um. Fast vermisse ich ihre nicht-ganz-menschliche Gestalt. Weit gefehlt, dass ihre Gegenwart Trost bieten würde, aber, na ja, wo steckt sie denn?

Am gegenüberliegenden Flussufer entdecke ich jemanden.

Doch es ist nicht die Mamsell, sondern Aaron, der sich auf eine umgedrehte Getränkekiste gesetzt hat.

Was macht *er* hier? Kann Aaron jetzt, da der Schutzzauber fort ist, in meine Träume eindringen? Oder verarbeitet hier bloß mein Unterbewusstsein meine wachsende Angst vor ihm?

Plötzlich schießt vor meinen Füßen eine Regenbogenreflexion über den Fluss, bewegt sich mit meinem Blick mit, hüpft über die Wellen und bricht sich an der Wasseroberfläche. Vielleicht, überlege ich, fällt in der physischen Welt gerade ein Lichtstrahl zwischen den Badezimmervorhängen hindurch auf meine geschlossenen Lider.

Aaron, in Jeans und weißem T-Shirt, lächelt unbeschwert, während ihm die Morgensonne ins gebräunte Gesicht scheint. Er hält etwas in den Händen. Ich kneife die Augen zusammen. Die Sonne blendet mich so stark und er sitzt so weit entfernt, dass ich kaum etwas erkennen kann. Aber er streichelt definitiv *etwas* auf seinem Schoß. Etwas Schwarzes mit glänzendem … Fell? Eine Katze? Nein, für eine Katze ist es zu groß.

»Bist du tatsächlich hier?«, frage ich. Und obwohl ich eher zu mir selbst gesprochen habe, hört er mich. Er hebt den Kopf. »Ist es tatsächlich Morgen?«, frage ich weiter.

Er schweigt. Nickt einfach nur und streichelt weiter das Etwas auf seinem Schoß. K2 fängt an, angriffslustig zu bellen. Doch seine anfänglichen Drohlaute verwandeln sich schnell in ein angsterfülltes Winseln.

Ein Fleckchen Weiß blitzt mir vom anderen Flussufer entgegen. Aaron lächelt mir zu.

Endlich gewöhnen meine Augen sich an die Helligkeit. Jetzt kann ich Aaron etwas besser sehen, und vor allem auch, was er auf dem Schoß hält.

Es ist der Kopf der Mamsell.

Einen grausigen Augenblick lang bin ich überzeugt, dass es tatsächlich nur ihr sauber vom Leib getrennter Kopf ist. Aber nein: Die vielleicht noch schlimmere Erkenntnis lautet, dass sie neben

Aaron im Gras ruht und den Kopf auf seinen Schoß gelegt hat, während er ihr durch das lange dunkle Haar streicht. Strähne um Strähne der seidigen Schwärze gleitet ihm wie Tinte durch die Finger. Es scheint echte Zuneigung in dieser Liebkosung zu liegen. Zärtlichkeit gar. Er lächelt noch einmal. Ein weiteres weißes Aufblitzen drüben am Ufer.

»Was tust du da? Warum bist du hier?«

»Psst. Sie schläft.«

»Was willst du von mir, Aaron?«

»Psst.«

Ich drehe ihm den Rücken zu. Weigere mich, ihm ins Gesicht zu sehen. *Wach auf, Maeve. Wach verdammt noch mal auf.*

»Wenn ich du wäre, hätte ich es nicht so eilig mit dem Aufwachen. Das Leben da draußen ist schwer für uns, weißt du? Es ist schwer für Leute wie uns.«

Widerstrebend wende ich ihm das Gesicht zu. *»Wovon redest du?«*

Er fährt fort, die Mamsellhaare zu streicheln. *»Ist das nicht niedlich, Maeve? Du hast mehr Angst vor ihr als vor sonst irgendetwas und für mich ist sie nichts als ein kuschliges Haustier.«*

Ich schließe die Augen. Will ihn nicht länger ansehen.

»Ich konnte dich vom ersten Moment an riechen, weißt du das? Schon als du noch im Fahrstuhl standest, konnte ich dich riechen.«

»Halt die Klappe.«

»Das könnte noch ziemlich spannend werden«, murmelt er. *»Falls du am Leben bleibst.«*

Die Regenbogenreflexion verändert ihre Lage und ich schlage die Augen auf. Das Badezimmer ist von blendend hellem Morgenlicht erfüllt, das sich an den weißen Kacheln bricht. Ich zittere am ganzen Körper und meine Zähne schlagen klappernd aufeinander wie die von einer frierenden Cartoonfigur. Aarons letzte Worte klimpern mir wie loses Kleingeld im Kopf herum.

Das könnte noch ziemlich spannend werden. Falls du am Leben bleibst.

Ich versuche, mir so leidenschaftslos wie möglich meinen eigenen Tod vorzustellen. Eine weitere Harriet Evans, oder Heaven, oder Harry, oder wie auch immer. Ich stelle mir vor, von Schwester Assumpta, der ältesten Frau der Welt, überlebt zu werden, sodass sie demnächst für mich den Rosenkranz beten kann, während ihr eine andere arme Idiotin gegenübersteht, die dazu überlistet wurde, den himmelblauen alten Käfer zu putzen. Maeve kommt nicht zum Herrn, deswegen bete ich für sie, denn mein Gott vergibt, seierseierseier.

Meine Zähne schnappen nach meinen Fingernägeln. Je länger der Albtraumschweiß auf meinem Körper trocknet, desto klebriger fühle ich mich. Und desto seltsamer.

Immer noch zitternd gehe ich in mein Zimmer zurück und krieche unter die Decke.

Schwester Assumpta sagte, dass Harriet Evans nicht zum Herrn käme. Ausgerechnet *Heaven* kommt nicht in den Himmel. Mit einem Mal habe ich Fionnuala vor Augen, wie sie mit apathischem Blick über die Jungfrau-Maria-Figürchen und das Prager Jesulein spricht. Bestimmt hieß das Orakel früher mal »Zur frommen Einkehr« oder irgendwie so.

Namen besitzen Macht. Das war einer der ersten Sätze, die sie zu mir sagte. Namen besitzen Macht.

Etwas Unförmiges, Unansehnliches taucht aus meiner Erinnerung auf wie ein alter Stiefel am Angelhaken. Etwas, das in jahrealtem katholischen Schulbildungssediment verborgen lag. Etwas für mich Selbstverständliches, das ich bisher nie hinterfragt oder überhaupt bedacht habe.

Menschen, die Selbstmord begehen, kommen nicht in den Himmel. Zumindest laut Meinung der Kirche nicht. Vielleicht haben sie das sogar irgendwann zwischendurch geändert. Der jetzige Papst macht so was ja gerne mal. Dem Katholizismus ein neues Image verpassen, damit er wieder frisch und einladend wirkt. Aber lange Zeit galt das noch, oder? Selbstmord war eine Sünde vor Gott. Vielleicht hat Fionnuala ihrer Schwester erst nach deren Tod den Spitznamen Heaven gegeben. Als eine Art Gebet. Paradies. Himmel. Heaven.

Heaven kam nicht *durch* das Ritual um. Sie tötete sich selbst *währenddessen.*

Das könnte noch ziemlich spannend werden. Falls du am Leben bleibst.

Falls.

Meine Zähne kauen mittlerweile am Nagelbett und ziehen langsam, aber sicher meine Fingerspitzen in Mitleidenschaft. Was werde ich tun müssen, um Lily zurückzubekommen? Wie viel bin ich zu opfern bereit?

Ich strecke die Hand nach dem wie immer in Reichweite liegenden Tarotspiel aus und hoffe inständig, dass es mir eine Antwort gibt.

»Wird das Ritual Lily zurückbringen?«, frage ich und lasse das vertraute Gewicht der Karten hin und her wandern.

Dann ziehe ich. Die Sieben der Kelche. Eine seltsame Karte. Ein Mann betrachtet sieben Kelche auf einer Wolke, in denen sieben verschiedene Symbole stecken. Ein Kelch quillt vor Juwelen über, aus dem nächsten kriecht eine Schlange, und wieder ein anderer birgt einen Dolch. Gaben und Flüche. Der Mann steht gebannt vor ihnen wie ein Reh im Scheinwerferlicht der göttlichen Wahlmöglichkeiten.

Diese Karte ist schon öfter vorgekommen und steht normalerweise dafür, dass jemand unfähig ist, eine Entscheidung zu treffen. Als ich versuche, sie auf meine Situation anzuwenden, will es nicht recht klappen. Fiona, Roe und ich haben ja durchaus eine Entscheidung getroffen. Nämlich, dass wir das Ritual durchführen. Statt eine Reihe Kelche anzustarren und die Welt an uns vorbeiziehen zu lassen, handeln wir.

Ich betrachte die Karte erneut, versuche, sie anders zu denken. Der Dolch, der aus einem der Kelche herausguckt, zieht meinen Blick an. Ich drücke meinen Daumen auf die Klinge.

Vielleicht geht es gar nicht um eine Entscheidung. Vielleicht geht es vielmehr um Wunschdenken. Darum, so zu tun, als gäbe es eine Wahl, während eigentlich nur eine einzige Möglichkeit bleibt.

Ein Leben für ein Leben. Viel geben, um viel zu bekommen. So funktioniert schwarze Magie doch.

Ich beiße mir auf die Lippe und ziehe eine zweite Karte. Sobald ich die Bildseite sehe, werfe ich das Stück Pappe in hohem Bogen von mir.

»Nein«, flüstere ich die Zimmerdecke an. »Nein.«

Zaghaft klopfe ich an Jos Schlafzimmertür. Obwohl es immer noch früh am Samstagmorgen ist, ist sie wach. Sie hat sich zwei Kissen in den Rücken geklemmt und liest. Auf Griffins Rat hin war sie gestern und vorgestern nicht an der Uni. »Aber es geht mir wieder gut«, widersprach Jo. »Egal«, stellte Griffin schroff klar. »Ich meine ... Es ist sicherer so.«

»Hey«, mache ich und bleibe in der Tür stehen.

»Selber hey«, sagt Jo und schaut vom Buch auf. »Du bist ja früh wach. Worum gehts?«

»Ich ... wollte nur mal nach dir sehen.«

»Ist dir kalt?«

»Ja.«

»Willst du mit unter die Decke?«

Wortlos durchquere ich das Zimmer und krabble in ihr Doppelbett. Hier drin ist es unglaublich gemütlich, und das Bettzeug ist schneeweiß und rein. Jo isst niemals im Bett, im Gegensatz zu mir, dich ich einen aussichtslosen Krieg gegen Toastkrümel führe.

»Ich habe kein Kissen«, murre ich.

»Komm, wir teilen.«

Sie streckt den Arm nach mir aus und zieht mich an sich. Da lege ich den Kopf auf ihre Brust und lausche ihren Herzschlägen.

»So etwas haben wir seit deiner Kindheit nicht mehr gemacht«, stellt Jo fest. »Früher hast du mich immer angefleht, bei mir schlafen zu dürfen.«

»Und du hast mich nie gelassen, blöde Kuh.«

»Als ob mir das vorzuwerfen wäre. Mit dir hätte ich mir rasiermesserscharfe Zehennägel ins Bett geholt. Und Kohlfürze.«

»Stimmt gar nicht.«

Was sonst in Angifterei ausgeartet wäre, mündet diesmal in schläfrigem Schweigen, während wir beide an die Decke starren.

»Hast du Angst?«, flüstere ich schließlich.

Sie denkt einen Moment lang nach. »Ein bisschen«, antwortet sie dann.

»Dass du wieder angegriffen werden könntest?«

»Ja. Und dass Sarra wieder das Ärgste abkriegen könnte. Und dass«, ihre Stimme klingt gepresst, »dass es einfach für alle immer schlimmer werden könnte.«

»Was meinst du damit?«

»Ich glaube, viele von uns … haben schlicht angenommen, dass sich jetzt alles zum Guten wendet. Dass der Fortschritt immer so weitergeht, weißt du? Wir leben ja jetzt in diesem ach so liberalen Irland und das alles. Wenn du mich fragst, haben wir uns alle ein bisschen zu früh auf die Schulter geklopft.« Sie schluckt schwer und reibt sich die wunde Haut unter ihrem blauen Auge. »Jetzt kommt nämlich erst mal der Rückschlag.«

Schon habe ich dieses Bild vor Augen. Wie meine Schwester angeschrien, verfolgt und angegriffen wird. Und daneben Aaron, wie er bei seinem Fernsehauftritt dem Moderator was von Nintendos und Fahrrädern erzählt. Ich halte Jo ganz fest, vergrabe mein Gesicht an ihrer Schulter und versuche, nicht an die Sieben der Kelche oder jene andere Karte zu denken, die ich aus meinem Bett geworfen habe. Der Tod liegt immer noch, mit der Bildseite nach oben, auf den Dielen in meinem Zimmer.

Ich weiß genug über diese Karte, um zu wissen, dass sie nicht Sterben bedeutet.

Zumindest bedeutet sie das normalerweise nicht.

»Hey, warum schniefst du so?«

»Ich habe auch Angst«, antworte ich. Und ergänze: »Um dich.«

»Ach, Hasemaus. Musst du nicht. Mich könnte's doch weitaus schlimmer treffen. Ich habe eine tolle Familie, eine mutige Freundin und bin fast so gut aussehend, wie ich schlau bin. Da komm ich schon klar.« Sie lacht leise in sich hinein.

»Aber so geht es nicht allen.«

»Stimmt«, sagt sie ernst. »So geht es nicht allen.«

»Ich hab dich lieb.«

Da hebt sie den Kopf und guckt mich erstaunt an.

»Alles okay bei dir, Maeve?«

Ich nicke wenig überzeugend.

»Ich hab dich auch lieb. Mach dir keinen Kopf wegen dieser Sache. Du kannst ja nichts dafür. Gib einfach dein Bestes, um für Menschen da zu sein, die verletzlicher sind als du. Halt Augen und Ohren offen. Und mach den Mund auf, wenn du was Fieses mitkriegst. Okay?«

Ich halte sie weiter fest umarmt und suche vergeblich eine Möglichkeit, ihr zu beichten, dass ich zumindest ein bisschen eben doch was dafür kann.

Die folgenden Stunden vergehen schleppend und träge. Die Kältewelle ist eindeutig vorüber, dafür hängt jetzt eine regelrechte Schmeißfliegenschwüle in der klebrigstickigen Luft. Fiona, Roe und ich verabreden uns für Mitternacht am Fluss. Zu meinem Glück sind Mum und Dad zu einer Dinnerparty eingeladen, und Jo ist bei Sarra. Der Angriff scheint sie einander noch näher gebracht zu haben. Gestern Abend war Sarra bei uns, und sie und Jo haben die ganze Zeit zusammengerollt vor dem Fernseher gelegen. Ich kann mir vorstellen, dass sie bald zusammenziehen. Jo würde das sicher gefallen.

Als Mum und Dad aufbrechen, nehme ich erst Dad, dann Mum ganz fest in den Arm. Verstohlen schnuppere ich an Mums Haaren. Ihr Parfum duftet, wie flüssiges Gold duften würde, wenn es einen Geruch hätte.

»Irgendwelche Pläne für heute Abend, Maeve?«, fragt sie.

»Filmabend bei Fiona«, antworte ich mechanisch und frage mich, ob das die letzte Lüge ist, die ich ihr je erzählen werde.

»Ach so? Brauchst du Taxigeld für die Rückfahrt? Ich würde dich ja einsammeln, aber bei uns wirds spät.«

»Nicht nötig, ich komme nicht mehr nach Hause«, winke ich ab und denke im gleichen Atemzug: *Warum habe ich das so formuliert?* »Ich meine, ich übernachte bei Fiona.«

Das könnte noch ziemlich spannend werden. Falls du am Leben bleibst.

»Alles klar«, sagt Mum, während sie verbissen damit beschäftigt ist, ihr Handy in ihre winzige Clutch zu quetschen.

»Warum lässt du es nicht einfach zu Hause?«, schlage ich vor. »Ihr wollt doch wohl eh nicht gestört werden, hm?«

Ich werde es nicht ernsthaft tun müssen, oder? Nicht, wenn Lily gar nicht tot ist. Und das hat die Mamsell Roe und mir doch klargemacht. Lily ist gefangen, nicht tot. Ich werde es nicht tun müssen. Ich könnte es gar nicht. Wie würde ich das überhaupt anstellen?

»Wahrscheinlich hast du recht«, schulterzuckend legt Mum das Handy auf die Anrichte.

»Alles in Ordnung, Mae?«, fragt Dad. »Du wirkst ein bisschen … neben der Spur.«

»Mir gehts gut.«

Nachdem Mum und Dad die Tür hinter sich zugemacht haben, streife ich ziellos durchs Haus. Es ist erst neunzehn Uhr. Noch fast fünf Stunden, bis ich losmuss. Geistesabwesend streiche ich mit den Fingerspitzen über die Rillen in der Tapete und fahre mit den Zehenspitzen an den Fußbodenleisten entlang. Roe hatte recht. Ich lebe eindeutig im Wohlstand. Schon seltsam, dass ich das bis heute nie zu schätzen gewusst habe. Noch nie habe ich mir bewusst gemacht, in was für einer Fülle von Privilegien, Reichtum und Liebe ich aufwachsen durfte. Ich war ja auch viel zu beschäftigt damit, mich wie besessen darüber aufzuregen, welche Schulnoten und Freundinnen ich nicht habe. Kindisch! Ich schlendere nach oben, streife durch die Schlafzimmer, berühre bald dieses, bald jenes. Abbies Jane-Austen-Bücher. Pats Schallplatten. Cillians Subbuteo-Fußballfigürchen, die auf seinem Schreibtisch Staub sammeln. Dann schließlich lege ich mich auf Jos Bett und starre einfach nur an die Decke.

Wann war eigentlich zum letzten Mal die ganze Familie vollzählig zu Hause? Cillian hat dieses Weihnachten bei der Familie seiner Freundin verbracht. Abbie war zu einer Hochzeit auf Tahiti eingeladen. Wir hatten uns fest versprochen, dass wir skypen würden, nur hielt sich keiner daran. Stattdessen haben Jo, Pat und ich bis zwei Uhr nachts *Die Reise ins Labyrinth* geglotzt, eine Dose Schokoladenbonbons verdrückt, und Pat ließ mich zur Feier des Tages eine Rum-Cola trinken.

Mit stechendem Schuldgefühl erinnere ich mich daran, wie ich mich gefreut hatte, dass Cill und Abbie fehlten. Pat und Jo sind meine Lieblingsgeschwister, die ich vorzugsweise ganz für mich habe. Sind Cill und Abbie dabei, dann reden sie eh nur über die Arbeit und über irgendwelche Leute, die ich nicht kenne. Schlimmer noch, sie behandeln mich wie ein Baby und lassen überhebliche Bemerkungen vom Stapel à la: »Es wird ja doch langsam was aus der Kleinen.« Doch das alles sollte mir egal sein. Ich hätte traurig sein sollen, dass Cill und Abbie Weihnachten nicht dabei sein konnten. Und ich hätte zumindest mit ihnen skypen sollen.

Wenn die Karten recht haben, wird unsere Familie *nie wieder* vollzählig sein.

Kurz frage ich mich, ob es eine gute Idee wäre, eine Nachricht zu hinterlassen. Damit Mum sich nicht die Schuld gibt und Dad keinen Nervenzusammenbruch kriegt. Aber was sollte ich denn schreiben?

Musste einen Fluch brechen. Bis später.

Irgendwann stehe ich von Jos Bett auf und gehe in die Küche. Gucke in Schubladen und schließe sie wieder. Als ich vor dem Messerblock ankomme, ziehe ich ein Schneidewerkzeug nach dem anderen heraus und fahre prüfend über die Klingen. Eins der Messer, ein langes aus Japan, das Dad von Cill und Pat zum Geburtstag gekriegt hat, sticht mir dabei sofort in den Finger. Ein Blutstropfen quillt hervor und ich stecke mir den Finger in den Mund. Tut nicht besonders weh.

Ich werde es nicht tun müssen, oder? Sollte ich?

Mein Handy vibriert. Roe.

Hi, bist du zu Hause?

Ja.

Darf ich vor dem Zauber noch bei dir vorbeikommen?

Klar.

Super, danke. x

Gegen halb elf kreuzt er in seiner roten Fliegerjacke mit einer Tragetasche bei mir auf.

»Hi«, sagt er und lächelt nervös. »Und danke noch mal.«

Ich zucke die Schultern. »Klar doch.«

Er sieht mich an und legt wie ein neugieriger Welpe den Kopf schief. »Geht es dir gut, Maeve?«

»Mh-hm«, antworte ich leise. »Ich, ähm, habe bloß meine Tage.«

Roe zieht die Brauen bis zum Haaransatz hoch.

»Aha«, mache ich sarkastisch. »Monsieur sind ja so was von frauenfreundlich und genderqueer, aber kaum spreche ich von meiner Periode ...«

»Du verstehst das falsch«, gibt er beleidigt zurück. »Ich war nur überrascht, dass du es erwähnst.«

Ich zucke erneut die Schultern und gehe in die Küche. »Willst du einen Tee oder so?«

»Gerne.«

Ich stelle den Wasserkocher an und mein Blick wandert zu Roes Tragetasche, aus der Klamotten herausgucken. »Wofür?«, frage ich und weise mit dem Kopf in die Richtung.

»Oh«, sagt er verlegen. »Ich hatte gehofft, ich könnte mich hier umziehen. Ich wollte ... Vergiss es.«

»Was? Spuck's aus?«

»Nein. Du bist sauer auf mich.«

»Bin ich nicht.«

»Aber das merke ich doch.«

Als er das sagt, sieht er so verloren aus, dass mein Herz dahinschmilzt. Am liebsten würde ich ihn jetzt in die Arme nehmen und ganz, ganz lange küssen. Und wenn wir schon dabei sind: Am allerliebsten würde ich ihn ins Wohnzimmer zerren, aufs Sofa schubsen, mich rittlings auf ihn setzen und ihn wild befummeln.

Absolut nichts an der bescheuerten Situation zwischen uns ist seine Schuld. Bevor Roe erfahren hat, was für ein Mensch ich wirklich bin, wollte er mit mir zusammen sein. Vielleicht will ein Teil von ihm das immer noch.

»Tut mir leid, dass ich so patzig bin«, sage ich und versuche, ruhig zu klingen. »Das hat nichts mit dir zu tun. Ehrlich. Jetzt sag schon. Bitte.« Ich hole zwei Tassen aus dem Schrank und gebe Teebeutel hinein.

»Okay«, sagt er. »Ich dachte nur … Dieser Zauber funktioniert doch umso besser, je mächtiger wir uns fühlen, richtig? Deswegen will ich mich so mächtig fühlen wie möglich. So, wie auf der Bühne.«

»Dann willst du als Drag zaubern?«

»Nein.« Ein Lächeln breitet sich auf seinem Gesicht aus. »Als ich selbst.«

»Roe, das … ist *verdammt cool.*«

»Findest du?« Er klingt jetzt ganz begeistert.

»Aber hallo!«, lache ich, fange an, den Inhalt seiner Tasche zu durchwühlen, und befördere ein dunkelblaues Spaghettitop aus Seide und eine lange Perlenkette zutage.

»Ist bloß Glas«, sagt er fast entschuldigend.

»Die Kombi ist trotzdem super«, weise ich ihn an und bin dermaßen Feuer und Flamme, dass ich Aaron, Heaven und all das andere Furchteinflößende vorübergehend vergessen kann.

»Hast du Make-up?«, fragt Roe. »Meine eigene Auswahl ist nicht so groß.«

»Meine auch nicht. Aber Mums. Die hat richtig teures Zeug.«

Wir nehmen unsere Teetassen mit nach oben, und Roe setzt sich auf das Bett meiner Eltern, während ich die Schminksachen meiner Mum durchstöbere.

»Was hast du denn selbst schon am Start?«, frage ich.

»Das hier«, er wirft mir ein Federmäppchen zu, in dem ausschließlich Ein-Euro-Laden-Zeug herumfliegt. Die Lidschatten sind zerbrochen, die Stifte halb geschmolzen und die ganze Bescherung sieht aus, wie schon einmal im Klo runtergespült.

»Oh«, mache ich. »Ogottogott.«

»Was?«

»Roe, ich kenne mich wirklich nicht gut mit Make-up aus, aber das hier würde ich nicht mal meinem schlimmsten Feind ins Gesicht schmieren.«

»Ach, halt die Klappe. Du hast ja keine Ahnung, wie viele Lippenstifte ich schon vom Fleck weg im Mülleimer verschwinden lassen musste.«

»Seh ich ein. Na gut, heute möchte ich dir Herrn MAC vorstellen.«

Ich mache mich ans Werk, trage Roe einen kaffeebraunen Lidschatten auf, ziehe dann einen Lidstrich und gebe mir Mühe, den Aufwärtsschwung am Ende schön hinzukriegen. Ich weiß noch, wie Michelle uns in der Schule mit ihren »Cat-Eye-Tutorials« genervt hat. Roe hingegen erinnert mit seinen großen Augen auch schon ohne Lidstrich an eine Katze. Die Wimperntusche lasse ich ihn selbst auftragen, weil ich zu viel Angst habe, ihm ins Auge zu piken. Anschließend tupfe ich etwas perlmuttfarbenen Highlighter auf seine Wangenknochen, sodass sie im Lichtschein aufglänzen.

Tunlichst versuche ich dabei zu ignorieren, dass meine Haut an seiner Haut ist. Meine Fingerspitzen an seinem Gesicht. Und ich versuche, nicht seinen Blick festzuhalten, wenn er mich ansieht. So nah waren wir einander nicht mehr seit dem Tag, an dem er mich wegen des »Big House« meiner Eltern aufzog. Und wir hatten ja noch gar nicht richtig angefangen. Bevor unsere Körper einander überhaupt hätten kennenlernen können, war auf einmal alles vorbei.

Und daran wird sich jetzt auch nichts mehr ändern. Ich werde nie mein erstes Mal mit Roe haben. Womöglich mit niemandem.

»Maeve?«

»Hmmm?«

»Du bist so still geworden.«

»Ja, sorry.«

Ich halte ihm den Handspiegel meiner Mum vors Gesicht.

»Oooh, das gefällt mir.« Er grinst. »Ich male mir sonst immer nur die Lippen rot an. Diese Smokey-Eyes-Sache habe ich noch nie ausprobiert.«

»Lippenstift ist immer so ein Geschmiere«, sage ich.

»Mh-hm«, macht er. »Damit lässt sich schlecht küssen.«

Da sitzt er nun, kaffeebraun schimmernd und perlmuttglänzend auf dem Bett meiner Eltern, und ich frage mich, ob je zuvor irgendein Mensch so dermaßen schön ausgesehen hat. Wortlos starren wir uns an. Was tut er denn? Warum redet er aus heiterem Himmel heraus vom Küssen?

»Hast recht«, sage ich schließlich.

Dann schraube ich die Tiegel und Stifte meiner Mum wieder zu und stelle sie auf den Frisiertisch zurück.

»Maeve«, sagt Roe und hält meine Hand fest. Ich ziehe sie weg.

»Du kannst dir auch ein paar von meinen Klamotten ausleihen«, sage ich schnell. »Ich hätte da einen Pelzmantel im Angebot.«

»Einen *Pelz*mantel?«

»Fang gar nicht erst an. Ist ein uraltes Familienerbstück, blabla.«

Wir gehen in mein Zimmer und ich zeige ihm den Mantel, der im schwachen Dämmerschein der Nachttischlampe silbergrau aufglänzt. Roe zieht ihn über sein T-Shirt.

»Du musst es dir im Ganzen angucken. Mit Seidentop, Perlen und allem.«

»Alles klar«, sagt er. »Gib her.«

Ich lege ihm beides hin und setze mich auf mein Bett. Roe zieht den Pelz aus, pult sich das T-Shirt vom Leib.

Und ich starre. Gott hilf mir, ich starre.

Ich war noch nie allein mit einem Jungen oben ohne. Am Strand, okay. Und welcher Teenie guckt sich nicht gern die Jungs an, wenn sie im Sommer im Team Shirt gegen Team Ohne-Shirt Fußball spielen oder so. Aber hier, im Schummerlicht meines Kinderzimmers? Hier, wo ich Windpocken und Übernachtungspartys hatte? Wo ich die Hand in die Schlafanzughose geschoben und ... na ja, an so was hier gedacht habe. An ihn. Hier vor mir. So.

Die Atmosphäre verändert sich. Roe sieht, wie ich ihn ansehe. Ich beschließe, nicht wegzugucken. Das hier könnte immerhin eine letzte Chance sein. Also – bewundere ich ihn gefälligst ausgiebig. Roes Körper besteht wie sein ganzes Ich aus Kontrasten. Breite Schultern über fein geschwungenen Schlüsselbeinen. Vom ständigen Verstärker-und-Bassdrums-Schleppen gestählte Arme. Die Taille schmal, fast noch kindlich. Noch erinnert er an einen Welpen – kleiner Körper, große Pfoten. Aber in ein paar Jahren wird sich das ändern. Vielleicht wird Roe mal so stark und bullig wie Pat.

Roe folgt meinen Blicken und wird unter seinem Perlmutthighlighter ganz rot. Er greift nach dem Seidentop.

»Hey«, sage ich leise. »Warte noch.«

»Worauf?«

»Na.« Ich lächle. »Ich gucke dich eben gerne an.«

»Ich dich auch«, sagt er mit rauer Stimme. »Allerdings fühle ich mich hier ein bisschen allein auf dem Präsentierteller.«

»Oh.«

Ich sehe an mir hinunter. Ich trage Blau und Schwarz, wie Fiona es angewiesen hat. Ein blaues Wollkleid über schwarzer Strumpfhose. Im Aufstehen ziehe ich mir das Kleid über den Kopf.

Jetzt stehe ich Roe O'Callaghan in BH und Strumpfhose gegenüber. Ich möchte laut loslachen, so unbegreiflich ist mir, was ich da gerade getan habe. Seit wann bin ich jemand, der sich vor anderen auszieht?

Als ich mir die Frage selbst beantworte, bleibt mir das Lachen im Halse stecken. *Seit du beschlossen hast, Maeve, dass dies dein letzter Tag auf Erden sein könnte.*

Aaron hat recht. Es könnte allerdings noch ziemlich spannend werden. Falls ich am Leben bleibe.

Roe kommt auf mich zu, streicht mir das Haar aus dem Gesicht und legt mir die Hand auf die Schulter. Dann zieht er mich an sich und sein warmer Körper schmiegt sich im kühlen Zimmer an meinen.

»Du bist so wunderschön, Maeve«, raunt er. »Das macht mir wirklich …«

»Wirklich was?«, frage ich lächelnd.

»Das macht mir wirklich … das Leben schwer.«

Und dann küssen wir uns. Erst langsam und zart, dann drängender, hungrig. Wir sind zum ersten Mal ganz für uns. Statt kurze Augenblicke der Zweisamkeit in der Unterführung oder anderswo am Flussufer stehlen zu müssen, wissen wir uns zum ersten Mal völlig ungestört. Dieses Wissen treibt mich an, schreit: *Na los, los jetzt, bevor es zu spät ist!*

Ich kann nicht aufhören, Roe zu berühren. Jedes Mal, wenn ich mir zu forsch vorkomme, zu wild, hält er mit und überholt mich noch. Roes Hände in meiner Strumpfhose, sein Mund an meinem Hals. Reine Schwerkraft scheint uns aufs Bett zu ziehen, wo Roe sich gegen meine Zimmerwand lehnt und ich mich rittlings auf ihn setze.

Alles ist so unerträglich herrlich, so presslufthammerherzschlagartig neu. Ich kann nichts von dem fassen, was ich tue, nur um gleich darauf noch mehr tun zu wollen. Ich will Roe. Ich will ihn. Jetzt und hier.

Atemlos löst Roe seine Lippen von meinen. »Woahh«, macht er. »Wir müssen mal einen Gang runterschalten.«

»Warum?«, frage ich abwesend und knabbere an seinem Ohr.

»Weil wir, erstens, in ein paar Minuten zum Fluss aufbrechen müssen …«

»Wir sind doch gleich fertig.«

Roe weicht vor mir zurück und starrt mich mit großen Augen an, offensichtlich erschrocken über die Sachlichkeit meiner Formulierung. Über das Wort *»fertig«*. Eingehend betrachtet er mein Gesicht, das jetzt bestimmt von seinem Make-up ganz fleckig ist.

»O-kay. Na ja, selbst wenn … Glaubst du nicht, dass es etwas zu früh dafür ist? Wir haben nicht mal … uns nicht mal ausgesprochen über …«

Sein Gestammel frustriert mich. Wäre ihm doch bloß klar, dass das unsere letzte Chance sein könnte. Meine letzte Chance.

»Ich bin bereit«, versichere ich eilig. »Roe, ich möchte mit dir mein erstes Mal haben.«

Ich kann nicht fassen, dass ich das laut ausspreche. Ich meine, es ist die Wahrheit. Ich will genau das. Aber ich hätte nie gedacht, dass es so zur Sprache kommen würde. Dass ich ihn dazu überreden müsste.

»Ich … bin … geschmeichelt. Und ich … will auch *mein* erstes Mal mit *dir* haben. Aber ist jetzt wirklich der richtige Augenb–«

Ich dränge mich wieder an ihn und sehe seine Entschlossenheit schwinden. Das Ganze ist einfach so dermaßen packend. Diese elementare Körperlichkeit. Welche Macht damit einhergeht. Es ist wie alles, was ich auch an der Hexerei zu lieben gelernt habe. Instinktiv, urwüchsig, magnetisch. Roe küsst mich, lange, innig, und zieht mich an sich. Er will es genauso wie ich.

Doch dann reißt er sich wieder los. »Maeve, wir haben doch nicht mal was da.«

»Was sollen wir dahaben?«

»Du weißt schon. Was zum Schutz.«

Eine Welle der Traurigkeit schlägt über meinem Kopf zusammen. Wie können er und ich so eng miteinander verbunden sein und gleichzeitig so grundverschiedene Blickwinkel haben? Da: Roe, der sich um die Zukunft sorgt, um Babys, um »Schutz«.

Hier: ich, die von der ganzen Welt gesagt zu kriegen scheint, dass es wahrscheinlich *keine Zukunft geben wird* – zumindest nicht für mich.

Roe schaut mich beunruhigt an. »Maeve, ist alles …?«

Ich stehe auf und klaube mein Kleid vom Boden. »Schon okay«, sage ich.

»Du verhältst dich echt seltsam.«

»Ach, wirklich?« Ich fahre herum. »Bis gerade schien dir mein Verhalten –«

»Nein«, unterbricht er und hält mich mit beiden Händen an den Schultern fest. »Ich meine, schon seit ich hier angekommen bin, wirkst du irgendwie … neben der Spur. Bist du nervös wegen des Zaubers? Liegt es daran?«

»Ja«, sage ich gepresst. »Der Zauber macht mich nervös.«

»Du musst mir sagen, was los ist. Es kommt mir so vor, als wüsstest du was, das ich nicht weiß.«

Ich zucke die Schultern. »Schon zwanzig vor zwölf. Wir sollten jetzt los.«

»Hier, das ist dir runtergefallen.« Roe hebt etwas vom Boden auf.

Meine Gagatkette ist offenbar zwischen die Kissen geraten und vom Bett gefallen. Roe reicht sie mir. Die Kette, die Dad mir aus Portugal mitgebracht hat. Es war seine Art, mir sein Verständnis zu zeigen. Mit einem Schutzamulett.

Gerade will ich es schon wieder anlegen, doch dann zögere ich, betrachte es einen Moment und fahre mit dem Daumen über den schwarzen Stein. Schutzzauber scheinen mir, ohne dass ich es überhaupt merke, in letzter Zeit nur so aus den Ohren rauszukommen, aber wer beschützt Roe?

»Trag du sie doch heute Abend. Für das Ritual.«

Roe lächelt schwach, als ich ihm die Kette umhänge und der Stein sachte gegen seine Glasperlen klickt.

»Was zum Schutz«, raune ich.

Er küsst mich sanft und lächelt noch einmal. »Sobald das alles vorbei ist«, sagt er leise, »lass mich dich bitte auf ein Date einladen.«

Ich lache kurz auf, ein trauriges Lachen. »Wir müssen los.«

So trotten wir also zum Fluss, er im Kaninchenfell, ich mit meiner Schultasche. Fiona erwartet uns schon.

»Hallo, ihr zwei«, sagt sie mit nervösem Lächeln.

»Hallo«, erwidere ich. »Dann wollen wir mal.«

39. Kapitel

Die Kerzen geben nicht genug Licht ab, aber Fiona hat Taschenlampen dabei. Vier Stück.

»Warum denn gleich vier?«, frage ich.

»Na, eine für jeden von uns«, erklärt sie, »und eine für Lily.«

Etwas Warmes erglüht in meinem Innern. Lily. Nur an sie muss ich denken. Was immer heute Nacht passiert, es geht einzig und allein darum, Lily zurückzubekommen.

Wir breiten eine Decke aus und streuen einen Ring aus Salz um sie herum.

»Ich reinige diesen Kreis«, ruft Fiona, und ihre kräftige Stimme schallt weit in die mondlose Dunkelheit. »Ich reinige diesen Kreis und beschütze alle, die darin weilen.«

Fiona liebt das hier. Das Schauspiel, die Dramatik. Es läge nahe, sich über sie lustig zu machen, aber man kann ihr ihren Enthusiasmus einfach nicht übel nehmen. Sie hat schlicht keine Ahnung, wie man *nicht* sein Bestes gibt.

»Maeve, du bist Sternzeichen Schütze. Das ist ein Feuerzeichen, also sitzt du im Süden.« Sie zeigt auf die eine Ecke der Decke. »Roe, du bist Luft, richtig?«

»Fünfzehnter Juni, Zwillinge.«

»Topp. Dann setzt du dich in den Osten. Und ich bin Stier, Erde, also sitze ich …«, sie schreitet am inneren Rand des Salzkreises entlang und bleibt an der Nordseite stehen, »… hier.«

»Dann ist Lily also Wasser«, murmele ich.

»Ja«, bestätigt Fi mit leichtem Unbehagen in der Stimme. »Lily ist Wasser.«

Fiona muss sich seltsam fühlen, dermaßen eingebunden zu sein in das Schicksal eines Mädchens, das sie kaum kennt. Während sie noch mit den Kerzen und den von Roe mitgebrachten Kräutern herumhantiert, lege ich ihr die Arme um die Schultern und gebe ihr einen Kuss auf die Wange.

»Hoppla, hallo!«, freut sie sich über die Zuneigung. »Wofür war das denn?«

»Ich bin dir einfach so dankbar, dass du hierbei mitmachst. Und dass du meine Freundin bist.«

»Na-naa. Dank mir nicht jetzt, dank mir, wenn es geklappt hat.«

Ich nicke. Vom anderen Ende des Salzkreises spüre ich Roes besorgten Blick auf mir.

Fiona holt die weiße Seide aus ihrer Tasche und breitet sie aus. Das ist allerdings eine Menge. So groß wie eine Bettdecke.

»Muss ja arschteuer gewesen sein«, staune ich.

»Tjaa. Besser was Vernünftiges fürs erste Mal, hm?«

Nachdem wir die O'Callaghan'schen Kräuter gebündelt und verbrannt haben, zeichnen wir einander das Symbol der Göttin – einen Vollmond zwischen zwei Mondsicheln – mit Öl auf die Stirn. Die vier Taschenlampen liegen angeschaltet im Kreis und leuchten in die Mitte. Wir nehmen jeder eine der Kerzen und ritzen mit unseren Küchenmessern den Namen LILY hinein. So, wie ich es auch bei meinem ersten Zauber getan habe.

»Wow«, sagt Fiona nach einer Weile. »Das ist schwerer, als es aussieht.«

»Mh-hm«, mache ich und sehe im flackernden Kerzenlicht Roes Blick auf mir ruhen. »Du würdest dich wundern, wie schwer diese Sachen sein können.«

Fiona nickt und konzentriert sich auf ihr »Y«.

»Okay«, sagt sie dann. »Soll ich anfangen?«

»Leg los.«

»Wächter des Nordens, Herrscher der Erde«, spricht sie feierlich. »Kommet herbei. Bezeugt und beschützt das Ritual in unserem Kreis.«

Dann blickt sie erwartungsvoll zu mir. »Ach, richtig«, sage ich entschuldigend und rufe mir meinen Text in Erinnerung. »Wächter des Südens, Herrscher des Feuers. Kommet herbei. Bezeugt und beschützt das Ritual in unserem Kreis.«

»Wächter des Ostens, Herrscher der Luft«, übernimmt Roe. »Kommet herbei. Bezeugt und beschützt das Ritual in unserem Kreis.«

»Wunderbar«, sagt Fiona. »Das haben wir doch schon mal gut hingekriegt.«

»Dürfen wir zwischendurch reden?«, fragt Roe.

»Ich kenne keine Regel, die das Gegenteil besagt. Hast du die Sprüche, Maeve?«

»Klar, Augenblick.« Ich schlage meinen Collegeblock auf und blättere zu den vorbereiteten Zeilen. »Ich spreche vor, ihr sprecht nach, und jeder schneidet sich zwei Streifen Seide ab.« Tief hole ich Luft. »*Ich schneide die Seide, auf dass ich erschaffe ein Seil zur Rettung, ein Seil als Waffe.*«

Mit diesen Worten erhebe ich das Messer und schlitze durch den weißen Stoff. Die Klinge gleitet geschmeidig hindurch und schickt ein befriedigendes »Rrrritsch« in die kalte Nachtluft. Es wird leicht gehen. Kinderleicht. Und wenn ich es schnell genug mache, wird es auch gar nicht wehtun.

Fiona wiederholt meinen Spruch und schneidet sich ihre Streifen. Nachdem auch Roe an der Reihe war, haben wir jeder zwei lange Seidenstücke vor uns liegen. Als Nächstes hole ich meine Tarotkarten hervor und wiege sie in der Hand.

»Ich werde die Energie dreier Karten aufrufen, damit sie uns beistehen.«

»Oh, *cool.*« Fi ist hellauf begeistert. »Welche denn?«

»Die Drei der Münzen, für Teamwork«, sage ich, zeige ihr und Roe die vorbereitete Karte und lege sie in die Mitte. »Der Wagen, für die Beherrschung unserer Macht.« Auch diese Karte zeige ich hoch. Fiona nickt mittlerweile so eifrig, dass ihr womöglich gleich der Kopf abfällt. »Und die Acht der Stäbe, für Lilys schnelle und sichere Rückreise von ... wo auch immer sie ist.«

Freundliche, heitere Karten. Nichts zu Finsteres oder Unheilverkündendes. Als würde ich der Mamsell vorschlagen: »Sieh her, wir können uns doch gütlich einigen. Können sagen ›nichts passiert‹ und jeder geht seiner Wege.«

»Jetzt knoten wir die Seile«, bestimme ich. »Während wir das tun, konzentrieren wir uns bitte *ausschließlich* darauf. Konzentration, Visualisierung und ein klares Ziel sind bei jedem Zauber das Wichtigste.«

Stimmt das? Oder will ich bloß, dass meine Freunde abgelenkt sind?

»Während wir knoten, sprechen wir Folgendes: *Ich knüpfe die Knoten, auf dass ich erschaffe ein Seil zur Rettung, ein Seil als Waffe.*«

»Alles klar«, sagt Fiona. »*Ich knüpfe die Knoten, auf dass ich erschaffe ein Seil zur Rettung, ein Seil als Waffe.*«

»Genau so.«

»Roe?«, wende ich mich an unseren Osten. »Denk dran: Konzentration, Visualisierung und ein klares Ziel. Wir müssen daran glauben. Und zusammenarbeiten.«

»Okay«, sagt er, beäugt mich aber immer noch wachsam.

Also fangen wir an. Wir sprechen und knoten, sprechen und knoten, und die Kerzen funzeln und flackern. Während das Öl auf meiner Stirn trocknet, bildet es eine juckende Kruste. Unsere vier schmalen Lichtkegel beleuchten die drei Tarotkarten und unsere Hände und lassen den Beg dort, wo sie auf seine Oberfläche treffen, gelblich aufschimmern.

Nachdem Fi und Roe sich erst noch Mühe gegeben haben, jede Silbe laut und deutlich zu artikulieren, zerfließen die Sätze jetzt zu einem dumpf leiernden Murmeln, das klingt wie ein Gebet. Oder wie ein Brummen. Leise Hoffnung regt sich in mir. Ich kann spüren, wie die Energie sich verändert, wie die Vibrationen stärker werden. Es ist, als umgäbe uns ein Bienenschwarm, den nur ich hören kann. So ist es also, stelle ich fest, wenn man das Zweite Gesicht hat. Darüber hat Fionnuala gesprochen.

Vielleicht, ganz vielleicht, muss ich ja doch kein Opfer bringen.

Vielleicht ist die Macht unserer vereinten Magie groß genug. Lily ist schließlich, wie wir zu betonen nicht müde werden, nicht tot. Sie schläft nur. Es geht hier nicht um ein Leben für ein Leben.

Das Brummen wird lauter und ich verlagere mein Gewicht ein wenig.

»Wir ändern das Ganze jetzt etwas«, flüstere ich. »Und stellen uns vor, wir würden das Seil nach Lily auswerfen. Wie ein Lasso, wie im Western. Dabei konzentrieren wir uns schön weiter und unterbrechen die Beschwörung nicht, sondern ändern sie nur, okay?«

Roe und Fiona murmeln brav weiter und nicken. Ihre Stimmen vibrieren um mich her wie ein E-Bass.

»Wir schließen die Augen und stellen uns vor, wie sich das Seil um Lily schlingt. Wir atmen tief und ruhig. Wir halten das Seil gut fest. Wir werden es nicht tatsächlich werfen, nur in unserer Vorstellung. Jetzt sprechen wir: *Ich werfe dies Seil, auf dass meine Schlinge die Feindin banne, die Freundin bringe.*«

»*Ich werfe dies Seil, auf dass meine Schlinge die Feindin banne, die Freundin bringe*«, wiederholen sie zunächst klar und deutlich. Doch bald verfallen sie wieder in Singsang. Die Kerzen sind schon weit heruntergebrannt. Das »Y« meiner LILY-Kerze wird gleich fortschmelzen. Die dunkelste Stunde der Nacht bricht an.

Wir können das schaffen.

»*Ich werfe dies Seil, auf dass meine Schlinge die Feindin banne, die Freundin bringe.*«

Wir können das schaffen.

»*Ich werfe dies Seil, auf dass meine Schlinge die Feindin banne, die Freundin bringe.*«

Ich muss kein Opfer bringen! Wenn ich es müsste, hätte ich das längst gespürt. *Wir können das schaffen!*

»*Ich werfe dies Seil, auf dass meine Schlinge die Feindin banne, die Freundin bringe.*«

Ganz langsam öffne ich die Augen. Fiona und Roe sind tief im Zauber versunken, hineingewiegt wie Säuglinge in den Schlaf. Ein samtblau phosphoreszierendes Leuchten umgibt sie, ein schimmernder Lichtstrom, der sich um ihre Körper windet. Ich habe noch nie etwas so Schönes gesehen.

Mit offenen Augen spreche ich weiter, unfähig, den Blick von meinen blau glühenden, meinen glanzvollen Freunden zu lösen.

»Ich werfe dies Seil, auf dass meine Schlinge die Feindin banne, die Freundin bringe.«

Der Lichtstrom beginnt die Farbe zu ändern. Von Samtblau über Seegrün und Sattgelb bis Gold. Einzelne Stränge lösen sich von Roe und Fiona, streben den Tarotkarten in der Mitte zu und fließen um sie herum zu einem fest geschlossenen Ring zusammen.

Immer und immer weiter geht unser Singsang.

Da beginnen die Bilder auf den Karten sich zu bewegen, als hätte die Druckertinte einen eigenen Willen entwickelt. Während ich hinstarre, wird mir der Mund so trocken, dass ich den Zauberspruch nur mit Mühe weiter hersagen kann. Meine Lily-Kerze steht kurz davor, sich im eigenen Wachs zu ersäufen.

Doch die Lichtkegel der Taschenlampen offenbaren es: Die von mir ausgesuchten Karten – die Drei der Münzen, der Wagen und die Acht der Stäbe – verwandeln sich in dreimal die gleiche Karte. Ein Jackpot auf dem schrecklichsten Spielautomaten des Universums. Dreimal die Mamsell.

Ich habe sie schon so lange nicht mehr als Abbildung auf Karton gesehen, dass ich erst einen Augenblick brauche, um sie zu erkennen. Aber sie ist es. *Die im blutigen Brautkleid, die mit dem Messer im Munde.*

Ich sehe zu Roe und Fiona, die noch immer dicht eingehüllt sind von dem warmgoldenen Lichtschein des Zaubers. Ich könnte jetzt lauthals ihre Namen schreien, sie würden mich nicht hören.

Was immer mich als Nächstes erwartet, ich muss es allein durchstehen.

Als ich den Blick wieder auf die Kreismitte richte, sind da nicht länger drei Mamsellkarten. Sondern da ist nur noch eine Mamsell. Die leibhaftige.

Sie ist für mich keine Unbekannte mehr. Sie erschien mir in Augenblicken der Angst, der Wut, der Eifersucht. Und im Traum. Aber noch nie war ich ihr so nah, und noch nie blieb ich so ruhig bei ihrem Anblick. In vielerlei Hinsicht kommt es mir so vor, als würde man uns endlich miteinander bekannt machen.

Ladys, darf ich vorstellen: Dies ist die Mamsell.

40. Kapitel

Als ich näher an die Mamsell heranrücke, kratzen mich lose Erdkrümel am Knie. Unser Ritualkreis hat in den letzten Stunden sein romantisches Erscheinungsbild gründlich eingebüßt. Das hier ist längst kein Wicca-Wunschtraum mehr, wie man ihn vielleicht auf Tumblr findet. Die Kerzen sind zu heißen Wachslachen zerflossen. Der Geruch der verbrannten Kräuter hängt schwer in der Luft und die Asche hat sich wie eine graue Staubschicht überall verteilt. Die einst schneeweißen Seidenseile liegen jetzt zottelig und verdreckt auf der Decke.

Inmitten all dieser Pracht beißt die Mamsell auf ihr Messer und starrt mich an. Ich schaue zu Roe und Fiona, die noch immer mit geschlossenen Augen dasitzen. Wie kann es sein, dass sie die Gegenwart der Mamsell nicht spüren? Ist sie nur für mich hier?

Abermals betrachte ich sie: ihr seltsam faltenloses Gesicht, ihre porzellanglatten Lippen, ihre ewig ausdruckslosen Augen. Aber die Mamsell als *sie* zu bezeichnen, fühlt sich falsch an. Sie ist keine Person, sie ist ein *es*. Die ganze Zeit über habe ich mir den Kopf zerbrochen, was sie denken, brauchen oder wollen könnte. Doch da sind keine Gedanken, keine Gefühle. Da ist keine Bosheit. Da ist nur *etwas*, ein Wesen, das eine annähernd menschliche Form angenommen hat, weil man so halt am besten mit Menschen interagieren kann. Die Mamsell hat keine Absicht, sie hat eine Bestimmung. Sie ist eine kosmische Botschafterin, ein Virus, ein Ungleichgewicht.

Sie hasst mich nicht. Sie hasst niemanden. Genauso wenig wie ich meinen Instinkt hassen kann, der mich antreibt, eine einmal geöffnete Tür auch wieder zu schließen.

Ich blicke der Mamsell in die Augen. Meine Miene ein einziges verzweifeltes Flehen.

Bitte.

Ich warte auf Antwort.

Bitte, ich flehe dich an.

Starr und reglos erwidert die Mamsell meinen Blick. Dann nimmt sie, einfach so, das Messer aus dem Mund und reicht es mir. Ich ergreife es. Der schwere Griff geht in eine makellose Klinge über. Ein gutes Messer. Eines, um human zu töten. Ich wiege es einen Augenblick in der Hand.

Plötzlich scheint weißes Licht auf. Ich hebe den Kopf.

Voll und rund steht auf einmal der Mond am Himmel. In einer Nacht, in der er gar nicht zu sehen sein sollte. Er zwinkert mir aufmunternd zu.

»Bitte«, wende ich mich erneut an die Mamsell. »Bitte, falls es einen anderen Weg gibt, bitte verrat ihn mir.« Was hat es für einen Sinn, die Mutige zu spielen? Dicke heiße Tränen laufen mir übers kalte Gesicht und ich schüttele mich unter Schluchzern. Muss ich es wirklich tun? Komme ich wirklich nicht daran vorbei? »Bitte! Es muss doch einen anderen Weg geben!«

Durch den Tränenschleier hindurch kann ich das Gesicht der Mamsell nur noch verschwommen sehen. Roe und Fiona sitzen unverändert da, als ob die Gegenwart der Mamsell sie lähmen würde.

Tatsächlich kommt es mir so vor, als ob die Zeit selbst gelähmt wäre. Jede noch so kleine Bewegung scheint eine schiere Ewigkeit zu dauern. Ich brauche Stunden, um mir die Tränen aus den Augen zu wischen. Das Kerzenlicht liegt, statt über Fionas Gesicht zu tanzen, wie ein goldfarbenes Tattoo auf ihrer Haut.

Ich schaue zum Fluss. Das Plätschern der Wellen ist verstummt und das Uferwasser liegt so reglos da, als hätte jemand einen schwarzen Strich über die Erde gezogen.

»Lily hat es doch aufgeschrieben«, flehe ich weiter. »Keiner schwimmt, keiner ertrinkt.« Ich halte das Messer mit beiden Händen und flüstere sowohl mir als auch der Mamsell zu: »Keiner muss sterben.«

»Doch.«

Sie hat eine junge, tiefe Stimme. Eine Stimme, die klingt wie das teilnahmslose, ermattete Seufzen einer, die schon wieder zusehen muss, wie noch ein Tourist ein Vorhängeschloss an eine Brücke schließt, die jetzt schon gefährlich durchhängt.

Ich habe nicht schnell genug hochgeguckt, um zu sehen, wie die Mamsell den Mund bewegt. Und ich bin froh darüber. Die Mamsell reden zu *hören* ist schon grausig genug. Mehr könnte ich kaum ertragen.

»Also tu ich es, und du lässt los?«, frage ich nach. Meinem inneren Sinn für Märchenlogik folgend will ich ihre Bestätigung. Mit Hexen darf man nie einen Handel schließen, ohne die genauen Bedingungen zu kennen. »Dann kommt Lily zurück und Kilbeg wieder ins Gleichgewicht?«

»Ja.«

Beim Klang von Lilys Namen regt sich Roe neben mir.

Energisch wische ich mir die letzten Tränen ab. Schluss mit dem Herumgeeier.

Ich nehme das Messer fest in die rechte Hand und strecke den linken Arm so aus, dass ich genau die Pulsader treffe.

Damit beende ich es, damit bringe ich Lily zurück.

Ich steche zu. Blut tropft auf die Decke. Dünnes, hellrotes, nicht das dicke, samtschwarze, von dem ich weiß, dass die Mamsell es haben will. Ich versuche, die Klinge tiefer zu bohren, verliere aber die Kraft in der rechten Hand. Zumindest tut es nicht sehr weh. Immerhin etwas.

Dunkle Wolken schieben sich in mein Blickfeld und ich schaue auf, um das Gesicht der Mamsell zu sehen, verzweifelt erpicht auf ihre Anerkennung. Doch sie ist fort, genauso wie der goldene Schein des Zaubers.

»Maeve!«

Roe kniet über mir und ist dabei, mir das Messer aus der Hand zu winden. Während er mich mit beiden Beinen festpinnt, rolle ich verzweifelt den Kopf hin und her und schlage dabei gegen etwas Hartes. »Roe, lass das! Du hast ja keine Ahnung!«

»Was ist hier los?«, schreit jetzt Fiona. »Roe, was machst du da?!«

»Gib es mir, Maeve. Gib mir das Messer.«

Letzten Endes habe ich keine Wahl. Er stemmt meine Finger vom Messer los und richtet es im gleichen Augenblick gegen sich selbst.

»Roe, nein!«

Doch er reißt nur die Augen auf und kippt rücklings zu Boden.

41. KAPITEL

Woran ich mich erinnere.

Ich erinnere mich an Fiona, die die verbliebene Seide um Roes und meine Wunden band. Einen, wie ich erfuhr, Druckverband anlegte. Das sagte sie jedenfalls wenig später am Handy zum Notrufdienst. Und wiederholte es zwischen ihren Schluchzern wieder und wieder, hielt sich daran fest, als sei es ebenfalls ein Zauberspruch. »Ich habe ihre Wunden verbunden. Sie bluten stark, aber ich habe ihnen einen Druckverband angelegt.«

Ich erinnere mich, wie ich überlegte, ob es ihr wohl zu schaffen machte, so gut zu sein in solchen Sachen, wo sie sich doch partout nicht um andere Menschen kümmern wollte. Und ich weiß noch, wie ich dachte, dass Fionas Mutter bestimmt stolz auf sie wäre.

Ich erinnere mich an den Mond. Der Mond war überall und alles. Alles war weiß, weiß wie Perlen. Kaltes Minzbonbonlicht schoss aus allen Richtungen auf Fiona ein, während sie sich das Handy ans Ohr hielt und ich sie vom Boden aus betrachtete. Merkte sie das nicht? Wie hielt sie überhaupt die Augen offen? Meine hatte ich zu Schlitzen verengt. Und hinter Fiona ragte der Mond auf, riesig und laut, wie der betrunkenste Gast auf einer Party.

Ich erinnere mich an das Gras. Es war feucht, matschig, und ich drückte mein Gesicht hinein, um meine Augen vor dem blendenden Mondlicht zu schützen. Wie gut es sich an meinem Gesicht anfühlte. Der reinste Balsam.

Ich erinnere mich, wie Fiona beim Warten auf den Krankenwagen die Arme um mich schlang wie ein Kind, das einen übergroßen Teddy auf dem Jahrmarkt gewonnen hat. Sie flehte mich an, nicht länger mein Gesicht in die Erde zu drücken. »Sieh mich an,

Maeve«, sagte sie und nahm mein Gesicht vorsichtig zwischen beide Hände.

Ich erinnere mich an Roes Schuh. An die Sohle seines Sneakers. Schlammverschmiert hing er an Roes leblosem Fuß. Ich kniff die Augen zu. Ich hätte es wissen müssen. Roe war klar, was ich vorhatte. Von dem Moment an, da er das Messer sah. *Roe. Roe. Roe.*

Ich erinnere mich an den Fluss. An den sanften Wellenschlag, der nach Meeresstrand klang und immer lauter wurde. Ich lachte in mich hinein und dachte an die Aufziehschlüssel und Zahnräder, die mir in die Hand geschnitten hatten. Es war alles dermaßen offensichtlich, oder nicht? Wir hatten es selbst gesagt: Lily ist Wasser.

Lily ist Wasser.

Und als Letztes erinnere ich mich daran, wie das Mondlicht schließlich schwächer wurde und lange Haare mein Gesicht kitzelten. Wassertropfen fielen auf meine Stirn, Tropfen, die so warm waren und so metallisch rochen, dass ich sie erst für mein eigenes Blut hielt.

»Oh, Maeve«, sagte Lily. »Was hast du nur getan?«

42. KAPITEL

Als ich im Krankenhaus aufwache, ist Jo bei mir. Gerade guckt sie aufs Handy und kaut an ihren Fingernägeln. Ihre Augen sind ganz wund gerieben und rot.

»Du siehst ja übel aus«, sage ich.

»Oh Gott, Maeve! Du bist wach! Oh mein Gott, ich muss Mum und Dad holen, sie sind in der Kantine. Wobei, nein, Moment, wie geht es dir? Geht es dir gut? Soll ich dir helfen, möchtest du dich aufsetzen?«

»Ich fühle mich … okay«, antworte ich unsicher und gucke auf meinen Arm. Eine Naht zieht sich an ihm entlang, saubere kleine Stiche aus braunem Faden. In Handgelenknähe steckt ein Gazebausch. Dort, wo ich das Messer weiter ins Fleisch hatte bohren wollen.

Bevor Roe es an sich riss und gegen sich selbst richtete.

Ich schließe die Augen und Tränen quellen zwischen meinen Lidern hervor.

»Hey, fang mir jetzt nicht an zu weinen«, sagt Jo. »Ich bin doch die Heulsuse.«

»Seit wann bin ich hier? Wie lang habe ich geschlafen? Was ist passiert?«

»Du hast dir heftig den Kopf angeschlagen, Mae. Bist beim Sturz gegen einen Stein geknallt.«

»Beim Sturz …«

»Fiona hat erklärt, wie du und Rory ihr … na, wie hat sie's ausgedrückt? Beim Proben geholfen habt? Sie war diejenige, die den Krankenwagen gerufen hat, und sie ist auch mit euch hergefahren. Vor einer Stunde oder so hat ihre Mutter sie abgeholt.«

Gott segne Fiona.

»Was ist mit Roe?«

»Mit wem?«

»Rory.«

»Er ... Ihm geht es nicht so gut wie dir, aber wie es aussieht, ist auch er bald wieder auf den Beinen. Sie haben ihm Bluttransfusionen gegeben. Seine Eltern wissen überhaupt nicht mehr, um welches ihrer Kinder sie sich zuerst kümmern sollen.«

»Was?«

»Ach Gott, stimmt ja, das weißt du noch gar nicht. Lily! Sie ist wiederaufgetaucht. Kam heute Nacht nach Hause gestolpert, als ihre Eltern schon im Krankenhaus waren, und ist auf der Eingangstreppe zusammengebrochen.«

Ich muss mehrmals blinzeln. Nicht zu glauben. Roe und ich sind am Leben, und Lily ist ... zurück? Wie ist das möglich?

»Wo war Lily denn also?«, frage ich benommen. »Wo hat sie die ganze Zeit gesteckt?«

»Keine Ahnung. Das haben sie uns bisher nicht gesagt. Aber ihre Haut war ganz blau angelaufen. Unterkühlung. Wo immer sie war, es muss eiskalt dort gewesen sein.«

»Dann ist sie jetzt auch im Krankenhaus?«

»Jepp«, antwortet Jo. Und fügt dann hinzu: »In diesem hier.«

»Lily, Roe und ich sind alle hier im Krankenhaus«, fasse ich ungläubig zusammen. »Und am Leben.«

»Ganz genau«, bestätigt Jo.

Und dann kann sie erst einmal nichts mehr sagen, weil Mum und Dad ins Zimmer gestürzt kommen und mich mit Liebe überschütten.

Die drei bleiben Stunden bei mir, viel länger, als sie eigentlich dürfen. Mum behandelt mich, als wäre ich aus Glas. Ich sage nicht viel und schütze Müdigkeit vor. Dabei lauere ich auf weitere Hinweise, was genau Fiona ihnen erzählt hat. Sie muss eine noch bessere Schauspielerin sein, als ich dachte, denn obwohl ihre Geschichte in meinen Ohren absolut bizarr klingt, scheinen Mum und Dad keinerlei Misstrauen zu hegen. Fiona zufolge haben wir also *Othello* mit ihr geprobt, wozu sie uns überredet hat. Und das Messer hatten wir für Desdemonas Todesszene dabei. Jo, die Shakespeares Stücke an der Uni durchgenommen hat, sagt nichts dazu. Ob sie tatsächlich nicht mehr weiß, dass es Romeos Julia ist, die sich selbst ersticht, während Desdemona hingegen erdrosselt wird?

»Das lüftet dann wohl das Geheimnis«, sagt sie stattdessen.

»Welches Geheimnis?«

»Wer dein Freund ist.«

»Ich weiß nicht, ob wir uns darüber einig sind.«

Dennoch erwacht ein Leuchten in mir, heller als der Polarstern. Roe ist am Leben. Lily ist am Leben. Ich bin am Leben. Jetzt ist alles möglich.

Allmählich, widerstrebend machen Mum, Dad und Jo sich auf den Heimweg und kündigen an, dass Pat schon von Dublin auf dem Weg ist und auch Cillian sich um ein paar Tage Urlaub bemüht. Abbie schafft es leider nicht, wünscht mir aber gute Besserung. Nickend nehme ich das zur Kenntnis und gähne betont. Sie sollen bitte endlich abhauen. Ich muss Fi anrufen. Und Roe sehen. Und Lily. Wie geht es ihr? Wie hat sie es nach Hause geschafft?

Als die Krankenschwester nach mir sieht, frage ich sie höflich, in welchem Zimmer mein Freund liegt.

»Dein Freund?«

»Tut mir leid«, kichere ich übertrieben mädchenhaft. »Ich meine Rory O'Callaghan. Wir wurden zusammen eingeliefert. Der Messerunfall?«

Unfall.

»Station E«, antwortet sie. »Bett 3.«

»Danke.«

Ich warte ab, bis alle eingeschlafen sein müssten, dann schlüpfe ich in den Morgenmantel, den Mum mir von zu Hause mitgebracht hat, und mache mich auf den Weg durch die endlosen Flure. Von der Aussicht, Roe gleich wiederzusehen, wird mir ganz flau im Magen.

Als ich Station E endlich finde, ist es schon nach Mitternacht. Hier liegen ausschließlich Männer, und es fühlt sich seltsam an, Roe zu ihnen zu zählen. Offenbar habe ich seine Erläuterungen schon gut verinnerlicht. Vor Roes Bett muss ich einen Aufschrei der Erleichterung unterdrücken. Da ist er, in Sicherheit, und, man glaube es oder nicht, trägt immer noch Mums Wimperntusche.

Er schläft. Sein Adamsapfel bewegt sich im Takt leiser Schnarcher auf und ab. Roe *schnarcht.*

Leise trage ich einen Stuhl heran und setze mich neben Roes Bett. Er ist im Schlafanzug, seine Hand liegt auf seiner Brust. Ich lege meine Hand auf seine. Da klappt er die Augen auf, so langsam und vorsichtig wie einen kaputten Regenschirm.

»Hallo«, flüstere ich.

»Hi«, erwidert er. Er ist ganz blass. Auch die sonst immer leicht geröteten Wangen sind kreidebleich. Blaue Venen schimmern durch seine Haut hindurch. »Was du da gemacht hast«, flüstert er, »war hochgradig bescheuert.«

»Ich weiß«, gebe ich ebenfalls flüsternd zurück. »Aber es hat funktioniert, oder etwa nicht?«

»Irgendwie schon«, gibt er heiser zu. »Irgendwie schon.«

»Geht es dir gut?«

»Eigentlich nicht.«

»Wie schlimm ist es? Zwischen eins und zehn?«

»Wenn die Flasche im Cypress eine eins war, dann ist das … tausendeinhundertvier.«

»Oh, Roe. Roe, es tut mir leid.«

»Ist ja nicht deine Schuld. Wobei, warte mal, doch, *ist es.*«

»Allerdings!« Unwillkürlich wird meine Stimme lauter. »Alles daran! Von oben bis unten, alles meine Schuld!«

»*Psssst.* Hier wollen Leute schlafen.«

»Lily ist zurück.«

»Ich weiß. Sie hat mir die Show gestohlen.« Roe grinst.

»Wie ist es möglich, dass wir … dass wir trotzdem beide …?«

»Am Leben sind?«

»Genau.«

»Habe ich auch schon drüber nachgedacht. Ist dir kalt?«

»Ja.«

Er rutscht ein Stück zur Seite und schlägt die Bettdecke zurück. Ich schlüpfe neben ihn und lege meinen Kopf auf seine Brust. Es kommt mir so vor, als würde der eine Mann im Bett gegenüber uns missbilligend angucken, aber das ist mir egal. Roe und ich sind dem Tod von der Schippe gesprungen. Da kümmert es mich doch einen Scheiß, was andere denken.

»Kennst du die Geschichte von Abraham?«, fragt Roe.

»Wow, bist du jetzt Protestant *und* Jude?«

»Halt die Klappe«, sagt er und nimmt eine Haarsträhne von mir zwischen die Finger. »Abraham war dieser Bibelfritze und er hatte einen Sohn namens Isaak.«

»Bibelfritze?«

»Und Gott sagte zu Abraham, dass er Isaak opfern soll. Also, ihn umbringen.«

»Unter aller Sau«, urteile ich angewidert.

»Stimmt. Aber als Abraham schon das Messer erhoben hatte, um seinen Sohn zu töten, schickte Gott stattdessen einen Widder als Opfer. Und sagte zu Abraham: *Ist okay, Kumpel. Isaak darf jetzt doch am Leben bleiben.*«

»Woher der Sinneswandel?«

»Weil es Gott gereicht hat, dass Abraham bereit war, es zu tun. Der Vorsatz, dieses Opfer zu bringen, war genug. Und ich glaube ... Ich glaube, so war es auch bei uns. Es hat gereicht, dass wir bereit waren ... dass wir bereit waren, zu ...«

»Zu sterben?«

»Genau«, antwortet Roe leise. »Willst du mal was Witziges hören?«

»Hau raus.«

Er greift in die Brusttasche seines Schlafanzugs und zieht etwas flaches Schwarzes hervor. »Als ich mir das Messer ins Herz stechen wollte, hat das hier es abgelenkt.«

Staunend betrachte ich den Stein, den ich Roe kurz vor unserem Zauber umgehängt habe. »Das ist Gagat«, flüstere ich. »Ein Schutzamulett, das mir mein Dad geschenkt hat.«

»Als das Messer dagegen geprallt ist, war es so, als ob ... als würde es den Stein nicht mögen. Ich konnte es regelrecht schimpfen hören, auch wenn das total abgefahren klingt. Es sagte so etwas wie: *Bäh, igitt, schnell wieder weg hier.*«

»Das Messer hat *bäh* gesagt?«

»Und *igitt.*«

Schweigen. Nichts als das Piepen einer der Maschinen am anderen Ende des Zimmers.

»Vielleicht ...«, erhebe ich sacht wieder die Stimme. »Vielleicht ... habe ich mich für Lily geopfert, und du dich für mich, ... aber ich hatte wiederum schon meinen Schutz für dich geopfert, also ...«

»Haben wir es mit höherer Opfermathematik zu tun?«

»Bei der mehrere Summen einander aufgehoben haben. Keine Ahnung.«

»Eine bessere Erklärung fällt mir auch nicht ein. So oder so wird uns niemand glauben.«

»Nein«, sage ich und schmiege mich noch enger an Roe. »Umso besser, dass wir einander haben.«

»Und dass du das Zweite Gesicht hast.«

»Harriet hatte es auch«, raune ich. »Aber offenbar keine Freunde, die sie hätten beschützen können.«

Danach schweigen wir lange. Roe fährt behutsam mit dem Finger an der Naht auf meinem Arm entlang und zieht scharf die Luft ein, als ihm der dicke Gazebausch auffällt. Irgendwann beschließt er, dass er mal dran ist mit Ankuscheln, und schmiegt sein Gesicht an meinen Hals.

»Ich will nicht sterben«, sage ich nach einem weiteren Schweigen. »Wollte ich nie. Ich bin gerne am Leben.«

»Ich auch.«

»Irgendwie selbstverständlich, oder nicht?«

»Nicht immer«, widerspricht Roe mit einem traurigen Lächeln. »So allmählich«, sagt er dann, »solltest du vielleicht in dein Zimmer zurück. Nachher erwischt dich noch eine der Schwestern.«

»Na gut«, sage ich und mache Anstalten aufzustehen.

»Hey, aber doch nicht *sofort.*«

Also bleibe ich noch ein paar Minuten und küsse ihn, und er zeigt mir seinen Verband. Als er die Wundauflage ein Stück hochhebt, ist es an mir, scharf die Luft einzuziehen. Dickes schwarzes Blut ist um einen tiefen Stich kurz über dem Bauchnabel herum getrocknet. Nur ein Zentimeter weiter links, so hatte der Arzt gesagt, und Roe hätte für den Rest seines Lebens einen Stomabeutel tragen müssen.

»Worauf ich fragte«, Roe räuspert sich. »Gibt es die auch von Prada?«

»Das hast du nicht wirklich gesagt!«

»Ich schwöre es.«

»Vor deiner *Mum*?«

Roe nickt und muss sich den Bauch halten, damit ihm nicht vor Lachen die Nähte reißen. »Ganz im Ernst, Maeve, nichts macht klarer, dass einem die Meinung der Eltern egal sein kann, als einmal ordentlich fast ins Gras zu beißen.«

»Hört, hört.« Ich lächle. »Hast du schon mit Lily gesprochen?«

»Nein. Und meinen Eltern konnte ich außer der Info, dass sie grundsätzlich wohlauf ist, fast nichts aus der Nase ziehen. Die beiden wirken noch völlig benommen. So viel Aufregung hatten sie wohl in ihrem ganzen Leben noch nicht.«

»Ich kann einfach nicht fassen, dass sie zurück ist. Es hat funktioniert, Roe! Wir haben es geschafft!«

»Ich bin auch noch ganz baff. Offenbar haben wir's voll drauf.«

»Du nimmst mir die Worte aus dem Mund«, sage ich lächelnd, gebe ich ihm einen Abschiedskuss und steige aus dem Bett.

»Maeve?«

»Ja?«

»Schon gut.«

»Was?«

»Es ist dumm.«

»*Sag* schon.«

»Nein, ist nicht der richtige Moment. Ich könnte mich ohrfeigen.«

»*Roe.*«

»Willst du … Bist du meine Freundin?«

Ich kann nicht widerstehen, ihn zappeln zu lassen.

»Oder«, haspelt er weiter, »du weißt schon, ›meine Freundin‹ ist ein seltsamer Name dafür. Sehr binär. Und so besitzergreifend. Wir können es auch anders nennen. Klingt ›Wir sind in einer Beziehung‹ zu hölzern? Ist ›Wir lieben uns‹ besser? Oh Gott. Tu bitte so, als hätte ich das nicht gesagt. Warte kurz, ich erstech mich schnell ein zweites Mal.«

Ich lache. »Wir machen keine Witze übers Erstechen, Roe, aus reinem Prinzip nicht.« Eine Pause. »Und aus reinem Prinzip bestehe ich darauf, dass du mich deine Freundin nennst.«

Er lächelt. »Deal.«

Wenige Tage später werde ich aus dem Krankenhaus entlassen. Mum und Pat kommen mich abholen.

»Ich habe dir deinen Walkman wieder zusammengeklebt«, sagt Pat und umarmt mich. »Ist der unter Teenies jetzt in? Vor ein paar Jahren waren es Schallplatten, jetzt sind Kassetten dran?«

»Nee«, winke ich ab und denke mit ungutem Gefühl an Heaven. »Trotzdem danke fürs Reparieren.«

Nicht ein Mal durfte ich Lily in ihrem Krankenhauszimmer besuchen. Egal, wie oft ich Mum bekniet habe, dass sie mit mir hingeht. Und jetzt erlaubt sie nicht einmal, dass ich Roe noch Tschüss sage.

»Ihr könnt euch sehen, wenn er in ein paar Tagen entlassen wird«, sagt sie. »Bis dahin ist Familienzeit angesagt.«

»Und außerdem«, schießt Pat brauenwackelnd hinterher, »könnte bei deinem Anblick sein Blut ein bisschen zu sehr *in*

Wallung geraten. Und das wäre keine so gute Sache in seinem Zustand.«

»Pat!«, schimpft Mum.

»Wir haben es doch eh alle gedacht«, verteidigt er sich.

Das Leben scheint nur langsam zur Normalität zurückkehren zu wollen. Mittlerweile ist auch Cillian für ein paar Tage zu Hause, und es ist seltsam, ihn mit seinem Arbeitslaptop im Haus herumschlurfen zu sehen, als wäre nichts. Nach all dem, was ich über ihn erfahren habe. Über den Bruder, der im Jahr der Harriet geboren wurde. Nach einer komplizierten Schwangerschaft. In dem Frühjahr, in dem der Kater fortlief. Cill ist definitiv der Mürrischste von uns fünfen und neben mir der Einzige mit dunklen Haaren. Ab und an frage ich mich, ob er im Mutterleib etwas von den Ereignissen um sich herum abbekommen hat. Ob die Mamsell damals zu einem Teil seiner DNA wurde. So, wie sie jetzt wohl ein Teil von meiner ist.

Mum lässt mich erst am Freitag wieder in die Schule. Dann habe ich gleich im Anschluss das Wochenende, was »den Schock fürs System minimiert«, wie sie es ausdrückt.

Als ich Fiona wiedersehe, umarme ich sie, doch es fühlt sich irgendwie unbehaglich an. Ihre Nachrichten klangen in den letzten Tagen eher förmlich. Kann ich ihr nicht übel nehmen. Dennoch treffen wir uns wie gewohnt in der Mittagspause im Kunstraum.

»Hi«, sagt sie und bleibt auf Abstand. »Wie geht es dir?«

»Ähm. Ganz okay. Gar nicht schlecht eigentlich. Nur die Naht juckt fies.«

»Logisch.«

»Fiona, es tut mir leid.«

»Du hättest es mir sagen können, Maeve.«

»Du weißt genau, dass das nicht stimmt. Außerdem war mir selber unklar, was ich eigentlich vorhatte.«

»Du hättest abkratzen können, verdammt! Schlimmer noch, du hast es *drauf angelegt* abzukratzen.«

»Ich habe es nicht *drauf angelegt*«, widerspreche ich. Und weil mir nichts Besseres einfällt, wiederhole ich, was ich ihr schon per Nachricht geschrieben habe. »Ich war nur bereit, alles zu tun, was nötig war.«

Statt etwas zu sagen, zieht Fi konzentriert ein Klümpchen Patafix in die Länge.

»Es schien mir einfach die einzige Möglichkeit«, fahre ich fort. »Die einzige Möglichkeit, um Lily zurückzuholen und ... diese Kette von üblen Ereignissen zu durchbrechen. Aarons Kinder Brigids, die Schlägerei bei Roes Gig, der Angriff auf Joanne und Sarra. All das schien ... irgendwie aus der gleichen Flasche zu fließen. Und ich musste ... der Korken sein oder so.«

»Das ergibt überhaupt keinen Sinn.«

»Doch. Irgendwie schon.«

»Hübsche Theorie, okay, aber *aufgehalten* hast du überhaupt nichts.«

»Wie meinst du das?«

»Die Kinder Brigids veranstalten noch dieses Wochenende eine Massenkundgebung in Dublin.«

»*Was?*«

»Sie nennen es bloß nicht Massenkundgebung. Ihrem Wortlaut nach ist es ›ein stadtweites Festival, um das katholische Erbe Irlands zu feiern‹. Oder so ähnlich. Jedenfalls wird alles, was in der alternativen Rechten Rang und Namen hat, bei diesem ›Festival‹ am Rednerpult stehen.«

Mir weicht das Blut aus dem Gesicht.

»Mist«, macht Fiona. »Das hätte ich wohl besser erst mal für mich behalten.«

»Dann ... hat sich *nichts* verändert? Aaron ist immer noch –«

»*Nichts* würde ich nicht sagen. Lily ist schließlich zurück.«

»Aber ...« Ich reibe mir die Augen. »So war nicht der Deal.«

»Welcher Deal?«

»Ach ...«

»Maeve, ... dachtest du etwa ...« Fiona beißt sich auf die Lippe. »Dachtest du etwa, indem du dich umbringst, würdest du auf einmal alle Intoleranz aus der Welt schaffen?«

»Du weißt selbst, dass es so einfach nicht ist«, zische ich. »Aber Aaron war ... Aaron ist schließlich nicht bloß irgendein Irrer, sondern ... ein Hexer? Ein böser Zauberer? Er hat jedenfalls das Zweite Gesicht. Und ist zeitgleich mit der Mamsell in Kilbeg aufgetaucht. *Auf der Stadt lag ein Fluch,* Fiona.«

»Das mag ja sein. Aber ... glaubst du ernsthaft, irgendjemand – Zweites Gesicht hin oder her – könnte den Menschen einen Hass einpflanzen, den sie nicht wenigstens schon ansatzweise in sich tragen?«

»Wovon redest du?«

»Maeve, als ich zwölf war, brüllte mir ein erwachsener Mann einmal ›Hühnchen süßsauer zum Mitnehmen!‹ aus dem Autofenster zu.«

»Himmel. Das tut mir so leid.«

»Mh-hm«, macht sie. »Und das war, lange bevor die Mamsell oder Aaron in die Stadt kamen.«

Betroffen kaue ich an meinen Fingernägeln.

»Aaron und die Mamsell haben den Hass vielleicht genährt, aber ... gesät war er schon, Maeve. Er war schon längst in der Erde.«

»Du hältst mich bestimmt für ziemlich dumm.«

»Ich ... denke, wenn man auf einmal sieht, was alles schiefläuft in der Welt, dann läuft nicht unbedingt mehr schief als sonst, man hat es nur eben vorher nicht gesehen.«

Mir verschlägt es die Sprache. Noch nie habe ich mich so dumm und so klein gefühlt. Während ich Fiona betrachte – meine geniale Freundin, die mit einem Druckverband aus Seide meinen blutenden Arm zusammengehalten hat –, bricht mir das Herz bei dem Gedanken an all die Gemeinheiten, die ihr zugestoßen sein müssen. All die unzähligen Vorkommnisse, bei denen jemand Fionas Herkunft, ihre philippinische Mum, ihr Stipendium, ihr Aussehen oder sonst etwas eingesetzt hat, um ihr wehzutun. Vorkommnisse, von denen sie mir nie erzählen wird, die es aber nichtsdestotrotz gab und gibt.

»Es tut mir leid«, sage ich.

»Was denn?«

»Dass ich gedacht habe …« Wie soll ich das ausdrücken? »Dass ich es nicht gesehen habe.«

»Schon okay«, sagt sie und fängt trotz allem an zu lachen. »Vor dir haben schon viele andere das Thema Unterdrückung für sich pachten wollen. Und du hast recht. Seit Aaron da ist, wird alles nur noch schlimmer. Zum Glück haben wir eine Geheimwaffe.«

»Ach so?«

»Na, dich, du Blitzmerker. Unsere Frau mit dem Zweiten Gesicht. Glinda, die gute Hexe des Südens.«

»Ich bin aber nicht so mächtig wie Aaron.«

»Ach so. Stimmt.« Sie schlägt sich die Hand vor die Stirn. »Das war ja die *andere* durchgeknallte Sechzehnjährige, die ihre beste Freundin gerettet hat, indem sie eine unsterbliche Geisterhexe besiegte. Warte hier kurz, ich hol sie mal besser rein.«

Ich kann nicht anders. Ich muss lachen. Doch meine Anspannung bleibt. Lily ist zurück. Wunderbar. Trotzdem will ich mich nicht damit abfinden müssen, dass die Kinder Brigids immer noch einflussreicher sind als je zuvor. Allein von dem Gedanken juckt es mich überall. Geistesabwesend kratze ich an meinem Verband.

Das könnte noch ziemlich spannend werden. Falls du am Leben bleibst.

»Geht es?«, fragt Fiona und begutachtet meinen Arm. »Sicher ist die Haut gereizt, weil nicht genug Luft drankommt.«

Ich zupfe an den Klebebändern, mit denen die windelartige Gaze befestigt ist, aber ich kriege keins davon richtig zu fassen.

»Warte«, sagt Fiona. »Lass mich dir helfen.«

Sie zieht ein paar der Streifen ab, schlägt den Verband zurück und nimmt die Naht in Augenschein. »Glaubst du, du kriegst übers Wochenende hausaufgabenfrei?«, wechselt sie das Thema und fährt behutsam über die unregelmäßigen Wundränder.

»Keine Ahnung«, sage ich und seufze bei dem Gedanken. »Vielleicht kriege ich ja Sympathiepunkte für –« Ich beende den Satz nicht. Stattdessen starre ich meinen Arm an, der immer noch in Fionas Händen liegt.

Die Naht beginnt zu verschwinden. Der chirurgische Faden, der laut Ansage Wochen zum Auflösen brauchen müsste, krümelt dahin, während meine zerschnittene Haut sich erst zusammenschiebt, dann schließt.

»Machst *du* das?«, flüstere ich. »Denn ich mache das nicht.«

»Oh Scheiße!«, ruft Fiona und lässt meinen Arm fallen wie eine heiße Kartoffel. »Scheiße verdammt!«

43. Kapitel

Samstag darf Roe zur Bandprobe. Er wurde mittlerweile aus dem Krankenhaus entlassen und hat seinen Eltern versichert, dass er es bei der Probe langsam angehen und die ganze Zeit brav auf einem Stuhl sitzen wird.

Mit einer Plastiktüte voll Süßigkeiten und Künstlerbedarf klingele ich bei den O'Callaghans.

»Hallo, Maeve«, begrüßt Mrs O'Callaghan mich wenig begeistert. »Rory sagte schon, dass du vielleicht vorbeikommst.«

»Hallo, Mrs O'Callaghan«, erwidere ich höflich. Lily redet meine Mum mit Vornamen an. Ihre Mum habe ich nie anders als Mrs O'Callaghan genannt. »Kann Lily schon Besuch empfangen?«

»Muss ich sie fragen«, sagt Mrs O'Callaghan knapp und lässt mich vor der Tür stehen, während sie nach drinnen verschwindet. Sie lässt mich nicht einmal auf die Veranda. Nein, ich darf gerade mal im Vorgarten warten. Tatsächlich bekomme ich nach einer Weile das Gefühl, dass sie mich hier vergessen hat.

Als ich schon gehen will, taucht Mrs O'Callaghan wieder auf. »Nur kurz«, sagt sie. »Lily braucht viel Ruhe.«

Während ich Mrs O'Callaghan nach oben folge, zieht Foto um Foto die Kindheit von Lily und Roe an mir vorbei. Baby-Roe mit Segelohren. Baby-Lily mit schläfrigen, halb geschlossenen Knopfaugen. Ein paar andere hat meine Mum bei uns im Garten geschossen. Zum Beispiel das eine, auf dem Lily und ich durch den Wasserstrahl des Rasensprengers hüpfen. Kaum Bilder aus neuerer Zeit. Schätzungsweise verlieren Eltern das Interesse daran, ihre Kinder zu fotografieren, sobald sie keine Kinder mehr sind.

Mrs O'Callaghan macht die Tür zu Lilys Zimmer einen Spalt

auf. »Also dann«, sagt sie. »Ich komme in zehn Minuten wieder.«

Lilys Einrichtung beschränkt sich auf ein Einzelbett und eine Kommode mit Spiegel. Fast zwei Jahre lang bin ich nicht mehr hier gewesen, aber kaum etwas hat sich verändert. Nur die Bilder an den Wänden sind neu. Lily sitzt auf dem Bett, die langen blonden Haare fallen ihr auf den Rücken, und sie hat einen Zeichenblock in der Hand. Als ich hereinkomme, fliegt ihr Blick kurz zu mir, doch sie legt den Block nicht beiseite.

»Hi«, sage ich. »Wie fühlst du dich?«

»Hallo«, erwidert sie, antwortet aber nicht auf die Frage.

»Ich hab dir deine Lieblingsschoki mitgebracht«, sage ich und lasse die Plastiktüte rascheln.

»Danke«, sagt sie knapp.

Weil sie ja nicht geantwortet hat, frage ich noch einmal: »Wie fühlst du dich?«

Sie legt den Zeichenblock aufs Bett und nimmt einen großen Schluck Wasser aus dem Glas neben ihr. »Warum bist du hier, Maeve Chambers?«

Verdutzt horche ich auf. Wieso nennt Lily mich beim vollen Namen?

»Ich bin hier, weil ich sehen wollte, wie es dir geht. Und weil ich sagen wollte, dass es mir leidtut.«

»Es tut dir leid.«

»Ja.«

»Was tut dir leid?«

»Es tut mir leid, wie ich dich behandelt habe. Dass ich dir die kalte Schulter gezeigt habe. Und dass ich mit dieser dummen Tarotsession angefangen habe, die … diesen ganzen Mist ins Rollen gebracht hat.«

Beim letzten Teil zögere ich. Ich bin mir immer noch nicht sicher, wie viel Lily überhaupt von dem weiß, was mit ihr passiert ist. War sie womöglich den ganzen letzten Monat wie ohnmächtig? Oder hat sie alles mitbekommen?

Sie betrachtet mich einen Augenblick, gelangweilt wie ein Knabenkönig. »Es muss dir nicht leidtun.«

»Ach nein?«

»Wobei«, sagt sie und legt den Kopf schief. »Wenn dir etwas leidtun soll, dann, dass du mich zurückgebracht hast.«

»Was?!«

»Ja. Sag, dass es dir leidtut, es beendet zu haben. Dass es dir leidtut, mich wieder in diese … diese *Kreatur* in einem Bett verwandelt zu haben.«

Ihre Augen bekommen einen glasigen Schimmer und füllen sich mit Tränen. Unsanft reibt sie daran herum, offenbar entschlossen, dass ich sie nicht weinen sehen darf.

»Weißt du, was ich an dem Tag dachte, an dem du deine dumme Tarotsession abgehalten hast? Ich dachte …« Eine einzelne kristallklare Träne rollt über ihre Wange und fällt auf den Zeichenblock. »Ich dachte: *Gott, was würde ich nicht dafür geben, irgendwo anders oder irgendetwas anderes zu sein.* Weg von der Schule. Weg von dir. Weg von der ganzen ekelhaften Angelegenheit, ein Mensch zu sein.«

In meinem Kopf fügt sich etwas zusammen. »Nicht nur ich habe dich weggewünscht«, sage ich langsam, »sondern du dich selbst auch.«

Hatte das die Mamsell heraufbeschworen? Zwei Zwillingswünsche, die ein verzaubertes Kartenspiel zusammenbrachte?

Als weitere Tränen fallen, beginnt Lily wieder zu reiben. Dabei sieht sie aus, als wollte sie sich selbst eins aufs Auge geben.

»Und ich war genau das, Maeve. Es hat funktioniert. Ich war *weg.*«

Ich betrachte die mit Malerkrepp an die Wand geklebten neuen Zeichnungen. Ein umgekippter Einkaufswagen im Wasser. Schlüpfende Kaulquappen. Die inzwischen vertraute Silhouette eines Barramundi.

»Du warst der Fluss«, sage ich schlicht.

»War ich«, sagt sie unglücklich. »Ich war der Fluss.«

Sie zeichnet jetzt wieder, wohl hauptsächlich, um sich vom Weinen abzuhalten.

»Ich konnte groß sein. Unvorstellbar groß. Hunderte von Kilometern lang. Oder auch bloß ein Bächlein, das über Kiesel plätschert …« Sie hält inne und hebt den Blick. *»Ich habe dich gesehen!«*

Da gehen mir all die Male durch den Kopf, bei denen ich ihren Bruder am Flussufer geküsst habe. »… Ah?«

»Du hattest deine Hände in mir.«

Ich zucke zusammen. »Die Zahnräder. Die Schlüssel.«

»Ich habe dich geschnitten«, sagt sie langsam. »Dein Blut war im Wasser.«

Mir stellen sich die Nackenhaare auf. Jetzt macht Lily mir Angst. Ganz offensichtlich hat die Mamsell eine tiefe Dunkelheit in ihr hinterlassen, eine bleibende Prägung. Womöglich war Lily sogar von ihr besessen. Denn das hier ist nicht meine Freundin. Das hier ist nicht das Mädchen, das Bücher ableckt, um sich anschließend schlappzulachen.

»Ist schon wieder geheilt«, sage ich und muss an Fionas Hände an meinem Arm denken. Auch diese frischere Wunde ist jetzt versiegelt. Nur eine rote Narbe, die eigentlich erst nach Wochen hätte auftauchen dürfen, erinnert an die Nacht vor sieben Tagen. Wenn das Ritual Fiona und Lily dermaßen verändert hat, was ist dann wohl mit Roe und mir passiert? Lauert auch in uns noch etwas?

»Du kannst jetzt gehen«, sagt Lily.

»Bist du müde?«

»Nein, ich will einfach, dass du gehst.«

»Okay. Alles klar.« Unsicher schaue ich zu meiner Plastiktüte voll kleiner Opfergaben. »Soll ich dir die hierlassen?«

Sie sieht mich ausdruckslos an. »Ist mir scheißegal.«

Hastig stürze ich die Treppe hinunter und dränge mich an Lilys Mum vorbei, damit sie mich nicht weinen sieht.

»Maeve«, ruft sie. »Maeve, alles in Ordnung?«

So schnell wie möglich marschiere ich mit gesenktem Kopf und im Schal vergrabener Nase die Straße hinunter. Lily ist ein Monster. Ein Monster, dem es am Arsch vorbeigeht, dass ich bei seiner Rettung fast gestorben bin, und das lieber ein Leben als Gewässer denn als menschliches Mädchen führen würde.

Als ich das Ende der Straße erreiche, sehe ich, wie Roe mit seiner Gitarre auf dem Rücken aus dem Bus steigt.

»Hi!«, ruft er mit einem breiten Lächeln im Gesicht. »Gott sei Dank, dass ich dich treffe. Hilfst du mir hiermit? Eigentlich sollte ich wegen der Verletzung noch gar nichts tragen.«

Durch meine Tränen hindurch, die er auf die Entfernung wohl nicht sieht, betrachte ich ihn. Seine Augen sind von reichlich Wimperntusche und Eyeliner umrahmt. Offenbar ist Make-up mittlerweile nicht mehr nur der Bühne vorbehalten.

»Ich kann nicht, Roe. Ich kann nicht zu ihr zurück. Bitte zwing mich nicht.«

»Was? Was ist denn passiert?«, fragt er und bleibt vor mir stehen.

»Lily hat sich verändert.«

Roe seufzt. »Ich weiß. Aber das war doch zu erwarten. Wir … Wir wissen ja nicht mal genau, was sie durchgemacht hat. Da ist es eben schwer, einen Zugang zu ihr zu finden.«

»Und wenn die Mamsell sie nun benutzt? Ich habe Lily in die Augen gesehen und … das war nicht sie. Da hat die Mamsell aus ihr gesprochen.«

»Wovon redest du? Du hast die Mamsell besiegt, Maeve. Sie ist weg.«

»Ach ja? Lily ist doch gar kein Mensch mehr. Sie ist nur noch diese … Hülle.«

»Was soll das? Warum sagst du so was?«

Ich antworte nicht, denke nur an den wilden, gnadenlosen Blick in Lilys großen Augen. »Du warst nicht dabei. Du hast nicht gehört, … wie sie zu mir gesprochen hat.«

»Ach Gott, Maeve.«

»Du warst nicht dabei, Roe. Du kannst es nicht verstehen.«

»Setz dich.«

Ich schaue mich um und hocke mich auf das niedrige Gartenmäuerchen von Roes Nachbarn. Roe stellt die Gitarre ab, kniet sich vor mich und gibt mir einen langen, innigen Kuss.

»Aber hallo! Wofür war der denn?«

»Dafür, dass du gleich nicht wütend auf mich wirst.« Roe holt tief Luft und hockt sich neben mich auf das Mäuerchen. »Lily muss dir nicht vergeben.«

»Was?«

»Ich verstehe, was du getan hast. Ich verstehe das alles. Und Fiona auch. Aber Lily muss das nicht. Lily kann dich hassen, so viel sie will.«

»Aber … Aber sie …«, stammele ich, während mir das Gehörte schmerzhaft durch die Hände rutscht wie ein Seil, an dem ich mich vergeblich festzuhalten versuche. »Sie verdankt mir ihre Freiheit! Ich bin eine Hexe für sie geworden. Habe mir für sie ein Messer in den Arm gerammt.«

»Nichts davon hat sie mitbekommen.« Roe zuckt die Schultern. »Das bedeutet ihr nichts.«

»Aber jetzt weiß sie es doch! Du hast es ihr doch erzählt! Oder nicht?«

»Haarklein. Tatsächlich …« Er zögert nachdenklich. »Tatsächlich sind wir einander näher als je zuvor.«

»Das kann überhaupt nicht sein«, bocke ich.

»Bei allem gebührenden Respekt, sie ist nicht deine Schwester. Nur Lily und ich wissen, was zwischen Lily und mir ist. Und wir beide …« Er lässt den Satz in der Luft hängen.

»Ihr beide was?«

»Wir wissen beide, wie es ist, nicht immer den Körper zu haben, den man sich wünscht. Ich werde keine schlechten Songs darüber schreiben, versprochen, aber Lil wird ab jetzt immer ein Teil meines Lebens sein. Wir werden nicht noch einmal den Fehler begehen, einander auszuschließen und einfach anzunehmen, der andere käme schon zurecht. Deswegen …« Er zögert schon wieder.

»Lass dir nicht alles aus der Nase ziehen!«

»Deswegen werdet ihr zwei, Fiona und du, euch damit arrangieren müssen.«

Als er das sagt, windet sich ein warmgoldener Lichtstrom durch meinen Geist, der mich an die Nacht unseres Zaubers erinnert. Augenblicklich erkenne ich, dass dieses Leuchten von Roe ausgeht, und dass ich mich daran festhalten kann. Das rutschige Seil von eben wird zur griffigen Strickleiter aus dem rettenden Helikopter. Bevor ich auch nur ein Wort sagen kann, wird mir klar, dass dieses Licht, dass diese Strickleiter ein Gedanke ist. Roes Gedanke:

Hoffentlich liebt sie mich genug, um es zu versuchen.

»Maeve? Hast du gehört, was ich gesagt habe? Ich glaube, es ist wichtig für Lily, eine Gruppe zu haben, zu der sie dazugehören kann. Eine Gruppe wie unsere.«

»Dann soll Lily also mit uns abhängen, mich aber trotzdem hassen dürfen?«

»Ich sage ja nur, dass du der Sache Zeit geben solltest. Kannst du das? Lily die Zeit geben, zu heilen, und euch beiden die Zeit, das Ganze wieder hinzubiegen? Denn dann können wir ein … keine Ahnung, ein Viererteam sein.«

»Schon klar«, murmele ich. »Wasser, Luft, Erde und Feuer.«

»Ganz genau.«

»Mh-hm.«

Ich lehne meinen Kopf an Roes Schulter und stelle mir vor, wie einfach mein Leben wäre, wenn ich Roe O'Callaghan, alias Luft, nicht lieben würde.

Aber, oh Gott, auch wie langweilig.

•

44. KAPITEL

FRÜHJAHR

Fiona und ich spazieren zum Fluss und sie beschwert sich mal wieder.

»Ich wünschte nur, ich hätte eine Gabe, die ich *gebrauchen* könnte, weißt du? Die Gabe, endlose Monologe auswendig zu lernen zum Beispiel, oder komplizierte Choreografien, oder keine Ahnung. Alles außer *so was.*«

Fiona hat sich mit ihrem neuen Status als Heilerin noch nicht so recht angefreundet. Vielleicht bleibt das auch so. Nicht, dass ihr andere Leute egal wären. Tatsächlich ist sie einer der mitfühlendsten Menschen, die ich kenne. Aber sie ist genervt von etwas, das ich nie ganz werde nachvollziehen können, auch wenn ich noch so gut mit ihr befreundet bin. Mir schreibt schließlich kein Klischee vor, immer brav die mit den Druckverbänden zu sein.

»Ich will ja nur das, was du hast, Maeve«, sagte Fi letztens zu mir. »Ich will das Recht, egoistisch zu sein.«

»Schon klar«, entgegne ich jetzt. »Aber ohne dein Heiltalent hättest du Roe und mir nach dem Zauber nicht das Leben retten können. Und wer weiß, ob Lily auch dann den Weg zu uns zurück gefunden hätte.«

»Und inwiefern befördert das alles *meine Karriere*?«

»Indem es dir, Fräulein Hochnäsig, auch bei deinem nächsten Stück mindestens drei *lebendige* Zuschauer verschafft, die nebenbei deine Freunde sind.«

»Pfff«, macht sie und rückt die Tasche mit den Sandwiches auf ihrer Schulter zurecht.

Othello lief gut, aber nach drei Auftritten war schon wieder Schluss. Als Nächstes spielt Fiona eine Rolle als kleine Schwester. Es ist ein Stück über Großbritannien im Zweiten Weltkrieg.

»Hey, Maeve.« Mit einem Mal grinst Fi mich an. »An welche Zahl denke ich?«

»Nicht *das* schon wieder.«

»Mach schon. Wir waren uns doch einig, dass du üben musst.«

Ich schließe die Augen und suche nach Fionas Licht. »Du denkst gar nicht an eine Zahl«, sage ich schließlich. »Du fragst dich, wie oft du wohl noch die Rolle der kleinen Schwester spielen musst, bevor dich endlich jemand ernst nimmt.«

»Heilige Scheiße.«

Meine telepathischen Fähigkeiten, die ich zum ersten Mal bemerkt habe, als Roe und ich auf dem Mäuerchen saßen, kann ich mit jedem Tag besser steuern. *Telepathische Fähigkeiten.* Klingt doch echt seltsam und ist nicht annähernd so, wie man es aus Filmen kennt. Wenn dort jemand solche Fähigkeiten an sich entdeckt, dann prasseln doch immer Tausende Stimmen auf ihn ein, wie eine Welle aus Lärm. Bei mir sind es niemals Stimmen. Sondern Lichter. Farbige Lichtströme, die ich ergreife und zurückverfolge, bis ich den Gedanken dahinter erspüren kann. Das braucht Zeit. Und Konzentration. Und schlaucht tierisch.

Vor einiger Zeit sind Fiona und ich zum Orakel gegangen. Hauptsächlich, um Fionnuala zu versichern, dass es uns gut geht. Natürlich war Fionnuala unglaublich wütend, weil wir nicht auf sie gehört hatten. Gleichzeitig war sie heilfroh, dass trotzdem alles gut ausgegangen war und uns nicht das gleiche Schicksal wie Heaven ereilt hatte. Dieses Schwanken zwischen Wut und Erleichterung machte das Gespräch nicht gerade einfach. Letzten Endes setzte sie einen Kamillentee auf, und nach und nach erzählten wir ihr von unseren Gaben. Von Fionas Heilkraft, von meinen Gedankenlichtern.

»Das Ritual hat euch verändert«, sagte sie mit einem Hauch von Neid in der Stimme. »Ihr habt hinter den Schleier geblickt. Ihr werdet nie mehr die Gleichen sein.«

Als Fi und ich jetzt am Begufer ankommen, sitzen Roe und Lily schon ins Gespräch vertieft auf einer Decke im Gras.

Wir alle haben lange darauf gelauert, ob sich auch bei Roe und Lil eine Gabe zeigen würde. Irgendwann ließen wir es. Fiona und ich sagten uns, dass das Überleben für die O'Callaghans wohl Gabe genug war.

Doch dann geschah es.

Kleinigkeiten zuerst. Ein billiges Vorhängeschloss sprang auf, als Roe es berührte. Wir taten es als Zufall ab – bis ich mich ein paar Tage später versehentlich ausschloss und mit Roe zusammen vor unserem Haus darauf wartete, dass mein Dad mit dem Schlüssel auftauchte. Aus Langeweile wollten wir gucken, ob sich der Trick mit dem Schloss wiederholen ließ. Die Vordertür hielt stand, aber die Hintertür mit ihrem alten Schloss und der verrosteten Klinke flog augenblicklich auf.

»Oh mein Gott!«, sagte Roe.

Und ich: »Willkommen im Club!«

Roes ruhige, geduldige Art, dank der er immer schon gut im Reparieren von Sachen war, hat sich zu einem allumfassenden Verständnis unbelebter Objekte ausgewachsen. Er *begreift* sie einfach. Anders kann er es nicht erklären. Letztens drückte er mir im Bus eine Knopfbatterie in die Hand und wies mich an, sie irgendwo bei mir zu Hause zu verstecken. Zwei Tage später kam er durch die Tür marschiert, schloss einmal kurz die Augen und sagte dann: »Hinter dem Bücherregal in Pats Zimmer.«

»Hallo, ihr zwei«, sage ich zu Roe und Lily und beuge mich hinunter, um Roe einen Kuss zu geben. »Worüber redet ihr?«

»Privatsache«, sagt Lily. Mit Nachdruck, nicht mit Kälte in der Stimme. Vor einem Monat wäre es noch mit Bosheit gewesen. Jetzt sind wir bei Nachdruck angekommen. Wird doch.

»Privatsache, okay«, nicke ich. »Fi und ich haben Hühnchensandwiches und Limo mitgebracht.«

»Ihr seid wahre Engel«, sagt Roe.

»Geben unser Bestes«, meint Fiona. »Wer will eine Game-of-Thrones-Tarotsession?«

»Ooh, ich!«, ruft Lily und rutscht an Fiona heran.

Ich versuche, es nicht zu persönlich zu nehmen.

Alles in allem scheint Lilys mentale Heilung weitaus mehr Zeit zu beanspruchen als ihre körperliche. Noch lange nach dem Ritual fühlte sie sich einfach nur erschöpft. Erschöpft von der Welt. Womöglich hätte sie dieser Welt früher oder später auch ganz abgeschworen, wenn ihre Gabe nicht aufgetaucht wäre.

Wir alle hatten irgendwas mit Wasser erwartet. Wir lauerten auf unerklärlichen Regen, platzende Rohre, etwas in der Art. Doch so einfach war es nicht. Wie eben nichts je so einfach ist. Die ersten Vorkommnisse: Glühbirnen explodierten, Uhren gaben den Geist auf, Mikrowellenpopcorn fing Feuer. Ständig ging Lily etwas kaputt, das Roe dann reparieren musste.

»Tolle Gabe«, grummelte sie.

Dann trafen Lily, Roe und ich in der Stadt auf einen KB-Typen, der wissen wollte, warum Roe denn einen Rock trug, wo er doch mit einem Mädchen Händchen hielt. Als Nächstes drückte der Typ Lily einen seiner Flyer in die Hand, ließ aber im selben Moment mit einem Aufschrei den ganzen Stapel fallen und rannte davon, als wäre der Teufel hinter ihm her. Kurz stand Lily da wie erstarrt. Dann konnten Roe und ich sie ins nächste Café bugsieren.

»Was war das?«, fragte Roe, der den Arm um Lily gelegt hatte.

»Funken«, flüsterte sie. »Meine Gabe ist Elektrizität.«

Auf unserer Decke am Begufer jammert Roe über seine Prüfungen. Auch Lily, Fi und ich verziehen bang die Mienen, weil uns nächstes Jahr das Gleiche erwartet. Ich für meinen Teil werde wohl jeden Abend bis in die Puppen büffeln müssen, um genug Punkte für eine einigermaßen annehmbare Uni zusammenzukratzen. Falls ich denn, wie ich meinen Freunden und der Familie unermüdlich erkläre, überhaupt auf eine Uni gehen will.

Fiona kündigt mir ihre Hilfe an, und ich lege meinen Kopf auf

Roes Schulter. Lilys Blick ruht friedlich auf der Wasseroberfläche des Beg. Sie hat Roe versprochen, dass sie nicht versuchen wird, in jene Zwischenwelt zurückzukehren. Allerdings traue ich ihr da nicht so recht. Ich glaube, falls sich für Lily die Möglichkeit auftun sollte, wieder zum Fluss zu werden, dann wird sie sie auch ergreifen.

Aber daran will ich jetzt nicht denken. Ebenso wenig wie an die Nachrichtenmeldungen, die von Tag zu Tag erschreckender werden. Auch nicht an Joanne, die parallel dazu von Tag zu Tag schlechter drauf ist. Nicht an Aaron, der in den Nächten, in denen meine Schutzzauber schwächeln, an den Rändern meiner Träume herumspukt.

Nein, jetzt gerade will ich mir die Frühjahrssonne ins Gesicht scheinen lassen. Und im Hier und Jetzt bei Roe, Fi und Lily sein. Mit so vielem, wofür es sich zu kämpfen lohnt, und mit all unseren verborgenen Talenten, die uns beistehen.

Danksagung

Hier bedankt man sich ja bei allen Beteiligten für ihren Anteil am Buch. Allerdings weiß ich bei diesem Buch nicht recht, wo ich anfangen soll. Ich könnte im Jahr 2016 anfangen, an dem Tag, als mein Freund Harry Harris und ich ein Lied mit dem Titel »Die Mamsellkarte« schrieben. Dabei hantierten wir eine Weile mit dem Thema Tarot herum, um schließlich bei einem Auftakt der ersten Strophe zu landen, der sich für uns schon richtig gut anhörte: »Einzig jungen Frauen / und nur selten zeigt sie sich. In Krisenzeiten nur …«

Oder ich könnte eine Woche später anfangen, als wir das Lied unserer Bandkollegin Ellie Cowan vorspielten und es danach – bei Gigs, vor Freunden, in Sprachnachrichten – einen ganzen Sommer lang übten, wodurch die Mamsell für mich so sehr Gestalt annahm, dass ich immer wieder an sie denken musste. Ich danke euch, Harry und Ellie, mit mir einen Ohrwurm heraufbeschworen zu haben, der so gut ist, dass ein Buch daraus wurde.

Dem Liedtext getreu erschien die Mamsell tatsächlich wieder in Zeiten der Krise. Das war, als ich einige Wochen in meinem alten Zuhause in Irland verbrachte in Erwartung schlechter Nachrichten, was die Gesundheit meiner Schwester anging. Mit der ganzen Familie nach langer Zeit mal wieder vollzählig unter einem Dach versammelt zu sein, fühlte sich für mich an, als wäre ich wieder fünfzehn. Die Jüngste in einer langen Reihe großer Persönlichkeiten, die zurückgezogen im kleinsten Schlafzimmer darauf wartet, dass etwas passiert. Und es passierte etwas, nämlich die ersten zehntausend Worte dieses Buches. Ich werde bis in alle Ewigkeit dankbar sein, dass meine Familie meine Familie ist. Anstelle großer Lobeshymnen möchte ich sie hier einfach nennen: Peter, Noelle, Jill, Shane und Rob. Ich danke euch.

Ich danke dir, Ella Risbridger, weil du von Anfang an die eifrigste Leserin und Unterstützerin dieses Buches warst. Seine Helden waren für dich und mich schon real, bevor irgendjemand sonst sie kennenlernte. Kreuz und quer sind wir durch Südlondon spaziert und haben über Maeve, Fiona, Lily und Roe gesprochen. Ich hoffe, wir spazieren so weiter, während die vier älter und seltsamer werden. Genau wie wir, hoffentlich.

Dank an Tom McInnes für die Songtexte der *Feier Im Kleinen Kreis*. Dank an Wren Dennehy für die Anleitung, das Feingefühl und die Musical-Hits. Dank an Karen Tongson für Rat und Hilfe beim Recherchieren philippinischer Kultur. Dank an Natasha Hodgson für Feedback und Lob. Dank an Gavin Day, weil man keine Teenage-Lovestory schreiben kann, ohne selbst in einer zu stecken, und genau so fühlt es sich mit dir an.

Dank an Walker Books dafür, diese Geschichte gekauft und so viel getan zu haben, um sie zur bestmöglichen Version ihrer selbst zu machen. Dank an Bryony Woods für ihre Unterstützung und ihr Herzblut. Und abschließend Dank an eine Englischlehrerin, die ich mit vierzehn hatte, und die damals Miss Cotter hieß, aber inzwischen mit ziemlicher Sicherheit verheiratet ist und Mrs Richards heißt. Sie mochten meine Geschichten, fanden mich witzig und machten mich mit Margaret Mahy bekannt. Ich glaube, Sie sind es. Sie stehen ganz am Beginn dieses Buches.

© Gavin Day

Caroline O'Donoghue ist Journalistin und Autorin. Sie hat mehrere Romane veröffentlicht, schreibt u. a. für den Irish Independent, Glamour und Buzzfeed. In ihrem Podcast »Sentimental Garbage« spricht sie mit Gästen über Unterhaltungsliteratur. Die Serie »All Our Hidden Gifts« ist ihr Debüt im Jugendbuch. Mehr über die Autorin unter @Czaroline auf Twitter.

© WEP Multimedia

Christel Kröning studierte in Düsseldorf Literaturübersetzen. Neben Unterhaltungs- und Jugendliteratur übersetzt sie Sachbücher, Lyrik und Essays aus dem Englischen. Sie hält Vorträge zum Thema Literaturübersetzen und engagiert sich im Presseteam des Verbands der Literaturübersetzer*innen. Mehr über Christel Kröning auf www.christelkroening.de.

VIER TEENS. VIER ÜBERSINNLICHE GABEN. EINE GROSSE GEFAHR.

Caroline O'Donoghue
ALL OUR HIDDEN GIFTS 2:
DIE KRAFT DER TALENTE
Klappenbroschur
400 Seiten
ISBN 978-3-551-58432-8
Auch als E-Book erhältlich

SEIT MAEVE, ROE UND FIONA MITHILFE DER TAROTKARTEN die verschwundene Lily zurückgeholt haben, ist vieles anders. Nicht mehr nur Maeve verfügt über eine Gabe. Auch die anderen drei haben jetzt magische Fähigkeiten, die sie im Laufe des Sommers immer besser beherrschen. Und das ist auch nötig. Denn die Kinder Brigids, die christliche Organisation mit der übersinnlichen Agenda, gewinnen an Einfluss. Mit ihren reaktionären Ideen unterwandern sie Maeves Schule. Doch sie haben es vor allem auf die vier »Hexen« abgesehen. Denn Magie ist Macht – und wer sie besitzt, bestimmt vielleicht über die Welt.

WWW.CARLSEN.DE

CARLSEN

Bisher von Caroline O'Donoghue im Carlsen Verlag:
All Our Hidden Gifts 1 – Die Macht der Karten
All Our Hidden Gifts 2 – Die Kraft der Talente
All Our Hidden Gifts 3 – Das Haus der Magie

Unser Versprechen für mehr Nachhaltigkeit
- Klimaneutrales Produkt
- Papiere aus nachhaltiger Waldwirtschaft
- Hergestellt in Europa

FSC www.fsc.org
MIX
Papier | Fördert gute Waldnutzung
FSC® C021394

Veröffentlicht in der Carlsen Verlag GmbH
Völckersstraße 14-20, 22765 Hamburg
August 2023

Umschlaggestaltung und -typografie: formlabor
Umschlagabbildungen: shutterstock © Aratehortua/Pixejoo/
Alexander Ryabintsev/Artita_Studio/Nadezhda Shuparskaia/
Somberlain/Ammnezia/Kateryna Sushchova/Zur Rahimov
ISBN 978-3-551-32116-9